HEYNE BÜCHER

BIBLIOTHEK DER SCIENCE FICTION LITERATUR

Herausgegeben von Wolfgang Jeschke

Von Christopher Priest erschienen in der Reihe
HEYNE SCIENCE FICTION & FANTASY:

Die Stadt · 06/3465
Sir Williams Maschine · 06/3540
Ein Traum von Wessex · 06/3631
Der weiße Raum · 06/4073

CHRISTOPHER PRIEST

DER STEILE HORIZONT

Roman

Sonderausgabe

WILHELM HEYNE VERLAG
MÜNCHEN

HEYNE-BUCH Nr. 06/41
im Wilhelm Heyne Verlag, München

Titel der englischen Originalausgabe
THE INVERTED WORLD
Deutsche Übersetzung von Yoma Cap
Das Umschlagbild schuf Terry Oakes

Sonderausgabe des
HEYNE-BUCHS Nr. 06/3465,
das 1976 unter dem Titel »Die Stadt«
erschien

Redaktion: Wolfgang Jeschke

Printed in Germany 1984
Umschlaggestaltung: Atelier Ingrid Schütz, München
Satz: Schaber, Wels
Druck und Bindung: Presse Druck, Augsburg

ISBN 3-453-31090-X

ERSTER TEIL

1

Ich war sechshundertfünfzig Meilen alt geworden. Hinter der Tür, vor der ich wartete, versammelten sich die Gildenmitglieder für die Zeremonie, bei der ich als Gildenvolontär zugelassen werden würde. Es war ein bedeutsamer und aufregender Augenblick für mich, Höhepunkt und Essenz meines bisherigen Lebens.

Mein Vater war Gildenmitglied, und ich hatte sein Leben gewissermaßen nur aus der Entfernung verfolgen können. Ich hielt es für interessant und spannend, von Verantwortung und Würde erfüllt.

Er sprach nie mit mir über sein Leben oder seine Arbeit, aber seine Uniform, sein geheimnisvolles Verhalten und seine häufige Abwesenheit von der Stadt schienen mir auf eine Beschäftigung mit höchst wichtigen Dingen hinzudeuten.

In wenigen Minuten würde auch mir der Weg zu einem solchen Leben offenstehen. Es bedeutete, ehrenvolle Verantwortung zu übernehmen, und wie jeder andere junge Bursche, der bisher nur die beengende Welt des Internats kennengelernt hatte, glaubte ich mich an der verheißungsvollen Schwelle eines neuen Lebens.

Das Internat war ein kleines Gebäude im Südteil der Stadt. Es war ein fast zur Gänze abgeschlossener Bau, ein Wirrwarr von Gängen, Kammern und Sälen. Es gab keinen Zugang zum Rest der Stadt, außer durch eine Tür, die fast immer versperrt war. Die einzige Möglichkeit körperlicher Betätigung bot sich in der kleinen Turnhalle und einem winzigen Innenhof, der auf allen vier Seiten durch die hohen Mauern des Internatsgebäudes abgegrenzt wurde.

Wie alle anderen Kinder war ich bald nach der Geburt der Obhut der Internatsbeamten übergeben worden, und ich kannte keine andere Welt. An meine Mutter erinnerte ich mich nicht: sie hatte kurz nach meiner Geburt die Stadt verlassen.

Es war ein ereignisloses, aber nicht unglückliches Leben gewesen. Ich hatte ein paar gute Freunde gewonnen, und einer von ihnen – ein Junge namens Gelman Jase, der einige Meilen älter als ich war – hatte einige Zeit vor mir seine Zulassung als Gildenvolontär erhalten. Ich brannte darauf, Jase wiederzusehen. Seit seiner Mündigkeitsfeier hatte ich ihn nur einmal gesehen, als er einen kurzen Besuch im Internat machte, aber er hatte sich bereits die verschlossene, leicht geistesabwesende Art der Gildenleute zu eigen gemacht, so daß ich nichts von ihm erfahren konnte. Jetzt, da ich selbst ein Volontär werden würde, mußte es eine Menge Gesprächsstoff für uns beide geben.

Der Beamte, der mich in der Frühe aus dem Internat abgeholt hatte, kehrte nun in den Vorraum zurück.

»Es ist soweit«, sagte er. »Wissen Sie noch, was Sie zu tun haben?

»Ja.«

»Alles Gute.«

Ich bemerkte, daß ich zitterte und daß meine Handflächen feucht waren. Der Beamte grinste mich verständnisvoll an. Er glaubte zu wissen, was ich durchmachte, aber tatsächlich wußte er nur die Hälfte von dem, was mir bevorstand.

Die Gildenzeremonie war bei weitem nicht alles. Mein Vater hatte mir gesagt, daß er eine Ehe für mich arrangiert hätte. Ich trug diese Aussicht mit Fassung, weil ich wußte, daß von Gildenmitgliedern eine frühzeitige Heirat erwartet wurde und weil ich das betreffende Mädchen schon kannte. Es handelte sich um Victoria Lerouex, die zusammen mit mir im Internat aufgewachsen war. Ich hatte zwar nicht viel mit ihr zu tun gehabt – es gab nicht viele Mädchen im Internat, und sie bildeten eine ziemlich geschlossene Clique –, aber jedenfalls waren wir einander nicht gänzlich fremd. Trotzdem war mir der Gedanke, mit ihr verheiratet zu sein, ziemlich ungewohnt. Ich hatte ja auch nicht viel Zeit gehabt, mich geistig darauf vorzubereiten.

Der Beamte warf einen Blick auf die Wanduhr.

»Also, Helward – es geht los.«

Er schüttelte mir die Hand und öffnete die Tür. Dann trat er in den Saal, ließ aber die Tür offen. Ich sah eine Menge Gildenmitglieder beisammenstehen. Die Deckenbeleuchtung war eingeschaltet.

Der Beamte blieb gleich an der Tür stehen und wandte sich zum Podium. »Lord Navigator, ich bitte um Gehör.«

»Identifizieren Sie sich.« Die Stimme klang fern, und von meinem Standort im Vorraum konnte ich den Sprecher nicht sehen.

»Ich bin Verwaltungsbeamter Bruch. Auf Befehl meines Vorgesetzten bringe ich einen gewissen Helward Mann vor die Gilden, der Volontär in einer Gilde ersten Ranges zu werden sucht.«

»Die Gilden erkennen Sie, Bruch. Sie können den Anwärter hereinführen.«

Bruch drehte sich zu mir um, und ich trat auf seinen Wink in den Saal, so wie er es vorher mit mir geprobt hatte. In der Saalmitte war ein kleines Podest aufgestellt worden, zu dem ich nun hinging.

Ich stand dem Podium genau gegenüber.

Auf der Plattform, im harten Licht der Scheinwerfer, saß ein älterer Mann in einem hochlehnigen Stuhl. Er trug einen schwarzen Mantel, der auf der Brust mit einem weißen Kreis verziert war. Rechts und links von ihm standen je drei Männer, die ebenfalls Mäntel trugen, doch nicht mit Kreisen, sondern einem Band von jeweils verschiedener Farbe. Vor dem Podium standen zahlreiche Männer und einige Frauen. Mein Vater war unter ihnen.

Alle sahen mich an, und ich spürte, wie meine Nervosität wuchs. Mein Verstand schaltete ab, und ich hatte plötzlich alles vergessen, was Bruch mir so sorgfältig eingetrichtert hatte.

Auf meinen Eintritt war Stille gefolgt, und ich konnte nur einfach den Mann anstarren, der in der Mitte des Podiums saß. Dies war das erste Mal, daß ich mich in Gegenwart eines Navigators befand. Ich hatte noch nie einen zu Gesicht bekommen. Im Internat hatte man von jenen Männern mitunter gesprochen, manchmal ehrfürchtig, manchmal (wenn man zu den weniger respektvollen Zöglingen gehörte) spöttisch, aber immer mit einem Unterton der Achtung vor diesen nahezu legendären Personen. Daß bei der Zeremonie jetzt ein Navigator zugegen war, unterstrich ihre Bedeutung. Mein erster Gedanke war, wie ich meinen Kameraden davon erzählen würde ... und dann erinnerte ich mich, daß von diesem Tag an nichts mehr so sein würde wie früher.

Bruch hatte sich mir gegenüber aufgestellt.

»Sind Sie Helward Mann, Anwärter?«

»Ja.«

»Wie alt sind Sie, Anwärter?«

»Sechshundertfünfzig Meilen.«

»Sind Sie sich der Bedeutung dieses Alters bewußt?«

»Ich habe nun die Verantwortung eines Erwachsenen zu übernehmen.«

»In welcher Weise wollen Sie diese Verantwortung übernehmen, Anwärter?«

»Ich will Volontär in einer Gilde ersten Ranges nach meiner Wahl werden.«

»Haben Sie diese Wahl getroffen, Anwärter?«

»Ja, das habe ich.«

Bruch wandte sich zu dem Podium um. Er wiederholte den dort versammelten Männern meine Antworten, obwohl ich sicher war, daß sie mich recht gut verstanden haben mußten.

»Wünscht jemand den Anwärter zu befragen?« sagte der Navigator zu den Männern auf dem Podium.

Keiner meldete sich.

»Gut.« Der Navigator erhob sich. »Treten Sie vor, Helward Mann, damit ich Sie ansehen kann. «

Bruch trat zur Seite. Ich ging um das Podest herum und zu einem weißen Plastikkreis, der in den Teppich eingelassen war.

Ich stellte mich genau in seiner Mitte auf. Mehrere Sekunden lang wurde ich schweigend gemustert.

Der Navigator wandte sich an einen der Männer neben ihm.

»Sind die Bürgen anwesend?«

»Jawohl, Lord Navigator.«

»Gut. Da dies eine Angelegenheit der Gilden ist, müssen wir alle anderen ausschließen.«

Der Navigator setzte sich, und der Mann zu seiner unmittelbaren Rechten trat vor.

»Gehört einer der Anwesenden nicht zum ersten Rang? In diesem Fall möge er so gut sein, den Saal zu verlassen.«

Neben und etwas hinter mir sah ich Bruch eine leichte Verbeugung zum Podium hin machen und hierauf hinausgehen. Er war nicht der einzige. Von den unten Versammelten verließ fast die Hälfte den Saal durch den einen oder anderen Ausgang. Die Zurückbleibenden wandten sich mir zu.

»Wer erkennt einen Außenstehenden?« sagte der Mann auf dem Podium. Schweigen. Niemand antwortete. »Anwärter Helward Mann, Sie stehen nun vor Gildenmitgliedern ausschließlich ersten Ranges. Eine solche Versammlung ist nicht häufig, deshalb sollten Sie ihr mit der gebührenden Achtung gegenübertreten. Sie findet Ihnen zu Ehren statt. Wenn Ihre Volontärzeit beendet ist, sind Sie diesen Mitgliedern hier gleichgestellt, und Sie werden gleich ihnen den Gildengesetzen unterstehen. Haben Sie das verstanden?«

»Ja, Sir.«

»Sie haben die Gilde gewählt, in die Sie eintreten wollen. Nennen Sie sie, so daß alle Ihre Wahl vernehmen mögen.«

»Ich möchte ein Zukunftsvermesser werden«, sagte ich.

»Sehr gut. Ihre Wahl wird akzeptiert. Ich bin Zukunftsvermesser Clausewitz, Oberhaupt Ihrer gewählten Gilde. Um Sie herum stehen weitere Zukunftsvermesser sowie Vertreter anderer Gilden ersten Ranges. Hier auf dem Podium sehen Sie die anderen Oberhäupter der Gilden ersten Ranges. In unserer Mitte beehrt uns Lord Navigator Olsen mit seiner Gegenwart.«

Ich machte eine tiefe Verbeugung vor dem Navigator, wie

Bruch mir vorher beigebracht hatte. Dies war die einzige seiner Anweisungen, an die ich mich jetzt noch erinnerte: er hatte mir gesagt, daß er über die Einzelheiten dieses Teils der Zeremonie nichts wisse, daß ich aber auf jeden Fall dem Navigator angemessene Ehrerbietung bezeigen müsse, wenn ich ihm formell vorgestellt würde.

»Wer ist der erste Bürge für den Anwärter?«

»Sir, ich bürge für ihn und beantrage seine Aufnahme in die Gilde.« Mein Vater hatte sich als erster Bürge gemeldet.

»Zukunftsvermesser Mann hat den Antrag gestellt. Wer ist der zweite Bürge?«

»Sir, ich unterstütze den Antrag.«

»Brückenbauer Lerouex hat den Antrag unterstützt. Wünscht jemand Einspruch zu erheben?«

Längeres Schweigen. Zweimal noch stellte Clausewitz die Frage, aber niemand erhob Einspruch gegen meine Aufnahme.

»Es ist, wie es sein soll«, sagte Clausewitz. »Helward Mann, ich lege Ihnen nun den Eid der Gilden ersten Ranges vor. Sie können selbst in diesem Stadium noch ablehnen, ihn zu schwören. Wenn Sie jedoch den Eid ablegen, dann sind Sie für den Rest Ihres Lebens in der Stadt daran gebunden. Die Strafe für einen Bruch des Eides ist die sofortige Exekution. Ist Ihnen dies völlig klar?«

Ich war verblüfft, ja erschrocken. Niemand, weder mein Vater noch Jase oder Bruch, hatte irgend etwas gesagt, das mich auf etwas Derartiges vorbereitet hätte. Bruch vielleicht hatte nichts davon gewußt ... aber mein Vater hätte es mir doch sicher sagen können?

»Nun?«

»Muß ich mich sofort entscheiden, Sir?«

»Ja.«

Es war mir klar, daß ich den Eid nicht zu sehen bekommen würde, bevor ich mich entschieden hatte. Vermutlich war sein Inhalt ein wesentlicher Teil des Geheimnisses. Ich spürte, daß mir eigentlich kein Ausweg blieb. Ich begann den Druck des

Systems zu fühlen, das mir gestattet hatte, bis hierher zu kommen. So weit zu gelangen – bis zur Annahme des Zulassungsantrags – und dann den Eid abzulehnen, war unmöglich. Zumindest erschien es mir in diesem Augenblick so.

»Ich werde den Eid ablegen, Sir.«

Clausewitz trat vom Podium herunter, kam zu mir und gab mir eine weiße Karte.

»Lesen Sie dies laut und deutlich«, befahl er. »Sie können es vorher für sich durchlesen, wenn Sie wollen, aber wenn Sie dies tun, dann sind Sie sofort dadurch gebunden.«

Ich nickte, um ihm zu zeigen, daß ich begriffen hatte, und er kehrte auf die Plattform zurück. Der Navigator erhob sich. Ich las den Eid schweigend durch, um mich mit den Wendungen vertraut zu machen.

Dann wandte ich mich dem Podium zu. Die Aufmerksamkeit aller, nicht zuletzt die meines Vaters, war mir in diesem Augenblick fast greifbar bewußt.

»Ich, Helward Mann, mündiger Erwachsener und Bürger der Stadt Erde schwöre hiermit feierlich:

Daß ich als Volontär der Gilde der Zukunftsvermesser alle mir gestellten Aufgaben unter vollem Einsatz meiner Fähigkeiten erfüllen werde;

daß ich die Sicherheit der Stadt Erde über alle anderen Belange stellen werde;

daß ich die Angelegenheiten meiner Gilde und anderer Gilden ersten Ranges mit niemandem besprechen werde, der nicht selbst zugelassener und vereidigter Volontär oder Gildenmitglied ist;

daß alles, was ich in der Welt außerhalb der Stadt Erde sehe oder erlebe, unter die Geheimhaltung der Gilden fällt;

daß ich bei meiner Aufnahme als vollwertiges Gildenmitglied mich mit dem Inhalt eines Dokumentes vertraut machen werde, das als Destain-Direktive bekannt ist, und daß ich es als meine Pflicht ansehen werde, die darin enthaltenen Anordnungen zu befolgen sowie mein daraus gewonnenes Wissen an künftige Generationen von Gildenmitgliedern weiterzugeben;

daß die Ablegung dieses Eides selbst unter die Geheimhaltung der Gilden fällt.

All dies schwöre ich in dem vollen Wissen, daß eine Zuwiderhandlung gegen irgendeine dieser Bedingungen mit sofortiger Hinrichtung durch meine Gildengenossen bestraft wird.«

Ich blickte zu Clausewitz hoch, als ich geendet hatte. Schon das Lesen dieser Worte hatte mich mit einer Aufregung erfüllt, die ich nur mit Mühe verbergen konnte. »Außerhalb der Stadt ...« Das hieß, daß ich die Stadt verlassen würde, daß ich alles sehen würde, was mir bisher verboten gewesen war, was den meisten Bürgern der Stadt immer noch verboten war. Im Internat waren zahllose Gerüchte über die Welt außerhalb der Stadt kursiert, und ich hatte mir auch selbst eine Menge wilder Phantasien zurechtgelegt. Ich war vernünftig genug, mir zu sagen, daß die Wirklichkeit nicht annähernd so bizarr wie jene Gerüchte sein konnte. Dessenungeachtet erregte mich die Aussicht, aus der Stadt herauszukommen. Der Mantel des Geheimnisses, den die Gilden über die Außenwelt breiteten, schien mir anzudeuten, daß es schreckliche Dinge jenseits der Stadtmauern gab, so schreckliche, daß man für ihre Enthüllung mit dem Leben bezahlen mußte.

Clausewitz sagte: »Kommen Sie auf das Podium, Volontär Mann.«

Ich stieg die vier Stufen hinauf, die auf die Plattform führten. Clausewitz begrüßte mich formell, schüttelte mir die Hand und nahm mir die Karte mit dem Eid wieder ab. Ich wurde zuerst dem Navigator vorgestellt, der einige freundliche Worte an mich richtete, und hierauf den anderen Gildenoberhäuptern. Clausewitz nannte mir nicht nur ihre Namen, sondern auch ihre Titel, von denen mir einige bisher unbekannt gewesen waren. All das Neue begann mich zu überwältigen – ich fühlte, daß ich in wenigen Augenblicken mehr lernte als während meines bisherigen Lebens im Internat.

Es gab sechs Gilden ersten Ranges. Neben Clausewitz' Gilde der Zukunftsvermesser gab es eine Schleppergilde, eine Gilde der Schienenleger und eine der Brückenbauer. Ich erfuhr, daß dies die Gilden waren, die vor allen anderen für den Fortbestand der Stadt sorgten. Sie wurden von zwei weiteren Gilden unterstützt: der Miliz und der Händlergilde. All das war mir neu, obwohl mir nun einfiel, daß mein Vater manchmal beiläufig Männer erwähnt hatte, die die Namen ihrer Gilden als Titel trugen. So hatte ich zum Beispiel von den Brückenbauern gehört, aber bis zu der Zeremonie eben hatte ich keine Ahnung gehabt, daß das Bauen von Brücken eine Tätigkeit war, die einer rituellen Geheimhaltung bedurfte. Was hatte eine Brücke mit dem Fortbestand der Stadt zu tun? Warum und wozu mußte es eine Miliz geben?

Und was eigentlich war die Zukunft, die es zu vermessen galt? Clausewitz führte mich zu den Mitgliedern der Zukunftsgilde, unter denen sich natürlich mein Vater befand. Außer ihm waren nur noch drei anwesend; die anderen waren alle, wie ich erfuhr, außerhalb der Stadt. Als ich ihnen vorgestellt worden war, sprach ich auch noch mit den Mitgliedern der anderen Gilden ersten Ranges. Ich bekam den Eindruck, daß die Aufgaben der Gildenleute außerhalb der Stadt einen Großteil ihrer Arbeitszeit beanspruchten, denn mehrmals entschuldigte sich der eine oder andere Gildenangehörige, daß nicht mehr Kollegen der Zeremonie beigewohnt hatten, weil sie nicht in der Stadt waren.

Im Laufe dieser Gespräche fiel mir eine ungewöhnliche Tatsache auf. Es war etwas, das ich schon vorher bemerkt, aber nicht bewußt registriert hatte, nämlich, daß mein Vater und die anderen Männer von der Zukunftsgilde wesentlich älter zu sein schienen als die übrigen. Clausewitz selbst war von kräftiger Statur und bot in seinem Zeremonienmantel einen eindrucksvollen Anblick, aber sein dünnes Haar und die Falten seines Gesichts wiesen auf ein recht hohes Alter hin; ich schätzte, daß er mindestens zweitausendfünfhundert Meilen alt war. Auch mein Vater kam mir, jetzt, da ich ihn im Kreis seiner Altersgenossen sah, erstaunlich alt vor. Er schien mir nicht viel jünger als Clausewitz zu sein, was jeglicher Logik widersprach. Das hätte bedeutet, daß Vater bei meiner Geburt etwa achtzehnhundert Meilen alt gewesen sein müßte, und ich wußte doch, daß es in der Stadt Brauch war, so früh wie möglich Kinder zu zeugen.

Die anderen Gildenmitglieder waren beträchtlich jünger. Einige waren allem Anschein nach nur wenige Meilen älter als ich – eine Tatsache, die mir Hoffnung machte, denn jetzt, da ich in die Welt der Erwachsenen eingetreten war, wollte ich natürlich meine Volontärzeit so schnell wie möglich hinter mich bringen. Ich schloß nun, daß man nicht für eine bestimmte Zeitspanne Volontär sein mußte. Wenn es, wie Bruch gesagt hatte, von der Leistung abhing, wann man welche Stellung erreichte, dann konnte ich, wenn ich mir Mühe gab, in relativ kurzer Zeit vollwertiges Gildenmitglied werden. Von den Menschen, an deren Anwesenheit mir etwas gelegen war, fehlte nur einer. Das war Jase.

Im Gespräch mit einem Mann von der Schleppergilde fragte ich nach ihm.

»Gelman Jase?« sagte er. »Soviel ich weiß, ist er nicht in der Stadt.«

»Aber hätte er nicht zurückkommen können, um heute dabei zu sein?« meinte ich. »Wir hatten zusammen eine Kammer im Internat.«

»Jase wird noch viele Meilen lang nicht zurückkommen.«

»Wo ist er?«

Der Gildenmann lächelte nur, was mich ziemlich wütend machte – denn jetzt, da ich den Eid abgelegt hatte, brauchte man doch keine Geheimnisse mehr vor mir haben.

Erst später bemerkte ich, daß auch sonst keine Volontäre anwesend waren. Hielten sie sich alle außerhalb der Stadt auf? In diesem Fall würde ich wahrscheinlich auch bald ausgeschickt werden.

Nachdem die Unterhaltung mit den verschiedenen Gildenmitgliedern etwa zehn Minuten lang gedauert hatte, bat Clausewitz um Aufmerksamkeit. »Ich beabsichtige nun, die Beamten wieder hereinzurufen«, sagte er. »Hat jemand Einwände?«

Ein Gemurmel allgemeiner Zustimmung erhob sich unter den Gildenmitgliedern.

»In diesem Fall«, fuhr Clausewitz fort, »möchte ich den Volontär daran erinnern, daß dies die erste von vielen Gelegenheiten ist, bei denen er die Bedingungen seines Eides zu beachten hat.«

Clausewitz stieg vom Podium herunter, und zwei oder drei der Gildenleute öffneten die Saaltür. Langsam strömten die übrigen herein, um wieder an der Zusammenkunft teilzunehmen. Die Stimmung wurde nun unbeschwerter. Als der Saal sich füllte, hörte ich da und dort Gelächter und sah dann, daß auf der anderen Seite ein langer Tisch aufgestellt wurde. Die Beamten schienen es nicht zu verübeln, daß sie von einem Teil der Zeremonie ausgeschlossen worden waren. Ich nahm an, daß so etwas häufig genug vorkam und sie es als Selbstverständlichkeit ansahen, aber mir kam der Gedanke, daß sie sich über die Vorgänge ziemlich genaue Vorstellungen machen mußten. Wenn etwas, wie in diesem Fall, ganz öffentlich zum Geheimnis erklärt wird, dann ruft das mehr als alles andere neugierige Vermutungen hervor. War es wirklich eine ausreichende Sicherheitsvorkehrung, einfach alle Uneingeweihten hinauszuschicken, während eine Vereidigung stattfand? Hatten sie wirklich keine Ahnung, was vorging? Soweit ich wußte, waren keine Wachen an der Tür gewesen; was konnte sie also hindern, einfach zu lauschen, während ich den Eid laut vorlas?

Bald blieb mir keine Zeit mehr für solche Grübeleien, denn das Getriebe im Saal nahm mehr und mehr zu. Die Menschen unterhielten sich angeregt, und es gab einigen Trubel, als der lange Tisch mit allen möglichen Speisen und Getränken bestückt wurde. Mein Vater führte mich von einer Menschengruppe zur anderen, und ich wurde so vielen Leuten vorgestellt, daß ich mir bald die Namen und Titel nicht mehr merken konnte.

»Solltest du mich nicht Victorias Eltern vorstellen?« sagte ich, als ich Brückenbauer Lerouex neben einer Beamtin stehen sah, die, wie ich annahm, seine Frau war.

»Nein ... das kommt später.« Er führte mich weiter, und bald schüttelte ich immer neuen, mir unbekannten Leuten die Hand.

Ich fragte mich, wo Victoria blieb, denn jetzt, nach Abschluß der Gildenzeremonie, war es doch sicher an der Zeit, unsere Verlobung zu verkünden. Ich sehnte mich mittlerweile danach, sie zu sehen, teils aus Neugier, teils, weil sie wenigstens jemand war, den ich kannte. Ich fühlte mich unbehaglich in der Gesellschaft von Leuten, die fast alle älter und erfahrener waren als ich; Victoria dagegen war eine Altersgenossin. Auch sie war im Internat aufgewachsen, gleichzeitig mit mir, und wir hatten die gleichen Bekannten. In diesem Saal voller Gildenmitglieder wäre sie eine vertraute und tröstende Erinnerung an mein bisheriges Leben gewesen. Ich hatte den großen Schritt in das Erwachsenendasein gemacht, und das reichte mir für diesen Tag.

Die Zeit verging. Ich hatte nichts gegessen, seit Bruch mich in der Frühe geweckt hatte, und der Anblick des Buffets erinnerte mich daran, wie hungrig ich war. Dieser mehr gesellschaftliche Teil der Zeremonie interessierte mich immer weniger. Es war einfach zuviel auf einmal gewesen. Noch eine gute halbe Stunde lang machte ich mit meinem Vater die Runde, redete gleichgültig mit den Leuten, denen ich vorgestellt wurde, und sehnte mich eigentlich nur danach, ein paar Minuten für mich zu haben, um all das Neue überdenken zu können.

Schließlich ließ mich Vater bei einer Gruppe Synthesebeamter zurück (dies waren die Leute, die, wie ich erfuhr, für die Herstellung der verschiedenen synthetischen Nahrungsmittel und aller in der Stadt verwendeten organischen Rohstoffe verantwortlich waren) und ging hinüber zu den beiden Lerouex. Ich sah ihn kurz mit Victorias Vater sprechen, und dieser nickte.

Einen Augenblick später kehrte mein Vater zurück und nahm mich beiseite.

»Warte hier, Helward«, sagte er. »Ich werde nun deine Verlobung verkünden. Wenn Victoria eintritt, kommst du zu mir.«

Er eilte davon und sagte etwas zu Clausewitz. Der Navigator kehrte zu seinem Sessel auf dem Podium zurück.

»Gildenmitglieder und Beamte!« rief Clausewitz über das Stimmengewirr. »Wir haben einen weiteren freudigen Anlaß zu feiern. Der neue Volontär soll mit der Tochter von Brückenbauer Lerouex verlobt werden. Zukunftsvermesser Mann, möchten Sie ein paar Worte sprechen?«

Mein Vater ging an die Stirnseite des Saals, stellte sich vor dem Podium auf und hielt eine kurze Rede über mich. Er sprach viel zu hastig. Von all dem, was ich an diesem Vormittag über mich habe ergehen lassen müssen, war mir das am peinlichsten. Wir hatten uns nie besonders gut verstanden und standen uns durchaus nicht so nahe, wie seine Rede vermuten ließ. Ich wollte ihn bitten aufzuhören, wollte hinausgehen, bis er fertig war, aber ich war leider immer noch der Mittelpunkt der Aufmerksamkeit. Ich fragte mich, ob die Gildenmitglieder eine Ahnung hatten, wie unangenehm mich diese Zeremonie berührte und wie sehr sie mich von ihnen entfremdete.

Ich war erleichtert, als mein Vater endlich fertig war. Er blieb jedoch vor dem Podium stehen. Auf der anderen Seite des Saals verkündete jetzt Lerouex, daß er seine Tochter vorstellen wolle. Eine Tür öffnete sich, und Victoria kam herein, eskortiert von ihrer Mutter.

Wie mein Vater mich angewiesen hatte, ging ich nun zu ihm hinüber. Er reichte mir die Hand. Lerouex küßte Victoria. Hierauf küßte auch mein Vater sie und steckte ihr einen Ring an. Wieder wurde eine Rede gehalten. Schließlich wurde ich ihr vorgestellt. Wir hatten keine Möglichkeit, miteinander zu sprechen.

Die Feierlichkeiten gingen weiter.

2

Ich erhielt einen Schlüssel für das Internatsgebäude, die Information, daß ich meine Kammer weiterhin benützen könne, bis ein Quartier in der Wohnregion meiner Gilde gefunden werde, und die Ermahnung, meinen Eid nicht zu vergessen. Ich ging sofort schlafen.

Am nächsten Tag wurde ich sehr früh von einem Gildenmitglied geweckt, das ich bei der Feier tags zuvor kennengelernt hatte. Der Mann war Zukunftsvermesser Denton. Er wartete, während ich meine neue Volontärsuniform anlegte, und brachte mich dann aus dem Internat. Wir nahmen nicht den gleichen Weg, den Bruch mich geführt hatte, sondern stiegen eine Reihe von Treppen hinauf. Die Stadt war noch ganz ruhig. Als wir an einer Uhr vorbeikamen, sah ich, daß es tatsächlich erst halb vier Uhr früh war. Die Gänge waren leer, die Deckenbeleuchtung war gedämpft.

Endlich kamen wir zu einer Wendeltreppe, die vor einer schweren Stahltür endete. Zukunftsvermesser Denton zog eine kleine Lampe aus der Tasche und knipste sie an. Ich sah, daß die Tür mit zwei Schlössern versehen war. Er sperrte auf und bedeutete mir, vorauszugehen.

Ich trat hinaus in Kälte und Dunkelheit. Beides war so intensiv, wie ich es nie zuvor erlebt hatte. Denton schloß die Tür hinter sich und versperrte sie wieder. Als er mit der Taschenlampe umherleuchtete, stellte ich fest, daß wir auf einer kleinen Plattform standen, die von einem etwa ein Meter hohen Geländer begrenzt wurde. Wir blieben am Geländer stehen. Denton schaltete seine Lampe aus, die Dunkelheit hüllte uns nun völlig ein.

»Wo sind wir?« fragte ich.

»Sprechen Sie nicht. Warten Sie ... und schauen Sie.«

Ich konnte jedoch nicht das geringste sehen. Meine noch an die relative Helligkeit der Korridore gewöhnten Augen täuschten meine Sinne, ließen mich farbige, bewegte Umrisse sehen, aber nach ein paar Minuten erloschen diese Trugbilder. Die vollkommene Dunkelheit war nicht das einzige, was mich unruhig machte; die kalte, scharfe Luft zerrte an meinem Körper, aber ich zitterte nicht nur vor Kälte. Ich fühlte den Stahl des Geländers unter meinen Händen wie einen eisigen Speer und bewegte meine starren Finger, um den Kontakt mit dem kalten Metall möglichst gering zu halten. Ganz loslassen konnte ich jedoch nicht. In der undurchdringlichen Finsternis war das Geländer meine einzige Verbindung zur realen Welt. Nie zuvor war ich von allem Bekannten so losgelöst, nie zuvor so vollkommen von Unbekanntem umgeben gewesen. Jeder Muskel meines Körpers war angespannt, wie in instinktiver Erwartung einer plötzlichen Explosion, eines Schlages. Aber nichts geschah. Um mich herum war es kalt und dunkel und schrecklich still, bis auf das so fremdartige Flüstern des Windes.

Die Minuten verstrichen, und meine Augen gewöhnten sich an die Dunkelheit, bis ich glaubte, undeutliche Umrisse erkennen zu können. Ich sah Zukunftsvermesser Denton neben mir, eine große dunkle, mantelverhüllte Gestalt, die sich von dem weniger dunklen Hintergrund abhob. Unterhalb der Plattform, auf der wir standen, konnte ich gewaltige, unregelmäßige Formen ausmachen, schwarz und schwarz auf schwarz.

Alles übrige blieb undurchdringliche Dunkelheit. Ich hatte keinen visuellen Anhaltspunkt, nichts, woran ich Dimensionen oder Entfernungen hätte abschätzen können. Es war erschreckend, aber nicht wie irgendeine Bedrohung, sondern nur durch die Intensität der Gefühle, die es in mir wachrief. Ich hatte manchmal von einem solchen Ort geträumt, und dann war ich aufgewacht und hatte noch das Bild ganz ähnlicher Eindrücke vor mir gehabt. Das war jetzt kein Traum; diese scharfe Kälte konnte man nicht träumen und auch nicht dieses neue, überwältigende Gefühl von Offenheit und Weite. Ich wußte nur, daß ich mich jetzt zum ersten Mal außerhalb der Stadt befand – etwas anderes konnte es nicht sein – und daß es ein Erlebnis war, wie ich es mir nie vorgestellt hatte.

Auf einmal waren Kälte und Dunkelheit nicht mehr wichtig, als mir die Bedeutung dieser Augenblicke zu Bewußtsein kam.

Ich war draußen ... *das* war es, worauf ich mein ganzes bisheriges Leben gewartet hatte!

Denton brauchte mich nicht nochmals zum Schweigen mahnen; ich konnte gar nichts sagen, und hätte ich es versucht, mir wären die Worte in der Kehle steckengeblieben oder vom Wind genommen worden. Alles, was ich tun konnte, war schauen, und ich sah nichts als das geheimnisvolle Dunkel über einem Land unter wolkenverhangenem Nachthimmel.

Plötzlich wurde ich mir einer neuen Wahrnehmung bewußt: ich roch die Erde! Der Geruch war anders als alles, was ich in der Stadt gerochen hatte, und mein Geist gaukelte mir das Bild vieler Quadratmeilen reicher brauner Erde vor, feucht vom nächtlichen Tau. In Wirklichkeit hatte ich keine Ahnung, was ich roch – vielleicht war es überhaupt nicht Erde –, aber das Bild fruchtbaren dunklen Bodens war mir nicht aus dem Kopf gegangen, seit ich im Internat in einem Buch davon gelesen hatte. Diese Erinnerung war genug, um meine Phantasie anzuregen. Ein berauschendes Gefühl ergriff mich, als spürte ich die reinigende Wirkung des wilden, unerforschten Landes außerhalb der Stadt. Dort draußen gab es so viel zu sehen und zu tun ... und doch war in diesen kostbaren Augenblicken auf der Plattform noch alles nicht mehr als ein Traum für mich, ein Zauberland der Phantasie. Ich brauchte gar nichts zu sehen – allein diese erste Berührung mit der Außenwelt genügte, um mein verhungertes Vorstellungsvermögen aufzuputschen und mir Dinge zu zeigen, von denen ich bisher nur durch Bücher erfahren hatte.

Langsam verblaßte die Schwärze, bis der Himmel über mir dunkelgrau war. In der Ferne konnte ich jetzt sehen, wo die Wolken den Horizont berührten, und während ich noch hinschaute, begann eine dünne, blaßrote Linie eine kleine Wolke von unten her zu umfangen. Als ob die Berührung des Lichts sie aufhöbe, begann diese Wolke und auch die anderen höher zu steigen und über uns wegzutreiben, mit dem Wind, der aus dem Zentrum des rötlichen Leuchtens kam. Die Röte breitete sich aus, berührte die abziehenden Wolken noch einmal für einige Augenblicke, als dränge es sie vor sich her. Zurück blieb ein weiter Halbkreis klaren Himmels, der sich nun, wieder von unten her, mit tiefem Orange vollsog. Ich konnte den Blick nicht von diesem Schauspiel losreißen. Es war das Schönste, was ich in meinem ganzen Leben gesehen hatte. Fast unmerklich breitete sich die Orangefarbe aus und wurde heller; immer noch waren die davontreibenden Wolken rötlich gerändert, aber an der Stelle, wo Himmel und Erde sich berührten, sickerte jetzt immer kräftiger werdendes Licht hervor, neben dem das Rot verblaßte.

Auch das Orange starb. Viel schneller, als ich es vermutet hatte, erlosch es, während das Licht am Horizont immer stärker wurde. Der Himmel war jetzt von so hellem, leuchtendem Blau, daß er fast weiß wirkte. Rasch wuchs vom Horizont eine Lanze weißen Lichtes empor und bohrte sich leicht schräg in den milchigen Himmel. Sie verdickte sich, wurde heller und heller, war nach wenigen Sekunden so grell, daß man sie nicht mehr direkt anblicken konnte.

Zukunftsvermesser Denton packte mich plötzlich am Arm.

»Sehen Sie!« sagte er und deutete auf den Himmel links von dem strahlenden Lichtbalken.

Ein Zug Vögel strich in eleganter V-Formation von links nach rechts über den Himmel. Nach wenigen Augenblicken kreuzten sie die wachsende Lichtsäule, und ich konnte sie einige Sekunden lang nicht mehr sehen. »Was ist das?« fragte ich, und meine Stimme klang seltsam rauh.

»Wildgänse.«

Jetzt wurden die Vögel wieder sichtbar, zogen mit langsamem Flügelschlag vor dem blauen Himmel vorüber. Nach einer Minute etwa verschwanden sie zwischen den Hügeln in der Ferne.

Ich blickte wieder zu der höher steigenden Sonne. In der kurzen Zeit, während ich die Vögel beobachtet hatte, war sie vollends aufgegangen. Fassungslos starrte ich hin, die Augen halb zugekniffen. Die Sonne sah nun ganz anders aus. Wie ein längliches Lichtoval hing sie am Himmel, eine leicht geneigte Scheibe, oben und unten in einen langen, spitzen Lichtdorn übergehend

– wie ein gigantischer, etwas schräg liegender Kreisel aus weißglühendem Metall. Ich fühlte ihre Wärme auf dem Gesicht. Der Wind legte sich.

So stand ich mit Denton auf der kleinen Plattform über der Stadt und blickte auf das Land hinaus. Ich konnte einen Teil der Stadt sehen, und ich sah, wie die letzte der Wolken auf der sonnenabgewandten Seite hinter den Horizont tauchte. Der Lichtkreisel schien nun aus einem wolkenlosen Himmel auf uns herunter. Denton legte seinen Mantel ab.

Er nickte mir zu und zeigte mir, wo wir über eine Reihe von Metalleitern von der Plattform hinunter auf den Erdboden steigen konnten. Er ging voraus. Als ich ihm nachkletterte und dann zum erstenmal meinen Fuß auf natürlichen Boden setzte, hörte ich, wie die Vögel, die in den oberen Teilen der Stadt nisteten, zu singen anfingen.

3

Zukunftsvermesser Denton ging mit mir einmal rund um die Stadt und brachte mich dann hinaus zu einer kleinen Gruppe von Baracken, die etwa fünfhundert Meter von der Stadt entfernt aufgestellt worden waren. Dort stellte er mich Schienenleger Malchuskin vor und kehrte in die Stadt zurück.

Der Schienenleger war ein stämmiger, dichtbehaarter Mann und kämpfte noch mit dem Schlaf. Er schien die frühe Störung jedoch nicht zu verübeln, sondern behandelte mich sogar recht höflich. »Ein Zukunftsvolontär sind Sie?«

Ich nickte. »Ich bin eben aus der Stadt gekommen.«

»Das erste Mal draußen?«

»Ja.«

»Haben Sie schon gefrühstückt?«

»Nein ... der Zukunftsvermesser hat mich aus dem Bett geholt, und wir sind mehr oder weniger direkt hierhergekommen.«

»Na, dann kommen Sie rein ... ich mach uns Kaffee.«

Das Innere der Bretterbude war so primitiv und unordentlich, wie ich in der Stadt nie einen Raum gesehen hatte. Dort schien Sauberkeit und Ordnung irgendwie sehr wichtig zu sein; Malchuskins Hütte war vollgestopft mit schmutzigen Kleidungsstücken, unabgewaschenen Töpfen und Pfannen und halbaufgegessenen Mahlzeiten. In einer Ecke lag ein großer Haufen von Metallwerkzeugen und Geräten, und an der einen Wand stand eine Pritsche; die Decken waren verknüllt zurückgeschoben. Der Raum roch schwach nach abgestandenen Speiseresten.

Malchuskin füllte einen Topf mit Wasser und stellte ihn auf die Kochplatte. Er kramte zwei Becher hervor, spülte sie am Wasserfaß aus und schlenkerte sie zum Abtropfen hin und her. Dann löffelte er etwas synthetischen Kaffee in eine Kanne und goß ihn auf, als das Wasser kochte.

Es gab nur einen Sessel in der Hütte. Malchuskin nahm ein paar schwere Stahlwerkzeuge vom Tisch und schob ihn zur Pritsche hinüber. Er setzte sich und bedeutete mir, den Stuhl zu nehmen. Eine Weile saßen wir schweigend da und tranken Kaffee. Er war genauso wie in der Stadt gemacht worden, und doch schien er mir anders zu schmecken.

»Hab' in letzter Zeit nicht viele Volontäre gekriegt.«

»Wieso das?« sagte ich.

»Keine Ahnung. Wir haben überall Nachwuchsschwierigkeiten. Wer sind Sie?«

»Helward Mann. Mein Vater ist . . .«

»Ja, ich kenn ihn. Wir waren zusammen im Internat.«

Ich runzelte verblüfft die Stirn. Mein Vater und er konnten doch sicher nicht gleich alt sein? Malchuskin bemerkte meinen Gesichtsausdruck.

»Zerbrechen Sie sich darüber nicht den Kopf«, sagte er. »Sie werden's eines Tages schon verstehen. Sie werden es aus eigener Erfahrung lernen, wie alles andere, was man in diesem verdammten Gildensystem früher oder später lernen muß. Es ist ein sonderbares Leben in der Zukunftsgilde. Nichts für mich, aber Sie werden sich schon durchschlagen, glaub ich.«

»Warum wollten Sie nicht ein Zukunftsvermesser werden?«

»Ich hab' nicht gesagt, daß ich nicht wollte ... ich meinte, es war mir nicht bestimmt. Mein Vater war Schienenleger. Da haben Sie wieder das Gildensystem. Aber wenn Sie von Grund auf alles lernen wollen, dann sind Sie in den richtigen Händen. Haben Sie schon körperliche Arbeit geleistet?«

»Nicht viel ...«

Er lachte laut. »Das haben die Volontäre nie. Aber Sie werden sich schon daran gewöhnen.« Er stand auf. »Zeit, daß wir anfangen. Es ist zwar noch früh, aber nachdem Sie mich schon mal aus dem Bett geholt haben, hat's keinen Sinn, untätig rumzusitzen. Und diese Kerle sind sowieso eine verdammt faule Bande.«

Er ging hinaus. Hastig trank ich meinen Kaffee aus, verbrannte mir damit die Zunge und folgte ihm. Er ging auf die beiden anderen Baracken zu. Ich holte ihn ein.

Mit einem Schraubenschlüssel, den er aus seiner Hütte mitgenommen hatte, hämmerte er an die Türen der beiden Hütten und brüllte den Bewohnern, wer das auch war, zu, daß sie aufstehen sollten. Ich schloß aus den Dellen und Schrammen an den Türen, daß er wohl jeden Morgen mit irgendeinem Metallwerkzeug darandonnerte.

Wir hörten, wie sich die Leute drinnen zu rühren begannen.

Malchuskin ging zu seiner Hütte zurück und begann, einige Werkzeuge zusammmenzusuchen.

»Halten Sie bloß Abstand von diesen Leuten«, warnte er mich. »Sie sind nicht aus der Stadt, und wenn man nicht weiß, wie ... Einer von ihnen, Rafael, kann ein bißchen Englisch. Ich hab' ihn als Vormann eingesetzt. Wenn Sie was wollen, dann wenden Sie sich an ihn. Oder kommen Sie besser zu mir. Es ist unwahrscheinlich, daß es Schwierigkeiten gibt, aber wenn... dann rufen Sie mich. Klar?«

»Was für Schwierigkeiten?«

»Zum Beispiel, sie tun nicht, was Sie oder ich ihnen sagen. Wir bezahlen die Kerle, und wir bezahlen sie dafür, daß sie tun, was wir wollen. Wenn sie's nicht tun, gibt's Schwierigkeiten. Dieser Trupp ist soweit ganz in Ordnung, wenn die

Burschen nur nicht so stinkfaul wären. Deshalb fangen wir früh an. Später am Tag wird's ziemlich heiß, und da können wir uns sowieso jedes Wort sparen.«

Es war schon jetzt recht warm. Die Sonne war ein ganzes Stück höher gestiegen, seit ich bei Malchuskin war, und meine Augen begannen zu tränen. Ich war so helles Licht nicht gewöhnt. Ich hatte versucht, nochmals direkt in die Sonne zu schauen, aber das war jetzt ganz unmöglich.

»Nehmen Sie das!« Malchuskin gab mir einen Armvoll langer, stählerner Schraubenschlüssel, und ich stolperte unter dem Gewicht, so daß zwei oder drei zu Boden fielen. Er sah mir schweigend zu, als ich sie aufhob, beschämt über meine Ungeschicklichkeit.

»Wohin damit?« fragte ich.

»Zur Stadt, natürlich. Bringen sie euch daheim denn gar nichts bei?«

Ich wankte in Richtung Stadt. Malchuskin sah mir von der Tür seiner Hütte aus zu.

»Südseite!« rief er mir nach. Ich blieb stehen und blickte hilflos zurück. Malchuskin kam mir nach.

»Dorthin.« Er wies an der Stadt vorbei. »Zu den Schienen im Süden der Stadt. Klar?«

»Klar.« Ich ging in die angewiesene Richtung und ließ unterwegs nur mehr einen Schraubenschlüssel fallen.

Nach einer oder zwei Stunden begriff ich langsam Malchuskins Urteil über die Männer, die für uns arbeiteten. Sie hörten beim geringsten Vorwand auf, und nur Malchuskins Gebrüll oder Ra faels widerwillige Anordnungen brachte sie wieder an die Arbeit.

»Was sind das für Leute?« fragte ich Malchuskin, als wir eine Viertelstunde Pause einlegten.

»Eingeborene.«

»Könnten wir nicht mehr anstellen?«

»Die sind alle gleich hier in der Gegend.«

In gewissem Grade hatte ich Verständnis für sie. Arbeit im

Freien, ohne den geringsten Schatten, war hart und anstrengend. Obwohl ich fest entschlossen war, nicht schlappzumachen, war es eine größere Plage, als ich verkraften konnte. Ich hatte jedenfalls noch nie so schwer körperlich gearbeitet.

Die Schienen reichten von der Stadt etwa eine halbe Meile nach Süden und endeten dann unvermittelt. Es gab vier Gleise aus je zwei Metallschienen, die an hölzerne Schwellen angeschraubt waren, welche wiederum auf versenkten Betonträgern ruhten. Zwei Gleise waren von Malchuskin und seinen Arbeitern schon ziemlich weit abgebaut worden, und wir machten uns jetzt an jenes, das noch am längsten war, das Rechtsaußen-Gleis.

Malchuskin erklärte mir, die vier Gleise würden, wenn man in Richtung Stadt blickte, durch die Bezeichnungen rechts und links beziehungsweise außen und innen gekennzeichnet.

Viel denken brauchte man bei der Arbeit nicht. Was getan werden mußte, war schwer und anstrengend, aber immer das gleiche.

Als erstes mußten die Schraubbolzen, die die Schienen mit den Schwellen verbanden, auf einem ganzen Schienenstück gelöst werden. Das Stück wurde dann entfernt und die Parallelschiene ebenso abgeschraubt. Dann befaßten wir uns mit den Schwellen. Sie waren mit je zwei Stahlklammern an der Betonunterlage befestigt. Man mußte die Klammern lockern und abziehen. Wenn die Schwelle frei war, wurde sie auf eine Draisine verladen, die auf dem nächsten Schienenstück wartete. Die Betonträger waren, wie ich entdeckte, wieder verwendbare Fertigteile, das heißt, wir mußten sie ausgraben und ebenfalls auf die Draisine laden. Ganz zuletzt wurden die beiden stählernen Schienenstücke auf spezielle Träger an der Seite der Draisine gehoben.

Dann fuhr Malchuskin oder ich die batteriebetriebene Draisine zum nächsten Gleisabschnitt, und die ganze Prozedur wurde wiederholt. Wenn die Draisine voll beladen war, stieg die ganze Arbeitsmannschaft auf und fuhr damit bis an die rückwärtige Wand der Stadt. Dort parkten wir, und die Batterie wurde über einen Kontakt neu aufgeladen, der zu diesem Zweck in die Wand eingelassen war.

Es dauerte einen Großteil des Vormittags, die Draisine fertig zu beladen und zur Stadt zu fahren. Ich fühlte mich wie gerädert, der Rücken tat mir scheußlich weh, und ich war dreckig und verschwitzt. Malchuskin, der nicht weniger als alle anderen gearbeitet hatte – und wahrscheinlich mehr als irgendeiner von den Angeheuerten –, grinste mich an.

»Jetzt laden wir ab und fangen von vorne an«, sagte er.

Ich schaute zu den Arbeitern hinüber. Sie sahen so aus, wie ich mich fühlte, obwohl ich meiner Meinung nach ebenfalls mehr als sie gearbeitet hatte, da mir schließlich das alles neu war und ich noch nicht gelernt hatte, meine Muskeln rationell einzusetzen. Die meisten lagen erschöpft in dem schmalen Schattenrand unmittelbar an der Stadt.

»Na schön«, sagte ich.

»Hab' nur Spaß gemacht. Oder glauben Sie, daß diese schlappe Bande da auch nur einen Finger rührt, bevor sie was zu essen gekriegt hat?«

»Nein.«

»Eben ... Essen wir also.«

Er sagte etwas zu Rafael und ging dann zurück zu seiner Hütte. Ich kam mit, und wir teilten uns das aufgewärmte synthetische Essen. Etwas anderes hatte er nicht.

Nachmittags begannen wir mit dem Abladen. Die Schwellen, Träger und Schienen wurden auf ein anderes batteriebetriebenes Fahrzeug umgeladen, das jedoch auf vier riesigen Ballonreifen lief. Als das erledigt war, brachten wir die Draisine wieder an das hintere Gleisende und begannen erneut mit dem Abbau. Der Nachmittag war heiß, und die Männer arbeiteten langsam. Selbst Malchuskin hatte ein etwas gemütlicheres Tempo angeschlagen, und als die Draisine wieder voll beladen war, ließ er haltmachen.

»Ich hätt' zwar gerne noch eine dritte Ladung reingebracht«, sagte er und nahm einen langen Schluck aus der Wasserflasche.

»Ich bin bereit«, sagte ich.

»Mag sein. Aber wollen Sie's ganz alleine machen?«

»Aber ich bin noch nicht müde«, sagte ich. Das war eine gewaltige Lüge, aber ich wollte ihn nicht merken lassen, wie erschöpft ich war.

»Na, Sie werden sich auch so morgen kaum rühren können. Nein, wir werden jetzt nur noch abladen, die Draisine wieder herausfahren, und dann ist Feierabend.«

Es stellte sich heraus, daß damit noch nicht ganz Feierabend war. Als wir die Draisine ans Gleisende zurückbrachten, ließ Malchuskin die Männer noch den letzten Gleisabschnitt mit so viel Erde und Schotter zuschütten, als wir nur auftreiben konnten. Zwanzig Meter weit bedeckten wir die Gleise mit lockerem Material.

Ich fragte Malchuskin, wozu das gut sei.

Er zeigte mit einer Kopfbewegung auf das benachbarte längere Gleis, das ›Linksinnen‹ nach der üblichen Bezeichnung. Es endete an einem mächtigen Betonklotz, der mit halb eingegrabenen Stützpfeilern fest in den Boden verkeilt war. »Wär's Ihnen lieber, wenn wir so ein Ding aufstellen?« sagte er.

»Was ist das?«

»Ein Prellbock. Angenommen, die Trossen reißen alle auf einmal ... die Stadt würde zurückrollen, von den Gleisen herunter. Die Prellböcke helfen zwar auch nicht viel, aber das ist alles, was wir tun können.«

»Ist die Stadt jemals zurückgerollt?«

»Einmal.«

Malchuskin ließ mir die Wahl, in die Stadt in meine Schlafkammer zurückzukehren oder bei ihm in der Hütte zu bleiben. Nach der Art, wie er es sagte, schloß ich, daß mir genaugenommen keine Wahl blieb. Er schien für die immer in der Stadt lebenden Leute wenig übrig zu haben und sagte mir, daß er selber nur selten hineinginge.

»Die drinnen haben ein gemütliches Leben«, sagte er. »Die Hälfte von den Leuten hat keine Ahnung, was hier draußen vor sich geht, und ich glaub nicht, daß sie sich dafür interessieren würden, wenn sie's wüßten.«

»Wozu sollten sie es wissen? Schließlich berührt es sie ja nicht, solange wir draußen nur unsere Arbeit richtig tun.«

»Ich weiß, ich weiß. Aber ich brauchte nicht diese verdammten Eingeborenen anstellen, wenn mehr Leute aus der Stadt herauskämen.«

In der benachbarten Schlafbaracke unterhielten sich die Fremdarbeiter ziemlich laut, und einige sangen.

»Kümmern Sie sich eigentlich nicht weiter um die Leute?«

»Ich geb ihnen ihre Arbeit. Der Rest ist Sache der Händlergilde. Wenn sie mir zu faul werden, feuer ich sie und laß mir von den Händlern neue besorgen. Das ist kein Problem. Arbeit ist rar hier in der Gegend.«

»Wo sind wir hier?«

»Fragen Sie mich nicht ... Darum kümmert sich Ihr Vater und Ihre Gilde. Ich reiß bloß die alten Gleise ab und leg neue.«

Ich spürte irgendwie, daß Malchuskin sich doch nicht so völlig von der Stadt losgelöst hatte, wie er es mich glauben machen wollte. Ich nahm an, daß sein ziemlich isoliertes Leben ihm mit der Zeit ein wenig Verachtung gegen die in der Stadt Lebenden eingeflößt hatte, aber soweit ich sah, war es durchaus nicht nötig, daß er hier draußen in der Hütte blieb. Die Arbeiter mochten wohl faul sein und laut so wie jetzt, aber mir schien, daß sie sich soweit ganz ordentlich benahmen. Malchuskin kümmerte sich außerhalb der Arbeitszeit überhaupt nicht um sie, also hätte er doch recht gut in der Stadt übernachten können. »Das ist Ihr erster Tag draußen gewesen, ja?« fragte er plotzlich.

»Stimmt.«

»Wollen Sie sich den Sonnenuntergang ansehen?«

»Nein ... wozu?«

»Die Volontäre tun das meist.«

»Also gut.«

Mehr um ihm einen Gefallen zu tun, verließ ich die Hütte und blickte an dem dunklen Riesenbuckel der Stadt vorbei nach Nordosten. Malchuskin trat hinter mich.

Die Sonne stand schon ziemlich tief. Wind kam auf und strich mir kühl über den Rücken. Die Wolken von letzter Nacht waren nicht zurückgekehrt, und der Himmel war klar und fast durchsichtig blau. Ich beobachtete die Sonne; jetzt konnte ich hinschauen, ohne daß mir die Augen weh taten, da die Strahlen durch den schrägen Einfall gedämpft waren. Die Sonne hing wie eine breite orangefarbene Scheibe leicht auf uns zugeneigt knapp über dem Horizont. Oben und unten ragten hohe schmale Lichtzacken aus der Mitte der Scheibe. Wir sahen zu, wie sie langsam unter den Horizont sank. Die Spitze der oberen Lichtzacke verschwand zuletzt.

»Wenn man in der Stadt schläft, kriegt man so was nicht zu sehen«, sagte Malchuskin.

»Es ist sehr schön«, sagte ich.

»Haben Sie heute früh den Sonnenaufgang gesehen?«

»Ja.«

Malchuskin nickte. »So machen sie's immer. Sobald ein Junge mal die Aufnahme in eine Gilde geschafft hat, kriegt er seine kalte Dusche, ehe er sich's versieht. Keine Erklärungen, stimmt's? Man wird einfach rausgeholt, hinaus in die Dunkelheit – und dann geht die Sonne auf.«

»Warum tun sie das?«

»Gildenbrauch. Sie glauben, daß einem Volontär so am schnellsten beigebracht wird, daß die Sonne nicht so ist, wie er's gelernt hat.«

»Ist sie das nicht?« sagte ich.

»Was haben Sie gelernt?«

»Daß die Sonne eine Kugel ist.«

»Also erzählen sie das den Kindern immer noch. Nun, jetzt können Sie selber sehen, daß die Sonne nicht so ist. Sagt Ihnen das was?«

»Nein.«

»Denken Sie darüber nach. Gehen wir rein und essen wir etwas.«

Wir gingen wieder in die Hütte, und Malchuskin wies mich an, für uns beide Essen aufzuwärmen, während er eine zweite

Pritsche über die seine an die senkrechten Pfosten schraubte. Aus einer Schublade holte er Bettzeug hervor und warf es auf die Pritsche.

»Sie schlafen da«, sagte er und wies auf das obere Bett. »Wälzen Sie sich viel rum in der Nacht?«

»Ich glaube nicht.«

»Versuchen wir es mal für eine Nacht. Wenn Sie zu unruhig schlafen, tauschen wir. Ich möchte meine Ruhe haben.«

Ich sagte mir, daß ich heute seine Ruhe wohl kaum stören würde. Ich hätte auf einer Gleisschwelle schlafen können, so müde war ich. Wir aßen miteinander unser nach nichts schmekkendes Nachtmahl, und dann erzählte Malchuskin über seine Arbeit an den Schienen. Ich hörte ihm kaum zu, ein paar Minuten später legte ich mich auf meine Pritsche und nahm mir vor, wenigstens Aufmerksamkeit vorzutäuschen, doch ich schlief fast augenblicklich ein.

4

Am nächsten Morgen wachte ich auf, als Malchuskin in der Hütte herumzuhantieren begann und mit Geklapper das Geschirr vom Abendessen zusammenstellte. Ich wollte aufstehen, kaum daß ich die Augen offen hatte, aber ein stechender Schmerz im Rücken ließ mich japsend wieder zurücksinken.

Malchuskin blickte auf und grinste mich an.

»Steif?« sagte er.

Ich wälzte mich auf die Seite und versuchte, die Beine anzuziehen. Auch das tat weh, aber schließlich brachte ich es doch fertig, mich aufzurichten. Ich blieb einen Augenblick bewegungslos sitzen in der Hoffnung, der Schmerz wäre ein Krampf und würde vorübergehen.

»Es ist doch immer dasselbe mit euch Burschen aus der Stadt«, sagte Malchuskin, doch ohne Spott. »Da kommt ihr das erste Mal raus, voll Begeisterung, das muß ich zugeben – aber nach einem Tag Arbeit habt ihr einen derartigen Muskelkater, daß nichts mehr mit euch anzufangen ist. Für die Kondition tut ihr dort drinnen wohl gar nichts?«

»Bloß im Turnsaal.«

»Na schön ... dann klettern Sie mal runter und frühstücken Sie was. Danach gehen Sie wohl besser in die Stadt zurück. Nehmen Sie ein heißes Bad und sehen Sie, ob Sie nicht eine Massage kriegen können. Und dann kommen Sie wieder raus.«

Ich nickte dankbar und stieg vorsichtig von meiner Pritsche hinunter. Es war nicht ein bißchen weniger schmerzhaft als jede andere Bewegung, zu der ich mich an diesem Morgen gezwungen hatte. Ich stellte fest, daß mir Arme, Nacken und Schultern genauso weh taten wie der Rest meines Körpers.

Eine halbe Stunde später verließ ich die Hütte, gerade als Malchuskin die Arbeiter mit Gebrüll von den Lagern scheuchte. Ich hinkte steif und langsam zur Stadt zurück.

Dies war die erste Gelegenheit, bei der ich außerhalb der Stadt mir selbst überlassen war. Wenn man mit anderen beisammen ist, sieht man niemals so viel wie allein. Die Stadt war rund fünfhundert Meter von Malchuskins Baracke entfernt, ein Abstand, aus dem man einen Eindruck von ihrem Äußeren und ihrer Größe gewinnen konnte. Am Vortag hatte ich jedoch nur hin und wieder einen schnellen Blick hinüberwerfen können. Ich hatte sie einfach nur als großen grauen Buckel gesehen, der die Landschaft beherrschte.

Jetzt, da ich allein darauf zu stolperte, konnte ich alles genauer studieren.

Die Einschränkungen meines Lebens in der Stadt hatten verhindert, daß ich mir irgendeine Vorstellung machte, wie sie von außen aussehen könnte. Ich hatte immer den Eindruck gehabt, sie sei ziemlich groß, aber in Wirklichkeit war die Stadt weitaus kleiner, als ich mir vorgestellt hatte. Ihr höchster Punkt an der Nordseite lag vielleicht siebzig Meter über dem Erdboden; alles übrige war niedriger, ein Durcheinander von Quadern und Würfeln, die scheinbar wahllos auf- und nebeneinandergeschichtet waren. Die Wände waren mattbraun und grau – soweit ich beurteilen konnte, aus vielen verschiedenen Holzarten zusammengezimmert. Beton oder Metalle waren kaum verwendet worden, und nichts war verputzt oder getüncht. Dieser äußere Eindruck bildete einen scharfen Gegensatz zum inneren Aussehen – zumindest soweit ich das Innere gesehen hatte: dort war alles hell und sauber ausgemalt. Da Malchuskins Hütte genau im Westen der Stadt lag, konnte ich nicht abschätzen, wie breit sie war; die Länge mochte vielleicht fünfhundert Meter betragen. Es überraschte mich, daß die Stadt von außen so häßlich aussah, und auch, daß sie so alt zu sein schien. Rundum herrschte ein ziemliches Getriebe, besonders auf der Nordseite.

Als ich schon fast bei der Stadt war, fiel mir ein, daß ich keine Ahnung hatte, wie ich hineinkommen sollte. Tags zuvor hatte Zukunftsvermesser Denton mich zwar um die Stadt herumgeführt, aber die vielen neuen Eindrücke hatten mein Hirn förmlich überschwemmt, so daß ich mir von seinen Erklärungen kaum etwas gemerkt hatte. Es hatte alles so anders ausgesehen.

Das einzige, woran ich mich deutlich erinnerte, war die Tatsache, daß bei der Plattform, von der ich den Sonnenaufgang beobachtet hatte, eine Tür war. Ich beschloß, diesen Eingang zu suchen, aber das war nicht so einfach, wie ich mir vorgestellt hatte.

Ich ging zur Südseite der Stadt und stieg über die Gleise, an denen ich am Tag zuvor gearbeitet hatte; ich wollte hinüber auf die Ostseite, wo Denton und ich – dessen war ich mir ziemlich sicher – über eine Reihe von Metalleitern heruntergeklettert waren. Nach langem Suchen fand ich einen solchen Aufstieg und begann mühsam hochzuklettern. Mehrmals wählte ich die falsche Richtung, und erst nach einer langwierigen und schmerzhaften Kletterei über schmale Laufstege und unzählige Leitern erreichte ich die Plattform. Und dann stellte ich fest, daß die Tür, die ins Innere führte, wieder versperrt war.

Jetzt blieb mir nichts anderes übrig als zu fragen. Ich stieg wieder hinunter, stolperte zurück auf die Südseite, wo Malchuskin und seine Mannschaft bereits wieder an der Arbeit waren und die Gleise abbauten.

Malchuskin bedachte mich mit einer Miene betrübter Geduld, übertrug Rafael die Aufsicht und zeigte mir, was ich tun mußte. Er führte mich den schmalen Streifen zwischen den beiden inneren Gleisen entlang bis unter den Überhang der Stadt. Es war kühl und dunkel unter ihren Fundamenten.

Wir blieben an einer Eisentreppe stehen.

»Am oberen Ende ist ein Lift«, sagte Malchuskin. »Was das ist, wissen Sie?«

»Ja.«

»Sie haben einen Gildenschlüssel bekommen?«

Ich tastete in meiner Tasche nach dem sonderbar gezahnten Metallstreifen, den Clausewitz mir gegeben hatte. Er öffnete das Schloß des Internatseingangs.

»Ist er das?«

»Ja. Der Lift ist versperrt. Fahren Sie in den vierten Stock, suchen Sie einen Verwaltungsbeamten und fragen Sie, ob Sie ein Bad benützen können.«

Ich folgte seinen Anweisungen und kam mir sehr einfältig vor. Malchuskin lachte, als er zurück ins Freie ging. Ich fand den Lift ohne Schwierigkeiten, aber die Tür ging nicht auf, als ich den Schlüssel herumdrehte. Ich wartete. Einige Augenblicke später glitt die Tür plötzlich zur Seite, und zwei Gildenmitglieder traten aus der Kabine. Sie beachteten mich nicht, sondern stiegen die Treppe hinunter zum Erdboden.

Unvermittelt begann die Tür sich von selbst zu schließen, und ich sprang schnell hinein. Bevor ich überhaupt feststellen konnte, wie der Lift betätigt wurde, bewegte er sich nach oben. Ich entdeckte eine Reihe Knöpfe an der Wand neben der Tür, die mit Schlüssellöchern versehen und von 1 bis 7 numeriert waren. Ich steckte meinen Schlüssel in Nummer 4 und hoffte, daß das richtig war. Die Liftkabine fuhr, wie mir schien, ziemlich lange aufwärts, aber dann hielt sie abrupt. Die Tür ging auf, und ich trat hinaus. Als ich mich in dem Gang vor dem Lift umsah, stiegen drei andere Gildenmitglieder ein.

In diesem Moment fiel mein Blick auf die große gemalte Aufschrift gegenüber der Lifttür: *7. Stock*. Ich war zu weit gefahren. Mit einem Satz warf ich mich durch die eben zugleitende Tür zurück in die Kabine.

»Wohin wollen Sie, Volontär?« fragte eins der Gildenmitglieder.

»In den 4. Stock.«

»Schön. Immer mit der Ruhe.«

Er schob seinen eigenen Schlüssel in den vierten Knopf, und als der Lift das nächste Mal hielt, war es im richtigen Stockwerk. Ich murmelte dem Gildenmitglied, das mich angesprochen hatte, einen kurzen Dank zu und verließ den Lift.

Die Schwierigkeiten der letzten Minuten hatten mich meinen zerschlagenen Zustand für eine Weile vergessen lassen, aber jetzt fühlte ich mich erneut elend und müde. In diesem Teil der Stadt herrschte reges Getriebe: viele Menschen eilten durch die Korridore, sprachen miteinander, öffneten und schlossen Türen, kamen und verschwanden. Es war so ganz anders als draußen vor der Stadt, denn das ruhige Land schien etwas Zeitloses zu haben, das sich den arbeitenden Menschen irgendwie mitteilte. Die Arbeit Malchuskins und seiner Leute hatte einen elementaren Sinn, aber hier, in den oberen Stockwerken, die mir so lange verschlossen gewesen waren, kam einem alles undurchschaubar, kompliziert und von Hast erfüllt vor.

Ich erinnerte mich an Malchuskins Anweisung und öffnete aufs Geratewohl eine Tür. Zwei Frauen befanden sich in dem Raum, und ich trug ihnen mein Anliegen vor. Sie schienen belustigt, waren aber hilfsbereit.

Ein paar Minuten später ließ ich meinen schmerzenden Körper in eine Wanne voll heißem Wasser sinken und schloß die Augen. Es hatte so viel Zeit und Mühe gekostet, zu einem Bad zu kommen, daß ich mich nun fragte, ob es mir überhaupt helfen würde. Als ich mich jedoch abgetrocknet und wieder angezogen hatte, fühlte ich mich schon sehr viel besser. Spuren von Steifheit machten sich zwar noch bemerkbar, als ich versuchsweise meine Muskeln reckte, aber die lähmende Müdigkeit war vergangen.

Meine unprogrammgemäße Rückkehr in die Stadt rief mir

unvermeidlich Victoria in Erinnerung. Die kurze Begegnung mit ihr bei der Zeremonie hatte in mir neues Interesse an ihr wachgerufen. Die Vorstellung, nun gleich wieder hinauszugehen und alte Schwellen auszugraben, schien mir jetzt weniger interessant. Ich wußte natürlich, daß ich Malchuskin nicht zu lange warten lassen durfte, aber ich beschloß, mich doch zumindest nach ihr umzusehen.

Ich verließ das Bad und eilte zum Lift zurück. Er war nicht besetzt, aber ich mußte die Kabine in das Stockwerk rufen, in dem ich mich befand. Als der Lift ankam, schaute ich mir die Bedienungselemente genauer an und beschloß, ein bißchen zu experimentieren.

Zuerst fuhr ich in den siebenten Stock, aber ein kurzer Ausflug in die Korridore zeigte mir nichts, das sich wesentlich von dem Stockwerk unterschieden hätte, von dem ich kam. Dies galt auch für die meisten anderen Stockwerke, obwohl im dritten, vierten und fünften etwas mehr Betrieb zu sein schien. Nur der erste Stock war ein dunkler Tunnel, der bereits unterhalb der eigentlichen Stadt lag.

Ich fuhr mehrere Male hinauf und hinunter und stellte fest, daß zwischen dem ersten und zweiten Stock ein wesentlich größerer Höhenunterschied bestand als zwischen den übrigen Stockwerken. Schließlich verließ ich den Lift im zweiten Stock, weil ich das Gefühl hatte, hier müsse das Internat liegen; wenn ich unrecht hatte, konnte ich ja auch zu Fuß danach suchen.

Gegenüber der Lifttür führte eine Stiege zu einem Quergang hinunter, an den ich mich vage zu erinnern glaubte, von jenem Morgen her, da Bruch mich zu der Zeremonie gebracht hatte. Tatsächlich erreichte ich bald die Tür, die in die Internatsräumlichkeiten führte.

Von innen sperrte ich die Tür mit meinem Gildenschlüssel wieder ab. Hier war mir alles vertraut. Hier fühlte ich mich daheim – und ich merkte erst jetzt, daß ich mich außerhalb dieser Tür irgendwie gehemmt und vorsichtig verhalten hatte. Ich lief die Stufen hinunter und den kurzen Gang entlang in jene Räume, die ich so gut kannte. Hier sah es anders aus als überall sonst in der Stadt, und es roch auch anders. Ich fand vertraute Kratzer an den Wänden, sah, wo Generationen von Kindern vor mir ihre Namen hingekritzelt hatten, sah die alte braune Farbe von Holz, die abgetretenen Bodenbeläge, die unversperrbaren Türen der Schlafkammern. Wie von selbst ging ich direkt in meine Kammer. Nichts darin hatte sich verändert. Das Bett war gemacht worden, und der Raum war viel ordentlicher als jemals früher, als ich noch darin gewohnt hatte, aber alle meine Besitztümer waren noch an Ort und Stelle. Auch die von Jase – aber von ihm selbst war nichts zu sehen.

Ich schaute mich noch einmal um und trat dann wieder auf den Gang hinaus. Die Rückkehr in meine alte Kammer hatte nur den einen Sinn gehabt, nämlich mir zu zeigen, daß sie sinnlos war. Ich wanderte den Korridor entlang auf die Klassenzimmer zu, wo wir unseren Unterricht erhalten hatten. Gedämpftes Gemurmel drang durch die geschlossenen Türen. Ich spähte durch die runden Guckfenster und sah einen Augenblick lang bei den verschiedenen Kursen zu. Vor ein paar Tagen war ich selbst noch da drin gesessen. In dem einen Raum sah ich meine früheren Klassenkameraden; einige von ihnen würden zweifellos so wie ich bald als Volontäre in eine Gilde ersten Ranges eintreten, die meisten aber waren für Verwaltungsstellungen in der Stadt bestimmt. Einen Augenblick lang war ich versucht hineinzugehen und ihren neugierigen Fragen mit geheimnisvollem Schweigen zu begegnen, wie es einem angehenden Gildenmitglied anstand.

Es gab keine Trennung der Geschlechter im Internat, und so versuchte ich in jedem Klassenzimmer, in das ich hineinspähte, Victoria zu finden; sie war jedoch anscheinend nicht da. Als ich in allen Klassenzimmern nachgeschaut hatte, ging ich noch in die Aufenthaltsräume: in den Speisesaal (leer und still bis auf Küchengeräusche aus dem Hintergrund, wo das Mittagessen angerichtet wurde), in den Turnsaal (leer) und in den kleinen »offenen« Hof (in dem nichts zu sehen war als hoch oben ein winziges Stückchen blauer Himmel). Schließlich ging ich noch in den Gemeinschaftsraum, den einzigen Ort im gesamten

Internat, der für Freizeitunterhaltung benutzt werden konnte. Hier saßen einige Jungen beisammen; mit ein paar von ihnen hatte ich noch vor wenigen Tagen Schulaufgaben gemacht. Sie plauderten müßig über allerhand Unwichtiges – wie es alle taten, wenn man sie zum Zweck eigener Studien sich selbst überließ –, aber kaum hatten sie mich bemerkt, stürzten sie sich neugierig auf mich. Es war genau die Situation, von der ich eben angeberisch geträumt hatte: ich war im Mittelpunkt des allgemeinen Interesses.

Sie wollten wissen, in welche Gilde ich eingetreten war, was ich machte, was ich gesehen hatte. Was ging bei der Mündigkeitsfeier vor sich? Wie sah es außerhalb des Internats aus?

Es war seltsam, aber selbst wenn ich meinen Eid hätte brechen wollen, ich hätte viele ihrer Fragen nicht beantworten können. Obwohl ich in den letzten paar Tagen viel erlebt hatte, verstand ich nur das wenigste davon.

Ich merkte, daß mir – wie Jase damals – nichts anderes übrigblieb, als meine Ahnungslosigkeit hinter Geheimnistuerei und gönnerhaften Witzen zu verbergen. Das enttäuschte die Jungen klarerweise, und sie hörten bald auf, mich auszufragen, obwohl sie mich immer noch neugierig musterten.

Ich verließ das Internat, sobald es mir möglich war, da für mich jetzt feststand, daß auch Victoria nicht mehr hier war.

Mit dem Lift fuhr ich in das dunkle Gewölbe unterhalb der Stadt zurück und wanderte zwischen den Schienen hinaus ins grelle Sonnenlicht. Malchuskin trieb eben seine widerwilligen Arbeiter mit Gebrüll an, die Schienen und Schwellen etwas flotter von der Draisine abzuladen. Er bemerkte kaum, daß ich zurück war.

5

Die Tage vergingen langsam, und ich machte keine Besuche in der Stadt mehr.

Ich hatte am eigenen Leib erfahren, wie unvernünftig es war, sich allzu begeistert in die rein körperliche Arbeit des Schienenlegers zu stürzen. Ich beschloß, Malchuskins Beispiel zu folgen, und beschränkte mich im wesentlichen darauf, die Fremdarbeiter zu beaufsichtigen. Nur hin und wieder wurde es nötig, daß er oder ich mit zugriff. Unsere Arbeit war jedoch immer noch anstrengend und lang. Bald stellte ich fest, daß diese neue Lebensweise sich auf meinen Körper auswirkte. Ich war in besserer Kondition als je zuvor, meine Haut bräunte sich unter der starken Sonnenstrahlung, und nach einiger Zeit fielen mir körperliche Anstrengungen nicht mehr so schwer.

Das einzige, worüber ich mich hätte beschweren können, war die immer gleiche synthetische Kost und Malchuskins mangelnde Bereitwilligkeit oder Unfähigkeit, etwas über unseren Beitrag zum sicheren Fortbestand der Stadt zu erzählen. Wir sprachen nur über Belanglosigkeiten, arbeiteten bis zum späten Abend und gingen nach einer einfachen Mahlzeit sofort schlafen.

Die Arbeit an den Gleisen im Süden der Stadt war nun nahezu abgeschlossen. Wir hatten die Aufgabe, die Schienen samt Unterbau zu entfernen und in gleichem Abstand von der Stadt vier Prellböcke aufzustellen. Die Gleisanlagen, die wir abbauten, wurden in den Norden der Stadt befördert und dort neu verlegt.

Eines Abends fragte mich Malchuskin: »Wie lange sind Sie nun schon draußen?«

»Ich weiß nicht genau.«

»In Tagen.«

»Oh ... sieben.«

Ich hatte natürlich versuchen wollen, es in Meilen anzugeben.

»In drei Tagen kriegen Sie Urlaub. Sie können zwei Tage in

der Stadt verbringen, dann kommen Sie nochmals für eine Meile heraus.«

Ich fragte ihn, wie man die Zeit in Tagen und in Entfernungen messen konnte.

»Die Stadt legt in zehn Tagen etwa eine Meile zurück«, erklärte er. »Und ein Jahr entspricht ungefähr sechsunddreißigeinhalb Meilen.«

»Aber die Stadt bewegt sich gar nicht weiter.«

»Im Moment nicht. Aber sie wird es bald tun. Auf jeden Fall beziehen wir uns nicht darauf, welche Strecke die Stadt *tatsächlich* zurücklegt, sondern welche sie zurücklegen *sollte*. Das hängt jeweils von der Lage des Optimums ab.«

Ich schüttelte verwirrt den Kopf. »Was heißt das?«

»Das Optimum, das ist die ideale Position für die Stadt. Um die beizubehalten, müßte die Stadt sich pro Tag um annähernd eine Zehntelmeile weiterbewegen. Das ist natürlich nicht jeden Tag möglich, aber wir bringen die Stadt näher an das Optimum, wann immer wir können.«

»Hat die Stadt jemals das Optimum erreicht?«

»Soweit ich mich erinnern kann, nie.«

»Wo ist das Optimum jetzt?«

»Rund drei Meilen voraus. Das ist aber ein guter Durchschnitt. Mein Vater hat vor mir an den Gleisen gearbeitet, und er hat mir mal erzählt, daß sie zu seiner Zeit einmal zehn Meilen hinter dem Optimum gelegen sind. Das ist die größte Entfernung, von der ich je gehört hab'.«

»Aber was wäre, wenn wir das Optimum tatsächlich einmal erreichen?«

Malchuskin grinste breit. »Wir reißen weiter alte Schienen ab.«

»Wieso?«

»Weil das Optimum sich selber immer weiterbewegt. Aber wir haben kaum eine Chance, das Optimum zu erreichen, und so wichtig ist das auch nicht. Solange wir nicht mehr als ein paar Meilen davon entfernt sind, ist alles in Butter. Andererseits, naja ... wenn wir wirklich ein bißchen Vorsprung vor dem Optimum gewinnen könnten, dann könnten wir uns alle mal ordentlich ausruhen.«

»Ist das möglich?«

»Ich denke schon. Sehen Sie mal, zur Zeit liegen wir auf höherem Grund. Um hier heraufzukommen, mußten wir eine lange Steigung bewältigen. Das war damals, als mein Vater draußen arbeitete. Bei ansteigendem Grund kommen wir natürlich langsamer vorwärts, so daß wir ziemlich hinter das Optimum zurückfielen. Wenn wir je in eine Gegend kommen, wo das Land sich wieder abwärts neigt, können wir einfach den Hang hinunterrollen.«

»Wie stehen die Aussichten dafür?«

»Das fragen Sie lieber Ihre Gilde. Zukunftsland ist nicht mein Job.«

»Aber wie sieht das Land hier in der Umgebung aus?«

»Ich werd's Ihnen morgen zeigen.«

Obwohl ich vieles von dem, was Malchuskin gesagt hatte, nicht verstand, war mir nun eines klargeworden, und das war die Methode, nach der die Zeit gemessen wurde. Ich war sechshundertfünfzig Meilen alt; das hieß nicht, daß die Stadt seit meiner Geburt diese Entfernung zurückgelegt hatte, sondern das Optimum.

Was immer das Optimum war.

Am nächsten Tag löste Malchuskin sein Versprechen ein. Während die Fremdarbeiter im tiefen Schatten der Stadt ihre übliche Mittagsrast hielten, führt mich Malchuskin auf eine niedrige Bodenerhebung in einiger Entfernung östlich der Stadt. Als wir auf dem Hügel standen, konnten wir fast die gesamte nähere Umgebung der Stadt sehen.

Sie lag gegenwärtig in der Mitte eines breiten Tales, das im Norden und Süden durch zwei relativ hohe Bodenwellen begrenzt wurde. Nach Süden hin konnte ich deutlich die Spuren der immer wieder abgebauten Gleise erkennen, vier parallele Reihen von Narben in der Erde, wo die Schwellen und ihre Träger verlegt worden waren.

Im Norden der Stadt führten die Gleise gerade den sanft ansteigenden Hang hinauf. Es war dort im Moment nicht viel los, obwohl ich eine der batteriebetriebenen Draisinen den Hügel hinauffahren sah, hoch beladen mit Schienenstücken und Schwellen und dem zugehörigen Arbeitsteam. Auf der Kuppe des Hügels allerdings herrschte ziemlicher Betrieb, doch konnte man aus der Entfernung nicht genau feststellen, was dort vor sich ging.

»Eine gute Gegend«, sagte Malchuskin, schränkte jedoch sogleich ein: »Das heißt, für einen Schienenleger.«

»Weshalb?«

»Das Land ist glatt. Hügel und Täler bewältigen wir leicht. Was mir gegen den Strich geht, das ist unregelmäßiger Boden: Felsen, Flüsse, auch schon Wälder. Zur Zeit haben wir den Vorteil, daß wir ziemlich hoch liegen. Der Felsgrund in der Gegend hier ist sehr alt, so daß die größten Unebenheiten durch den Einfluß der Elemente ausgeglichen worden sind. Aber es soll mir bloß keiner von Flüssen reden, sonst reg ich mich auf.«

»Was ist denn schlecht an Flüssen?«

»Reden Sie nicht davon, hab' ich gesagt!« Er klopfte mir gut gelaunt auf die Schulter, und wir machten uns auf den Rückweg zur Stadt. »Flüsse müssen überquert werden. Das sagt sich leicht, aber es heißt, daß eine Brücke gebaut werden muß, falls nicht schon eine da ist – und es ist nie eine da. Wir müssen tatenlos zuwarten, bis die Brücke fertig ist, und so fallen wir natürlich ziemlich zurück. Im allgemeinen gibt man der Schienenlegergilde die Schuld an Zeitverlusten. So ist das Leben nun mal. Das Problem mit den Flüssen ist, daß die Ansichten darüber geteilt sind. Das einzige, womit wir in der Stadt immer knapp dran sind, ist Wasser. Wenn wir an einen Fluß kommen, sind wir natürlich diese Sorge für einige Zeit los. Aber wir müssen trotzdem eine Brücke bauen, und das macht alle nervös.«

Die Arbeiter waren nicht gerade erfreut, uns zurückkommen zu sehen, aber Rafael brachte sie bald auf die Beine, und die Arbeit ging weiter. Das letzte Gleis war bereits entfernt worden, so daß wir nur noch den vierten Prellbock aufrichten mußten.

Die schweren Stahltraversen wurden quer über die Schienenenden gelegt, abgestützt und mit dreien der Schwellenträger verschraubt. Jedes der vier Gleise wurde mit einem Prellbock versehen, so daß die Stadt, wenn sie wirklich einmal zurückrollte, aufgefangen wurde. Die Prellböcke lagen nicht in einer Linie, weil die Südseite der Stadt unregelmäßig geformt war. Malchuskin versicherte mir, daß sie eine ausreichende Vorsichtsmaßnahme wären.

»Es wäre ungut, wenn sie wirklich mal nötig würden«, sagte er, »aber wenn die Stadt zurückrollt, dann sollten sie sie halten können. Zumindest hoff ich das.«

Als der letzte Prellbock aufgerichtet war, gab es hier nichts mehr zu tun.

»Was jetzt?« erkundigte ich mich.

Malchuskin schaute nach der Sonne. »Wir sollten das Lager verlegen. Ich hätte meine Bude gern noch über den Hügel geschafft, und die Schlafbaracken von den Arbeitern müssen auch auf die andere Seite gebracht werden. Aber 's ist schon ziemlich spät. Ich fürchte, vor der Dunkelheit wurden wir nicht mehr damit fertig.«

»Wir können es ja morgen tun.«

»Das hab' ich auch vor. Ich werde den faulen Hunden die paar Stunden freigeben. Das wird ihnen gefallen.«

Er sprach mit Rafael, der sich mit den anderen Männern beriet. Ihre Meinung wurde schnell offenbar. Rafael hatte noch nicht ausgeredet, da machten sich einige von ihnen schon auf zu ihren Hütten.

»Wohin wollen sie?«

»Vermutlich in ihr Dorf«, sagte Malchuskin. »Es liegt gleich dort drüben.« Er zeigte nach Südosten, auf das Land jenseits des südlichen Hügelkamms. »Aber sie werden zurückkommen. Sie arbeiten zwar nicht gern, doch im Dorf wird man schon genügend Druck auf sie ausüben. Wir geben den Leuten schließlich, was sie brauchen.«

»Was denn?«

»Die Früchte der Zivilisation«, sagte er mit einem zynischen

Grinsen. »Genauer, die synthetische Nahrung, über die Sie so viel meckern.«

»Was, die *mögen* das Zeug?«

»Nicht mehr als Sie. Aber es ist besser als ein leerer Magen, und den hatten die meisten, bevor wir kamen.«

»Ich glaube nicht, daß ich so viel arbeiten würde für diesen Papp. Ein geschmackloser, fader Brei, und ...«

»Wie viele Mahlzeiten pro Tag haben Sie in der Stadt gegessen?«

»Drei.«

»Und wie viele davon waren synthetisch?«

»Bloß zwei«, sagte ich.

»Nun, solche Leute wie diese armen Hunde sind es, die sich halbtot arbeiten, damit Sie eine echte Mahlzeit im Tag essen können. Und soviel ich weiß, ist die Arbeit, die sie für mich tun, noch das wenigste.«

»Was meinen Sie?«

»Das werden Sie schon rausfinden.«

Später am Abend, als wir in seiner Hütte beisammen saßen, sagte Malchuskin noch einiges zu diesem Thema. Ich begann zu begreifen, daß er keineswegs so unwissend war, wie er sich öfters gab. Wie immer schrieb er dem Gildensystem die Schuld zu. Seit langer Zeit war es Brauch, daß die Prinzipien, die dem Leben in der Stadt zugrunde lagen, nicht durch Belehrung von einer Generation an die nächste weitergegeben wurden, sondern von dieser nach heuristischem Grundsatz selbst erarbeitet werden mußten. Ein Volontär würde die Tradition der Gilden weit mehr schätzen, wenn er aus eigener Anschauung die Tatsachen verstehen lernte, auf denen sie basierte, als wenn er nur eine theoretische Begründung erhielte. In der Praxis bedeutete das, daß auch ich selbst herausfinden mußte, warum die Männer an den Gleisen arbeiteten, was sie sonst noch für Aufgaben erfüllten, und überhaupt alles, was den Fortbestand der Stadt betraf.

»Als ich Volontär war«, erzählte Malchuskin, »baute ich Brükken und montierte Schienen ab. Ich arbeitete in der Schleppergilde, und ich ritt mit Männern wie Ihrem Vater in die Zukunft. Ich weiß aus eigener Erfahrung, was es über die Existenz der Stadt zu wissen gibt, und darum weiß ich auch, wie wichtig meine Arbeit ist. Ich reiße alte Gleise ab und verlege sie neu; nicht, weil es mir Spaß macht, sondern weil ich weiß, warum es getan werden muß. Ich bin mit der Händlergilde ausgezogen und hab' gesehen, wie sie Landbewohner dazu bringen, für uns zu arbeiten, und deshalb versteh ich auch, in welcher Zwangslage die Leute sind, die nun unter mir arbeiten. Es ist alles undurchschaubar und geheimnisvoll ... so erscheint es Ihnen jetzt. Aber Sie werden herausfinden, daß alles seinen Sinn hat, alles wichtig für unser Überleben ist – und wie gefährdet dieses Überleben ist.«

»Ich hab' gar nichts dagegen, für Sie zu arbeiten«, sagte ich.

»So habe ich das nicht gemeint. Sie sind schon in Ordnung. Ich wollte Ihnen nur klarmachen, daß alle diese Dinge, über die Sie sich jetzt noch den Kopf zerbrechen – wie der Eid etwa –, einen Sinn haben, und – bei Gott – einen lebenswichtigen Sinn!«

»Also, die Leute werden morgen früh zurückkommen?«

»Wahrscheinlich. Und sie werden sich beklagen und, kaum daß wir ihnen den Rücken zuwenden, die Arbeit vernachlässigen ... aber auch das liegt in der Natur der Dinge. Manchmal allerdings frag ich mich ...«

Ich wartete darauf, daß er den Satz beendete, aber er sagte nichts mehr. Seine Stimmung war ungewöhnlich, denn Malchuskin schien mir sonst kein irgendwie nachdenklicher Mann zu sein. So saßen wir beisammen in immer länger werdendem Schweigen, das erst gebrochen wurde, als ich aufstand, um hinaus zur Latrine zu gehen. Da gähnte er und streckte sich und hänselte mich wegen meiner schwachen Blase.

Am nächsten Morgen kam Rafael mit fast allen Männern zurück, die bisher für uns gearbeitet hatten. Einige fehlten, aber andere waren an ihre Stelle getreten, so daß der Arbeitstrupp keine Einbuße erlitten hatte. Malchuskin begrüßte sie ohne merkliche Überraschung und ordnete den Abbruch der drei transportablen Baracken an, den er dann beaufsichtigte.

Zuerst wurde die gesamte Einrichtung herausgetragen und

aufgestapelt. Dann wurden die Gebäude selbst zerlegt, was kein so schwieriges Unterfangen war, wie ich mir vorgestellt hatte, weil sie offensichtlich so entworfen worden waren, daß sie leicht auf- und abgebaut werden konnten. Die Wände waren durch eine Reihe von Schraubbolzen miteinander verbunden, die Böden bestanden aus einzelnen Holzplatten, und auch die Dächer waren mit Bolzen befestigt. Türen und Fenster konnten mitsamt den Rahmen herausgenommen werden. Wir brauchten für das Zerlegen einer Baracke kaum mehr als eine Stunde, und um Mittag war alles getan. Eine ganze Weile vorher war Malchuskin allein fortgegangen; eine halbe Stunde später kam er mit einem batteriebetriebenen Lastwagen zurück. Wir machten eine kurze Arbeitspause und aßen etwas, dann beluden wir den Laster mit Hüttenteilen, soviel er nur faßte, und brachen zum Hügelkamm auf. Malchuskin steuerte, und Rafael und ein paar von den Arbeitern fuhren außen am Laster angeklammert mit.

Es war ziemlich weit bis zum Scheitel der Anhöhe. Malchuskin schlug einen Weg ein, der uns schräg auf das uns am nächsten liegende Gleis zuführte, und den Rest der Strecke fuhren wir daneben her. Die Hügelkette wies hier eine flache, sattelähnliche Vertiefung auf, und durch diese Mulde hatte man die vier Schienenpaare verlegt. An diesem Teil der Gleise arbeiteten eine Menge Leute: einige hackten und schaufelten Erde an den Flanken der Talmulde – vermutlich, damit die seitlich über die Gleise hinausragenden Teile der Stadt passiert werden konnten – und andere arbeiteten mit Bohrmaschinen an fünf riesigen Metallgestellen, die jeweils ein großes Stahlrad trugen. Erst eins dieser Radlager war sicher im Boden verankert, das eine zwischen den beiden Innengleisen – ein nüchtern geometrisches Gerüst ohne erkennbaren Zweck.

Als wir durch die Talmulde fuhren, verlangsamte Malchuskin den Laster und begutachtete interessiert den Fortgang der Arbeiten. Er winkte einem der Gildenmitglieder zu, die die Arbeit beaufsichtigten, und beschleunigte dann wieder, als wir die höchste Stelle des Sattels passierten. Von hier aus führte ein sanft geneigter Hang hinunter auf eine weite Ebene. Im Osten und

Westen und jenseits der Ebene konnte ich Berge sehen, die weitaus höher waren als die, auf denen wir uns befanden.

Zu meiner Überraschung endeten die Schienen nicht weit entfernt vom Scheitel der Paßhöhe. Das Linksaußen-Gleis war auf eine Strecke von etwa einer halben Meile bereits fertig verlegt, aber die anderen drei reichten nur einige hundert Meter weit. Zwei Arbeitstrupps waren bereits damit beschäftigt, sie zu verlängern, aber es war nicht zu übersehen, daß sie ziemlich langsam vorwärtskamen.

Malchuskin schaute sich um. Auf unserer Seite der Gleise – auf der westlichen – stand eine kleine Gruppe von Baracken, vermutlich die Quartiere der anderen beiden Schienenlegerteams. Er lenkte den Lastwagen dorthin, fuhr aber an den Hütten vorbei und blieb erst ein ziemliches Stück weiter vorne stehen. »Das reicht«, sagte er. »Bis zum Abend müssen die Baracken stehen.«

Ich erkundigte mich: »Warum stellen wir sie nicht neben den anderen auf?«

»Das tue ich nie. Ich hab' schon so genug Schwierigkeiten mit den Leuten. Wenn sie zuviel Kontakt mit den anderen haben, trinken sie mehr und arbeiten weniger. Wir können sie nicht hindern, außerhalb der Arbeitszeit zusammenzukommen, aber es ist blödsinnig, das auch noch zu fördern.«

»Aber sie haben doch wohl das Recht zu tun, was sie wollen?«

»Wir bezahlen sie für ihre Arbeit. Für nichts sonst.«

Er schwang sich aus der Fahrerkabine herunter und begann, Rafael Anweisungen für das Aufstellen der Hütten zuzubrüllen. Der Lastwagen war bald abgeladen, und Malchuskin übergab mir die Aufsicht und fuhr über den Sattel zurück, um die übrigen Arbeiter und den Rest der Barackenteile zu holen. Als der Abend hereinbrach, waren wir mit dem Aufstellen fast fertig. Meine letzte Aufgabe an diesem Tag war, den Laster zur Stadt zurückzufahren und an einen der Ladekontakte anzuschließen. Zufrieden, eine Weile allein sein zu können, fuhr ich los.

Oben auf der Anhöhe war die Arbeit an den Radlagern abgebrochen worden. Der Platz war verlassen bis auf zwei Milizleute, die mit über die Schulter gehängter Armbrust Wache hielten. Sie beachteten mich nicht, als ich vorbeifuhr und auf der anderen Seite den Hang hinunter auf die Stadt zurollte. Es überraschte mich, daß nur so wenige Lichter zu sehen waren und wie das rege Getriebe des Tages mit Anbruch der Nacht sofort aufgehört hatte.

Auf dem Aufladeparkplatz, zu dem Malchuskin mich geschickt hatte, fand ich bereits alle Kontakte von anderen Fahrzeugen besetzt, und weitere Kontakte gab es in der Nähe nicht mehr. Ich nahm an, daß unserer der letzte Lastwagen war, der heute abend zurückkam, so daß ich mich wohl anderswo um einen freien Kontakt umsehen mußte. Endlich fand ich einen an der Südseite der Stadt.

Es war nun schon dunkel, und nachdem ich den Laster abgestellt hatte, stand mir ein ziemlich langer Fußmarsch zurück zu unserem neuen Lager bevor. Ich war versucht, überhaupt nicht wieder hinauszugehen, sondern über Nacht in der Stadt zu bleiben. Schließlich würde ich in wenigen Minuten in meiner Kammer im Internat sein können ... aber dann fiel mir Malchuskin ein und was er sagen würde, wenn ich erst am Morgen zurückkam.

Wenig begeistert ging ich außen um die Stadt herum, bis ich auf die nach Norden führenden Gleise stieß, und folgte ihnen den Hang hinauf. Nachts allein durch das offene Land zu wandern, war für mich ein etwas beklemmendes Erlebnis. Es war bereits ziemlich kühl, und der frische Ostwind drang unangenehm kalt durch meine dünne Uniform. Vor mir sah ich den Scheitel des Hügelkamms wie eine massige dunkle Silhouette vor dem blassen Grau des bewölkten Nachthimmels. In der Mulde hoben sich die kantigen Streben der Radlager vom Horizont ab, und dazwischen machten die beiden Milizmänner ihre einsamen Wachrunden. Als ich näher kam, riefen sie mich an.

»Stehenbleiben!« Beide Männer standen nun reglos, und obwohl ich es nicht genau sehen konnte, ahnte ich, daß sie ihre Waffen auf mich gerichtet hatten. »Identifizieren Sie sich!«

»Volontär Helward Mann.«

»Was tun Sie außerhalb der Stadt?«

»Ich arbeite mit Gildenmitglied Malchuskin. An den Schienen. Ich bin gerade vorhin mit dem Laster hier vorbeigekommen.«

»Ach ja. Kommen Sie näher.«

Ich ging zu den beiden hin.

»Ich kenne Sie nicht«, sagte der eine. »Haben Sie erst vor kurzem angefangen?«

»Ja ... vor ungefähr einer Meile.«

»In welcher Gilde sind Sie?«

»Zukunftsvermesser.«

Der erste Sprecher lachte. »Besser Sie als ich.«

»Wieso?«

»Ich ziehe ein langes Leben vor.«

»Er ist aber noch ziemlich jung«, bemerkte der andere.

»Wovon reden Sie eigentlich?« fragte ich.

»Schon droben in der Zukunft gewesen?«

»Nein.«

»Unten in der Vergangenheit gewesen?«

»Nein. Ich bin erst seit einigen Tagen draußen.«

Mir kam ein Gedanke. Obwohl ich in der Dunkelheit die Gesichter der beiden nicht genau sehen konnte, schloß ich aus dem Klang ihrer Stimmen, daß sie nicht viel älter sein konnten als ich. Vielleicht siebenhundert Meilen, aber sicher nicht mehr. Und wenn das stimmte, dann mußte ich sie doch gewiß kennen, weil sie mit mir im Internat gewesen sein mußten.

»Wie heißen Sie?« fragte ich den einen.

»Conwell Sturner. Armbrustschütze Sturner für Sie.«

»Sie waren doch im Internat?«

»Klar. Aber ich kann mich nicht an Sie erinnern. Na, aber Sie sind ja auch nicht viel mehr als ein Junge.«

»Ich habe das Internat erst vor kurzem verlassen. Sie waren nicht dort.«

Sie lachten beide wieder, und ich merkte, daß ich langsam die Beherrschung zu verlieren begann. »Wir sind unten in der Vergangenheit gewesen, Kleiner.«

»Was soll das heißen?«

»Das heißt, daß wir Männer sind.«

»Du solltest lieber schlafengehen, Kleiner. Es ist in der Nacht gefährlich hier draußen.«

»Ist ja sonst niemand hier«, sagte ich wütend.

»Im Augenblick nicht. Aber während die Weichlinge in der Stadt in der Heia liegen, schützen wir sie vor den Bettlern.«

»Vor wem?«

»Den Bettlern. Den Mexen. Den hiesigen Banditen, die sich im Finstern auf kleine Volontäre stürzen.«

Mit ein paar Schritten war ich an den beiden vorbei. Jetzt wünschte ich mir, in der Stadt geblieben zu sein. Dann gewann Neugier die Oberhand über meine Verärgerung.

»Also ... wovon reden Sie eigentlich?« sagte ich

»Da draußen lauern Bettler, die für die Stadt nichts übrig haben. Wenn wir nicht auf der Hut wären, würden sie die Gleise zerstören. Sehen Sie die Rollengerüste da drüben? Die würden die Kerle schnell abreißen, wenn wir nicht Wache hielten.«

»Aber ... aber es waren doch die ... Bettler, die sie für uns aufgestellt haben.«

»Ja, die paar, die für uns arbeiten. Aber 's gibt eine Menge, die das nicht tun.«

»Geh schlafen, Kleiner. Überlaß die Bettler nur uns.«

»Euch beiden allein?«

»Na klar, uns beiden und einem Dutzend anderer auf dem Paß oben. Mach jetzt, daß du ins Bett kommst, Kleiner, und sieh zu, daß dich nicht einer irrtümlich erschießt.«

Ich drehte mich um und ging. Ich kochte vor Wut, und wäre ich einen Augenblick länger geblieben, ich hätte mich sicher auf einen der beiden gestürzt. Ihre widerlich herablassende Art ging mir gegen den Strich – Malchuskin, der viel älter und mein Vorgesetzter war, hatte nie so mit mir geredet. Mein einziger Trost war, daß ich die beiden ebenfalls geärgert hatte. Zwei junge Armbrustschützen konnten gegen einen entschlossenen Angriff nichts ausrichten, und das wußten sie recht gut, aber ihr Stolz verbot es ihnen natürlich, mich das merken zu lassen.

Als ich außer Hörweite war, begann ich zu laufen. Im nächsten Augenblick stolperte ich über eine Schwelle. Ich verließ die Gleise und rannte weiter. Malchuskin erwartete mich in seiner Baracke. Gemeinsam aßen wir unser – wie immer synthetisches – Nachtmahl.

6

Nach zwei weiteren Tagen in Malchuskins Arbeitsteam war es soweit, daß ich einen kurzen Urlaub antreten konnte. In diesen zwei Tagen hatte Malchuskin die Arbeiter zu Höchstleistungen angespornt, wie ich sie bisher noch nicht erlebt hatte, so daß wir gute Fortschritte machten. Obwohl das Schienenlegen mühsamer war als das Abreißen der alten Gleise, freute einen diese Arbeit mehr, weil man durch sichtbare Resultate belohnt wurde: die stetig wachsende Gleisstrecke. Mühsamer war es deshalb, weil wir außerdem die Gräben für die Betonträger ausheben mußten, bevor wir Schwellen und Schienen verlegen konnten. Da jetzt bereits drei Teams im Norden der Stadt arbeiteten und die ihnen zugewiesenen Gleise ungefähr gleich lang waren, war der Wettstreit zwischen den Trupps ein zusätzlicher Ansporn. Es erstaunte mich, wie sehr dieser Wetteifer die Arbeit förderte, und jeden Abend gab es eine Menge gutmütiger Sticheleien unter den Männern, je nachdem, welche Gruppe an dem Tag mehr geschafft hatte.

»Zwei Tage«, sagte Malchuskin, kurz bevor ich zur Stadt aufbrach. »Bleiben Sie nicht länger. Es wird bald mit Schleppen angefangen, und da brauchen wir jeden verfügbaren Mann.«

»Soll ich mich dann wieder bei Ihnen melden?«

»Das liegt bei Ihrer Gilde ... aber an und für sich sollen Sie noch zwei Meilen lang bei mir arbeiten. Dann werden Sie in eine andere Gilde versetzt, für die Sie dann weitere drei Meilen arbeiten.«

»Welche Gilde wird das sein?« erkundigte ich mich.

»Ich weiß nicht. Diese Entscheidung trifft Ihre eigene Gilde.«

»Na schön.«

Da wir erst spät am Abend Schluß machten, verbrachte ich die letzte Nacht noch in der Baracke. Ich hatte keine Lust, nach Einbruch der Nacht in die Stadt zurückzugehen – durch den von der Miliz bewachten Bergsattel. Tagsüber sah man wenig oder gar nichts von den Leuten der Miliz, aber nach meiner ersten Begegnung mit ihnen hatte Malchuskin mir erklärt, daß jede Nacht Wachen aufgestellt wurden und daß die Schienen besonders unmittelbar vor dem Schleppen scharf bewacht wurden.

Am nächsten Morgen wanderte ich zwischen den Gleisen zurück zur Stadt.

Jetzt, da ich mich mit offizieller Genehmigung in der Stadt aufhielt, konnte es nicht mehr schwierig sein, Victoria zu finden. Das erste Mal hatte ich mich nicht recht getraut, nach ihr zu suchen, weil mir mein Gewissen sagte, ich müßte so bald wie möglich zu Malchuskin zurückkehren. Jetzt hatte ich zwei ganze Tage Urlaub und wurde nicht mehr von dem Gedanken geplagt, ich drücke mich vor meinen Pflichten.

Auch so wußte ich natürlich nicht, wo ich sie suchen sollte ... mir blieb also nichts anderes übrig, als zu fragen. Nach einigen Fehlanweisungen wurde ich in einen Raum im vierten Stock geschickt. Hier arbeiteten Victoria und einige andere junge Leute unter der Aufsicht einer Verwaltungsbeamtin. Als Victoria mich in der Tür stehen sah, sprach sie mit der Beamtin und kam dann herüber. Wir traten zusammen in den Gang hinaus.

»Hallo, Helward«, sagte sie und schloß die Tür hinter sich.

»Hallo. Hör zu ... wenn du gerade beschäftigt bist, dann können wir uns auch später treffen.«

»Das ist schon in Ordnung. Du hast doch Urlaub, nicht?«

»Ja.«

»Dann hab' ich auch frei. Komm.«

Sie führte mich den Gang entlang, bog in einen Seitenkorridor ab und ging eine kurze Treppe hinunter. Unten lag wieder ein Gang, der auf beiden Seiten mit Reihen von Türen gesäumt war. Sie öffnete eine und trat in den Raum.

Er war größer als jedes andere Privatzimmer, das ich bis jetzt in der Stadt gesehen hatte. Das größte Möbelstück war ein Bett, das an der einen Wand stand, aber davon abgesehen gab es erstaunlich viel freien Platz in diesem überaus gemütlich eingerichteten Zimmer. An der einen Seitenwand war ein Waschbecken und eine kleine Kochstelle. Die übrige Ausstattung bestand aus einem Tisch mit zwei Stühlen, einem Schrank für Kleider und Wäsche, und zwei Polstersesseln. Am meisten überraschte mich jedoch das Fenster.

Ich ging sofort hin und schaute hinaus. Unten sah man einen kleinen offenen Hof, der auf der gegenüberliegenden Seite wieder durch eine Wand mit vielen Fenstern begrenzt wurde. Der Hof schien sich nach rechts und links fortzusetzen, aber das Fenster war zu klein, als daß ich den Abschluß an den Schmalseiten hätte sehen können.

»Gefällt es dir?«

»Es ist so groß! Gehört es dir allein?«

»Sozusagen. Uns, wenn wir erst verheiratet sind.«

»Oh, ja. Irgendwer hat gesagt, ich würde ein neues Quartier bekommen.«

»Vermutlich war das damit gemeint«, sagte Victoria. »Wo wohnst du zur Zeit?«

»Ich hab' noch alle Sachen im Internat. Aber seit der Zeremonie habe ich nicht mehr dort geschlafen.«

»Dann bist du also schon draußen?«

»Ich ...«

Ich wußte nicht, was ich antworten sollte. ›Draußen‹: was konnte ich Victoria sagen, wo ich doch durch den Eid gebunden war.

»Ich weiß, daß ihr die Stadt verlaßt«, sagte Victoria. »So ein großes Geheimnis ist das nicht.«

»Was weißt du noch?«

»Verschiedenes. Na, aber wir haben ja noch später Zeit zum Reden. Soll ich dir Tee machen?«

»Synthetischen?« Kaum hatte ich das Wort ausgesprochen, bereute ich es. Ich wollte weder heikel noch undankbar erscheinen.

»Leider. Aber ich werde bald in der Synthesegruppe arbeiten, da finde ich vielleicht eine Methode, ihn besser zu machen.«

Langsam ließ die Spannung zwischen uns beiden nach. Anfangs unterhielten wir uns kühl, fast formell und mit nicht mehr als höflichem Interesse, aber bald fanden wir zu der alten Vertrautheit zurück. Victoria und ich waren einander ja durchaus nicht fremd.

Nach einiger Zeit kamen wir auf unser Leben im Internat zu sprechen, was mich neuerlich in eine Art Zwangslage brachte. Bis ich selbst aus der Stadt hinausgekommen war, hatte ich keine Ahnung gehabt, wie es draußen wohl aussehen mochte. Was wir im Internat gelernt hatten, war mir – wie auch vielen anderen – immer trocken, abstrakt und weltfremd vorgekommen. Es gab nur wenige gedruckte Bücher, und die meisten davon waren Romane, die vom Leben auf dem Planeten Erde handelten, weshalb unsere Lehrer im wesentlichen von ihnen selbst geschriebene Texte für den Unterricht verwendeten. Wir wußten oder dachten, wir wüßten eine Menge über das Alltagsleben auf dem Planeten Erde, aber es wurde uns immer gesagt, daß unsere Welt anders sei. Mit der natürlichen Neugier von Kindern wollten wir natürlich sofort wissen, inwiefern sie anders sei, aber darüber hinaus hatten sich unsere Lehrer ausgeschwiegen. In unserem Wissen bestand deshalb immer die frustrierende Diskrepanz zwischen dem, was wir über das Leben auf einer Welt lasen, die nicht die unsere war, und dem, was wir uns über unsere Welt, die Stadt, zusammenreimten.

Das führte natürlich zu Unzufriedenheit, die sich in einem Überschuß an aufgestauter körperlicher Energie äußerte. Wie aber konnte man sich im Internat austoben? Nur in den Gängen und im Turnsaal war Platz genug, daß man richtig Bewegung haben konnte, aber auch das hatte seine Einschränkungen. Das Ergebnis war Unruhe: emotionelle Ausbrüche und Ungehorsam bei den jüngeren Kindern, bei den älteren Zöglingen Raufereien und fanatische Begeisterung für die wenigen Sportarten, die in dem winzigen Turnsaal ausgeübt werden konnten ... und bei denen, die bis zu ihrer Mündigkeit nur mehr ein paar Meilen im Internat zu verbringen hatten, ein frühes Interesse für geschlechtliche Dinge.

Die Internatsbeamten versuchten nur halben Herzens, dem Treiben Einhalt zu gebieten, vielleicht, weil sie die Gründe dafür verstanden. Jedenfalls, ich war im Internat aufgewachsen, und ich hatte nicht weniger als alle anderen an diesen gelegentlichen Ausbrüchen teilgenommen. Die letzten zwanzig Meilen vor meiner Entlassung hatte ich sexuelle Beziehungen zu einigen der Mädchen gehabt – Victoria gehörte nicht zu ihnen –, und ich hatte der Sache eigentlich keine Bedeutung zugemessen. Jetzt aber würden sie und ich heiraten, und plötzlich war es doch von Bedeutung, was vorher geschehen war.

Irritierenderweise störten mich diese Gespenster von früher um so mehr, je länger wir miteinander sprachen. Ich überlegte, ob ich offen von meinen diversen Erlebnissen sprechen und ihr alles erklären sollte. Victoria schien jedoch unser Gespräch zu beherrschen, und sie lenkte es auf Gebiete, die für uns beide unverfänglich waren. Vielleicht hatte auch sie ihre Gespenster der Vergangenheit. Sie erzählte mir vom Leben in der Stadt, was mich natürlich besonders interessierte.

Sie sagte, daß sie als Frau nicht automatisch eine gehobenere Stellung erhalten hätte und daß nur ihre Verlobung mit mir ihr die derzeitige Beschäftigung ermöglichte. Hätte sie sich mit einem Mann außerhalb der Gilden verlobt, dann wäre es ihre Pflicht gewesen, so viele Kinder wie möglich zu gebären und ihre Zeit bei gewöhnlichen Haushaltsarbeiten in der Küche oder in der Schneiderei oder mit sonst irgendwelchen niedrigen Aufgaben zu verbringen. So aber hatte sie doch ein wenig Einfluß auf ihre Zukunft und konnte unter Umständen bis in den höheren Verwaltungsdienst aufsteigen. Zur Zeit machte sie, so wie ich, eine Ausbildung auf verschiedenen Gebieten durch. Der einzige Unterschied war, daß in ihrem Fall weniger Wert auf eigene Erfahrungen als auf theoretischen Unterricht gelegt wurde. Deshalb hatte sie auch in der kurzen Zeit viel mehr über die Stadt gelernt als ich.

Da ich nicht gut von meiner Arbeit draußen berichten konnte, hörte ich allem, was sie zu erzählen hatte, interessiert zu.

Sie sagte, sie hätte erfahren, daß es der Stadt an zweierlei mangelte: an Wasser – das wußte ich schon von Malchuskin – und an Menschen.

»Aber es gibt doch eine Menge Leute in der Stadt«, wandte ich ein.

»Schon ... aber die Zahl von Lebendgeburten ist immer schon niedrig gewesen, und sie sinkt weiter. Und was die Sache noch verschlimmert, ist, daß die lebensfähigen Säuglinge zum überwiegenden Teil männlich sind. Niemand weiß, warum das so ist.«

»Daran ist die synthetische Nahrung schuld«, sagte ich sardonisch.

»Das könnte sein.« Sie hatte die Spitze überhört. »Bis ich das Internat verließ, hatte ich nur vage Vorstellungen, wie es in der übrigen Stadt aussehen könnte ... aber ich war immer sicher, daß alle Einwohner auch hier geboren wurden.«

»Stimmt das denn nicht?«

»Nein. Eine Menge Frauen werden in die Stadt gebracht, um dem Bevölkerungsschwund abzuhelfen. Oder genauer gesagt, in der Hoffnung, daß sie weibliche Babys zur Welt bringen.«

Ich sagte: »Meine Mutter kam von außerhalb der Stadt.«

»Wirklich?« Das erste Mal, seit wir wieder zusammen waren, sah Victoria nun unsicher drein. »Das wußte ich nicht.«

»Ich dachte, das wüßte jeder.«

»Das wird schon so sein, aber irgendwie hab' ich nie darüber nachgedacht ...«

»Es ist nicht weiter wichtig.«

Victoria erwiderte nichts. Für mich war diese Angelegenheit kaum von Bedeutung, und ich bedauerte, daß ich davon gesprochen hatte.

»Erzähl mir mehr«, sagte ich.

»Nein ... es gibt nicht mehr viel zu erzählen, was mein Leben angeht. Aber was ist mit dir? Wie geht es dir in deiner Gilde?«

»Ganz gut«, sagte ich.

Ganz abgesehen davon, daß ich schon wegen des Eides nicht darüber sprechen konnte, hatte ich auch keine Lust mehr. Victorias plötzliches Verstummen hatte mir deutlicher als Worte gesagt, daß irgend etwas zwischen uns stand, das sie, vielleicht aus Taktgefühl, lieber nicht zur Sprache brachte. Mein ganzes Leben lang – oder jedenfalls soweit ich mich zurückerinnern konnte – war die Abwesenheit meiner Mutter wie etwas ganz Normales behandelt worden. Mein Vater hatte, wenn wir uns darüber unterhielten, nüchtern und sachlich davon gesprochen, und es war auch anscheinend keinerlei Stigma damit verbunden. Schließlich hatten sich viele Jungen im Internat in der gleichen Lage befunden wie ich, und, was mir erst jetzt auffiel, so gut wie alle Mädchen. Victorias seltsame Reaktion eben brachte mich darauf.

»Du bist ein Sonderfall«, sagte ich in der Hoffnung, sie auf anderem Weg auf das Thema zurückzubringen. »Deine Mutter lebt noch immer in der Stadt.«

»Ja«, sagte sie.

Damit war die Sache wohl erledigt. Es war offenkundig, daß sie nicht darüber sprechen wollte, und genaugenommen lag mir auch nichts daran. Ich war in die Stadt gekommen, um während meines Urlaubs Victoria besser kennenzulernen, und nicht, um über Genealogie zu reden.

Aber wieder war eine Art Spannung zwischen uns entstanden, die unsere Unterhaltung lähmte.

»Was ist dort draußen?« fragte ich schließlich und zeigte zum Fenster. »Können wir hinausgehen?«

»Wenn du willst. Ich zeige dir den Weg.«

Ich folgte ihr aus dem Zimmer und einen Gang entlang, von dem eine Tür ins Freie führte. Viel gab es nicht zu sehen: der Hof war mehr eine Gasse zwischen zwei Wohnblocks. An dem einen Ende lag eine erhöhte Terrasse, die man über eine Holzstiege erreichte. Wir gingen zuerst zum gegenüberliegenden Ende, wo eine weitere Tür in die Stadt zurückführte; dann drehten wir um und stiegen die Stufen hinauf auf die kleine Plattform, auf der ein paar hölzerne Bänke standen. Hier hatte man etwas mehr Bewegungsfreiheit. Die Terrasse wurde auf zwei Seiten von hohen Wänden begrenzt, hinter denen vermutlich ebenfalls Wohnregionen der Stadt lagen. Von der Seite, an der man heraufkam, konnte man die Gasse entlang und über die Dächer des niedrigen Wohnblocks sehen. Auf der vierten Seite dagegen hatte man völlig freien Ausblick auf das außerhalb liegende Land. Auf mich wirkte das wie eine Offenbarung: die Bedingungen des Eides hatten mich in den Glauben versetzt, daß niemand außer Gildenmitgliedern die Umgebung der Stadt erblicken durfte.

»Was hältst du davon?« fragte Victoria und setzte sich auf eine der Bänke, die nach der offenen Seite hin plaziert waren.

Ich setzte mich neben sie. »Es gefällt mir.«

»Bist du dort draußen gewesen?«

»Ja.« Ich hatte es nicht leicht; schon wieder geriet ich mit den Bedingungen des Eides in Konflikt. Wie konnte ich Victoria von meiner Arbeit erzählen, ohne meinen Schwur zu brechen?

»Wir dürfen nicht oft auf die Aussichtsterrasse. In der Nacht ist der Zugang gesperrt, und tagsüber ist er auch nur für wenige Stunden offen. Manchmal ist er mehrere Tage ununterbrochen gesperrt.«

»Weißt du, warum?«

»Weißt du's?« sagte sie.

»Nun, vermutlich ... hat es mit der Arbeit draußen zu tun.«

»Über die du mir nichts erzählen willst.«

»Nein«, sagte ich.

»Warum nicht?«

»Ich darf es nicht.«

Sie musterte mich. »Du bist braun gebrannt. Arbeitest du viel in der Sonne?«

»Kann man wohl sagen.«

»Niemand darf auf die Terrasse, wenn das Sonnenlicht darauf

fällt. Ich habe noch nie die Sonne gesehen. Nur manchmal ihr Licht auf den höheren Gebäuden.«

»Da gibt es nichts zu sehen«, sagte ich. »Sie ist sehr hell, zu grell, als daß man sie direkt anschauen könnte.«

»Das würde ich gerne selber feststellen.«

Ich sagte: »Was tust du jetzt eigentlich? Ich meine, was für eine Arbeit hast du?«

»Ernährungswissenschaft.«

»Was heißt das?«

»Wir lernen, wie man eine ausgewogene Diät zusammenstellt. Wir müssen darauf achten, daß die synthetische Nahrung genügend Protein enthält und daß die Leute die richtigen Mengen Vitamine bekommen.« Sie verstummte; in ihrer Stimme war keinerlei Interesse für diesen Gegenstand zu erkennen gewesen. »Sonnenlicht enthält Vitamine, weißt du das?«

»Wirklich?«

»Vitamin D. Es entsteht im Körper durch die Wirkung von Sonnenlicht auf die Haut. Es ist seltsam, so etwas zu erfahren, wenn man nie die Sonne sehen darf.«

»Aber das Vitamin kann ja wohl synthetisch hergestellt werden«, sagte ich.

»Ja ... und das wird es auch. Gehen wir wieder hinein, und machen wir uns noch eine Kanne Tee?«

Ich antwortete nicht. Ich weiß nicht, was ich mir von dem Wiedersehen mit Victoria erwartet hatte, aber so hatte ich es mir nicht vorgestellt. Während ich mit Malchuskin gearbeitet hatte, waren mir allerhand romantische Vorstellungen vorgeschwebt, die hin und wieder durch das Gefühl gedämpft wurden, daß sie und ich erst zueinanderfinden müßten, daß wir uns einander anpassen müßten; nie jedoch wäre mir eingefallen, daß sie so verbittert sein könnte. Ich hatte mir vorgestellt, wie wir beide darauf hinarbeiteten, die intime Beziehung zu verwirklichen, die unsere Eltern für uns geplant hatten, und sie irgendwie zu einer echten und tiefen Beziehung zu machen, in der es vielleicht sogar Liebe gab. Was ich nicht vorausgesehen hatte, war, daß Victoria uns beide fast wie eine Außenstehende vergleichen würde: daß ich all die Vorteile einer Lebensweise genoß, die ihr verwehrt war.

Wir blieben auf der Terrasse. Victorias Bemerkung über Wiederhineingehen und Teetrinken war ironisch gemeint gewesen, und ich war nicht so stumpfsinnig, daß ich das nicht gespürt hätte. Und außerdem hatten wir wohl jeder seine Gründe, lieber auf der Terrasse zu bleiben: ich, weil ich bei der Arbeit im Freien die frische Luft schätzengelernt hatte und mich auf einmal im Innern der Stadt wie eingesperrt fühlte; Victoria aber war vermutlich gerne hier, weil das einem Verlassen der Stadt noch am nächsten kam. Und doch – das hügelige Land im Osten der Stadt erinnerte uns jetzt beide an den Unterschied zwischen uns, der uns gerade erst bewußt geworden war.

»Du könntest dich um Aufnahme in einer Gilde bewerben«, sagte ich nach einer Weile. »Ich bin sicher ...«

»Ich gehöre nur dem falschen Geschlecht an«, sagte sie schroff. »Das können nur Männer, ist dir das noch nicht aufgefallen?«

»Nein ...«

»Ich habe nicht lange gebraucht, um mir über verschiedene Dinge klarzuwerden«, fuhr sie fort; sie sprach rasch, und die Bitterkeit in ihrer Stimme war nicht mehr zu überhören. »Mein ganzes Leben hab' ich gesehen, was vorging, aber begriffen hab' ich's nicht: mein Vater, der immer außerhalb der Stadt war, meine Mutter, die hier drin ihrer Arbeit nachging und sich um alles das kümmerte, was uns so selbstverständlich erschien, Essen, Heizung, Abwässerbeseitigung. *Jetzt* begreife ich es. Frauen sind viel zu wertvoll, um hinaus zu dürfen. Sie werden hier in der Stadt gebraucht, um Kinder zu kriegen, und man sieht schon dazu, daß sie das tun, immer und immer wieder. Wenn sie nicht das Glück haben, aus der Stadt zu stammen, dann werden sie von draußen gekauft und fortgeschickt, sobald sie ihren Zweck erfüllt haben.« Da war es wieder, das peinliche Thema, aber diesmal wich sie nicht aus. »Ich weiß, daß die Arbeit außerhalb der Stadt wichtig und anscheinend auch gefährlich ist, worum es sich auch handelt ... aber mich hat nie jemand gefragt, was ich möchte. Bloß weil ich eine Frau bin, muß ich mein ganzes Leben in dieser verdammten Stadt bleiben und überaus interessante Dinge über die Lebensmittelherstellung lernen – und so oft wie möglich Kinder kriegen!«

Ich sagte: »Willst du mich heiraten?«

»Mir bleibt keine andere Wahl.«

»Danke.«

Sie stand auf und ging zornig auf die Stiege zu. Ich folgte ihr hinunter und ging hinter ihr her, als sie in ihr Zimmer zurückkehrte. Ich blieb abwartend in der Tür stehen, während sie mir den Rücken kehrte und vom Fenster in die schmale Gasse zwischen den Gebäuden hinunterstarrte.

»Soll ich gehen?« fragte ich.

»Nein ... komm herein und mach die Tür zu.«

Sie rühte sich nicht, als ich eintrat.

»Ich mach uns noch Tee«, sagte ich.

»Von mir aus.«

Das Wasser im Topf war noch heiß, und es dauerte nur eine Minute oder so, bis es wieder kochte.

»Wir brauchen nicht zu heiraten«, sagte ich.

»Du oder ein anderer – ich würde auf jeden Fall heiraten müssen.« Sie drehte sich um und setzte sich zu mir und nahm den Becher mit dem synthetischen Gebräu in die Hand. »Ich habe nichts gegen dich, Helward. Das solltest du wissen. Aber ob es uns paßt oder nicht, mein und dein Leben wird durch das Gildensystem bestimmt. Wir können nichts dagegen tun.«

»Warum nicht? Systeme können verändert werden.«

»Dieses nicht! Es ist zu tief verwurzelt. Die Gilden beherrschen die Stadt. Warum das so ist, weiß ich nicht. Nur die Gilden können das System ändern, und sie werden es nie tun.«

»Du bist da anscheinend ganz sicher.«

»Das bin ich«, sagte sie. »Und aus einem guten Grund: das System, das mein Leben bestimmt, hängt selbst von dem ab, was außerhalb der Stadt vorgeht. Da ich niemals einen Einfluß darauf haben werde, kann ich auch niemals etwas tun, um mein Leben so einzurichten, wie ich es will.«

»Aber das könntest du ... durch mich.«

»Du willst ja nicht einmal darüber reden.«
»Ich darf nicht«, sagte ich.
»Warum nicht?«
»Ich darf nicht einmal das sagen.«
»Gildengeheimnis«, sagte sie geringschätzig.
»Wenn du so willst«, entgegnete ich.
»Und du sitzt hier und fügst dich und findest das in Ordnung.«
»Ich muß«, sagte ich einfach. »Ich habe schwören ...«
Da fiel es mir ein: die Geheimhaltung des Eides selbst war bereits eine Bedingung des Eides. Ich hatte ihn gebrochen, und so einfach und natürlich war es passiert, daß ich es erst gar nicht begriffen hatte.
Zu meiner Überraschung ging Victoria überhaupt nicht darauf ein. »Das System schützt sich also durch strikte Geheimhaltung«, sagte sie. »Nun, das ist verständlich.«
Ich trank meinen Tee aus. »Ich glaube, ich gehe jetzt besser.«
»Bist du mir böse?« fragte sie.
»Nein. Es ist nur ...«
»Geh nicht. Es tut mir leid, daß ich die Beherrschung verloren habe. Du kannst nichts dafür. Aber du hast vorhin etwas gesagt: daß ich durch dich mein Leben bestimmen könnte. Wie hast du das gemeint?«
»Ich weiß nicht. Ich glaube, ich hab's so gemeint, daß du als Frau eines Gildenmitglieds, was ich eines Tages sein werde, mehr Gelegenheit hast ...«
»Gelegenheit wozu?«
»Nun ... durch mich zu erkennen, was für einen Sinn auch immer in dem System steckt.«
»Wo du geschworen hast, mir nichts darüber zu erzählen.«
»Ich ... ja.«
»Siehst du. Wissen ist ein Vorrecht der Gilden ersten Ranges. Und wir sind Gefangene des Systems.«
Sie lehnte sich zurück und schloß die Augen.
Ich war schrecklich durcheinander und zornig auf mich selbst. Zehn Tage erst war ich Volontär und hatte schon mein Leben verwirkt. Diese Tatsache war zu bizarr, als daß ich sie

hätte ernst nehmen können, und doch war mir die Strafandrohung bei der Ablegung des Eides ernst genug vorgekommen. Meine Verwirrung rührte daher, daß Victoria unabsichtlich die wachsende Gefühlsbindung zwischen uns ins Spiel gebracht hatte. Ich begriff die Konfliktsituation, in der ich mich befand, aber ich konnte nichts dagegen tun. Aus meiner eigenen Zeit im Internat kannte ich die Unterströmung von Frustration, die daraus entstand, daß wir keinen Zutritt zu den übrigen Teilen der Stadt hatten, und in größerem Maßstab – wenn die Mauern des Gefängnisses sich zwar geweitet hatten, aber einen immer noch einsperrten – mußte es ähnlich sein. Andererseits konnte das kein neues Problem sein. Victoria und ich waren nicht die ersten in der Stadt, die eine derartige Ehe schlossen. Viele andere vor uns mußten derselben Hürde begegnet sein. Hatten sie sich damit abgefunden, das System so akzeptiert, wie es war?

Victoria rührte sich nicht, als ich das Zimmer verließ und zum Internat zurückging.

Als ich allein und nicht mehr in dem Teufelskreis von Fragen und verbotenen Antworten gefangen war, vergaß ich Victorias Bedrückung und begann mir Sorgen wegen meiner eigenen Lage zu machen. Wenn der Eid wirklich ernst genommen wurde, konnte ich hingerichtet werden, wenn die Gilde von der Unterhaltung vorhin erfuhr. War es wirklich so unverzeihlich, den Eid zu brechen? Würde Victoria anderen gegenüber erwähnen, was ich gesagt hatte? Bei diesem Gedanken war mein erster Impuls, zurückzugehen und sie um Schweigen zu bitten ... aber das hätte sowohl meinen Eidbruch schlimmer gemacht als auch ihre Verbitterung verstärkt.

Den Rest des Tages lag ich tatenlos auf meiner Pritsche und zergrübelte mir den Kopf über die ganze Situation. Später aß ich in einem der Speisesäle und war froh, Victoria nicht zu begegnen.

Irgendwann in der Nacht kam Victoria in meine Kammer. Meine erste, noch schlaftrunkene Wahrnehmung war das Geräusch der sich schließenden Tür, und als ich die Augen öffnete, sah ich ihre schlanke Gestalt neben dem Bett stehen.

»Was …«

»Pst. Ich bin's.«

»Was willst du?« Ich tastete nach dem Lichtschalter, aber ihre Hand griff schnell nach meinem Arm.

»Laß das Licht aus.«

Sie setzte sich auf die Bettkante; ich richtete mich auf.

»Es tut mir leid, Helward. Ich bin gekommen, um dir das zu sagen.«

»Schon gut.«

Sie lachte. »Du schläftst noch ein wenig, ja?«

»Weiß nicht. Wird wohl so sein.«

Sie beugte sich vor, und ich spürte ihre Hände leicht über meine Brust streichen, höher wandern, bis sie meinen Nacken umfaßten. Dann küßte sie mich.

»Sag nichts«, flüsterte sie. »Das alles gestern, es tut mir wirklich leid.«

Wir küßten uns wieder, und ihre Arme schlossen sich fest um mich.

»Du hast ja ein Nachthemd an.«

»Was sonst?«

»Zieh's aus.«

Sie stand plötzlich auf, und ich hörte, wie sie ihren Kittel abstreifte. Als sie sich wieder zu mir setzte, viel näher diesmal, war sie nackt. Ungeschickt zog ich mir das Nachthemd über den Kopf, blieb fast darin hängen. Victoria hob die Decke und schlüpfte zu mir darunter.

»Bist du mit so wenig an heruntergekommen?« fragte ich.

»Ist ja keiner unterwegs jetzt.« Ihr Gesicht war dem meinen sehr nahe, und wir küßten uns wieder. Als ich mich von ihr löste, schlug ich mir den Kopf an der Wand an. Victoria drängte sich dichter an mich, schmiegte ihren Körper an meinen. Plötzlich lachte sie laut auf.

»Gott! Sei doch still!« grollte ich.

»Was ist los?« sagte sie.

»Jemand wird uns hören.«

»Die schlafen alle.«

»Sie werden nicht mehr lang schlafen, wenn du nochmals so laut lachst.«

»Du sollst nicht reden.« Sie küßte mich wieder.

Obwohl mein Körper bereits heftig auf ihre Nähe reagierte, empfand ich eher Panik als Verlangen. Wir waren zu laut, und die Wände der Schlafkammern waren dünn. Ich wußte aus langer Erfahrung, wie deutlich man jedes Geräusch hindurchhörte. Unsere Stimmen, ihr Lachen würden das ganze Internat aufwecken, angesichts der Tatsache, daß wir uns in der schmalen Schlafkoje eng an die Wand drängen mußten. Ich schob sie weg und erklärte ihr das.

»Ist doch egal«, sagte sie.

»Nein.«

Ich warf die Bettdecke zurück und kletterte über sie hinweg. Dann schaltete ich das Licht ein. Victoria schirmte ihre Augen vor dem grellen Schein ab; ich warf ihr ihren Kittel zu.

»Komm ... gehen wir in dein Zimmer.«

»Nein«, sagte sie jetzt.

»Ja.« Ich begann, meine Uniform anzuziehen.

»Zieh doch nicht das Zeug an«, sagte sie. »Es stinkt.«

»Im Ernst?«

»Gräßlich.«

Sie setzte sich auf, und ich starrte sie nur an, sprachlos, und bewunderte die Schlankheit und Glätte ihres nackten Körpers. Sie warf sich den Kittel um die Schultern und stieg aus dem Bett.

»Na, schön«, sagte sie. »Aber beeilen wir uns.«

Wir verließen meine Kammer und mit Hilfe unserer Hauptschlüssel das Internat. Die Korridore waren, wie Victoria gesagt hatte, so spät in der Nacht menschenleer, und die Gangbeleuchtung war gedämpft. In wenigen Minuten erreichten wir ihr Zimmer. Ich schloß die Tür und verriegelte sie. Victoria setzte sich aufs Bett, den Kittel um sich zusammengezogen.

Ich fuhr aus der Uniform und stieg ins Bett.

»Komm schon, Victoria.«

»Jetzt ist mir nicht mehr danach.«

»Ach Gott ... warum nicht?«

»Wir hätten bleiben sollen, wo wir waren«, sagte sie.

»Willst du wieder hinuntergehen?«

»Nein, natürlich nicht.«

»Komm rein zu mir«, sagte ich. »Sitz nicht so da.«

»Schön.« Sie öffnete den Kittel, ließ ihn auf den Boden fallen und legte sich neben mich. Wir hielten uns umschlungen, küßten uns ein Weilchen, aber dabei blieb es, und ich verstand jetzt, was sie gemeint hatte. Auch mein Verlangen war erloschen. Eine Zeitlang lagen wir schweigend nebeneinander. Obwohl ich ihre Nähe als angenehm und sinnlich empfand, geschah nichts.

Schließlich sagte ich: »Warum bist du zu mir gekommen?«

»Das hab' ich dir alles gesagt.«

»War das alles ... zu sagen, daß es dir leid tut?«

»Ich glaube.«

»Beinahe wäre ich zu dir gekommen«, sagte ich. »Ich habe etwas getan, was ich nicht hätte tun dürfen. Ich mache mir schreckliche Sorgen deswegen.«

»Was war es denn?«

»Ich sagte dir ... ich sagte dir, ich hätte schwören müssen. Wie du richtig vermutet hast, werden alle Gildenangehörigen zur Geheimhaltung verpflichtet. Als ich Volontär wurde, mußte ich einen Eid ablegen, bei dem ich unter anderem schwören mußte, die Existenz dieses Eides geheimzuhalten. So habe ich den Eid gebrochen, als ich dir davon erzählte.«

»Ist das so wichtig?«

»Es wird mit dem Tode bestraft.«

»Aber warum sollte dir jemand draufkommen?«

»Wenn ...«

Victoria sagte: »Wenn ich es weitererzähle, meinst du. Warum sollte ich das tun?«

»Ich weiß nicht. Aber so wie du geredet hast, deine Verbitterung, daß du nie die Stadt verlassen darfst, dein Haß gegen das Gildensystem ... ich war nicht sicher, ob du dich da nicht gegen mich wenden würdest.«

»Bis jetzt hat mir deine Bemerkung überhaupt nichts gesagt. Und ich würde sie sicher nicht gegen dich verwenden. Warum sollte eine Frau denn ihren Mann verraten wollen?«

»So möchtest du mich immer noch heiraten?«

»Ja.«

»Obwohl es eine arrangierte Ehe ist?«

»Es wird mehr sein«, sagte sie und drückte mich einige Augenblicke enger an sich. »Fühlst du das nicht auch?«

»Ja.«

Einige Minuten später sagte Victoria: »Wirst du mir erzählen, was außerhalb der Stadt geschieht?«

»Das kann ich nicht.«

»Wegen dieses Eides?«

»Ja.«

»Aber du hast ihn ohnehin schon gebrochen. Was könnte es also noch ausmachen?«

»Es gibt sowieso nichts zu erzählen«, sagte ich. »Ich habe zehn Tage mit ziemlich schwerer körperlicher Arbeit zugebracht, und ich weiß selber nicht recht, zu welchem Zweck.«

»Was für eine Art Arbeit?«

»Victoria ... frag mich bitte nicht danach.«

»Schön, dann erzähl mir von der Sonne. Warum darf niemand in der Stadt die Sonne sehen?«

»Keine Ahnung.«

»Stimmt etwas nicht damit?«

»Ich denke nicht, daß ...«

Victoria stellte mir Fragen, die ich mir hätte selbst stellen müssen – aber ich hatte es nicht getan. In dem Durcheinander neuer Eindrücke war mir kaum Zeit geblieben, die Bedeutung der Dinge, die ich sah, zu erfassen, geschweige denn, mir Gedanken darüber zu machen. Konfrontiert mir ihren Fragen – ob ich sie nun beantworten durfte oder nicht –, merkte ich, daß ich selbst die Antworten erfahren wollte. Stimmte wirklich etwas nicht mit der Sonne, etwas, das eine Gefahr für die Stadt bedeuten konnte? Und durfte etwas Derartiges geheimgehalten werden? Aber ich hatte die Sonne ja selbst gesehen, und ...

»Sie ist ganz in Ordnung«, sagte ich, »aber sie sieht nicht so aus, wie ich es mir immer vorgestellt hatte.«

»Die Sonne ist eine helle Kugel.«

»Nein, ist sie nicht. Jedenfalls sieht sie nicht wie eine Kugel aus.«

»Sondern?«

»Ich sollte dir das nicht sagen, das weiß ich.«

»Du kannst mich nicht nur mit Andeutungen abspeisen«, sagte sie.

»Es ist doch nicht so wichtig.«

»Doch!«

»Also gut.« Ich hatte längst zuviel gesagt, aber was blieb mir übrig? »Tagsüber kann man sie nicht richtig sehen, weil sie zu hell ist; aber wenn sie aufgeht oder untergeht, kann man sie ein paar Minuten lang anschauen. Ich glaube, sie hat die Form einer Scheibe, einer ein bißchen schief hängenden Scheibe. Aber da ist noch etwas, und ich weiß nicht recht, wie ich es beschreiben soll. Aus der Mitte der Scheibe ragt eine Art Dorn, eine spitz zulaufende Säule oben und unten.«

»Als Teil der Sonne?«

»Ja. Sie sieht ungefähr wie ein Spielzeugkreisel aus, der Form nach, meine ich. Aber es ist schwer, sie genauer zu betrachten, weil sie auch früh und abends ziemlich grell ist. Einmal war ich nachts im Freien, bei klarem Himmel. Man konnte den Mond sehen; er hat die gleiche Form, aber sie war auch da nicht gut zu erkennen, weil er nicht die volle Phase hatte.«

»Hast du dich nicht getäuscht?«

»Nun, das war es, was ich gesehen habe.«

»Aber es ist nicht das, was wir gelernt haben.«

»Ich weiß«, sagte ich. »Aber was soll man da schon tun?«

Ich erzählte nichts mehr. Victoria stellte noch eine Menge Fragen, aber ich wich ihnen aus, behauptete, daß ich selbst die

Antwort nicht wüßte. Sie versuchte, mich weiter über meine Arbeit auszufragen, aber es gelang mir irgendwie, darüber Stillschweigen zu bewahren. Ich stellte ihr statt dessen Fragen über ihr eigenes Leben, so daß wir bald von den mir gefährlichen Themen abkamen. Ich wußte, daß ich mich nicht immer so aus der Affäre würde ziehen können, aber ich brauchte einfach Bedenkzeit. Eine Weile später fanden wir uns dann doch, und danach schliefen wir beide gleich ein.

Am Morgen machte Victoria uns Frühstück, worauf sie mich nackt in ihrem Zimmer zurückließ, während sie meine Uniform zum Waschen brachte. Solange sie fort war, wusch und rasierte ich mich. Dann legte ich mich aufs Bett, bis sie zurückkam.

Ich zog die Uniform wieder an: sie fühlte sich frisch und sauber an, ein gewaltiger Unterschied zu der schmutzstarrenden, übelriechenden zweiten Haut, zu der sie bei der Plackerei draußen geworden war.

Den Rest des Tages verbrachten wir gemeinsam; Victoria führte mich herum und zeigte mir das Innere der Stadt. Die Anlagen waren weitaus komplizierter, als ich mir vorgestellt hatte. Bis jetzt hatte ich vor allem Wohn- und Verwaltungsbezirke gesehen, aber es gab noch viel mehr. Anfangs fragte ich mich, wie ich mich jemals zurechtfinden konnte, aber dann machte Victoria mich auf die Pläne der verschiedenen Regionen aufmerksam, die da und dort an den Wänden angebracht waren.

Ich stellte fest, daß die meisten dieser Pläne oft abgeändert worden sein mußten, und einer im besonderen fiel mir deswegen auf. Wir befanden uns in einem der unteren Stockwerke; neben einem neugezeichneten, revidierten Plan hing ein sehr viel älterer, der durch eine farblose Plastikfolie geschützt war. Ich studierte ihn mit großem Interesse und entdeckte, daß er in mehreren verschiedenen Sprachen beschriftet war. Außer Englisch war mir davon nur noch Französisch vertraut.

»Was sind diese anderen für Sprachen?« fragte ich Victoria.

»Das hier ist Deutsch, und da Russisch und Italienisch. Und

dies« – sie zeigte auf eine bizarre Ideogrammschrift – »ist Chinesisch.«

Ich schaute mir den Plan genau an und verglich ihn mit dem neueren daneben. Ich konnte wohl eine Ähnlichkeit ausmachen, aber es war offenkundig, daß in der Stadt sehr viel verändert worden war in der Zeitspanne seit dem Entstehen des ersten Plans.

»Weshalb hatten sie damals so viele Sprachen?«

»Wir sind die Nachkommen einer Gruppe, die sich aus mehreren Nationalitäten zusammensetzte. Soviel ich weiß, ist Englisch seit vielen Meilen die gemeinsame Sprache, aber das war nicht immer so. Meine Familie zum Beispiel stammt von Franzosen ab.«

»Ach so«, sagte ich.

In demselben Stockwerk zeigte mir Victoria noch die Syntheseanlage. Hier wurden Proteine und andere organische Ersatzstoffe aus Holz und anderen pflanzlichen Rohstoffen hergestellt. Ein intensiver, unangenehmer Geruch hing in diesen Räumen, und ich bemerkte, daß alle Leute, die hier arbeiteten, Atemmasken trugen. Victoria und ich gingen rasch weiter in die Forschungsstation, wo untersucht wurde, wie Geschmack und Konsistenz verbessert werden konnten. Hier, so sagte Victoria, würde sie bald arbeiten.

Später begann sie wieder von den irritierenden, beengenden Vorschriften zu sprechen, die ihr Leben beherrschten und wohl immer beherrschen würden. Ich war nun besser vorbereitet als zuvor und versuchte, ihr die Verbitterung auszureden. Ich sagte ihr, sie solle sich ihre Mutter zum Vorbild nehmen, die ein erfülltes und zufriedenes Leben führte, und ich versprach ihr – nicht ganz freiwillig –, daß ich ihr mehr über mein Leben berichten würde. Ich versicherte ihr auch, daß ich, sobald ich erst vollwertiges Gildenmitglied war, mein möglichstes tun würde, um das System offener und liberaler zu machen. Daraus schien sie wieder etwas Zuversicht zu schöpfen, so daß wir zusammen einen friedlichen Abend und eine befriedigende Nacht verbrachten.

7

Victoria und ich kamen überein, daß wir so bald wie möglich heiraten würden. Sie sagte, sie würde während der nächsten Meile herausfinden, welchen Formalitäten wir uns unterziehen mußten und daß wir, wenn es möglich war, während meines nächsten oder zumindest übernächsten Urlaubs heiraten würden. Inzwischen aber mußte ich zu meinen Pflichten außerhalb der Stadt zurückkehren.

Als ich von unterhalb der Stadt ins Freie trat, sah ich, daß die Arbeit große Fortschritte gemacht hatte. Die unmittelbare Umgebung der Stadt war fast vollständig geräumt worden. Keine Arbeiterbaracke war mehr zu sehen, und keine Batteriefahrzeuge standen bei den Ladekontakten. Vermutlich waren sie alle jenseits der Anhöhe eingesetzt. Eine weitaus auffallendere Änderung aber waren die fünf dicken Stahltrossen, die unter der Nordkante der Stadt hervorkamen und neben den Gleisen über den Boden verliefen, bis sie über den höchsten Punkt des Bergsattels verschwanden. Überall an den Gleisen marschierten bewaffnete Milizwachen auf und ab.

In der Vermutung, daß Malchuskin sehr viel zu tun hatte, beeilte ich mich, über den Paß zu kommen. Von der Anhöhe aus konnte ich bereits sehen, daß meine Vermutung richtig war, denn in der Ferne, wo die Schienen endeten, schien einiges los zu sein, und die Hauptaktivität konzentrierte sich auf das Rechtsinnen-Gleis. Weiter hinten arbeiteten andere Gruppen an irgendwelchen Metallkonstruktionen, aber aus der Entfernung war nicht zu erkennen, was sie taten. Ich eilte weiter den Hang hinunter.

Ich brauchte länger, als erwartet, denn die Gleise erstreckten sich nun schon über mehr als anderthalb Meilen. Auch stand die Sonne schon ziemlich hoch, und bis ich Malchuskin und seinen Trupp erreichte, war ich erhitzt von dem schnellen Marsch.

Malchuskin nahm meine Rückkehr kaum zur Kenntnis, so daß ich einfach meine Uniformjacke auszog und mich an die Arbeit machte.

Sämtliche Schienenlegertrupps plagten sich jetzt damit, dieses letzte Gleis auf die gleiche Länge wie die anderen zu bringen, aber die Schwierigkeit dabei war, daß man auf ein Stück steinharten Untergrund gestoßen war. Obwohl dies die Betonträger unnötig machte, mußten die Gräben für die Schwellen gezogen werden, und das war mehr als mühsam in diesem Boden.

Ich holte mir eine Spitzhacke von einem in der Nähe stehenden Laster und fing an draufloszuhacken. Bald erschienen mir die etwas diffizileren Schwierigkeiten, mit denen ich in der Stadt zu tun gehabt hatte, reichlich fern und unwirklich.

In den kurzen Rastpausen erfuhr ich von Malchuskin, daß abgesehen von diesem Gleisabschnitt alles für den Schleppvorgang fertig war oder jedenfalls beinahe. Die Kabel waren ausgerollt, die Widerlager verankert. Er nahm mich mit zur Widerlagerstation und zeigte mir, wie die mächtigen Stahlträger tief in den Boden gegraben wurden, um eine ausreichend feste Verankerung für die Trossen zu erreichen. Drei der Widerlager waren bereits fertig und die betreffenden Kabel befestigt. An einem weiteren Widerlager wurden eben die letzten Handgriffe getan, und das fünfte wurde gerade aufgerichtet.

Unter den hier beschäftigten Gildenmitgliedern herrschte etwas wie angespannte Unruhe, und ich fragte Malchuskin nach dem Grund dafür.

»Wir sind zu spät dran«, sagte er. »Wir haben seit dem letzten Schleppen dreiundzwanzig Tage gebraucht, um die Gleise bis hierher zu verlegen. Nach derzeitigen Schätzungen werden wir wohl morgen wieder mit dem Schleppen beginnen können, wenn nicht sonst noch was schiefgeht. Das sind also vierundzwanzig Tage. Stimmt's? Diesmal werden wir die Stadt nicht ganz zwei Meilen weiterbringen ... aber in der Zeit, die uns das gekostet hat, hat sich das Optimum zweieinhalb Meilen vorwärtsbewegt. So werden wir, selbst wenn alles glattgeht, immer noch um eine halbe Meile mehr zurückliegen als nach dem letzten Schleppen.«

»Können wir das wieder aufholen?«

»Vielleicht beim nächsten Schleppabschnitt. Ich hab' gestern abend mit ein paar Leuten von der Schleppergilde gesprochen ... sie rechnen damit, daß der nächste Abschnitt ein schneller wird, aber daß auf den wieder zwei langsame folgen. Diese Berge da machen ihnen Sorgen.«

Er deutete beiläufig in nördliche Richtung.

»Können wir ihnen nicht ausweichen?« sagte ich, weil mir auffiel, daß weiter nach Nordosten hin die Bergkette niedriger würde.

»Das könnten wir ... aber der kürzeste Weg zum Optimum verläuft genau nach Norden. Jede seitliche Abweichung von diesem Kurs bedeutet nur, daß wir eine weitere Strecke zurücklegen müssen.«

Ich verstand zwar nicht alles, was er mir erklärte, aber eines begriff ich instinktiv: daß die Zeit drängte.

»Einen Lichtblick gibt's immerhin«, fuhr Malchuskin fort. »Wir können jetzt diese Garnitur Bettler heimschicken. Die Zukunftsgilde hat weiter im Norden eine größere Siedlung entdeckt, und die Leute dort sind verzweifelt auf Arbeit aus. So hab' ich sie am liebsten. Je hungriger sie sind, um so besser arbeiten sie ... eine Zeitlang zumindest.«

Die Arbeit ging weiter. An diesem Tag machten wir erst ziemlich lange nach Sonnenuntergang Schluß, und Malchuskin und die anderen Leute von der Schienenlegergilde mußten die Fremdarbeiter mit immer härteren und saftigeren Flüchen antreiben. Ich achtete kaum darauf, denn schließlich arbeiteten die Gildenmitglieder und auch ich nicht weniger schwer. Als wir in der Dunkelheit zur Hütte zurückkehrten, war ich ehrlich erschöpft.

Am nächsten Morgen verließ Malchuskin die Baracke sehr früh, nachdem er mich angewiesen hatte, Rafael und die übrigen so bald wie möglich zur Arbeitsstelle zu bringen. Als wir ankamen, diskutierten er und drei andere Schienenleger eben heftig mit den Gildenleuten, die die Schleppkabel richteten. Ich ließ Rafael und seine Leute mit der Arbeit am Gleis beginnen und zerbrach mir den Kopf über die Ursache des Disputs. Als Malchuskin schließlich zu uns stieß, sagte er jedoch nichts darüber, sondern stürzte sich selbst in die Arbeit und brüllte Rafael ärgerlich an.

Etwas später, als wir uns eine kurze Pause vergönnten, fragte ich ihn, was losgewesen war.

»Ach, diese Schlepper«, knurrte er. »Sie wollen schon jetzt die Winden starten, bevor noch die Gleise ganz fertig sind.«

»Ist denn das überhaupt möglich?«

»Ja … sie sagen, es wird ohnehin einige Zeit dauern, bis die Stadt die Paßhöhe erreicht, und mittlerweile könnten wir hier fertigmachen. Aber das kommt nicht in Frage.«

»Warum nicht? Es klingt doch vernünftig. Es spart Zeit.«

»Weil das heißen würde, daß unter den Trossen gearbeitet werden muß. Und die Kabel stehen unter hoher Zugspannung, besonders wenn die Stadt eine Steigung hinaufgeschleppt wird, wie hier auf die Anhöhe. Sie haben nie einen Kabelriß erlebt, oder?« Die Frage war rhetorisch gemeint; ich hatte bislang nicht einmal von der Existenz der Kabel gewußt. »Da werden Sie in Stücke zerfetzt, bevor Sie noch den Knall hören«, schloß Malchuskin grimmig.

»Was ist also beschlossen worden?«

»Wir haben eine Stunde, um unsere Arbeit abzuschließen, und dann starten sie die Winden, so oder so.«

Noch drei Schienenstücke waren zu verlegen. Wir ließen die Leute ein paar Minuten ausruhen, dann ging die Arbeit von neuem los. Da jetzt vier Gildenmitglieder mit ihren Teams an einem Abschnitt arbeiteten, kamen wir schnell vorwärts; trotzdem brauchten wir fast die ganze Stunde, um das Gleis fertig zu verlegen.

Mit einiger Befriedigung signalisierte Malchuskin den Schlepperleuten, daß wir fertig wären. Wir sammelten unsere Werkzeuge ein und trugen sie zur Seite, zu den Lastern.

»Was jetzt?« fragte ich Malchuskin.

»Wir warten. Ich fahr in die Stadt zurück und ruh mich aus. Morgen geht es wieder los.«

»Was soll ich machen?«

»An Ihrer Stelle würde ich zusehen. Sie werden es interessant finden. Ja, und dann müssen wir ohnehin diese Leute auszahlen. Ich schick Ihnen später jemanden von der Händlergilde. Behalten Sie die Leute hier, bis der Mann da ist. Ich komme morgen früh zurück.«

»In Ordnung«, sagte ich. »Sonst noch etwas?«

»Eigentlich nicht. Während des Schleppvorgangs haben die Männer von der Schleppergilde das Kommando hier, also wenn Ihnen einer sagt, daß Sie springen sollen, dann springen Sie. Vielleicht wollen sie auch irgendwas an den Gleisen getan haben, dafür wären dann Sie zuständig. Aber ich glaube, die Gleise sind in Ordnung. Wir haben sie schon einmal überprüft.«

Er wandte sich ab und ging auf seine Hütte zu. Er wirkte sehr müde. Die Fremdarbeiter kehrten in ihre Baracken zurück, und binnen kurzem war ich mir selbst überlassen. Malchuskins Bemerkung über die Gefahr eines Kabelrisses hatten mich beunruhigt, deshalb setzte ich mich erst in einer Entfernung hin, die mir sicher genug schien.

In der Umgebung der Widerlager war momentan nicht viel los. Alle fünf Trossen waren befestigt worden, aber noch lagen sie schlaff neben den Gleisen. Zwei Leute von der Schleppergilde waren noch bei den Widerlagern und überprüften, wie ich annahm, ein letztes Mal die Verankerung der Kabel.

Nun tauchte auf der Paßhöhe eine Gruppe von Männern auf, die in zwei ordentlichen Reihen auf uns zu marschierten. Aus der Entfernung war nicht zu erkennen, was sie waren, aber ich bemerkte, daß etwa alle hundert Meter einer den Zug verließ und neben den Gleisen Aufstellung nahm. Als der Trupp näher kam, sah ich, daß es Miliz war, wie üblich mit Armbrüsten bewaffnet. Bis die Gruppe die Widerlager erreichte, waren nur mehr acht Männer übrig, die sich in Verteidigungsposition rundum aufstellten. Nach wenigen Minuten kam einer von ihnen zu mir herüber.

»Wer sind Sie?« fragte er.

»Volontär Helward Mann.«

»Was tun Sie hier?«

»Mir wurde gesagt, ich sollte beim Schleppen zusehen.«

»Geht in Ordnung. Aber bleiben sie weg. Wie viele Bettler sind hier?«

»Ich weiß nicht genau«, sagte ich. »An die sechzig, denke ich.«

»Die alle an den Schienen gearbeitet haben?«

»Ja.«

Er grinste. »Dann sind sie so verdammt müde, daß sie nichts anstellen können. Verständigen Sie mich, wenn sie irgendwie Schwierigkeiten machen.«

Er wanderte zurück zu seinen Kameraden. Mir war nicht ganz klar, welche Schwierigkeiten mir die Arbeiter machen sollten, aber die Einstellung der Miliz ihnen gegenüber erschien mir sonderbar. Ich konnte nur annehmen, daß die ›Bettler‹ irgendeinmal früher die Gleise oder die Kabel beschädigt hatten, aber ich konnte mir nicht vorstellen, daß irgendeiner der Männer, mit denen wir gearbeitet hatten, zu einer Bedrohung für uns werden könnte.

Ich dachte mir, daß die Milizleute, die an den Gleisen Wache hielten, den Kabeln gefährlich nahe waren, aber das schien ihnen gar nicht bewußt zu sein. Geduldig patrouillierten sie auf und ab, den ihnen zugeteilten Gleisabschnitt entlang.

Ich bemerkte, daß die beiden Männer von der Schleppergilde, die die Widerlager überprüft hatten, jetzt hinter großen Metallschilden Aufstellung genommen hatten. Der eine von ihnen hielt eine rote Flagge und blickte durch ein Fernglas zur Anhöhe hinüber. Dort, neben den fünf Rollenlagern, konnte man mit freiem Auge eben noch einen weiteren Mann stehen sehen. Auf ihn schien sich alle Aufmerksamkeit zu konzentrieren, deshalb beobachtete ich ihn neugierig. Soweit ich aus der Entfernung erkennen konnte, wandte er uns den Rücken zu.

Plötzlich drehte er sich um und signalisierte mit seiner Flagge den beiden an den Widerlagern. Er schwenkte sie in einem weiten Halbkreis vor seinen Beinen hin und her. Sofort trat der Mann bei den Widerlagern mit seiner Flagge hinter dem Schild hervor und bestätigte das Signal, indem er es selbst wiederholte.

Einige Augenblicke später bemerkte ich, daß die Kabel langsam über den Boden zu rutschen begannen, auf die Stadt zu. Auf der Anhöhe oben begannen sich die großen Rollen zu drehen, als die Kabel sich strafften. Dann kamen die Kabel eines nach dem anderen zum Stillstand, obwohl sie zu einem großen Teil ihrer Länge noch den Boden berührten. Ich nahm an, daß dies durch das Gewicht der Kabel selbst bewirkt wurde, denn in der Nähe der Rollenlager und der Verankerung hingen sie ein ganzes Stück über der Erde.

»Alles klar!« rief der eine Mann bei den Widerlagern, worauf sein Kollege sofort die Flagge über dem Kopf schwenkte. Der Mann auf der Anhöhe wiederholte das Signal, lief dann hastig beiseite und kam außer Sicht.

Ich wartete gespannt darauf, was nun geschehen würde ... obwohl im Augenblick allem Anschein nach nichts geschah. Die Milizwachen marschierten hin und her, die Kabel rührten sich nicht mehr. Ich beschloß, zu den Schlepperleuten hinüberzugehen, um herauszubekommen, was eigentlich vor sich ging.

Ich war kaum aufgestanden und hatte die ersten Schritte in ihre Richtung getan, als der Mann, der vorhin signalisiert hatte, mir heftig mit den Armen winkte. »Wegbleiben!« brüllte er.

»Was ist los?«

»Die Kabel stehen unter Maximalbelastung!«

Ich zog mich schleunigst zurück.

Die Minuten verstrichen, und immer noch schien nichts zu geschehen. Dann erkannte ich, daß die Kabel sich unmerkbar langsam spannten, bis sie fast in ihrer ganzen Länge frei in der Luft hingen.

Ich starrte nach Süden zu dem Sattel in der Hügelkette: die Stadt kam in Sicht. Von meinem Beobachtungsplatz aus konnte ich gerade die Spitze eines der vordersten Türme sehen, die sich über dem steinigen Boden des Hügelkamms heraufschob. Langsam wurde mehr und mehr von der Stadt sichtbar.

Ich schlug einen weiten Bogen – wobei ich mich in respektvollem Abstand von den Kabeln hielt –, um mich hinter den

Widerlagern aufzustellen. Von hier konnte ich die Schienen entlang sehen und beobachten, wie sich die Stadt unendlich mühsam ganz auf die Anhöhe zog. Erst wenige Meter vor den Kabelführungsrollen kam sie zum Stillstand. Die Männer von der Schleppergilde begannen wieder Signale auszutauschen.

Nun folgte ein langwieriger und komplizierter Arbeitsvorgang, bei dem jeweils ein Kabel nachgelassen wurde, so daß die betreffende Führungsrolle entfernt werden konnte. Ich sah, wie die erste Rolle mitsamt ihrem Lager abgebaut wurde, doch dann wurde mir das zu langweilig. Ich merkte, daß ich hungrig war, und weil ich annahm, daß ich jetzt wohl kaum etwas Interessantes versäumen würde, ging ich in die Hütte zurück und wärmte mir eine Mahlzeit.

Malchuskin ließ sich nicht blicken, aber fast seine gesamten Habseligkeiten waren noch in der Baracke.

Ich ließ mir mit dem Essen Zeit, da ich wußte, es würde noch mindestens zwei Stunden dauern, bis das Schleppen weitergehen konnte. Nach der Plackerei des letzten Tages war ich froh, allein zu sein und nichts tun zu müssen.

Als ich wieder hinausging, fiel mir die Warnung des Milizmannes vor etwaigen Schwierigkeiten mit den Arbeitern ein, und ich wanderte hinüber zu ihren Schlafbaracken. Die meisten saßen vor der Tür auf dem Boden und sahen bei der Arbeit an den Rollenlagern zu. Ein paar unterhielten sich, laut und mit heftigen Gesten, aber ich kam zu dem Schluß, daß die Miliz eine Bedrohung sah, wo es keine gab. Ich kehrte zu meinem eigenen Beobachtungsplatz zurück.

Eine Weile später sah ich nach der Sonne: es war nicht mehr lang bis zum Abend. Ich sagte mir jedoch, daß der zweite Teil des Schleppvorgangs nicht lange dauern konnte, wenn die Führungsrollen erst entfernt waren, weil die restliche Strecke einen Abwärtsgradienten aufwies.

Schließlich war auch das letzte Rollenlager entfernt und die Kabel alle wieder gespannt. Eine kurze Zeitspanne geschah nichts, dann begann auf ein Signal des Scheppermannes an den Widerlagern die langsame Vorwärtsbewegung der Stadt von neuem ... den Hang herunter auf uns zu. Im Gegensatz zu meiner Annahme rollte die Stadt nicht einfach die sanfte Neigung entlang. Soviel ich sehen konnte, waren die Kabel immer noch gespannt: die Stadt mußte sich also trotz der günstigen Hangneigung weiterziehen. Als sie näher kam, ließ die Anspannung der beiden Männer von der Schleppergilde merklich nach, nicht jedoch ihre Aufmerksamkeit. Während des ganzen Vorgangs ließen sie die Stadt nicht aus den Augen.

Endlich, als die aufragende Vorderwand der Stadt nur mehr rund zehn Meter vom Schienenende entfernt war, hob der Signalmann seine rote Flagge hoch über den Kopf. Ein großes Fenster nahm die gesamte Breite des vordersten Turmes ein, und einer der vielen Männer, die dort standen, hob eine ähnliche Flagge. Sekunden später hielt die Stadt.

Vielleicht zwei Minuten lang rührte sich nichts, dann trat ein Mann durch eine Tür im Turm auf eine kleine Plattform hoch über uns.

»Alles in Ordnung ... Bremsen gesichert«, rief er herunter. »Wir vermindern jetzt den Zug.«

Die beiden Männer von der Schleppergilde kamen nun hinter ihren metallenen Schutzschilden hervor und reckten sich ausgiebig. Die Anspannung, die Verantwortung, die Gefahr der letzten Stunden waren endlich vorüber. Einer der beiden marschierte geradewegs zur Stadtmauer und pißte dagegen. Dann grinste er seinem Kameraden zu und schwang sich auf einen schmalen Wandvorsprung, von dem er über die Fassade bis zur Plattform hochkletterte. Die anderen Männer gingen unter den Kabeln durch – die jetzt merklich schlaffer waren – und verschwanden unter den vorspringenden Fundamenten der Stadt. Die Milizleute waren noch immer in Verteidigungsformation um die Widerlager aufgestellt, aber auch sie entspannten sich jetzt etwas.

Das Ereignis, für das wir so lange gearbeitet hatten, war vorüber. Da die Stadt jetzt so nahe lag, war ich versucht, selbst auch hineinzugehen, aber ich war mir nicht sicher, ob ich das durfte. Ich hätte ohnehin nur Victoria besuchen können, und sie war wohl mit ihrer Arbeit beschäftigt. Außerdem hatte Malchuskin mir gesagt, ich sollte bei den Arbeitern bleiben, und ich hielt es für besser, seinen Anweisungen nicht zuwiderzuhan-

Als ich zu unserer Hütte zurückging, holte mich ein Mann ein, der eben aus der Stadt gekommen war.

»Sind Sie Volontär Mann?« fragte er.

»Ja.«

»Jaime Collings, Unterhändler. Schienenleger Malchuskin sagte mir, daß noch Fremdarbeiter ausgezahlt werden müßten.«

»Das stimmt.«

»Wie viele?« sagte Collings.

»In unserem Trupp fünfzehn. Aber es sind andere auch noch da.«

»Irgendwelche Beschwerden?«

»Was meinen Sie damit?« fragte ich.

»Beschwerden ... Schwierigkeiten, Arbeitsverweigerung, so was.«

»Sie waren ein bißchen langsam, und Malchuskin hat sie dauernd angebrüllt.«

»Haben sie sich je geweigert zu arbeiten?«

»Nein.«

»Schön. Wissen Sie, wer der Boß von dem Trupp ist?«

»Da gibt's einen, Rafael heißt er, der kann ein wenig Englisch.«

»Der genügt mir.«

Wir gingen miteinander zu den Hütten, wo die Männer immer noch herumsaßen. Als sie Collings sahen, entstand plötzlich Schweigen.

Ich zeigte ihm Rafael, und er sagte etwas zu ihm in Rafaels Sprache. Sofort gab einer der anderen eine zornige Antwort zurück. Rafael ignorierte ihn und redete weiter mit Collings, aber es war offensichtlich, daß die Stimmung ziemlich feindselig war. Wieder brüllte jemand etwas dazwischen, und bald erhob sich ein Chor ärgerlicher Stimmen. Eine aufgeregte Menge sammelte sich um Collings und Rafael, und ein paar Männer drängten sich durch die dichtgepackten Leiber und rempelten Collings an.

»Brauchen Sie Hilfe?« schrie ich ihm über das Durcheinander zu, aber er hörte mich nicht. Ich ging näher heran und rief ihm die Frage noch einmal zu.

»Holen Sie vier von der Miliz«, brüllte er auf englisch herüber. »Aber sie sollen's nicht übertreiben!«

Ich starrte einen Augenblick auf die durcheinanderwogenden, streitenden Männer, dann eilte ich fort. Bei den Widerlagern war noch immer ein kleiner Trupp Miliz postiert, und dorthin lief ich. Sie hatten offenbar schon den Lärm gehört und blickten besorgt zu der rebellischen Menge herüber. Als sie mich heranrennen sahen, kamen mir sechs von den Armbrustschützen entgegen.

»Er will vier!« rief ich, atemlos vom Laufen.

»Zuwenig. Überlassen Sie das nur mir, mein Junge.«

Der Sprecher, offenbar der Befehlshaber, pfiff laut und winkte noch weitere seiner Männer zu sich. Vier Milizleute, die an der Stadtmauer postiert waren, rannten herbei. Dann eilte der jetzt zehn Mann starke Trupp zum Schauplatz des Aufruhrs und ich hinterdrein.

Ohne erst Collings' Anweisungen abzuwarten – er war noch immer Mittelpunkt des Durcheinanders –, griffen die Milizleute die Arbeiter an und schlugen mit den Armbrüsten wie mit Keulen auf sie ein. Plötzlich drehte sich Collings um und schrie den Soldaten etwas zu, aber im gleichen Augenblick wurde er von hinten gepackt und zu Boden gerissen. Sofort stürzten sich die Männer auf ihn, traten nach ihm.

Die Milizsoldaten waren offenbar in dieser Art Kampf ausgebildet, denn sie bewegten sich geschickt und schnell in dem Handgemenge und schwangen ihre improvisierten Keulen recht wirkungsvoll und treffsicher. Einen Moment lang schaute ich zu, dann drängte ich mich durch die kämpfenden Männer, versuchte, Collings zu erreichen. Einer der Arbeiter fuhr mir mit der Hand ins Gesicht, preßte mir die Finger in die Augen. Ich wollte den Kopf wegreißen, aber da kam ihm ein zweiter zu Hilfe. Plötzlich war ich wieder frei ... und meine beiden Angreifer kippten vor mir um. Die Soldaten, die sie mir vom Hals geschafft hatten, beachteten mich nicht weiter, sondern schlugen wahllos auf die Menge ein.

Bald kamen die Arbeiter der übrigen Trupps ihren Landsleuten zu Hilfe. Das war mir egal – ich stürzte mich von neuem ins Getümmel, um Collings irgendwie zu erreichen. Ein schmaler Rücken versperrte mir den Weg, ein Rücken in einem fadenscheinigen weißen Hemd, das feucht an der Haut klebte. Ohne zu denken, hakte ich dem Mann einen Arm um den Hals, drückte ihm den Kopf zurück und versetzte ihm mit der anderen Hand einen harten Schlag hinters Ohr. Er taumelte und fiel. Beim nächsten Gegner unmittelbar darauf versuchte ich die gleiche Taktik, aber bevor ich ihn treffen konnte, bekam ich selber einen Tritt und stürzte der Länge nach zu Boden.

Durch einen Wald von Beinen sah ich Collings auf der Erde liegen. Die Männer traten immer noch nach ihm; er lag mit dem Gesicht nach unten und hatte die Arme schützend über den Kopf gepreßt. Ich versuchte, zu ihm zu kriechen, aber dabei bekam ich auch einige Tritte ab. Eine Fußsohle knallte mir gegen die Schläfe, und eine Sekunde lang wurde mir schwarz vor Augen. Die zornigen Tritte brachten mich nur zu schnell wieder zur Besinnung. Wie Collings schützte ich nun meinen Kopf mit den Armen, aber ich schob mich langsam weiter in die Richtung, wo ich ihn zuletzt gesehen hatte.

In diesen Augenblicken war die ganze Welt für mich ein Chaos aus gefährlichen Beinen und wütenden Stimmen. Als ich für einen Moment den Kopf hob, entdeckte ich, daß ich nur mehr ein paar Handbreit von Collings entfernt war. Ich kämpfte mich vorwärts, bis ich neben ihm am Boden kauerte. Ich versuchte aufzustehen, wurde aber augenblicklich von einem boshaften Tritt wieder hingeschleudert.

Zu meiner großen Überraschung stellte ich fest, daß Collings noch bei Bewußtsein war. Als ich gegen ihn fiel, spürte ich, daß er mir einen Arm um die Schultern legte.

»Wenn ich's sag«, keuchte er an meinem Ohr, »steh auf!«

Ein paar Sekunden vergingen, dann fühlte ich, wie er mich fester packte.

»*Jetzt!*«

Mit vereinten Kräften stemmten wir uns hoch, und im nächsten Augenblick hatte er mich losgelassen, schwang wütend die Fäuste und traf einen der Arbeiter voll im Gesicht. Ich war kleiner als er, deshalb konnte ich nur jemandem einen Ellbogenstoß in den Magen versetzen. Das brachte mir allerdings einen Schlag ins Genick ein, und ich ging wieder zu Boden. Jemand packte mich und riß mich auf die Beine. Es war Collings.

»Hört auf!« Er legte beide Arme um mich und hielt mich an seine Brust gedrückt fest. Ich klammerte mich benommen an ihn. »Ist schon gut«, sagte er. »Hört auf!«

Nach und nach legte sich das Getümmel um uns, und endlich war alles ruhig. Die Arbeiter zogen sich zurück, und ich sackte in Collings' Armen zusammen.

Mir war, als würde ich in einem roten Nebel versinken, und ich sah nur noch, daß die Miliz mit gespannten Armbrüsten die Aufrührer zusammendrängte. Dann verlor ich das Bewußtsein.

Ein paar Minuten später kam ich wieder zu mir. Ich lag auf der Erde, und einer der Soldaten beugte sich über mich.

»Er lebt«, rief er und entfernte sich.

Mühsam rollte ich mich auf die Seite; erst jetzt spürte ich, wie zerschlagen ich war. In einiger Entfernung entdeckte ich Collings, der zornig mit dem Milizführer debattierte. Rund fünfzig Meter weiter weg standen die Fremdarbeiter in einer Gruppe beisammen, eingekreist von Milizsoldaten.

Ich versuchte aufzustehen, und beim zweiten Mal schaffte ich es. Noch ziemlich unsicher auf den Beinen stand ich da, während Collings weiter mit dem Milizoffizier stritt. Nach einigen Augenblicken ging der zu den Gefangenen hinüber, und Collings kam zu mir.

»Wie fühlen Sie sich?« fragte er.

Ich bemühte mich um ein tapferes Grinsen, aber mein Gesicht war verschwollen und tat scheußlich weh. Collings war derart zugerichtet, daß ich ihn nur erschrocken anstarren konnte. Die ganze eine Seite seines Gesichts war eine dunkle Schürfwunde, das Auge fast zugeschwollen. Ich bemerkte, daß er einen Arm gegen den Bauch preßte.

»Ich bin ganz in Ordnung«, sagte ich.

»Sie bluten.«

»Wo?« Ich tastete mit einer Hand nach meinem Nacken, wo es mir am meisten weh tat, und fühlte warme Nässe. Collings kam näher und sah sich die Verletzung an.

»Bloß ein tiefer Kratzer«, sagte er. »Wollen Sie in die Stadt sich verbinden lassen?«

»Nein«, antwortete ich. »Was zum Teufel war eigentlich los?«

»Die Miliz hat zu scharf reagiert. Ich hab' Ihnen doch gesagt, Sie sollten nur vier holen.«

»Sie haben nicht auf mich gehört.«

»Ja, das ist so ihre Art.«

»Aber worum ging es denn überhaupt?« fragte ich. »Ich habe eine ganze Weile mit diesen Männern gearbeitet, und sie haben nie auch nur einen Finger gegen uns erhoben.«

»Es gibt eine Menge aufgestauten Groll bei den Leuten«, sagte Collings. »Diesmal war die auslösende Ursache wohl, daß drei von den Männern ihre Frauen in der Stadt haben. Sie wollten nicht ohne sie fortgehen.«

»Diese Männer stammen aus der *Stadt*?« fragte ich betroffen und dachte, daß ich mich verhört haben mußte.

»Nein ... ich sagte, ihre Frauen sind in der Stadt. Die Männer sind alles Eingeborene, die aus einem Dorf in der Nähe angeworben wurden.«

»Das hatte ich angenommen. Aber wieso sind dann ihre Frauen in der Stadt?«

»Wir haben sie ihnen – abgekauft.«

8

Ich schlief schlecht diese Nacht. Sobald ich in der Hütte allein war, streifte ich vorsichtig die Kleider ab und besah mir den Schaden. Die eine Seite meiner Brust war voller dunkler Blutergüsse, außerdem entdeckte ich mehrere tiefe, schmerzhafte Kratzer. Die Wunde im Genick hatte aufgehört zu bluten, aber ich wusch sie doch mit warmem Wasser aus und strich eine Salbe darauf, die ich in Malchuskins Erste-Hilfe-Kasten fand. Ich stellte fest, daß ich mir bei der Prügelei einen Fingernagel tief eingerissen hatte, und mein Unterkiefer tat weh, wenn ich ihn bewegte.

Wieder überlegte ich, ob ich nicht in die Stadt zurückkehren sollte, wie Collings mir vorgeschlagen hatte – schließlich war sie jetzt ja nur wenige hundert Meter entfernt –, aber dann ließ ich es doch sein. Ich hatte keine Lust, alle Aufmerksamkeit auf mich zu ziehen, indem ich in einem Zustand wie nach einer trunkenen Rauferei in die sterile, geordnete Atmosphäre der Stadt einbrach. Gewiß, es mußten schon alle von dem Vorfall erfahren haben, doch ich zog es trotzdem vor, mit meinen Wehwehchen allein fertig zu werden.

Ich versuchte zu schlafen, aber ich konnte immer nur für ein paar Minuten einnicken.

Nächsten Morgen wachte ich früh auf und kletterte aus der Koje. Ich wollte Malchuskin nicht unter die Augen treten, bevor ich mich nicht wieder in einen halbwegs normalen Zustand gebracht hatte. Mit taten alle Knochen weh, und ich bewegte mich langsam wie ein alter Mann.

Als Malchuskin schließlich auftauchte, war er ziemlich schlecht gelaunt.

»Hab' schon gehört«, sagte er sofort. »Sie brauchen mir gar nichts erklären.«

»Ich verstehe nicht, wie das passiert ist.«

»Der Ausbruch der Schlägerei ist Ihnen zu verdanken.«

»Aber die Miliz ...«, wandte ich schwach ein.

»Ja – und Sie sollten mittlerweile wissen, daß man die Miliz den Bettlern fernhalten muß. Vor etlichen Meilen wurden ein paar Wachen umgebracht, so daß es einige Rechnungen zu begleichen gibt. Diese Narren schlagen immer gleich zu, bei der geringsten Ursache.«

»Collings war in Gefahr«, sagte ich. »Irgend etwas mußte ich doch tun!«

»Schon gut, es ist nicht nur Ihre Schuld. Collings sagt, daß er mit der Situation fertig geworden wäre, wenn Sie nicht die Miliz angebracht hätten ... aber er gibt auch zu, daß er Ihnen sagte, Sie sollten Sie holen.«

»Das ist richtig.«

»Schön, lassen wir's gut sein. Aber das nächste Mal denken Sie ein bißchen.«

»Was tun wir jetzt?« erkundigte ich mich. »Wir haben keine Arbeiter.«

»Wir bekommen heute neue. Anfangs wird die Arbeit nur langsam vorankommen, weil wir die Leute einschulen müssen. Der Vorteil dabei ist, daß es zumindest anfangs noch keine Ressentiments gibt und daß sie fleißiger arbeiten. Erst später, wenn sie Zeit zum Nachdenken gehabt haben, gibt's dann Schwierigkeiten.«

»Warum hassen sie uns so? Wir bezahlen sie doch für ihre Dienste.«

»Ja, aber unseren Preis. Dieses Land ist sehr arm. Der Boden ist schlecht, und es gibt nicht viel zu essen. Wir ziehen mit unserer Stadt vorbei, offerieren ihnen, was sie brauchen ... und sie nehmen es an. Aber auf längere Sicht haben sie keinen Vorteil, und ich nehme an, wir nehmen mehr, als wir geben.«

»Wir sollten mehr geben.«

»Vielleicht«, meinte Malchuskin gleichgültig. »Aber das ist nicht unser Problem. Wir sind für die Gleise zuständig.«

Wir mußten mehrere Stunden auf die neuen Leute warten. Wir nutzten die Zeit und gingen zu den Schlafbaracken, die die früheren Arbeiter geräumt hatten, und brachten sie in Ordnung. Die Leute waren letzte Nacht von der Miliz fortgetrieben worden, aber man hatte ihnen Zeit gegeben, ihre Habseligkeiten einzusammeln. Trotzdem hatten sie eine Menge Zeug zurückgelassen: vor allem alte, zerlumpte Kleidungsstükke und Speisereste. Malchuskin wies mich an, nach irgendeiner Art von Nachricht Ausschau zu halten, die vielleicht für die neuen Leute versteckt worden war; aber weder er noch ich entdeckte etwas dieser Art.

Später warfen wir alles Zurückgelassene draußen auf einen Haufen und verbrannten es.

Gegen Mittag kam ein Mann von der Händlergilde zu uns und sagte, daß die neuen Arbeiter bald eintreffen würden. Wir erhielten eine formelle Entschuldigung wegen des Vorfalls am Abend zuvor und erfuhren, daß trotz einer Menge Einwände beschlossen worden war, die Milizwachen in nächster Zeit zu verstärken. Malchuskin protestierte, und der Unterhändler stimmte ihm zu: die Entscheidung war auch seiner Ansicht nach unklug.

Ich selbst wußte nicht, welcher Meinung ich sein sollte. Auf der einen Seite hegte ich wenig Sympathien für die Miliz, auf der anderen Seite war sie wohl nötig, vorausgesetzt, ihre Anwesenheit konnte wirklich eine Wiederholung des gestrigen Vorfalls verhindern.

Malchuskin begann sich wegen der Verzögerung Sorgen zu machen. Ich nahm an, daß die Notwendigkeit, verlorene Zeit und Meilen aufzuholen, der Grund war, aber als ich eine Bemerkung in dieser Richtung machte, stellte sich heraus, daß es ihm weniger darum ging. »Beim nächsten Schleppen holen wir schon auf«, sagte er. »Diesmal war nur die Hügelkette schuld, daß wir nicht schneller weiterkamen. Aber jetzt haben wir's geschafft, und das Land vor uns ist für etliche Meilen ziemlich flach. Ich mache mir mehr Sorgen um die Schienen hinter der Stadt.«

»Die Miliz bewacht sie doch«, sagte ich.

»Ja ... aber sie kann nicht verhindern, daß sich alles verwirft. Je länger die Gleise liegenbleiben, um so problematischer wird es.«

»Wieso?«

Malchuskin warf mir einen prüfenden Blick zu. »Wir sind sehr weit südlich vom Optimum. Sie wissen, was das heißt?«

»Nein.«

»Sie sind noch nicht unten in der Vergangenheit gewesen?«

»Was bedeutet das?«

»Weit im Süden von der Stadt.«

»Nein ... ich war nie im Süden.«

»Nun, wenn Sie mal hinunterkommen, werden Sie ja selber sehen, was passiert. Inzwischen müssen Sie sich auf mein Wort verlassen. Je länger wir die Gleise südlich der Stadt liegenlassen, um so größer wird das Risiko, daß wir sie nicht mehr verwenden können.«

Noch immer war von den angeworbenen Männern nichts zu sehen. Malchuskin ließ mich stehen und ging zu den anderen beiden Schienenlegern hinüber, die eben aus der Stadt gekommen waren. Er sprach kurz mit ihnen und kam dann wieder zurück.

»Wir werden noch eine Stunde warten, und wenn dann immer noch keiner da ist, holen wir uns Leute von den anderen Gilden zusammen und fangen mit der Arbeit an. Wir können es nicht länger aufschieben.«

»Können Sie das, andere Gilden an den Schienen arbeiten lassen?«

»Fremdarbeiter sind ein Luxus, Helward«, sagte er. »Früher wurden die Schienen von den Leuten meiner Gilde allein verlegt. Die Stadt weiterzubringen hat Vorrang vor allen anderen Belangen, und nichts darf uns hindern. Wenn es nötig wäre, würden wir jeden einzelnen aus der Stadt holen und Schienen legen lassen.«

Mit deutlicher Anstrengung schüttelte er seine Beunruhigung ab, legte sich ins Gras zurück und schloß die Augen. Die Sonne stand jetzt fast genau über uns, und mir kam vor, als ob sie heißer wäre als sonst. Ich bemerkte, daß im Nordwesten eine dunkle Wolkenwand höher wuchs und daß die Luft ungewöhnlich stitt und schwül war. Die Wolken waren jedoch noch weit von der Sonne entfernt, und ich war es ganz zufrieden, bei diesem Wetter faul im Gras liegen zu können, statt an den Schienen arbeiten zu müssen, um so mehr, als mir von der Schlägerei noch alle Glieder weh taten.

Rund zehn Minuten später setzte sich Malchuskin auf und sah nach Norden. Ein großer Trupp Männer kam von dort auf uns zu, angeführt von fünf Unterhändlern in der Tracht ihrer Gilde.

»Sehr gut ... also an die Arbeit«, sagte Malchuskin.

Es war offensichtlich, daß er erleichtert war, aber trotzdem mußte noch einiges andere getan werden, bevor wir wirklich mit der Arbeit beginnen konnten. Die Leute mußten in vier Gruppen eingeteilt werden, und einer, der Englisch sprach, zu ihrem Anführer bestimmt werden. Dann mußten wir ihnen ihre Pritschen in den Baracken zuweisen, und sie mußten ihre Besitztümer verstauen. Trotz dieser zusätzlichen Verzögerungen zeigte sich Malchuskin weiterhin optimistisch.

»Sie sehen recht hungrig aus«, meinte er. »Nichts spornt sie so gut zur Arbeit an wie ein leerer Magen.«

Die Leute sahen wirklich ziemlich elend aus. Alle trugen irgendwelche fadenscheinigen Kleider, aber Schuhe hatten die wenigsten. Die meisten hatten lange Haare und Bärte. Ihre Augen waren tief eingesunken, und ein paar fielen durch aufgetriebene Bäuche auf, Zeichen starker Unterernährung. Ich bemerkte, daß ein oder zwei humpelten und daß einer einen verkrüppelten Arm hatte.

»Können die denn überhaupt arbeiten?« fragte ich Malchuskin leise.

»Nicht richtig. Aber nach ein paar Tagen bei guter Ernährung, wenn sie sich an die Arbeit gewöhnt haben, geht's dann schon eher. Viele von den Bettlern, die wir anheuern, sehen anfangs so aus.«

Der Zustand der Leute erschütterte mich, und ich begriff, daß der hiesige Lebensstandard wirklich so niedrig sein mußte, wie Malchuskin gesagt hatte. Und in diesem Fall war auch zu verstehen, daß Haß und Groll gegen die Stadtbewohner aufkamen. Es war wohl so, daß sie durch die Entlohnung in Naturalien Dinge kennenlernten, die sie nie gehabt hatten. Mit dieser kurzen Kostprobe eines besseren Lebens, in dem niemand hungern mußte, war es vorbei, wenn die Stadt weiterzog. Dann mußten sie wieder zu ihrer erbärmlichen Existenz zurückkehren, nachdem die Stadt alles genommen hatte, was sie zu bieten hatten.

Eine weitere Verzögerung trat ein, als den Leuten zu essen gegeben wurde, aber Malchuskin sah zuversichtlicher drein denn je.

Endlich war es soweit, daß wir beginnen konnten. Die Männer bildeten vier Gruppen, die von je einem Gildenmitglied geführt wurden. Wir marschierten zur Stadt hinüber, holten die vier Draisinen heraus und fuhren mit viel Geschrei von den neuen Leuten die Schienen entlang nach Süden. Auf beiden Seiten der Gleise patrouillierten immer noch Milizsoldaten auf und ab, und als wir die Anhöhe erreichten, sahen wir, daß unten im Tal, wo wir vor kurzem noch gearbeitet hatten, ein starker Trupp die Prellböcke bewachte.

Da jetzt wieder vier Teams gemeinsam an den Schienen arbeiteten, erwartete ich, daß wie zuvor Wetteifer ein zusätzlicher Ansporn sein würde. Vielleicht war es dafür noch zu früh, aber die Männer würden wohl über kurz oder lang darauf ansprechen.

Malchuskin stoppte unsere Draisine kurz vor dem Prellbock und erklärte dem Vormann unserer Gruppe – einem etwas älteren Mann namens Juan –, was zu tun war. Juan übersetzte das seinen Landsleuten, und alle nickten verstehend.

»Sie haben nicht die leiseste Ahnung, was sie eigentlich tun sollen«, sagte Malchuskin grinsend zu mir. »Aber sie tun immer so, als verstünden sie's.«

Unsere erste Aufgabe war, die Prellböcke abzubauen und sie unmittelbar hinter der Stadt wieder anzubringen. Malchuskin und ich waren eben dabei, den Leuten zu erklären, wie man einen Prellbock zerlegte, als plötzlich die Sonne verschwand und es sofort merklich kühler wurde.

Malchuskin musterte prüfend den Himmel. »Wir kriegen ein Gewitter.«

Nach dieser Feststellung kümmerte er sich nicht mehr um das Wetter, und wir fuhren mit der Arbeit fort. Ein paar Minuten später hörten wir das erste ferne Donnergrollen, und kurz danach setzte der Regen ein. Die Fremdarbeiter blickten unruhig auf, aber Malchuskin ließ sie weitermachen. Bald war das Gewitter unmittelbar über uns, überall flammten grelle Blitze auf, Donner krachte – ich hatte noch nie etwas Derartiges erlebt und war nicht wenig erschrocken. Der Regen durchnäßte uns bis auf die Haut, aber die Arbeit ging weiter. Da und dort wurden die ersten Beschwerden laut, doch Malchuskin brachte mit Juans Hilfe die Leute zum Schweigen.

Als wir die Einzelteile des Prellbocks nach vorne beförderten, hatte sich das Gewitter erschöpft, und die Sonne kam wieder heraus. Einer der Männer begann zu singen, und bald stimmten andere ein. Malchuskin zeigte eine zufriedene Miene. Unser Tagespensum war geschafft, als wir den Prellbock ein paar Meter hinter der Stadt aufgerichtet hatten; die anderen Teams machten ebenfalls danach Schluß.

Der nächste Tag begann für uns alle sehr früh. Malchuskin sah noch immer zufrieden drein, brachte aber unmißverständlich zum Ausdruck, daß es ihm mit dem Arbeitsbeginn eilig war.

Als wir die südlichsten Schienenstücke abmontierten, konnte ich selbst den Grund für all die Eile erkennen. Die Bolzen, die die Schienen mit den Schwellen verbanden, hatten sich verzogen und mußten mit Gewalt herausgerissen werden, wobei sie so verbogen wurden, daß sie nicht mehr zu gebrauchen waren. Außerdem hatte der Druck der Bolzen auf die Schwellen bewirkt, daß das Holz an vielen Stellen gesprungen war – Malchuskin erklärte allerdings, daß die Schwellen noch verwendbar wären –, und auch die Betonträger hatten hie und da Sprünge. Glücklicherweise waren die Schienen selbst noch zu brauchen; Malchuskin stellte zwar fest, daß sie sich ein klein wenig verzogen hatten, doch das konnte, wie er sagte, ohne allzu große Schwierigkeiten behoben werden. Er hielt eine kurze Konferenz mit den anderen Schienenlegern, bei der entschieden wurde, daß wir vorläufig die Draisinen nicht verwenden, sondern uns vielmehr mit Vorrang auf das Abreißen der Gleise konzentrieren würden, bevor sie sich noch mehr verwarfen. Da zwischen der Stelle, wo wir gerade arbeiteten, und der Stadt immerhin rund zwei Meilen lagen, dauerte eine Fahrt mit der Draisine ziemlich lang, so daß das sicherlich ein vernünftiger Entschluß war.

Gegen Ende dieses Tages hatten wir uns bis in eine Gegend vorgearbeitet, wo die Schienen erst ganz wenig verzogen waren. Malchuskin und die anderen erklärten, daß das ausreichte, und wir beluden die Draisinen mit so vielen Schienenstücken und Schwellen, als nur Platz hatten, und machten Feierabend.

Und so ging die Arbeit an den Schienen weiter. Als meine zehn Tage um waren, hatte das Abreißen der alten Gleise gute Fortschritte gemacht, die angeworbenen Männer hatten sich an die Teamarbeit gewöhnt und hielten sich recht tüchtig, und im Norden der Stadt wurden bereits wieder Gleise verlegt. Als ich mich von Malchuskin verabschiedete, wirkte er zufriedener, als ich ihn je zuvor gesehen hatte, so daß ich keinerlei Gewissensbisse spürte, weil ich meine zwei Tage Urlaub nahm.

9

Victoria erwartete mich in ihrem Zimmer. Mittlerweile waren meine Abschürfungen und Kratzer von der Schlägerei größtenteils verheilt, und ich hatte beschlossen, nichts davon zu erwähnen. Offenbar hatte sie von dem Vorfall gar nichts erfahren, weil sie mich nicht danach fragte.

Wie ich in der Frühe Malchuskins Baracke verlassen hatte und an den Schienen entlang zur Stadt gegangen war, hatte ich die noch kühle, frische Morgenluft als angenehm empfunden. Als ich jetzt daran dachte, schlug ich Victoria vor, auf die Aussichtsterrasse zu gehen.

»Ich glaube, jetzt am Vormittag wird sie noch abgesperrt sein«, sagte sie. »Ich werde nachsehen.«

Sie verschwand für einige Minuten, und kam dann mit der Nachricht zurück, daß wirklich noch zugesperrt sei.

»Ich glaube, am frühen Nachmittag werden sie den Zugang wohl öffnen«, sagte ich in der Überlegung, daß zu dieser Zeit die Sonne von der Plattform nicht mehr zu sehen sein würde.

»Zieh diese Sachen aus«, sagte sie. »Die haben wieder eine Wäsche nötig.«

Ich begann mich auszuziehen, aber plötzlich kam Victoria herüber und legte die Arme um mich. Wir küßten uns und erkannten zugleich, daß wir einander vermißt hatten.

»Du wirst kräftiger«, meinte sie, als sie mir das Hemd von den Schultern streifte. Ihre Finger glitten sanft über meine Brust.

»Das macht die viele Arbeit«, sagte ich und begann ihr Kleid aufzuknöpfen.

Eine Folge dieser Änderung in unseren Plänen war, daß Victoria meine Sachen erst geraume Zeit später zum Waschen brachte, während ich die Vorzüge eines richtigen Bettes auskostete.

Nachdem wir Mittag gegessen hatten, stellten wir fest, daß der Zugang zur Aussichtsplattform jetzt offen war, und stiegen hinauf. Diesmal hatten wir die Terrasse nicht für uns allein; zwei Männer von der Erziehungsabteilung waren schon vor uns da. Sie erkannten uns beide aus unserer Zeit im Internat, und bald hatten sie uns in eine höfliche Konversation verwickelt – was wir denn so getan hätten, seit wir mündig waren, und ähnliches. Aus Victorias Gesichtsausdruck schloß ich, daß sie das genauso langweilte wie mich, aber keiner von uns beiden wollte die alten Lehrer vor den Kopf stoßen.

Endlich verabschiedeten sie sich und kehrten ins Innere zurück.

Victoria zwinkerte mir zu und kicherte. »Gott, bin ich froh, daß ich nicht mehr im Internat bin«, sagte sie.

»Und ich erst. Dabei dachte ich immer, es sei interessant, was sie uns da erzählten.«

Wir setzten uns nebeneinander auf eine der Bänke und blickten hinaus über das Land. Von dieser Stelle der Stadt konnte man nicht sehen, was näher an den Stadtaußenwänden vorging: obwohl ich wußte, daß die Schienenarbeiter jetzt Gleismaterial von Süden nach Norden beförderten, war nichts davon zu sehen.

»Helward ... warum bewegt sich die Stadt?«

»Ich weiß nicht. Oder jedenfalls nicht genau.«

Sie sagte: »Ich weiß nicht, für wie dumm uns die Gilden halten. Niemand redet davon, aber man braucht ja nur hier heraufzukommen, um zu sehen, daß die Stadt sich bewegt hat. Aber wenn man irgend jemanden danach fragt, dann heißt es immer nur, das sei nicht die Angelegenheit von Verwaltungsbeamten. Ist es verboten, Fragen zu stellen?«

»Sie sagen euch gar nichts?«

»Nicht das geringste. Vor ein paar Tagen kam ich herauf und merkte, daß die Stadt sich weiterbewegt hatte. Davor war die Terrasse zwei Tage lang ununterbrochen gesperrt gewesen, und es wurde verlautbart, daß lose Gegenstände zu sichern seien. Aber das war alles.«

»Schön«, meinte ich, »dann sag mir einmal etwas. Hast du es auf irgendeine Weise bemerkt, als die Stadt bewegt wurde?«

»Nein ... ich glaube jedenfalls nicht. Ich hab' ja schon gesagt, ich bin erst im nachhinein draufgekommen. Wenn ich zurückdenke, so fällt mir nichts Ungewöhnliches an dem Tag ein, an dem die Stadt wahrscheinlich bewegt wurde, aber ich habe ja nie die Stadt verlassen – ich hab' mich also vielleicht seit meiner Geburt an die sporadische Bewegung gewöhnt. Fährt die Stadt auf einer Straße weiter?«

»Auf einem System von Gleisen.«

»Aber wozu?«

»Das sollte ich dir nicht sagen.«

»Du hast' s versprochen. Und überhaupt seh ich nicht ein, was es schadet, wenn du mir erzählst, warum sie sich fortbewegt, da es ganz offensichtlich ist, daß sie's tut.«

Da war ich wieder in das alte Dilemma geraten. Trotzdem klang es vernünftig, was sie sagte, auch wenn es in Konflikt mit dem Wortlaut des Eides stand. Langsam begann ich mich zu fragen, was dieser Eid eigentlich noch wert war, wenn doch alles darauf ausgerichtet war, seine Sinnlosigkeit aufzuzeigen.

Ich sagte: »Die Stadt bewegt sich auf etwas zu, das Optimum genannt wird und genau im Norden der Stadt liegt. Zur Zeit befindet die Stadt sich etwa dreieinhalb Meilen südlich des Optimums.«

»Dann wird sie also bald anhalten?«

»Nein ... und das ist etwas, das mir selber auch nicht klar ist. Es scheint, als ob die Stadt, selbst wenn sie einmal das Optimum erreichte, doch nicht haltmachen könnte, weil das Optimum selbst sich weiterbewegt.«

»Was hat es dann für einen Sinn, es erreichen zu wollen?«

Und damit war ich endgültig überfragt.

Victoria stellte mir noch andere Fragen, und schließlich erzählte ich ihr von der Arbeit an den Gleisen. Ich ging dabei nach Möglichkeit nicht ins Detail, aber es war auf jeden Fall schwer zu entscheiden, womit ich den Eid verletzte – wissentlich oder unwissentlich. Ich merkte, daß ich alles, was ich ihr erzählte, gleich darauf unter Berufung auf den Eid einschränkte.

Endlich meinte sie: »Hör mal, du brauchst nichts mehr darüber sagen; es ist mir klar, daß es dir unangenehm ist.«

»Ich bin einfach durcheinander«, antwortete ich. »Es ist mir verboten, davon zu reden, aber andererseits hast du mich überzeugt, daß ich nicht das Recht habe, dir etwas zu verschweigen, was ich erfahren habe.«

Victoria schwieg ein paar Minuten lang.

»Ich weiß nicht, wie es mit dir steht«, sagte sie dann, »aber in den letzten Tagen habe ich eine ziemlich heftige Antipathie gegen das Gildensystem entwickelt.«

»Darin bist du nicht die einzige. Mir sind nicht viele begegnet, die sich dafür begeistern.«

»Glaubst du nicht, daß vielleicht die Männer, die an der Spitze des Gildensystems stehen, es weiter aufrechterhalten, lange nachdem es seinen ursprünglichen Zweck erfüllt hat, weil sie selber einen Vorteil davon haben? Mir scheint, daß das System hauptsächlich auf der Unterdrückung von Wissen basiert, aber ich kann mir nicht vorstellen, wozu das gut sein sollte. Mich jedenfalls hat es unzufrieden gemacht, und ich bin sicher, daß andere ebenso fühlen.«

»Vielleicht werde ich auch so, wenn ich vollwertiges Gildenmitglied bin.«

»Das würde ich dir nicht raten«, sagte sie und lachte auf.

»Weißt du, da ist noch eine Sache«, sagte ich, »die vielleicht das Ganze erklärt. Wenn ich Malchuskin – das ist der Mann, für den ich gearbeitet habe – solche Fragen stelle wie du mir, dann sagt er immer nur, ich würde es schon selbst herausfinden. Es sieht so aus, als gäbe es doch einen guten Grund für das Gildensystem, und er scheint irgendwie mit dem Grund zusammenzuhängen, aus dem die Stadt sich fortbewegen muß. Bis jetzt habe ich nur erfahren, daß die Stadt sich unbedingt weiterbewegen muß ... aber das ist schon alles. Draußen arbeite ich von früh bis spät und hab' keine Zeit, viel zu fragen. Klar ist jedenfalls, daß das Weiterbefördern der Stadt Priorität vor allen anderen Dingen hat.«

»Wenn du es jemals herausfindest, wirst du es mir erzählen?«

Ich überlegte einen Augenblick. »Ich weiß nicht, ob ich dir das versprechen kann.«

Victoria stand abrupt auf und ging auf die andere Seite der Plattform hinüber. Sie trat ans Geländer und blickte über die Dächer hinweg auf das Land hinaus. Ich kam ihr nicht nach; die Situation war sowieso schon kompliziert genug. Ich hatte bereits zu viel gesagt, und wenn sie mich drängte, noch mehr zu sagen, verlangte Victoria etwas, aus dem ich mich nicht mehr herausfand. Und doch konnte ich sie nicht abweisen.

Nach einigen Minuten kehrte sie zur Bank zurück und setzte sich neben mich. »Ich habe herausgefunden, wie die Eheschließung vor sich geht«, sagte sie leise.

»Wieder eine Zeremonie?«

»Nein, viel einfacher. Wir brauchen bloß ein Formular zu unterschreiben und je eine Kopie unseren Vorgesetzten zu geben. Ich habe die Formulare unten ... sie sind wirklich nicht kompliziert.«

»Wir könnten sie also gleich jetzt unterschreiben.«

»Ja.« Sie blickte mich ernst an. »Willst du das?«

»Natürlich. Und du?«

»Ich auch.«

»Trotz allem?«

»Wie meinst du das?« fragte sie.

»Trotz der Tatsache, daß du und ich anscheinend nicht miteinander reden können, ohne über etwas zu stolpern, das ich dir nicht sagen kann oder darf, und daß du mir irgendwie die Schuld daran zu geben scheinst.«

»Bedrückt dich das?« sagte sie.

»Ja, ziemlich.«

»Wir könnten das Heiraten verschieben, wenn es dir lieber ist.«

»Würde sich dadurch irgend etwas ändern?« sagte ich.

Ich war mir nicht klar, welche Folgen eine Auflösung unserer Verlobung haben könnte. Da die Gilden die Hauptrolle bei ihrem Zustandekommen gespielt hatten, bedeutete es vielleicht eine ernste Auflehnung gegen das System, wenn wir sagten, wir hätten nicht die Absicht zu heiraten. Andererseits hatte nach jener formellen Vorstellungszeremonie niemand irgendeinen Druck auf uns ausgeübt, sofort zu heiraten. Soweit es uns beide anging, waren die Bedingungen des Fides und die daraus folgenden Einschränkungen das einzig Irritierende in unserer Beziehung. Abgesehen davon schienen wir sehr gut zueinander zu passen.

»Überlegen wir's uns noch ein bißchen«, sagte Victoria.

Am späteren Nachmittag kehrten wir in ihr Zimmer zurück, und die Stimmung besserte sich erheblich. Wir sprachen über eine Menge Dinge, vermieden aber sorgfältig jene Themen, die, wie wir beide wußten, problematisch waren ... und als wir dann zu Bett gingen, hatten wir es uns überlegt. Am nächsten Morgen füllten wir sofort nach dem Aufstehen die Formulare aus und brachten sie zu den Gildenchefs. Zukunftsvermesser Clausewitz war nicht in der Stadt, aber ich fand ein anderes Gildenmitglied, das die Kopie für Clausewitz in Empfang nahm. Alle schienen erfreut zu sein, auch Victorias Mutter, die später am Tag einige Stunden mit uns verbrachte und uns erklärte, welche neuen Freiheiten und Vorteile wir als Ehepaar genießen würden.

Bevor ich die Stadt verließ, um den letzten Abschnitt meiner Arbeitszeit bei Malchuskin abzuleisten, holte ich den Rest meiner Besitztümer aus dem Internat und zog offiziell zu Victoria.

Jetzt war ich verheiratet und sechshundertzweiundfünfzig Meilen alt.

10

Während der nächsten paar Meilen spielte sich mein Leben auf eine Routine ein, die ich im wesentlichen als angenehm empfand. Meine Aufenthalte in der Stadt verbrachte ich mit Victoria, und unser Zusammenleben gestaltete sich erstaunlich befriedigend und glücklich. Sie erzählte mir eine Menge über ihre Arbeit, und durch sie erfuhr ich nach und nach, wie sich das Alltagsleben der Stadt abspielte. Manchmal fragte sie mich nach meiner Arbeit draußen, doch ihre anfängliche brennende Neugier schien sich gelegt zu haben, denn sie zeigte nie mehr solche Verbitterung und Unzufriedenheit wie früher.

Außerhalb der Stadt machte meine Volontärausbildung ebenfalls Fortschritte. Je länger ich draußen arbeitete, um so klarer wurde mir, in welchem Maß die Fortbewegung der Stadt von der Zusammenarbeit aller abhing.

Als meine letzte Meile bei Malchuskin zu Ende war, wurde ich auf Clausewitz' Anordnung der Miliz zugeteilt. Das war eine unangenehme Überraschung für mich, da ich angenommen hatte, ich würde nach meiner Ausbildungszeit an den Gleisen in meiner eigenen Gilde der Zukunftsvermesser arbeiten können. Nun erfuhr ich aber, daß ich jeweils alle drei Meilen einer anderen Gilde ersten Ranges zugeteilt werden würde.

Es tat mir leid, von Malchuskin weggehen zu müssen, weil er mir durch seine geradlinige Art und offenkundige Begeisterung für die schwere Arbeit an den Gleisen sympathisch geworden war. Nach Überwindung der Hügelkette hatten wir gutes Terrain vor uns, und da die neuen Fremdarbeiter einigermaßen fleißig waren und auch weiter keine Anstände machten, war seine Stimmung besser denn je.

Bevor ich mich bei der Miliz meldete, suchte ich Clausewitz auf. Ich wollte nicht zuviel Aufhebens machen, aber ich fragte ihn wenigstens nach dem Grund für meine Versetzung.

»Das ist allgemein üblich, Volontär Mann«, sagte er.

»Aber Sir, ich dachte, ich wäre nun soweit, in meine eigene Gilde eintreten zu können.«

Er saß lässig an seinem Schreibtisch und schien meinen schüchternen Protest in keiner Weise übelzunehmen. Ich vermutete, daß des öfteren jemand mit einem derartigen Anliegen zu ihm kam.

»Wir müssen die Miliz in voller Stärke aufrechterhalten. Manchmal müssen Mitglieder anderer Gilden eingezogen werden, wenn es um die Verteidigung der Stadt geht. In einem solchen Fall haben wir keine Zeit, die Leute noch auszubilden. Deshalb hat jedes Mitglied der Gilden ersten Ranges eine Zeitlang in der Miliz zu dienen – und Sie müssen es auch.«

Gegen dieses Argument gab es keine Einwände, und so wurde ich für die nächsten drei Meilen zum Armbrustschützen zweiter Klasse.

Der Milizdienst war mir von Herzen zuwider; ich ärgerte mich über die vergeudete Zeit und die Borniertheit der Männer, mit denen ich zusammenarbeiten mußte. Ich wußte, daß ich mir mit dieser Einstellung nur das Leben schwermachte, und so kam es dann auch: binnen weniger Stunden war ich der vermutlich unbeliebteste Rekrut der gesamten Miliz. Mein einziger Trost war, daß gleichzeitig mit mir zwei andere Volontäre ihren Milizdienst ableisteten – einer von der Händlergilde, der andere von den Schienenlegern –, die meine Ansichten so ziemlich teilten. Nur waren die beiden wenigsten fähig, sich an die neue Umgebung anzupassen, so daß sie es leichter hatten als ich.

Das Quartier der Miliz befand sich gleich neben den Stallungen im untersten Teil der Stadt. Die Kaserne bestand im wesentlichen aus zwei riesigen Schlafsälen, in denen wir wohnen, essen und schlafen mußten, in unerträglicher Enge, in Schmutz und Unordnung. Tagsüber absolvierten wir ein scheinbar endloses Training: wir machten lange Überlandsmärsche, wir lernten, ohne Waffen zu kämpfen, durch Flüsse zu schwimmen, auf Bäume zu klettern, Gras zu essen und eine ganze Reihe ähnlich sinnvoller Dinge. Als meine drei Meilen um waren, konnte ich mit der Armbrust schießen und mich ohne Waffen verteidigen. Und ich hatte ein paar bittere Feinde gewonnen, denen ich für eine geraume Zeit wohl besser aus dem Weg ging. Ich sah das Ganze als Bereicherung meiner Erfahrungen an und dachte nicht mehr daran.

Nun wurde ich der Schleppergilde zugewiesen und fühlte mich sofort um Größenordnungen wohler. Tatsächlich war mein Leben von da an bis zum Ende meiner Volontärzeit interessant und anregend.

Die für das Schleppen der Stadt zuständigen Männer waren ruhig, tüchtig und intelligent. Sie kannten keine Hast, aber sie sahen darauf, daß die Arbeit, für die sie verantwortlich waren, getan wurde, und gut getan wurde.

Mein einziger bisheriger Kontakt mit ihrer Arbeit – als ich beim Schleppen zugesehen hatte – hatte mich den Umfang ihres Aufgabengebietes nicht ahnen lassen. Die Schleppergilde hatte nicht einfach nur für die Fortbewegung der Stadt zu sorgen, sondern auch für viele interne Belange.

In der Mitte der Stadt, auf der untersten Ebene, befand sich ein großer Kernreaktor, den ich nun zu sehen bekam. Von ihm bezog die Stadt ihre gesamte Energie; die Männer, die ihn warteten, waren auch für das Kommunikationssystem und die sanitären Anlagen der Stadt verantwortlich. Viele Leute von der Schleppergilde waren außerdem Installationstechniker. Ich erfuhr, daß die ganze Stadt von einem komplizierten Röhren- und Pumpensystem durchzogen wurde, das gewährleistete, daß jeder Tropfen Wasser rezirkuliert wurde. Die Nahrungssyntheseanlage bezog ihr Wasser, wie ich zu meinem Entsetzen feststellen mußte, aus aufbereitetem Abwasser. Die Filteranlage wurde zwar von Beamten in der Stadt beaufsichtigt und programmiert, aber es war im Pumpenraum – für den die Schleppergilde zuständig war –, wo die Quantität (und in mancher Hinsicht auch die Qualität) der synthetischen Nahrung primär bestimmt wurde.

Fast war es mehr eine Nebenfunktion des Reaktors, daß er die Energie für die großen Schleppwinden lieferte.

Es gab sechs davon, und sie waren in ein massives Stahlgehäuse eingebaut, das im Unterteil der Stadt von Ost nach West verlief. Von den sechs Winden wurden jeweils nur fünf in Betrieb genommen, so daß der Reihe nach immer eine zum Überholen frei war. Die Hauptsorge bei den Winden galt ihren Lagern, die nach einem Einsatz von vielen tausend Meilen jetzt ziemlich ausgeleiert waren. Während meiner Dienstzeit bei der Schleppergilde wurde ausgiebig darüber diskutiert, ob es besser sei, nur mehr mit vier Winden zu schleppen – wodurch mehr Gelegenheit für Überholarbeiten an den Lagern gewonnen würde – oder ob alle sechs Winden eingesetzt werden sollten, um die Belastung und damit Abnutzung der Lager zu vermindern. Die allgemeine Meinung schien das augenblickliche System zu bevorzugen – jedenfalls wurden keine Änderungen beschlossen.

Eine meiner Aufgaben bei der Schleppergilde war das Überprüfen der Trossen. Dies war ebenfalls eine Arbeit, die regelmäßig ausgeführt werden mußte, denn die Schleppkabel waren so alt wie die Winden, und Kabelrisse kamen öfter vor, als wünschenswert war: gar nicht. Jedes der sechs Kabel war schon des öfteren geflickt worden, was natürlich die Belastbarkeit dieser Stellen beeinträchtigte, und an anderen Stellen begannen die Kabelstränge auszubrechen. Vor jedem Schleppvorgang mußten daher alle fünf Kabel, die eingesetzt werden sollten, Meter um Meter überprüft, gereinigt und gefettet werden, und Verschleißstellen bekamen Drahtmanschetten.

Sowohl im Reaktorraum als auch draußen bei den Kabeln wurde kaum von etwas anderem geredet als von den

Aussichten, dem Optimum näher zu kommen, wie die Windenleistung verbessert werden könnte und ob es eine Möglichkeit gäbe, zu neuen Kabeln zu kommen. Die gesamte Gilde strotzte vor Ideen – allerdings vorwiegend praktischer Natur, denn die Männer hatten für Theorien nicht viel übrig. Ihre Arbeit bestand zu einem großen Teil aus ziemlich alltäglichen Aufgaben; so wurde zum Beispiel während meiner Zeit in der Gilde ein neues Projekt begonnen, der Bau eines zusätzlichen Wassertanks in der Stadt.

Ein angenehmer Aspekt jenes Teils meiner Volontärzeit war, daß ich die Nächte bei Victoria verbringen konnte. Obwohl ich abends verschwitzt und schmutzig von der Arbeit in unser Zimmer zurückkehrte, war ich zufrieden, denn ich genoß die Annehmlichkeiten eines eigenen Heims und die Befriedigung einer sinnvollen Arbeit.

Eines Tages, als ich außerhalb der Stadt arbeitete – eines der Kabel wurde mit einer Zugmaschine zum entfernten Widerlager geschleppt –, fragte ich den Gildenmann, dem ich half, nach Gelman Jase. »Ein alter Freund von mir, Anwärter für Ihre Gilde. Kennen Sie ihn?«

»Etwa so alt wie Sie?«

»Ein bißchen älter.«

»Vor ein paar Meilen hatten wir einige Volontäre hier, aber ich kann mich an die Namen nicht erinnern. Wenn Sie wollen, seh ich nach.«

Ich war gespannt darauf, wie es Jase ergangen war. Ich hatte ihn lange Zeit nicht gesehen, und es würde schön sein, mit jemandem Erfahrungen auszutauschen, der den gleichen Ausbildungsprozeß durchmachte wie ich.

Etwas später wurde mir mitgeteilt, daß Jase tatsächlich einer der Volontäre gewesen war, die der Mann erwähnt hatte. Ich fragte, wo ich ihn finden könnte.

»Er wird noch eine ganze Weile nicht zu erreichen sein.«

»Wo ist er?« fragte ich.

»Außerhalb der Stadt. Unten in der Vergangenheit.«

Allzubald war meine Zeit bei der Schleppergilde um, und ich

wurde für die nächsten drei Meilen der Händlergilde zugeteilt. Ich nahm diese Nachricht mit gemischten Gefühlen auf, da meine bisherigen Erfahrungen mit ihrer Arbeit ziemlich unmittelbarer Natur waren. Zu meiner Überraschung erfuhr ich, daß ich mit Unterhändler Collings arbeiten sollte, und noch mehr überrascht war ich, als ich herausfand, daß er selbst beantragt hatte, mich ihm zuzuteilen.

»Ich hörte, daß Sie für drei Meilen in unsere Gilde kommen«, sagte er. »Ich dachte mir, daß ich Ihnen vielleicht zeigen kann, daß Prügeleien mit den Bettlern nicht unsere ganze Arbeit darstellen.«

Wie die anderen Gildenmitglieder besaß Collings einen Raum in einem der Fronttürme der Stadt. Dort zeigte er mir eine lange Papierrolle, auf die eine detaillierte Karte gezeichnet war.

»Das meiste davon braucht Sie vorläufig nicht zu interessieren. Es ist das eine Karte des vor uns liegenden Landes, die die beiden Zukunftsvermesser zusammengestellt haben.« Er erklärte mir die Symbole für Berge, Flüsse, Täler, starke Gradienten: lebenswichtige Informationen für jene, die den Weg der Stadt auf ihrer langwierigen Verfolgung des Optimums festlegten. »Diese schwarzen Quadrate stellen Siedlungen dar. Das ist es, was uns angeht. Wie viele Fremdsprachen können Sie?«

Ich erklärte ihm, daß mir das Lernen von Sprachen im Internat nicht leichtgefallen war und daß ich nur Französisch – überdies ziemlich gebrochen – sprach.

»Dann ist's ja gut, daß Sie nicht endgültig in unsere Gilde eintreten wollen. Sprachliche Begabung ist das Um und Auf in unserem Beruf.«

Er sagte mir, daß die Eingeborenen dieser Gegend spanisch sprachen und daß er und die anderen Unterhändler es aus einem der Bücher in der Stadtbibliothek hatten lernen müssen, da es in der Stadt niemanden mit spanischer Abstammung gab. Sie kamen mit ihren Sprachkenntnissen einigermaßen durch, hatten aber immer wieder Schwierigkeiten mit lokalen Dialekten.

Collings erklärte mir auch, daß von allen Gilden ersten Ranges nur die Schienenleger regelmäßig Fremdarbeiter anheuerten. Manchmal mußten die Brückenbauer für kurze Zeitspannen Einheimische anstellen, aber im großen und ganzen brauchten die Unterhändler nur Arbeiter für die Gleisarbeiten anzuwerben ... und die sogenannten ›Besuche‹ zu arrangieren.

»Was ist das?« fragte ich sofort.

Collings sagte: »Das ist es, womit wir uns so unbeliebt machen. Die Stadt sucht nach Siedlungen, in denen die Nahrung knapp ist, wo Armut herrscht. Es ist günstig für die Stadt, daß diese Gegend sehr arm ist, so daß wir am längeren Hebel sitzen. Wir können den Leuten Nahrung anbieten und technische Kenntnisse für ihre Landwirtschaft, Medikamente und Generatoren; als Gegenleistung arbeiten die Männer für uns, und wir borgen uns ihre jungen Frauen aus. Sie kommen für eine Weile in die Stadt, und vielleicht gebären sie uns neue Bürger.«

»Ich hab' schon davon gehört«, sagte ich. »Ich kann mir einfach nicht vorstellen, daß es so etwas gibt.«

»Warum nicht?«

»Ist es nicht ... unmoralisch?« sagte ich zögernd.

»Ist es unmoralisch, daß wir den Fortbestand der Stadtbevölkerung sichern wollen? Ohne neues Blut von außerhalb würden wir in wenigen Generationen aussterben. Fast alle Kinder von Stadtbewohnern sind männlich.«

Ich erinnerte mich an die Ursache jenes Aufruhrs. »Aber die Frauen, die auf Besuch in die Stadt kommen, sind doch manchmal verheiratet, nicht?«

»Ja ... aber sie brauchen nur so lange zu bleiben, bis sie ein Kind geboren haben. Dann können sie wieder heim.«

»Was geschieht mit dem Kind?«

»Wenn es ein Mädchen ist, dann bleibt es in der Stadt und wird im Internat aufgezogen. Wenn es ein Junge ist, dann kann die Mutter ihn mitnehmen oder in der Stadt lassen, wenn sie will.«

Jetzt verstand ich erst, warum Victoria dieses Thema so unbehaglich war. Meine Mutter war eine ›Besucherin‹ gewesen und hatte die Stadt nach meiner Geburt verlassen. Sie hatte mich nicht mitgenommen, hatte keinen Wert auf mich gelegt. Victoria hatte taktvoll sein wollen, aber für mich war diese Erkenntnis irgendwie gar nicht schmerzlich oder enttäuschend.

Die Unterhändler wie auch die Zukunftsvermesser unternahmen ihre Reisen über das Land per Pferd. Ich hatte nie reiten gelernt, deshalb lief ich anfangs neben Collings her, als wir nach Norden aufbrachen. Weiter draußen zeigte er mir, wie man ein Pferd ritt, und sagte mir, daß ich ohnehin reiten können müßte, wenn ich in die Gilde meines Vaters eintrat. Meine Reitkünste machten zuerst nur langsam Fortschritte; anfangs hatte ich Angst vor dem Pferd und wurde kaum mit ihm fertig. Nach und nach, als ich erkannte, daß das Tier wirklich fromm und sanft war, wurde ich sicherer, und das Pferd – so, als hätte es das begriffen – gehorchte mir bereitwilliger.

Wir entfernten uns nicht allzuweit von der Stadt. Nordöstlich davon gab es zwei Siedlungen, und wir besuchten beide. Wir wurden mit einiger Neugier begrüßt, doch Collings stellte fest, daß in keiner von beiden großer Bedarf nach Dingen herrschte, die die Stadt anzubieten hatte, weshalb er auch keine Verhandlungen einleitete. Er sagte mir, daß der Bedarf der Stadt an Fremdarbeitern zur Zeit gedeckt sei und daß auch genug Besuchsfrauen in der Stadt seien.

Nach meinem ersten längeren Ausflug aus der Stadt – der neun Tage dauerte und bei dem wir genügsam lebten und im Freien schliefen – kehrten Collings und ich in die Stadt zurück, wo wir mit der Nachricht begrüßt wurden, daß der Rat der Navigatoren die Genehmigung für den Bau einer Brücke erteilt hatte. Nach Collings' Erklärung zu schließen, gab es offenbar zwei mögliche Routen für die Stadt. Die eine wich leicht nach Nordwesten ab und führte durch hügeliges Land mit viel Geröll, wobei sie eine schmale, tiefe Schlucht umging; die andere Route führte über ebeneres Gelände, aber dafür mußte jene Schlucht überbrückt werden. Man hatte sich für diese letztere Möglichkeit entschieden, und das hieß, daß alle verfügbaren Arbeitskräfte vorübergehend der Gilde der Brückenbauer zugewiesen wurden.

Da die Brücke jetzt Priorität vor allem anderen hatte, wurden Malchuskin und ein zweiter Mann von der Schienenlegergilde samt ihren Arbeitsteams herangeholt, vielleicht die Hälfte der Milizstreitkraft wurde von anderen Pflichten abkommandiert, und weitere Schienenleger sollten die Verlegung der Gleise auf der Brücke beaufsichtigen. Die letzte Verantwortung für Planung und Konstruktion der Brücke lag jedoch bei der Brückenbauergilde, die bei der Händlergilde zusätzliche fünfzig Fremdarbeiter anforderte.

Collings und ein anderer Unterhändler brachen sofort zu den nächsten Siedlungen auf, während ich nach Norden zur Brückenbaustelle geholt wurde, wo man mich dem leitenden Gildenmitglied zuwies: Brückenbauer Lerouex, Victorias Vater.

Als ich die Schlucht sah, begriff ich, daß es eine technische Höchstleistung bedeutete, sie zu überbrücken. An der Stelle, die für die Brücke ausgesucht worden war, war sie doch relativ breit – annähernd sechzig Meter – und die Wände und Kanten waren brüchig und zerklüftet. Ein schnell fließender Wildbach schäumte die Sohle entlang. Außerdem war der nördliche Rand der Schlucht etwa drei Meter niedriger als die Südseite, und das bedeutete, daß die Schienen auf der drüberen Seite für ein Stück auf einer Rampe verlegt werden mußten.

Die Brückenbauer hatten entschieden, daß hier nur eine Hängebrücke in Frage kam. Die Zeit reichte nicht, um eine Bogen- oder Auslegerbrücke zu bauen, und eine weitere beliebte Variante, eine hölzerne Fachwerkbrücke, die von einem Gerüst in der Schlucht gestützt wurde, war wegen der Geländegegebenheiten nicht möglich.

Die Arbeit begann sofort mit der Errichtung der vier Stütztürme, zwei im Norden und zwei im Süden der Schlucht. Es waren dies nicht allzu massiv wirkende Konstruktionen aus Stahlrohren. Während des Baus fiel ein Mann von einer Stütze. Er war sofort tot, doch die Arbeit ging ohne Unterbrechung weiter. Kurz danach bekam ich frei für einen meiner Kurzurlaube in der Stadt, und während ich dort war, wurde die Stadt vorwärts geschleppt. Dies war das erste Mal, daß ich mich in der Stadt befand und wußte, daß zur gleichen Zeit ein Schleppvorgang stattfand. Mit Interesse stellte ich fest, daß man im Innern keinerlei Bewegung wahrnahm; allerdings erhöhte sich der Pegel der üblichen Hintergrundgeräusche ein wenig, vermutlich durch die Windenmotoren.

Während dieses Urlaubs war es auch, daß Victoria mir sagte, sie sei schwanger. Ihre Ankündigung freute besonders ihre Mutter sehr. Ich war glücklich und verwirrt; dies war eine der wenigen Gelegenheiten in meinem Leben, an denen ich zuviel Wein trank und mich danebenbenahm. Man überging es verständnisvoll.

Als ich wieder draußen war, sah ich, daß die übliche Arbeit an den Gleisen und Trossen fortgesetzt wurde – wenn auch mit einem allgemeinen Mangel an Arbeitskräften – und daß wir bis zur Brücke nur noch etwa zwei Meilen zu bewältigen hatten. Als ich im Vorübergehen mit einem Schienenleger sprach, erfuhr ich, daß die Stadt zur Zeit nur mehr anderthalb Meilen vom Optimum entfernt war.

Die Bedeutung dieser Information ging mir erst später auf, als ich begriff, daß die Brücke dann ungefähr eine halbe Meile *nördlich* des Optimums liegen mußte.

Dann kam es zu längeren Verzögerungen. Der Brückenbau machte nur langsam Fortschritte. Nach jenem ersten Unfall wurden schärfere Sicherheitsvorkehrungen getroffen, und Lerouex und seine Leute prüften wiederholt die Stärke der Stützpfeiler. Im Verlauf unserer Arbeit erfuhren wir, daß die Gleisarbeiten in der Nähe der Stadt nur langsam vorankamen. In einer Hinsicht war uns das recht, weil die Brücke selbst noch lange nicht fertig war, aber es gab doch zu Beunruhigung Anlaß. Jeder Zeitverlust bei der endlosen Verfolgung des Optimums war schlecht.

Eines Tages wurde gesagt, daß das Optimum jetzt genau bei der Brücke läge. Diese Neuigkeit veranlaßte mich, unsere Umgebung mit neuem Interesse zu begutachten, aber das Optimum schien sich durch nichts Besonderes oder Unübliches auszuzeichnen. Wiederum fragte ich mich, wie das Optimum eigentlich war, aber als die Tage vergingen, und das Optimum seine geheimnisvolle Reise nach Norden fortsetzte, entfernte es sich auch aus meinen Gedanken.

Da alles in der Stadt jetzt nur noch auf den Brückenbau bedacht war, gab es natürlich keine Möglichkeit mehr, meine Volontärausbildung voranzutreiben. Alle zehn Tage bekam ich Urlaub – wie alle übrigen beim Bau beschäftigten Gildenmitglieder auch –, aber es war nicht daran zu denken, die speziellen Aufgaben der verschiedenen Gilden aus eigener Anschauung kennenzulernen. Wie gesagt, die Brücke hatte Vorrang.

Allerdings wurden auch andere Arbeiten nicht vernachlässigt. Ein paar Meter südlich der Brücke wurden die Widerlagergerüste aufgebaut, die Gleise bis hin verlegt, die Schleppkabel verankert. Und endlich wurde die Stadt auf den Schienen herangezogen bis unmittelbar vor die Schlucht, wo sie nun ruhig stand und auf die Fertigstellung der Brücke wartete.

Der schwierigste und anstrengendste Abschnitt des Brückenbaus kam, als die Tragketten von den Südpfeilern über die Schlucht gebracht werden mußten, wo sie über die nördlichen Pfeiler geführt und im Boden verankert wurden. Dann wurde die Fahrbahn an den Ketten aufgehängt und die Gleise darüber verlegt. Die Zeit verging, und Lerouex und die übrigen Gildenmitglieder wurden immer nervöser. Der Grund dafür war, soweit ich es verstand, daß das Optimum sich langsam von der Brücke nach Norden entfernte und damit allen Konstruktionsteilen die gleiche Gefahr drohte wie den alten Gleisen südlich der Stadt: sie würden sich immer mehr verwerfen. Welche Folgen das hatte, war mir schon von Malchuskin gezeigt worden. Alle Brükkenteile waren zwar mit einem gewissen Spielraum konzipiert, aber damit konnte der Effekt nur für eine bestimmte Frist ausgeglichen werden. Jetzt standen wir wirklich unter Zeitdruck, die Arbeit wurde während der Nacht fortgesetzt, beim Licht starker Bogenlampen, die ihren Strom aus der Stadt bezogen. Jeder Urlaub wurde gestrichen, ein Schichtensystem wurde eingeführt.

Kaum waren die Platten der Fahrbahn befestigt, legten Malchuskin und seine Kollegen auch schon die Schienen darüber. Zur gleichen Zeit wurden Widerlager zur Kabelverankerung auf der Nordseite errichtet, ein Stück hinter den ausgeklügelten Rampen, die den Höhenunterschied ausglichen.

Die Stadt lag jetzt so nahe, daß wir in unseren eigenen Quartieren schlafen konnten; für mich war der Gegensatz zwischen der hektischen Aktivität an der Baustelle und der vergleichsweise ruhigen und normalen Atmosphäre immer ein bißchen ein Schock, und wahrscheinlich kam das auch in meinem Verhalten zum Ausdruck: Victoria begann mich wieder mehr über die Arbeit draußen auszufragen.

Es dauerte nicht lang, und die Brücke war fertig. Eine weitere Verzögerung von einem Tag mußte in Kauf genommen werden, da Lerouex und die anderen Brückenbauer eine Reihe von komplizierten Tragfähigkeitsüberprüfungen durchführten. Sie waren immer noch nervös, selbst als sie die Brücke für sicher erklärten. Während der Nachtstunden wurde dann alles für den Schleppvorgang vorbereitet.

Als der Morgen dämmerte, gab die Schleppergilde das Signal für ›Alles klar‹, und unendlich langsam setzte sich die Stadt in Bewegung. Ich hatte mir auf dem einen südlichen Stützpfeiler einen günstigen Ausguck gesucht, und als die vordersten Räder der Stadt sich langsam auf die Brückengleise vorschoben, spürte ich ein Vibrieren durch den Pfeiler laufen: die Ketten nahmen die Belastung auf. Im ersten Licht der gerade aufgehenden Sonne sah ich, wie die Tragketten immer stärker durchhingen, wie selbst die Fahrbahn unter der ungeheuren Last deutlich durchsackte. Ich warf dem nächsten Brückenbauer, der ein paar Meter neben mir auf dem Pfeiler kauerte, einen besorgten Blick zu. Er selbst ließ nicht für einen Sekundenbruchteil den Belastungsmesser aus den Augen, der mit den Tragketten verbunden war. Keiner der Zuschauer bewegte sich oder sprach, als ob die leiseste Störung den heiklen Vorgang gefährden könnte. Langsam schob sich die Stadt weiter, und bald war die gesamte Fahrbahn der Brücke belastet.

Plötzlich wurde die Stille zerrissen. Mit einem lauten Knall, der von den Felswänden der Schlucht widerhallte, riß eines der Schleppkabel und schnellte zurück, schnitt quer durch eine Reihe Milizposten. Ein Zittern lief durch die Brückenkonstruktion, und tief im Innern der Stadt hörte ich das abrupt ansteigende Jaulen der plötzlich freilaufenden Winde, das scharf abbrach, als der zuständige Schleppermann sie auskuppelte. Jetzt wurde die Stadt nur mehr von vier Kabeln vorwärts gezogen – merklich langsamer. Auf der Nordseite der Schlucht lag das gerissene Kabel wie eine mächtige Schlange auf der Erde, zusammengerollt über den Körpern von fünf Milizsoldaten.

Der gefährlichste Teil der Überquerung war jetzt geschafft: die Stadt schob sich zwischen den beiden nördlichen Pfeilern durch und begann langsam die Rampe hinunterzugleiten, auf die Kabelverankerung zu. Bald kam sie zum Stillstand, aber immer noch sprach niemand. Es gab keine Erleichterung, keine Freudenschreie. Auf der drüberen Seite der Schlucht wurden die Soldaten auf Tragbahren gelegt, um in die Stadt geschafft zu werden. Die Stadt selbst war im Augenblick sicher, aber es mußte noch so viel getan werden. Die Brücke hatte eine unvermeidliche Verzögerung verursacht, und die Stadt lag nun viereinhalb Meilen hinter dem Optimum zurück. Die Gleise mußten abmontiert, das gerissene Kabel mußte geflickt werden. Die Stützpfeiler und Tragketten und übrigen Brückenteile mußten abgebaut und wieder verstaut werden.

Und bald würden die großen Winden die Stadt weiterschleppen ... immer weiter, immer nach Norden, dem Optimum nach, das ihr aus irgendeinem Grund immer ein paar Meilen voraus war.

ZWEITER TEIL

1

Helward Mann ritt durch Zukunftsland. Er stand in den Steigbügeln, weit vorgebeugt, den Kopf fast in der Mähne der großen braunen Stute, und genoß das Erlebnis von Geschwindigkeit: den durch seine Haare streichenden Wind, das Klappern der Hufe auf dem steinigen Boden, die glatte Bewegung der Muskeln an den Flanken des Tiers, die immer vorhandene Gefahr eines Fehltritts, eines Sturzes. Sie ritten nach Süden, von der primitiven Siedlung, die sie eben besucht hatten, zurück durch die Berge und über die Ebene zur Stadt. Als hinter einer sanften Anhöhe die Stadt Erde in Sicht kam, ließ Helward sein Pferd in leichten Trab fallen und lenkte es in weitem Bogen herum, so daß sie wieder nach Norden hielten. Bald ritt er nur mehr im Schritt, und als es heißer wurde, stieg Helward ab und ging neben seinem Tier her.

Er dachte an Victoria, die jetzt seit vielen Meilen schwanger war. Sie sah dennoch bezaubernd und frisch aus, und der Gesundheitsbeamte hatte gesagt, daß die Schwangerschaft zufriedenstellend verlaufe. Helward durfte nun mehr Zeit in der Stadt verbringen, so daß sie viele Tage zusammen sein konnten. Es war gut, daß die Stadt jetzt hindernisfreies Gelände durchquerte, denn er wußte genau, wenn etwa wieder eine Brücke gebaut werden müßte oder sonst irgendeine Komplikation einträte, dann würden seine Stadturlaube drastisch gekürzt werden.

Seine Volontärzeit ging nun ihrem Ende entgegen. Er hatte lange und schwer für alle Gilden gearbeitet, außer einer: seiner eigenen, der Gilde der Zukunftsvermesser. Unterhändler Collings hatte ihm gesagt, seine Volontärzeit sei nun bald beendet und er solle sich noch an diesem Tag bei Zukunftsvermesser Clausewitz melden, um die offizielle Beurteilung seiner bisherigen Fortschritte zu erfahren. Für Helward Mann konnte die Volontärzeit gar nicht rasch genug zu Ende gehen. Obwohl er seiner gefühlsmäßigen Einstellung nach noch fast ein Junge war, galt er nach den Regeln der Stadt als Erwachsener, denn er hatte für diesen Status gearbeitet und gelernt. Er wußte, was getan werden mußte, damit die Stadt sich in der Außenwelt behaupten konnte, wenn er auch die Gründe dafür nicht kannte, und er war bereit, die Pflichten eines vollwertigen Gildenmitglieds zu übernehmen. In den letzten Meilen war sein Körper muskulös und sehnig geworden, und die Sonne hatte ihn braun gebrannt. Nach einem Tag schwerer Arbeit tat ihm nicht mehr alles weh, und er lernte das Hochgefühl kennen und schätzen, das der Erledigung einer schwierigen Aufgabe folgt. Bei den meisten Gildenmitgliedern, unter denen er gearbeitet hatte, wurde er wegen seiner Bereitwilligkeit, tüchtig und ohne Fragen seine Arbeit zu tun, respektiert und geschätzt; da überdies sein häusliches Leben in der Stadt sich durch eine freundliche, ja liebevolle Beziehung zu Victoria auszeichnete, sah man ihn allgemein als Mann an, dem bald die Sicherheit der Stadt anvertraut werden konnte.

Unterhändler Collings insbesondere war Helward ein guter Freund und Arbeitskamerad geworden. Als er die obligatorischen drei Meilen bei den anderen Gilden abgeleistet hatte, war ihm freigestellt worden, sich für weitere fünf Meilen eine Gilde auszusuchen, mit Ausnahme seiner eigenen, und er hatte sofort gebeten, mit Collings arbeiten zu dürfen. Die Aufgaben der Händlergilde interessierten ihn, weil sie ihm Gelegenheit boten, etwas über die Lebensweise der Landbevölkerung zu lernen.

Die Gegend, die die Stadt zur Zeit durchquerte, war ein trokkenes Hochland, und der Boden war unfruchtbar. Es gab nur wenige Siedlungen, und jene, die sie besuchten, waren fast ausnahmslos Ansammlungen von baufälligen Hütten mit ein paar mageren Feldern ringsum. Der Schmutz war unbeschreiblich, und Krankheiten waren weit verbreitet. Es schien keinerlei zentrale Verwaltung zu geben, denn jedes der Dörfer hatte seine eigene Organisation und eigene Bräuche. Manchmal wurden die Besucher feindselig empfangen, manchmal beachteten die Leute sie gar nicht.

Die Arbeit des Unterhändlers bestand im wesentlichen aus einer Einschätzung der Lage: er mußte die Bedürfnisse und Wünsche der ausgewählten Gemeinde feststellen und dann dementsprechend verhandeln. In vielen Fällen führten die Verhandlungen zu nichts; eine gemeinsame Eigenschaft aller dieser Siedlungen schien die zähe Lethargie ihrer Bewohner zu sein. Wenn Collings überhaupt einen Funken Interesse entfachen konnte, dann wurde nur zu schnell offenbar, was die Leute brauchten; im großen und ganzen konnte die Stadt es ihnen geben. Der hohe Stand ihrer Technologie und Organisation hatte es ermöglicht, im Laufe der Meilen ein umfangreiches Lager an Lebensmitteln, Medikamenten, Chemikalien und ähnlichem anzulegen; man hatte auch durch Erfahrung gelernt, was am meisten benötigt wurde. Und so konnten die Unterhändler mit Angeboten von Antibiotika, Saatgut, Düngemitteln, Wasseraufbereitungsgeräten – manchmal auch Hilfe bei der Reparatur vorhandener Geräte – den Weg bereiten für ihre eigenen Forderungen.

Collings hatte versucht, Helward Spanisch beizubringen, war aber an seiner mangelnden Sprachbegabung gescheitert. Helward merkte sich zwar eine Handvoll Redewendungen, aber im allgemeinen trug er wenig zu den oft langwierigen Verhandlungen bei.

Mit der eben besuchten Siedlung hatten sie sich über die Bedingungen geeinigt. Zwanzig Männer konnten für die Gleisarbeit aufgeboten werden, und weitere zehn würden aus einem weiter entfernten, kleineren Dorf kommen. Außerdem hatten sich fünf Frauen bereit erklärt – oder waren gezwungen worden: Helward war sich da nicht ganz im klaren darüber, und er wollte Collings nicht fragen – in die Stadt zu ziehen. Er und Collings kehrten nun in die Stadt zurück, um die versprochenen Vorräte zu holen und die verschiedenen Gilden auf die ›Besucher‹ und Arbeiter vorzubereiten. Collings hatte entschieden, daß die Leute alle eine medizinische Untersuchung nötig hätten, was für die Gesundheitsbeamten ebenfalls zusätzliche Arbeit bedeutete.

Helward hielt sich gern im Norden der Stadt auf. Dies würde bald sein Land sein, denn hier, jenseits des Optimums, arbeiteten die Zukunftsvermesser. Er sah des öfteren Männer von der Zukunftsgilde nach Norden reiten, in die weit entfernten Gegenden, die die Stadt eines Tages passieren mußte. Ein- oder zweimal war er seinem Vater begegnet, und sie hatten kurz miteinander gesprochen. Helward hatte gehofft, daß seine Erfahrungen als Volontär vielleicht helfen würden, die seltsam gehemmte Beziehung zwischen ihnen zu verbessern, aber er war seinem Vater auch jetzt nicht nähergekommen. Helward vermutete nicht, daß es irgendwelche tiefschürfenden Gründe dafür gab, weil Collings einmal, als er von der Zukunftsgilde sprach, seinen Vater erwähnt hatte. »Es ist nicht leicht, mit ihm zu reden«, hatte Collings gesagt. »Wenn man ihn näher kennenlernt, ist er ganz nett, aber er war schon immer verschlossen.«

Nach einer halben Stunde etwa stieg Helward wieder aufs Pferd und lenkte es in die ursprüngliche Richtung. Nach einer Weile stieß er auf Collings, der im Schatten eines großen Felsbrockens rastete. Helward setzte sich zu ihm, und sie aßen etwas. Als eine Geste des guten Willens hatte ihnen der Anführer der Siedlung ein großes Stück frischen Käse mitgegeben, den sie sich jetzt teilten, froh über die Abwechslung nach der üblichen synthetischen Kost.

»Wenn die so was essen«, sagte Helward, »dann kann ich mir nicht vorstellen, weshalb sie unseren Papp wollen.«

»Glaub bloß nicht, daß sie immer so etwas haben. Das war das einzige Stück im Dorf. Vermutlich haben sie's anderswo gestohlen. Ich konnte kein Vieh sehen.«

»Warum haben sie es uns dann gegeben?«

»Sie brauchen uns.«

Eine Weile später setzten sie ihren Heimweg fort. Beide Männer gingen und führten ihre Pferde am Zügel. Helward freute sich einerseits darauf, in die Stadt zurückzukommen, andererseits bedauerte er, daß seine Volontärzeit nun zu Ende war. Er begriff, daß er vielleicht zum letztenmal mit Collings zusammen war, und das weckte in ihm wieder das seit langem unterdrückte Bedürfnis, mit ihm über etwas zu sprechen, das ihn immer wieder bedrückte. Von allen Männern, denen er außerhalb der Stadt begegnet war, war Collings der einzige, mit dem er darüber reden konnte. Dennoch wälzte er das Problem des längeren hin und her, bevor er sich entschloß, es zur Sprache zu bringen.

»Du bist so schweigsam«, sagte Collings plötzlich.

»Ich weiß ... tut mir leid. Ich habe daran gedacht, daß ich nun Gildenmitglied werden soll. Ich weiß nicht, ob ich bereit dafür bin.«

»Wieso?«

»Das ist nicht leicht zu erklären. Es ist nur so ein vager Zweifel ...«

»Möchtest du darüber reden?«

»Ja. Das heißt, darf ich?«

»Warum nicht?«

»Nun ... nicht viele Gildenmitglieder würden das sagen«, meinte Helward. »Als ich das erste Mal aus der Stadt herauskam, war ich ziemlich durcheinander, aber es wurde mir schnell beigebracht, nicht zu viel Fragen zu stellen.«

»Das kommt immer auf die Fragen an«, sagte Collings.

Helward entschloß sich, nicht weiter nach einer Rechtfertigung zu suchen. »Zwei Dinge sind es«, sagte er. »Das Optimum und der Eid. Ich zerbreche mir über beides den Kopf.«

»Das überrascht mich nicht. Ich hab' mit Dutzenden von Volontären zusammengearbeitet, und alle machen sie sich Gedanken darüber.«

»Könntest du ... würdest du mir sagen, was ich wissen will?«

Collings schüttelte den Kopf. »Nicht über das Optimum. Das mußt du selbst herausfinden.«

»Aber ich weiß nur, daß es sich nach Norden bewegt. Tut es das willkürlich?«

»Nicht willkürlich ... aber ich kann nicht darüber sprechen. Ich versichere dir, daß du sehr bald alles herausfinden wirst, was du darüber wissen willst. Aber was für Probleme hast du mit dem Eid?«

Helward schwieg einen Augenblick lang. Dann sagte er: »Wenn du wüßtest, daß ich ihn gebrochen habe – wenn du es jetzt erführst –, dann würdest du mich töten. Stimmt das?«

»Theoretisch ja.«

»Und in der Praxis?«

»Ich würde es mir ein paar Tage durch den Kopf gehen lassen und dann vermutlich mit einem anderen Gildenmitglied darüber sprechen, seinen Rat einholen. Aber du hast den Eid nicht gebrochen, oder?«

»Ich bin mir nicht sicher.«

»Am besten erzählst du mir alles.«

»Also gut.«

Helward begann von den Fragen zu berichten, die Victoria ihm ganz zu Anfang gestellt hatte, und versuchte, sich auf Allgemeinheiten zu beschränken. Collings hörte schweigend zu, und Helward begann bald, immer mehr ins Detail zu gehen. Schließlich kam er dahin, daß er fast Wort für Wort wiederholte, was er Victoria erzählt hatte.

Als er geendet hatte, sagte Collings: »Ich glaube nicht, daß du dir deswegen irgendwie Sorgen machen mußt.«

Helward atmete erleichtert auf, aber das drückende Problem war nicht so einfach aus der Welt geschafft. »Warum denn nicht?«

»Es ist kein Schaden daraus entstanden, daß du mit deiner Frau über diese Dinge gesprochen hast.«

Während ihres Gesprächs war die Stadt in Sicht gekommen, und sie konnten das übliche Getriebe längs der Gleise beobachten.

»Aber so einfach kann es doch nicht sein«, sagte Helward. »Die Formulierungen des Eides sind streng, und die Strafe ist ja doch wohl auch keine leichte.«

»Richtig ... aber die Gilden haben das alles nur übernommen.

Der Eid wurde uns vererbt, und wir geben ihn weiter. Auch du wirst das einmal tun. Das heißt nicht, daß die Gildenmitglieder vorbehaltlos damit einverstanden sind, aber noch niemand hat eben eine Alternative vorgeschlagen.«

»Die Gilden würden den Eid also eventuell auflassen?« fragte Helward gespannt.

Collings grinste ihn an. »Das hab' ich nicht gesagt. Sieh mal, die Geschichte der Stadt reicht lange zurück. Der Gründer war ein Mann namens Francis Destaine, und man glaubt allgemein, daß er den Eid einführte. Soweit wir aus den Dokumenten aus jener Zeit schließen können, war damals Geheimhaltung wahrscheinlich notwendig. Heute dagegen ... nun, wir nehmen die Dinge nicht mehr so genau.«

»Aber der Eid bleibt.«

»Ja, und ich glaube, er erfüllt noch immer einen Zweck. Es gibt eine Menge Leute in der Stadt, die vielleicht niemals erfahren werden, was hier draußen vor sich geht, und die es auch nie zu erfahren brauchen. Das sind die Leute, die den internen Betrieb der Stadt aufrechterhalten. Sie kommen mit Menschen von außerhalb in Berührung – den Besuchsfrauen etwa –, und wenn sie nun zuviel wissen und ungehindert darüber reden könnten, dann würden bald alle draußen die Stadt und die Grundlage ihrer Existenz kennen. Wir haben schon jetzt Schwierigkeiten mit den Eingeborenen, den Bettlern, wie sie in der Miliz genannt werden. Weißt du, das Wesen der Stadt macht uns sehr verletzlich, und wir müssen sie um jeden Preis schützen.«

»Sind wir in Gefahr?«

»Im Moment nicht. Aber Sabotage etwa könnte eine ernste und unmittelbare Gefahr bedeuten. Wir sind ohnehin unbeliebt, so wie die Dinge stehen ... und es wäre unsinnig, diese Unbeliebtheit zu einer reellen Gefahr werden zu lassen, indem wir den Eingeborenen unsere Verletzlichkeit vor Augen führen.«

»Ich darf also Victoria gegenüber offener sein?«

»Gebrauch deine eigene Urteilsfähigkeit, würde ich sagen. Sie ist die Tochter von Lerouex, nicht? Ein vernünftiges Mädchen.

Solange sie für sich behält, was du ihr erzählst, schadet es nichts. Aber fang nicht an, mit zu vielen Leuten zu reden.«

»Sicher nicht«, sagte Helward.

»Und red nicht davon, daß das Optimum sich bewegt. Das tut es nämlich nicht.«

Helward blickte überrascht auf. »Das wurde mir aber gesagt.«

»Du bist falsch informiert worden. Das Optimum ist stationär.«

»Warum erreicht die Stadt es dann nie?«

»Von Zeit zu Zeit erreicht sie es«, sagte Collings. »Aber sie kann sich nie lange im Optimum halten. Der Boden trägt sie nach Süden davon weg.«

2

Die Gleise reichten von der Stadt etwa eine halbe Meile nach Norden. Als Helward und Collings näher kamen, sahen sie, daß eben eins der Schleppkabel zur Verankerung hinausgezogen wurde. In ein oder zwei Tagen würde die Stadt wieder vorwärts geschleppt werden.

Sie führten die Pferde über die Schienen und unter die Stadt hinein. Hier auf der Nordseite befand sich die Mündung des dunklen Tunnels, der unter der Stadt verlief und den einzigen regulären Zugang ins Innere darstellte.

Helward begleitete Collings bis zu den Ställen.

»Also dann – leb wohl, Helward.«

Helward drückte die dargebotene Hand mit freundschaftlicher Herzlichkeit. »Das klingt ja sehr endgültig«, meinte er dann.

Collings zuckte wegwerfend die Achseln. »Na, jedenfalls werden wir uns eine ganze Weile nicht sehen. Viel Glück, mein Junge.«

»Wohin gehst du?«

»Ich geh nirgendshin. Du gehst. Paß auf dich auf und schlag dich durch.«

Bevor Helward antworten konnte, hatte sein Kamerad sich abgewandt und war im Stall verschwunden. Einen Augenblick lang wollte Helward ihm nachgehen, aber er begriff instinktiv, daß es keinen Sinn haben würde. Vielleicht hatte Collings ihm schon mehr gesagt, als er durfte.

Mit gemischten Gefühlen wanderte Helward den Tunnel entlang bis zum Lift und wartete auf die Kabine. Als sie ankam, fuhr er direkt in den vierten Stock, um Victoria zu suchen. Sie war nicht in ihrem gemeinsamen Zimmer, deshalb ging er hinunter in die Syntheseanlage, wo sie noch immer arbeitete, obwohl sie nun mehr als achtzehn Meilen schwanger war. Sie hatte vor, so lange wie möglich bei ihrer Arbeit zu bleiben.

Als sie ihn entdeckte, verließ sie den Labortisch und kam mit ihm in ihren Wohnraum. Es waren noch zwei Stunden Zeit, bis Helward sich bei Zukunftsvermesser Clausewitz melden mußte. Sie unterhielten sich über verschiedene unwichtige Dinge, und später, als der Zugang aufgeschlossen wurde, verbrachten sie ein paar Minuten zusammen auf der Aussichtsterrasse.

Zur angewiesenen Zeit fuhr Helward in den siebenten Stock und gelangte mit seinem Schlüssel in die Gildenräume. Dieser Teil der Stadt war ihm jetzt nicht mehr fremd, aber er kam doch selten genug hin, daß er noch immer ein wenig Scheu vor den älteren Gildenmitgliedern und Navigatoren empfand.

Clausewitz erwartete ihn im Büro der Zukunftsgilde. Er war allein. Als Helward eintrat, begrüßte er ihn herzlich und bot ihm Wein an.

Vom Zukunftsbüro aus konnte man durch ein kleines Fenster nach Norden hinausblicken. Helward erkannte das Bergland, in dem er sich die letzten Tage aufgehalten hatte.

»Sie haben sich gut gehalten, Volontär Mann.«

»Danke, Sir.«

»Sind Sie bereit, ein Zukunftsvermesser zu werden?«

»Ja, Sir.«

»Gut ... aus der Sicht der Gilde gibt es nichts dagegen einzuwenden. Sie haben sich ein paar gute Zeugnisse verdient.«

»Außer von der Miliz«, sagte Helward.

»Machen Sie sich darüber keine Gedanken. Es taugt eben nicht jeder für das Soldatenleben.«

Helward war ziemlich erleichtert darüber; er hatte sich schon Sorgen gemacht, daß seine Ungelegenheiten in der Miliz nachteilige Folgen für ihn haben würden, wenn seine Gilde davon erfuhr.

»Der Zweck unserer Unterredung jetzt ist«, fuhr Clausewitz fort, »Ihnen zu erklären, wie es weitergeht. Sie müßten nominell noch drei Meilen in unserer Gilde als Volontär ableisten, aber soweit es mich betrifft, wird das eine reine Formalität sein. Zuvor jedoch müssen Sie noch einmal aus der Stadt fort. Das ist Teil Ihrer Ausbildung. Sie werden wahrscheinlich einige Zeit unterwegs sein.«

»Darf ich fragen, wie lange?« sagte Helward.

»Das ist schwer zu sagen. Etliche Meilen sicher. Es könnten nur zehn oder fünfzehn sein, aber ebensogut könnten Sie hundert Meilen lang fort sein.«

»Aber Victoria ...«

»Ja, ich weiß, sie erwartet ein Kind. Wann ist es soweit?«

»In ungefähr neun Meilen«, sagte Helward.

Clausewitz zog die Brauen zusammen. »Dann, fürchte ich, werden Sie bei der Geburt nicht hier sein. Es gibt leider keine andere Möglichkeit.«

»Könnte man meine Reise nicht bis danach verschieben?«

»Bedaure, das ist nicht möglich. Sie haben eine Aufgabe zu erfüllen. Sie wissen ja bereits, daß die Stadt von Zeit zu Zeit Außenseiterfrauen ... äh ... nun, mieten muß. Wir behalten die Frauen so kurz wie möglich hier. Es gehört zu dem Abkommen, das wir treffen, ihnen sicheres Geleit in ihre Heimatdörfer zu geben ... und jetzt wollen drei Frauen nach Hause. Es ist üblich, daß Volontäre damit beauftragt werden, diese Frauen zurückzubringen, insbesondere, da wir dies jetzt als einen höchst wichtigen Teil des Ausbildungsprozesses ansehen.«

Helward hatte, durch die Natur seiner verschiedenen Beschäftigungen, notgedrungen mehr Selbstsicherheit entwickelt. »Sir, meine Frau erwartet ihr erstes Kind. Ich muß bei ihr bleiben.«

»Das kommt nicht in Frage.«

»Und wenn ich mich weigere zu gehen?«

»Dann wird man Ihnen eine Abschrift des Eides zeigen, den Sie geschworen haben, und Sie werden der darin festgesetzten Strafe verfallen.«

Helward öffnete den Mund zu einer heftigen Antwort, hielt sich aber dann doch zurück. Dies war offensichtlich nicht der richtige Zeitpunkt, um über die Gültigkeit des Eides zu debattieren. Zukunftsvermesser Clausewitz zwang sich sichtlich zu Beherrschung, denn auf Helwards Befehlsverweigerung hin hatte sich sein Gesicht dunkel verfärbt, er hatte sich aufgesetzt und preßte die Handflächen auf die Tischplatte. Anstatt auszusprechen, was ihm durch den Kopf ging, sagte Helward deshalb: »Sir, ich möchte an Ihr Verständnis appellieren!«

»Das können Sie tun, aber ich kann nicht verständnisvoll sein. Sie haben in Ihrem Eid geschworen, die Sicherheit der Stadt über alle anderen Belange zu stellen. Ihre Gildenausbildung ist eine Sicherheitsangelegenheit, und deshalb ist dazu nichts weiter zu sagen.«

»Aber es wäre doch sicher ein Aufschub möglich? Sobald das Kind geboren ist, würde ich aufbrechen.«

»Nein.« Clausewitz drehte sich um und zog ein großes Blatt Papier hervor, das eine Karte und mehrere Tabellen aufwies. »Die Frauen müssen in ihre Dörfer zurückgebracht werden. In den rund neun Meilen, die bis zur Entbindung Ihrer Frau vergehen werden, sind diese Dörfer bereits gefährlich weit von uns entfernt. Sie liegen schon jetzt mehr als vierzig Meilen südlich von uns. Sie sind jedenfalls der nächste Volontär, der an der Reihe ist, also müssen Sie gehen, das ist nicht zu ändern.«

»Ist das Ihr letztes Wort, Sir?«

»Ja.«

Helward stellte das unberührte Glas Wein zurück und schritt zur Tür.

»Helward, warten Sie.«

Er blieb an der Tür stehen. »Wenn ich schon fort muß, dann möchte ich doch wenigstens vorher meine Frau noch sehen.«

»Sie haben noch ein paar Tage Zeit. Sie brechen in einer halben Meile auf.«

Fünf Tage also. Das war sehr wenig.

»Also?« sagte Helward, dem jetzt nicht mehr nach Höflichkeitsfloskeln zumute war.

»Setzen Sie sich wieder, bitte.« Widerstrebend gehorchte Helward. »Sie halten mich jetzt für unmenschlich. Die Ironie dabei ist, daß Ihre Reise Ihnen begreiflich machen wird, warum manche Regeln der Stadt vielleicht unmenschlich sind, warum sie so sein müssen. Sie gehören zu unserer Lebensweise, die uns aufgezwungen wird. Ich verstehe Ihre Besorgnis um ... Victoria, aber Sie müssen in die Vergangenheit gehen. Nur so können Sie die Lage der Stadt wirklich begreifen lernen. Was dort drunten im Süden liegt, ist der Grund für den Eid, für manche barbarische Seite unserer Lebensweise. Sie sind ein gebildeter Mensch, Helward ... Wissen Sie von irgendeiner Zivilisation in der Geschichte, die Frauen gekauft hat, nur um die Geburt eines Kindes von ihnen zu verlangen und sie dann wieder fortzuschicken?«

»Nein, Sir.« Helward zögerte. »Außer ...«

»Außer bei primitiven Stämmen von Wilden, die raubten und plünderten. Nun, wir sind vielleicht ein wenig besser, aber im Grunde genommen nicht weniger barbarisch. Unser – Handel ist eine sehr einseitige Sache, auch wenn es vielleicht nicht so scheint. Wir stellen unsere Bedingungen, zahlen unseren Preis und ziehen weiter. Was ich Ihnen zu sagen versuche, ist, daß Sie Ihre Frau in einer Zeit allein lassen müssen, da sie Sie am meisten braucht – und daß dies nur eine kleine Unmenschlichkeit ist, die sich aus einer Lebensweise ergibt, die selbst unmenschlich ist.«

»Das eine entschuldigt das andere nicht«, wandte Helward ein.

»Nein ... da haben Sie recht. Aber Sie sind durch Ihren Eid gebunden. Dieser Eid beruht auf den Ursachen für alle jene primären Unmenschlichkeiten. Auch Sie müssen nun darunter leiden, aber danach werden Sie alles besser verstehen.«

»Sir, die Stadt sollte ihre Lebensweise ändern.«

»Sie werden erkennen, daß das unmöglich ist.«

»Durch eine Reise in die Vergangenheit?«

»Vieles wird Ihnen klarwerden. Nicht alles.« Clausewitz erhob sich. »Helward, Sie waren bisher ein tüchtiger Volontär. Ich glaube, in vielen kommenden Meilen werden Sie auch weiter Ihr Bestes für die Stadt tun. Sie haben eine gute und schöne Frau, Sie haben ein erfülltes Leben vor sich. Ich versichere Ihnen, daß Ihnen nicht die Todesstrafe droht. Die Strafe für eine Verletzung des Eides wurde, soviel ich weiß, noch nie verhängt, aber ich bitte Sie jetzt, die Aufgabe, die die Stadt Ihnen stellt, zu erfüllen, und gleich zu erfüllen. Auch ich habe das einmal getan, und Ihr Vater ... und alle anderen Gildenmitglieder. Ja, es sind zur Zeit mindestens sieben Ihrer Kollegen – alle Volontäre – unten in der Vergangenheit. Sie mußten ähnliche persönliche Opfer bringen, und nicht allen ist es leichtgefallen.«

Sie drückten sich die Hand, und Helward machte sich auf, Victoria zu suchen.

3

Fünf Tage später war Helward zum Aufbruch bereit. Er hatte nie ernstlich daran gezweifelt, daß er gehen würde, aber es war nicht leicht gewesen, das Victoria zu erklären. Obwohl die Nachricht sie anfangs erschreckt und empört hatte, schlug ihre Einstellung dann plötzlich um. »Du mußt natürlich gehen. Du brauchst mich nicht als Vorwand zu benutzen.«

»Aber was ist mit dem Kind?«

»Es wird schon alles gutgehen«, sagte sie. »Was könntest du schon tun, wenn du hier wärst? Herumstehen und alle nervös machen? Die Ärzte werden auf mich aufpassen. Das ist ja nicht die erste Entbindung, für die sie verantwortlich sind.«

»Aber ... willst du nicht, daß ich bei dir bin?« sagte er.

Sie griff nach seiner Hand und nahm sie zwischen die ihren.

»Natürlich«, sagte sie. »Aber denk daran, was du mir erklärt hast. Der Eid wird nicht so streng gehandhabt, wie du dachtest. Ich weiß, daß du gehen möchtest, und wenn du zurückkommst, gibt es keine Geheimnisse mehr. Ich habe hier genug zu tun in der Zwischenzeit, und wenn es stimmt, was Unterhändler Collings dir über den Eid gesagt hat, dann wirst du mir erzählen können, was du gesehen hast.«

Helward war sich dessen nicht ganz so sicher. Seit einiger Zeit hatte er sich angewöhnt, ihr vieles von dem anzuvertrauen, was er außerhalb der Stadt sah und tat, und Victoria hörte ihm immer mit brennendem Interesse zu. Er hatte kein schlechtes Gewissen mehr, wenn er mit ihr über die Dinge sprach, aber es beunruhigte ihn, daß sie immer noch so wißbegierig war, vor allem, da vieles, was er ihr sagte, seiner Ansicht nach zur alltäglichen Routine gehörte.

Nun sah es jedenfalls so aus, als brauche er nicht länger aus persönlichen Rücksichten die Reise in die Vergangenheit zu vermeiden suchen. Tatsächlich begeisterte ihn die Vorstellung. Er hatte soviel darüber gehört, in vagen Andeutungen und Gerüchten meist nur – aber jetzt war die Zeit gekommen, da er selbst diesen Weg gehen würde. Jase war unten in der Vergangenheit; vielleicht würde er ihn treffen. Er hätte Jase gerne wiedergesehen. So viel war geschehen seit ihrer letzten Begegnung. Würden sie einander überhaupt wiedererkennen?

Victoria kam nicht zu seiner Abreise. Sie war in ihrem Zimmer, als er sie verließ, und lag noch im Bett. In der letzten Nacht hatten sie einander geliebt, zärtlich und lange, und hatten ein wenig befangen darüber gescherzt, daß ›es für eine Weile reichen müsse‹. Sie hatte sich an ihn geklammert, als er sie zum Abschied küßte, und als er in den Gang hinaustrat und die Tür hinter sich schloß, glaubte er sie weinen zu hören. Er zögerte, überlegte, ob er zu ihr zurückgehen sollte, aber nach kurzem Zaudern ging er weiter. Es hatte keinen Sinn, den Abschied hinauszuziehen.

Clausewitz erwartete ihn im Zukunftsbüro. In einer Ecke des Raums lag ein kleiner Stapel Ausrüstungsgegenstände, und auf dem Tisch war eine große Karte ausgebreitet. Clausewitz gab sich jetzt ganz anders als bei der letzten Unterredung. Kaum war Helward zur Tür hereingekommen, führte Clausewitz ihn zum

Tisch und begann ohne weitere Einleitung zu erklären, was er für seinen Auftrag wissen mußte.

»Das ist eine detaillierte Karte des Landes südlich der Stadt. Sie ist in linearem Maßstab gehalten. Sie wissen, was das bedeutet?«

Helward nickte.

»Gut. Ein Zoll auf dem Papier entspricht ungefähr einer Meile ... aber linear. Das heißt, die Karte wird Ihnen später nichts mehr nützen, wie Sie selbst feststellen werden. Die Stadt liegt zur Zeit hier, und die Siedlung, die Sie finden müssen, ist hier.« Clausewitz zeigte auf eine Anhäufung schwarzer Punkte am anderen Ende der Karte. »Mit heutigem Datum ist das Dorf genau zweiundvierzig Meilen von hier entfernt. Sobald Sie die Stadt hinter sich gelassen haben, werden sie daraufkommen, daß es mit Entfernungen so seine Schwierigkeiten hat. Auch mit Richtungen. Der beste Rat, den ich Ihnen deshalb geben kann, ist, den Spuren der Stadt zu folgen. Wir raten das allen unseren Volontären. Wenn Sie nach Süden gehen, sind die Gleisspuren das einzige, was Sie noch mit der Stadt verbindet, und Ihre einzige Chance, wieder zurückzufinden. Die Gräben von Schwellen und Trägern sollten noch gut sichtbar sein. Haben Sie das begriffen?«

»Ja, Sir.«

»Sie unternehmen diese Reise vor allem aus einem Grund. Sie müssen dafür sorgen, daß die Frauen, die wir Ihnen anvertrauen, ihr Dorf sicher erreichen. Sobald das erledigt ist, kehren Sie auf schnellstem Wege in die Stadt zurück.«

Helward führte in Gedanken schnell einige Berechnungen durch. Er wußte, wie lange er brauchte, um eine Meile zu gehen ... nur einige Minuten. In einem vollen Tagesmarsch bei heißem Wetter konnte er jedenfalls mindestens zwölf Meilen zurücklegen; die Frauen würden ihn behindern, also die Hälfte. Sechs Meilen pro Tag, das hieß also sieben Tage für den Hinmarsch, drei oder vier Tage für die Rückkehr. Im günstigsten Fall konnte er in zehn Tagen wieder in der Stadt sein ... oder in einer Meile, nach der Zeitrechnung der Stadt. Er fragte sich verwundert, warum man ihm gesagt hatte, er könne zur Geburt seines

Kindes nicht rechtzeitig zurück sein. Was hatte Clausewitz damals gesagt? Daß er zehn oder fünfzehn Meilen lang fort sein würde ... vielleicht sogar hundert? Das ergab keinen Sinn.

»Sie brauchen irgendeine Methode, um die Entfernung zu bestimmen, damit Sie wissen, wann Sie in die Nähe der Siedlung kommen. Zwischen der Stadt und der Siedlung liegen achtunddreißig Widerlagerstationen. Auf dieser Karte hier sind sie als Striche quer über die Gleisspur eingezeichnet. Es sollte Ihnen keine Schwierigkeiten bereiten, sie zu finden: obwohl nach jedem Schleppen die Gleise über die alten Widerlagerstationen verlegt werden, hinterlassen sie recht deutliche Spuren im Boden. Halten Sie sich an das Linksaußen-Gleis. Das ist also, wenn Sie nach Süden gehen, das am weitesten rechts liegende. Auf dieser Seite der Gleise befindet sich das Dorf.«

»Die Frauen werden doch sicher die Gegend erkennen, in der sie daheim sind?« meinte Helward.

»Das ist richtig. Nun ... Ihre Ausrüstung. Es ist alles hier, und ich würde vorschlagen, daß Sie auch alles mitnehmen. Glauben Sie nicht, daß Sie irgend etwas nicht brauchen werden; wir wissen schon, was wir tun. Ist das klar?«

Wieder bestätigte Helward, daß er verstanden habe. Mit Clausewitz ging er die Ausrüstung durch. Die eine Traglast enthielt nichts als dehydrierte, synthetische Lebensmittel und zwei große Feldflaschen mit Wasser. In der anderen Traglast waren ein Zelt und vier Schlafsäcke. Außerdem ein festes Seil, eine Art Enterhaken, ein paar genagelte Stiefel ... und eine zusamengeklappte Armbrust.

»Haben Sie noch Fragen, Helward?«

»Ich glaube nicht, Sir.«

»Sind Sie ganz sicher?«

Helward musterte nochmals den Stoß Ausrüstung. Er würde verdammt schwer daran zu tragen haben, wenn ihm die Frauen nicht etwas davon abnahmen, und der Anblick all dieser Trokkennahrung drehte ihm den Magen um ...

»Kann ich nicht von dem, was ich finde, leben, Sir?« fragte er. »Ich finde die synthetische Nahrung ziemlich langweilig.«

»Ich würde Ihnen raten, *nichts* zu essen, was Sie nicht mitgenommen haben. Sie können Ihren Wasservorrat ergänzen, wenn Sie müssen, aber achten Sie darauf, daß es fließendes Wasser ist. Wenn Sie etwas essen, das weiter weg von der Stadt wächst, wird es ihnen wahrscheinlich schlecht bekommen. Sie können es versuchen, wenn Sie mir nicht glauben. Ich habe es getan, als ich selbst unten in der Vergangenheit war, und ich war zwei Tage lang krank. Mein Rat beruht also nicht auf einer vagen Theorie, sondern auf harter Erfahrung.«

»Aber wir essen hiesige Lebensmittel in der Stadt.«

»Und die Stadt befindet sich in der Nähe des Optimums. Sie aber entfernen sich vom Optimum weit nach Süden.«

»Das verändert die Nahrungsmittel, Sir?«

»Ja. Sonst noch etwas?«

»Nein, Sir.«

»Gut. Dann ... es möchte Sie noch jemand sehen, bevor Sie aufbrechen.«

Er zeigte auf eine Zwischentür, und Helward ging hinüber. Dahinter lag ein kleiner Raum. Hier wartete sein Vater auf ihn.

Helwards erste Reaktion war Überraschung, der unmittelbar darauf Fassungslosigkeit folgte. Er hatte seinen Vater zuletzt vor nicht mehr als zehn Tagen gesehen, als dieser nach Norden geritten war; jetzt mußte Helward feststellen, daß sein Vater in dieser kurzen Zeitspanne anscheinend schrecklich gealtert war. Als er in das Zimmer trat, stand sein Vater auf, stützte sich mit unsicherer Hand auf den Sessel und drehte sich schwerfällig zu Helward um. Alles an ihm deutete auf hohes Alter: er stand gebückt, seine Kleidung hing lose an seinem abgemagerten Körper, und die Hand, die er seinem Sohn entgegenstreckte, zitterte.

»Helward! Wie geht es dir, mein Sohn?«

Auch sein Verhalten hatte sich geändert. Die frühere Befangenheit zwischen ihnen, an die Helward sich langsam gewöhnt hatte, war verschwunden.

»Vater ... bist du gesund?«

»Bin ganz in Ordnung, Sohn. Der Doktor sagt, ich muß bloß

jetzt ein bißchen aufpassen. Ich bin einmal zu oft im Norden gewesen.« Er setzte sich wieder, und Helward stürzte instinktiv zu ihm und half ihm. »Ich habe erfahren, daß du hinunter in die Vergangenheit gehst. Stimmt das?«

»Ja, Vater.«

»Sei vorsichtig, Sohn. Dort unten gibt es vieles, das dir Stoff zum Nachdenken geben wird. Nicht wie oben in der Zukunft ... das ist mein Land.«

Clausewitz war Helward gefolgt und stand jetzt in der Tür.

»Helward, Sie müssen wissen, Ihr Vater hat vorhin eine Spritze bekommen.«

Helward drehte sich um.

»Was wollen Sie damit sagen?« fragte er.

»Als er gestern abend in die Stadt zurückkam, klagte er über Brustschmerzen. Man diagnostizierte Angina, und er hat ein schmerzstillendes Mittel bekommen. Er sollte ins Bett.«

»In Ordnung, ich bleibe nicht lang.«

Helward kniete sich neben den Stuhl.

»Ist dir jetzt besser, Vater?« fragte er.

»Ich hab' ja gesagt ... bin ganz in Ordnung. Mach dir keine Sorgen um mich. Wie geht's Victoria?«

»Alles bestens.«

»Gutes Mädchen, Victoria.«

»Ich werde ihr sagen, daß sie dich besuchen soll«, meinte Helward. Es war ihm schrecklich, seinen Vater in diesem Zustand zu sehen. Er hatte keine Ahnung gehabt, daß sein Vater so alt war ... noch vor wenigen Tagen hatte er nicht so ausgesehen. Was war in der Zwischenzeit mit ihm geschehen? Sie sprachen noch ein paar Minuten miteinander, aber bald begann die Aufmerksamkeit seines Vaters nachzulassen. Nach einer Weile schloß er die Augen, und Helward erhob sich.

»Ich hole einen von den Medizinern«, sagte Clausewitz und eilte aus dem Zimmer. Als er ein paar Minuten später zurückkehrte, begleiteten ihn zwei der Gesundheitsbeamten. Sanft hoben sie den alten Mann aus dem Sessel und trugen ihn in den Gang, wo ein weißbezogenes Rollbett stand.

»Wird er wieder gesund?« fragte Helward.

»Wir kümmern uns um ihn, mehr kann ich nicht sagen.«

»Er sieht so alt aus«, sagte Helward gedankenverloren. Auch Clausewitz war alt, aber er war eindeutig bei besserer Gesundheit als Helwards Vater.

»Ein Berufsrisiko«, sagte Clausewitz.

Helward warf ihm einen fragenden Blick zu, aber er erklärte das nicht näher. Clausewitz bückte sich nach den genagelten Stiefeln und schob sie Helward hin.

»Hier ... probieren Sie die an«, sagte er.

»Mein Vater ... werden Sie Victoria bitten, ihn zu besuchen?«

»Machen Sie sich keine Sorgen. Ich werde mich darum kümmern.«

4

Helward fuhr mit dem Lift in den zweiten Stock hinunter, die Tragbeutel und den Rest der Ausrüstung bei sich in der Kabine. Als der Lift stehenblieb, ließ er seinen Schlüssel im Türöffnerknopf stecken und ging zu dem Raum, den Clausewitz ihm angegeben hatte. Vier Frauen und ein Mann erwarteten ihn dort. Als er in das Zimmer trat, begriff Helward, daß nur der Mann und eine der Frauen Stadtbeamte waren.

Er wurde mit den übrigen dreien bekannt gemacht, aber sie sahen ihn nur kurz an und blickten wieder weg. Ihr Ausdruck ließ unterdrückte Feindseligkeit erkennen, überdeckt von einer Gleichgültigkeit, die Helward bis zu diesem Augenblick selbst empfunden hatte. Bis er in diesen Raum gekommen war, hatte er keine Gedanken darauf verschwendet, wer die Frauen sein könnten, hatte nicht einmal überlegt, wie sie aussehen mochten. Er erkannte keine von ihnen, aber als Clausewitz von ihnen gesprochen hatte, war Helward das Bild von Frauen vorgeschwebt, wie er sie in den Siedlungen gesehen hatte, die er auf seinen Ritten nach Norden mit Unterhändler Collings besucht hatte. Diese Frauen waren fast immer dünn und blaß gewesen, mit tief eingesunkenen Augen über hervorstechenden Backenknochen, mit mageren Armen und schlaffen Brüsten. In ihren zerlumpten, schmutzigen Kleidern, die Gesichter voller Fliegen, hatten die Frauen aus den Dörfern wie erbärmliche, elende Wracks ausgesehen.

Bei den dreien hier war keine Rede davon. Sie trugen saubere, passende Kleider, ihr Haar war gewaschen und nett geschnitten, ihr Fleisch war rund und voll und ihre Augen klar. Mit kaum verhehltem Erstaunen stellte Helward fest, daß sie sehr jung aussahen: auf keinen Fall viel älter als er selbst. Die Bewohner der Stadt sprachen von den Besuchsfrauen, die von außerhalb gemietet wurden, wie von Erwachsenen ... aber das waren nicht mehr als Mädchen. Er wußte, daß er sie verdattert anstarrte, aber sie achteten nicht auf ihn. Was ihn am härtesten traf, war der wachsende Verdacht, daß diese drei einmal ebensolche Wracks gewesen waren, wie er sie in den Dörfern gesehen hatte, und daß der Aufenthalt in der Stadt ihnen vorübergehend jene Gesundheit und Schönheit verliehen hatte, die sie immer hätten haben können, wären sie nicht in ein Leben der Armut hineingeboren worden.

Die Beamtin gab ihm einen kurzen Bericht über die drei Frauen. Sie hießen Rosario, Caterina und Lucia. Sie sprachen ein wenig Englisch. Alle waren sie mehr als vierzig Meilen in der Stadt gewesen, und jede hatte ein Kind geboren. Zwei Jungen und ein Mädchen waren es. Lucia – die den einen der Knaben zur Welt gebracht hatte – wollte das Kind nicht behalten; deshalb würde es in der Stadt bleiben und im Internat aufgezogen werden. Rosario hatte sich entschieden, ihren Jungen zu behalten, und würde ihn mit in ihr Dorf nehmen. In Caterinas Fall hatte man ihr keine Wahl gelassen ... aber der Verlust ihrer Tochter berührte sie ohnehin nicht.

Die Beamtin erklärte, daß Rosario so viel von der Trockenmilch erhalten sollte, wie sie wollte, weil sie noch ihr Baby stillte. Die anderen beiden würden das gleiche essen wie er.

Helward lächelte den drei jungen Frauen versuchsweise

freundlich zu, aber sie reagierten nicht. Als er versuchte, Rosarios Baby anzuschauen, drehte sie ihm den Rücken zu und drückte ihr Kind eifersüchtig an sich.

Nun blieb nichts mehr zu sagen. Sie gingen durch den Korridor zum Lift, drängten sich in die Kabine. Die drei Frauen trugen Bündel mit ihren wenigen Besitztümern. Helward betätigte den Knopf für das unterste Stockwerk.

Die Mädchen ignorierten ihn weiter und unterhielten sich in ihrer eigenen Sprache. Als die Lifttür aufglitt und den Zutritt in den dunklen Tunnel unterhalb der Stadt freigab, bemühte sich Helward, seine ganze Ausrüstung hinauszubringen. Keine der Frauen half ihm; sie sahen ihm alle mit einem fast spöttischen Ausdruck zu. Mit Mühe sammelte Helward die diversen Bündel auf und stolperte auf den südlichen Ausgang zu.

Draußen schien die Sonne blendend hell. Er setzte die Bündel ab und schaute sich um. Die Stadt war weitergeschleppt worden, seit er das letzte Mal draußen gewesen war, und die Schienenleger waren schon dabei, die alten Gleise abzubauen. Die Mädchen schirmten ihre Augen gegen das Sonnenlicht ab und sahen sich um. Vermutlich war das ihr erster Blick auf die Außenwelt, seit sie in die Stadt gekommen waren.

Das Baby in Rosarios Armen begann zu weinen.

»Werdet ihr mir damit helfen?« sagte Helward und zeigte auf den Haufen Lebensmittel und Ausrüstung. Die Mädchen starrten ihn verständnislos an. »Wir sollten uns das Gepäck teilen.«

Sie erwiderten nichts, also kauerte er sich auf den Boden und öffnete das Bündel, das die Lebensmittel enthielt. Er überlegte, daß er von Rosario nicht erwarten konnte, eine zusätzliche Last zu übernehmen, also teilte er die Vorräte in drei Teile, gab den anderen beiden Frauen je einen und verstaute den Rest in seinem eigenen Tragbeutel. Lucia und Caterina brachten die Vorratspäckchen widerstrebend in ihren Bündeln unter. Von der übrigen Ausrüstung war das Seil noch am unbequemsten zu tragen, deshalb versuchte Helward es enger zusammenzurollen und stopfte es ebenfalls in seinen Beutel. Die Kletterhaken brachte er schließlich noch in dem Rucksack unter, der das Zelt und die Schlafsäcke enthielt. Jetzt war sein Gepäck günstiger verstaut, aber nicht viel leichter, und trotz allem, was Clausewitz gesagt hatte, war Helward versucht, einen Großteil davon auf der Stelle zurückzulassen.

Das Baby schrie immer noch, aber Rosario kümmerte das nicht.

»Kommt jetzt«, sagte Helward, verärgert über seine Schützlinge. Er marschierte los, den Schienen entlang nach Süden, und einen Augenblick später folgten sie ihm. Sie blieben beisammen und hielten immer ein paar Meter Abstand von ihm.

Helward versuchte, ein flottes Tempo anzuschlagen, aber nach einer Stunde oder so wurde ihm klar, daß seine Schätzung über die Dauer der Expedition allzu optimistisch gewesen war. Die drei Mädchen gingen langsam, beklagten sich laut über die Hitze und den steinigen Boden. Es stimmte wohl, daß die Schuhe, die man ihnen gegeben hatte, wenig für rauheres Gelände geeignet waren, aber unter der Hitze litt er nicht weniger als sie. Mehr vielleicht, denn in seiner engen Uniform und behindert durch seine beträchtliche Traglast schwitzte er entsetzlich.

Die Stadt war noch in Sicht, und die Sonne stand nicht einmal hoch, aber es war schon sehr heiß, und das Baby hatte nicht zu weinen aufgehört. Helwards einziger Trost bisher war das kurze Gespräch mit Malchuskin gewesen. Der Schienenleger hatte sich gefreut, ihn wiederzusehen – wie eh und je schimpfte er ausgiebig über die Fremdarbeiter und wünschte schließlich Helward alles Gute für die Reise.

Natürlich hatten die Mädchen nicht auf Helward gewartet, und so hatte er sich nur ein oder zwei Minuten mit Malchuskin unterhalten können, bevor er ihnen nacheilte.

Jetzt, entschied er, war es Zeit für eine Rast.

»Kannst du sein Geschrei nicht abstellen?« fuhr er Rosario an.

Das Mädchen funkelte ihn an, setzte sich dann auf den Boden.

»Gut«, sagte sie. »Ich ihn füttern.«

Sie starrte ihn herausfordernd an, und die beiden anderen

Frauen taten es ihr gleich. Helward begriff, entfernte sich ein Stückchen und wandte ihnen diskret den Rücken zu, während Rosario ihr Baby stillte.

Später holte er eine der Feldflaschen hervor und reichte sie herum. Der Tag war abscheulich heiß, und Helwards Laune war nicht besser als die der Mädchen. Er zog seine Uniformjacke aus und legte sie über den Rucksack; natürlich spürte er dadurch den Druck der Tragriemen stärker, aber er hatte es doch ein bißchen kühler so.

Er hatte es eilig weiterzukommen. Das Baby war eingeschlafen, und zwei der Frauen hatten aus einem Schlafsack eine Art Tragschlinge gemacht, in der sie es wie in einer Hängematte zwischen sich trugen. Helward mußte den beiden ihre Bündel abnehmen, und obwohl er jetzt schwer bepackt war, nahm er das in Kauf als Preis für die ersehnte Stille.

Sie wanderten noch etwa eine halbe Stunde weiter, dann ließ er wieder haltmachen. Er war mittlerweile schweißgebadet, und daß es den Frauen nicht besser erging, war nur ein geringer Trost.

Er blinzelte zur Sonne hoch. Sie stand nun fast unmittelbar über ihnen. Helward entdeckte in der Nähe ein paar größere Felsblöcke, ging hin und setzte sich in den schmalen Schattenrand. Die Frauen kamen nach, immer noch in ihrer eigenen Sprache schimpfend. Helward bedauerte, daß er sich nicht mehr Mühe gegeben hatte, ihre Sprache zu erlernen; er verstand zwar hin und wieder eine Redewendung, gerade genug, um herauszuhören, daß er die Zielscheibe ihrer Beschimpfungen und Klagen war.

Er öffnete ein Päckchen dehydrierter Nahrung und versetzte sie mit Wasser aus der Feldflasche. Der graue Brei, den das ergab, sah aus und schmeckte wie säuerlicher Haferschleim. Die neuerlichen Beschwerden der Frauen bereiteten ihm ein perverses Vergnügen ... hier waren sie ausnahmsweise einmal berechtigt, aber er würde den Frauen nicht die Genugtuung verschaffen, sie sehen zu lassen, daß er ganz ihrer Meinung war.

Das Kind schlief noch, aber wegen der Hitze ziemlich unruhig. Helward sagte sich, daß es aufwachen würde, wenn sie weitergingen, also erhob er keine Einwände, als die Frauen sich auf der Erde ausstreckten und ein wenig zu schlafen versuchten.

Während sie sich ausruhten, blickte Helward zurück zur Stadt, die in einigen Meilen Entfernung noch deutlich zu sehen war. Plötzlich fiel im ein, daß er sich nicht um die Spuren der Kabelwiderlager gekümmert hatte. Allerdings konnten sie bisher nur an einer Verankerungsstelle vorbeigekommen sein, und er verstand jetzt auch, warum Clausewitz gesagt hatte, daß sie unübersehbare Narben im Boden hinterließen. Er erinnerte sich nun, daß sie erst ein paar Minuten, bevor sie haltgemacht hatten, an einer solchen Stelle vorbeigekommen waren. Die Spuren, die die Schwellen hinterließen, waren flache Gräben, gut anderthalb Meter lang und vielleicht dreißig Zentimeter breit, wogegen die Stellen, an denen die Widerlager eingegraben gewesen waren, durch tiefe Gruben gekennzeichnet waren, rundum von aufgeworfenem Erdreich umgeben.

In Gedanken hakte er Nummer eins ab. Blieben noch siebenunddreißig.

Obwohl sie so schleppend weiterkamen, konnte er immer noch nicht einsehen, warum er nicht rechtzeitig zur Geburt seines eigenen Kindes wieder in der Stadt sein sollte. Nachdem er die Frauen in ihr Dorf zurückgebracht hatte, würde er allein sehr viel schneller vorwärts kommen, auch unter noch so ungünstigen Bedingungen. Er beschloß, den Mädchen eine Stunde zum Ausruhen zu gönnen; als die Zeit seiner Schätzung nach um war, ging er hinüber und beugte sich über sie.

Sofort schlug Caterina die Augen auf und schaute ihn an.

»Kommt jetzt«, sagte er. »Ich will weiter.«

»Zu heiß.«

»Zu schade«, sagte er bissig. »Wir brechen auf.«

Sie erhob sich, streckte sich ausgiebig und herausfordernd und sprach dann mit den beiden anderen. Sie standen ebenso widerstrebend auf, und Rosario sah nach dem Baby. Zu Helwards Ärger weckte sie es und nahm es auf ... aber glücklicherweise begann es nicht neuerlich zu plärren. Unverzüglich gab

Helward Caterina und Lucia ihre Bündel zurück und nahm seinen eigenen Beutel und Rucksack auf.

Außerhalb des spärlichen Schattens traf sie die sengende Hitze noch ärger als zuvor, und nach wenigen Sekunden schien die Wirkung der Rast im Schatten zu verschwinden wie Tau an der Sonne. Kaum waren sie ein paar Meter gegangen, als Rosario ihr Baby Lucia übergab.

Sie ging zu den Felsen zurück und verschwand dahinter. Helward öffnete schon den Mund, um zu fragen, weshalb sie zurückgegangen war ... aber dann verstand er. Als sie zurückkam, ging Lucia, dann Caterina. Helward spürte seinen Ärger wieder aufleben. Die Frauen hielten ihn absichtlich auf. Zudem brachten ihn ihre Ausflüge darauf, daß er ein ähnliches Bedürfnis verspürte, aber Stolz und Verärgerung erlaubten ihm nicht, sich ebenfalls zu erleichtern. Er beschloß, bis zu einer späteren Gelegenheit zu warten.

Sie gingen weiter. Die Mädchen hatten nun die Jacken abgelegt, die zu der üblichen Tracht in der Stadt gehörten, und hatten nur die Hosen und Blusen anbehalten. Der dünne Stoff, feucht von Schweiß, klebte an ihren Körpern, was Helward mit ziemlich müdem Interesse wahrnahm. Er überlegte, daß ein solcher Anblick ihm unter anderen Umständen weitaus mehr gegeben hätte. So stellte er bloß sachlich fest, daß alle drei Frauen eine fülligere Gestalt besaßen als Victoria; Rosario insbesondere hatte schwere Brüste mit vorstehenden Brustwarzen. Nach einer Weile mußte eins der Mädchen seine gelegentlichen Blicke bemerkt haben, weil sie bald alle drei die Jacken über die Brust gehängt trugen. Helward war das gleichgültig ... was er wollte, war lediglich, die drei so schnell wie möglich loszuwerden.

»Wir Wasser trinken?« sagte Lucia und kam zu ihm herüber.

Er grub in seinem Beutel nach der Feldflasche und gab sie ihr. Sie trank etwas, benetzte dann ihre Handflächen und spritzte sich Wasser über Gesicht und Hals. Rosario und Caterina taten es ihr nach. Der Anblick des Wassers brachte Helward wieder seine bedrängte Blase in Erinnerung. Er schaute sich um. Weit und breit gab es keinerlei Deckung, also entfernte er sich ein paar Meter von den Frauen und erleichterte sich auf die Erde. Hinter seinem Rücken hörte er die drei kichern.

Als er zurückkam, hielt ihm Caterina die Feldflasche hin. Er nahm sie und setzte sie an die Lippen. Plötzlich stieß Caterina die Flasche von unten an, so daß ihm das Wasser über Nase und Augen spritzte. Die Mädchen bogen sich vor Lachen, als er prustete und spuckte. Das Baby begann von neuem zu weinen.

5

Vor dem Abend kamen sie noch an zwei weiteren Widerlagerstationen vorbei, und danach beschloß Helward, das Nachtlager aufzuschlagen. Er suchte einen Platz in der Nähe einer Baumgruppe aus, die von den Spuren der Gleise zwei- oder dreihundert Meter entfernt war. Ein kleiner Bach schlängelte sich in der Nähe vorbei, und nachdem Helward das Wasser gekostet hatte – was seine einzige Möglichkeit war, um festzustellen, ob es rein war –, erklärte er es für trinkbar, um den Vorrat in den Feldflaschen zu schonen.

Das Zelt war relativ einfach aufzustellen, und obwohl er zuerst allein damit anfing, halfen ihm die Frauen schließlich. Sobald es stand, brachte er die Schlafsäcke hinein, und dann stillte Rosario drinnen ihr Baby.

Als das Kind wieder eingeschlafen war, half Lucia Helward, die Trockennahrung mit Wasser genießbar zu machen. Das Ergebnis war diesmal eine orangefarbene Suppe, die nicht besser und nicht anders schmeckte als das bisherige Essen. Während sie aßen, ging die Sonne unter. Helward hatte ein kleines Feuer angezündet, aber bald erhob sich ein scharfer Ostwind, der sie frösteln ließ. Sie mußten bald ins Zelt gehen und in ihre Schlafsäcke kriechen, um sich warmzuhalten.

Helward versuchte, mit den Mädchen ins Gespräch zu kommen, aber sie gaben entweder keine Antwort, oder sie kicherten oder machten spaßhafte Bemerkungen auf spanisch zueinander, so daß er es bald aufgab. Bei der Ausrüstung waren ein paar kleine Kerzen gewesen, und Helward lag beim Licht einer davon noch fast zwei Stunden wach und grübelte darüber nach, was die Stadt wohl gewann mit seinem sinnlosen Ausflug. Endlich schlief er ein, wurde aber zweimal in der Nacht durch das Weinen des Babys geweckt. Das zweite Mal konnte er Rosario als Silhouette vor dem fahlen Dämmerschein draußen erkennen; sie hatte sich im Schlafsack aufgesetzt und das Kind an die Brust genommen.

Sie wurden alle früh wach und brachen so bald wie möglich auf. Helward war sich nicht klar, was es bewirkt hatte, aber die Mädchen waren an diesem Tag eindeutig besser gelaunt. Caterina und Lucia sangen beim Weiterwandern ein wenig, und bei ihrer ersten Rast versuchten sie wieder, ihm das Wasser übers Gesicht zu schütten. Er wich zurück, stolperte dabei aber über eine Bodenunebenheit ... und prustete und spuckte mehr als das erste Mal, zum großen Vergnügen der Mädchen. Nur Rosario wahrte eine gewisse Distanz; sie übersah ihn kühl, während Lucia und Caterina ihn neckten. Es gefiel ihm wenig, Zielscheibe ihres Spotts zu sein – er hatte ja keine Möglichkeit, sich zu revanchieren –, aber auf jeden Fall war das besser als das verbissene Schweigen am Anfang.

Im Verlauf des Vormittags, als es immer heißer wurde, gaben sie noch mehr ihre Förmlichkeit auf. Keine der drei Frauen hatte noch die Jacke an, und bei der nächsten Rast öffnete Lucia die beiden obersten Knöpfe ihrer Bluse, während Caterina die ihre ganz aufknöpfte und mit einem großen Knoten zusammenhielt, so daß ihre Taille nun nackt war.

Nach und nach mußte Helward sich eingestehen, daß der Anblick nicht ganz ohne Wirkung auf ihn blieb. Die allgemeine Stimmung besserte sich auch weiterhin. Nicht einmal Rosario drehte ihm den Rücken zu, als sie das nächste Mal ihr Kind stillte.

Sie fanden Schutz vor der Hitze, als sie wieder zu einem Wäldchen kamen. Helward erinnerte sich, vor einigen Meilen beim Ausschlagen der Gleisstrecke geholfen zu haben. Jetzt setzten sie sich in den Schatten, um auf das Nachlassen der ärgsten Hitze zu warten.

Bisher hatten sie fünf Kabelverankerungsstellen passiert: damit blieben noch dreiunddreißig. Helwards Verstimmung über ihr langsames Vorwärtskommen ließ nach; er begriff, daß es kaum möglich war, unter diesen Bedingungen ein höheres Tempo zu halten, selbst wenn er allein gewesen wäre. Der Weg war zu steinig, die Sonne zu heiß.

Er beschloß, zwei Stunden im Schatten der Bäume zu rasten. Rosario hatte sich etwas von ihm entfernt und spielte mit ihrem Baby. Caterina und Lucia saßen beisammen unter einem Baum. Sie hatten die Schuhe ausgezogen und sprachen leise miteinander. Helward schloß für ein paar Minuten die Augen, wurde aber bald unruhig. Er verließ das Wäldchen und ging zu den Narben hinüber, die die vier Gleise in der Erde zurückgelassen hatten. Er blickte nach rechts und links, Norden und Süden: die Spur verlief deutlich und gerade über leichte Bodenwellen hinweg, immer in der gleichen Richtung.

Er genoß es, für eine Weile allein zu sein, und wünschte sich, das Wetter würde umschlagen und der Himmel sich bewölken, wenigstens für kurze Zeit. Er überlegte hin und her, versuchte zu einem Entschluß zu kommen, ob es vielleicht besser war, tagsüber zu schlafen und in der Nacht weiterzumarschieren ... aber dann dachte er, daß das alles in allem wohl zu riskant war.

Er wollte schon wieder unter die Bäume zurückkehren, als er plötzlich eine Bewegung wahrnahm, etwa eine Meile südlich von ihm. Sofort war er auf der Hut und ließ sich hinter einem Baumstumpf auf den Boden fallen.

Einen Augenblick später sah er es wieder: irgend jemand kam die Schienen entlang auf ihn zu.

Helward dachte an seine Armbrust, die zusammengeklappt in seinem Rucksack ruhte ... aber jetzt war es ohnehin zu spät, sie zu holen. Ein paar Meter von seinem Baumstumpf entfernt standen einige dichtere Büsche; er kroch hin und duckte sich dahinter. Jetzt war er besser gedeckt.

Die Gestalt kam immer noch auf ihn zu, und wenige Minuten später entdeckte Helward zu seiner Überraschung, daß der Mann die Uniform eines Gildenvolontärs trug. Seine erste Regung war, aus dem Versteck zu stürzen, aber er unterdrückte sie und blieb, wo er war.

Als der Mann keine fünfzig Meter mehr entfernt war, erkannte ihn Helward. Es war Torrold Pelham, ein Bursche, der etliche Meilen älter war als er selbst und eine ganze Weile vor ihm das Internat verlassen hatte.

Helward kam aus seiner Deckung hervor und stand auf.

»Torrold!«

Pelham fuhr zusammen, hob mißtrauisch die Armbrust und richtete sie auf Helward ... und senkte sie langsam wieder.

»Torrold ... ich bin's. Helward Mann.«

»Himmel, was tust denn du hier unten?«

Sie brachen zugleich in Gelächter aus, als ihnen klar wurde, daß sie beide aus dem gleichen Grund hier waren.

»Du bist erwachsen geworden«, sagte Pelham. »Du warst ein kleiner Junge, als ich dich das letzte Mal sah.«

»Bist du unten in der Vergangenheit gewesen?« fragte Helward.

»Ja.« Pelham starrte an ihm vorbei nach Norden.

»Und?«

»Es ist ganz anders, als ich dachte.«

»Wie ist es dort?« wollte Helward wissen.

»Du bist bereits unten. Fühlst du es nicht?«

»Was fühlen?«

Pelham warf ihm einen Blick zu. »Hier ist es nicht so stark. Aber man kann es spüren. Vielleicht erkennst du es nur noch nicht. Weiter nach Süden hin wird es dann schnell stärker.«

»Was wird stärker? Du sprichst in Rätseln.«

»Nein ... es ist nur unmöglich zu erklären.« Pelham blickte wieder nach Norden. »Ist die Stadt nahe?«

»Ein paar Meilen entfernt. Nicht weit.«

»Was war los? Haben sie eine Möglichkeit gefunden, die Stadt schneller vorwärts zu bringen? Ich war nur kurze Zeit fort, und die Stadt hat sich inzwischen viel weiter nach Norden bewegt, als ich geschätzt hätte.«

»Sie ist nicht schneller weitergekommen als sonst.«

»Weiter unten liegt ein kleiner Fluß, über den eine Brücke gebaut worden ist. Wann war das?«

»Vielleicht vor neun Meilen.«

Pelham schüttelte den Kopf. »Das versteh ich nicht.«

»Dein Zeitgefühl ist durcheinandergeraten, das ist alles.«

Pelham grinste plötzlich. »Das wird's wohl sein. Hör mal, bist du allein unterwegs?«

»Nein«, sagte Helward. »Ich habe drei Frauen dabei.«

»Wie sind sie?«

»Ganz in Ordnung. Anfangs gab's ein bißchen Schwierigkeiten, aber jetzt gewöhnen wir uns langsam aneinander.«

»Sind sie hübsch?«

»Nicht schlecht. Komm und schau sie dir an.«

Helward ging voran durch die Bäume, bis die Mädchen in Sicht kamen.

Pelham stieß einen Pfiff aus. »Heeh ... die sind wirklich nicht übel. Hast du ... na, du weißt schon?«

»Nein.«

Sie gingen miteinander zu den Gleisspuren zurück.

Pelham sagte: »Und wirst du?«

»Ich weiß noch nicht.«

»Dann geb ich dir einen Rat, Helward ... wenn du's tun willst, dann tu's bald. Sonst wird es zu spät sein.«

»Wie meinst du das?«

»Du wirst schon sehen.«

Pelham grinste ihm aufmunternd zu und setzte seinen Weg nach Norden fort.

Alle Gedanken und Absichten in jener Richtung, auf die Pelham angespielt hatte, mußte Helward sich gleich darauf aus dem Kopf schlagen. Rosario gab dem Baby nochmals die Brust, bevor sie aufbrachen, und sie waren erst wenige Minuten gegangen, als das Kind sich heftig erbrach.

Rosario drückte es an sich, murmelte beruhigend, aber niemand konnte viel mehr tun. Lucia sprach ihr Trost zu und wich nicht von ihrer Seite. Helward begann sich Sorgen zu machen, denn wenn das Kind ernstlich krank war, blieb ihnen kaum etwas anderes übrig, als in die Stadt zurückzukehren. Nach einer Weile hörte das Baby jedoch auf zu würgen und beruhigte sich schließlich, nach einem herzhaften Schreiintermezzo.

»Willst du weitergehen?« sagte Helward zu Rosario.

Sie zuckte hilflos die Achseln. »*Si.*«

Sie gingen nun langsamer. Die Hitze hatte nur wenig nachgelassen, und Helward fragte die Mädchen noch mehrere Male, ob sie rasten wollten. Jedesmal sagten sie nein, aber Helward fühlte irgendwie, daß die Atmosphäre zwischen ihnen allen sich wiederum geändert hatte. Es war so, als ob dieses kleine Mißgeschick sie einander nähergebracht hätte.

»Heute abend schlagen wir ein richtiges Lager auf«, sagte Helward. »Und morgen werden wir den ganzen Tag rasten.«

Damit waren die drei einverstanden, und als Rosario etwas später dem Baby wieder die Brust gab, behielt es die Milch unten.

Kurz vor Anbruch der Nacht kamen sie durch unebeneres, steinigeres Gelände als bisher, und plötzlich stießen sie auf die Schlucht, die den Brückenbauern so viel Schwierigkeiten bereitet hatte. Von der Brücke waren nicht allzu viele Spuren zurückgeblieben, obwohl von dem Fundament der Stützpfeiler auf der herüberen Seite zwei große Mulden im Boden die Stelle markierten.

Helward erinnerte sich an ein Stück ebenen Strand am Nordufer des Flüßchens und führte die Mädchen auf einem abschüssigen Pfad in die Schlucht hinunter.

Rosario und Lucia kümmertern sich um das Baby, während Caterina Helward beim Zeltaufstellen half. Auf einmal, als sie die vier Schlafsäcke im Inneren ausrollten, legte ihm Caterina eine Hand in den Nacken und küßte ihn leicht auf die Wange.

Er lächelte sie an. »Wofür war das?«

»Du nett sein zu Rosario.«

Helward blieb sitzen in der Hoffnung auf einen zweiten Kuß, aber Caterina krabbelte rücklings aus dem Zelt und rief die anderen.

Das Baby sah jetzt besser aus, und es schlief auch gleich ein, als Rosario es gesäubert und ins Zelt gebracht hatte. Sie sagte nichts mehr, aber Helward spürte, daß sie jetzt viel weniger besorgt war. Vielleicht hatte das Kind nur Blähungen gehabt.

Der Abend war viel wärmer als der letzte, und nachdem sie gegessen hatten, blieben sie noch eine Weile im Freien sitzen. Lucia begutachtete ihre Füße und massierte sie immer wieder; die anderen Mädchen schienen sie deswegen zu necken. Schließlich zeigte sie Helward ihre Füße, und er sah, daß sich außen an ihren Zehen große Blasen gebildet hatten. Die beiden anderen sagten, auch ihre Füße täten ihnen weh, worauf die Beschädigungen des langen und breiten verglichen wurden.

»Morgen«, erklärte Lucia, »nix Schuhe.«

Damit schien die Angelegenheit erledigt zu sein.

Helward wartete vor dem Zelt, bis die Mädchen sich hingelegt hatten. In der vorigen Nacht war es so kalt gewesen, daß alle angekleidet in ihren Schlafsäcken geschlafen hatten, aber das kam heute nicht in Frage, da es ziemlich warm und schwül war. Eine Art Schamgefühl ließ Helward beschließen, daß er seine Kleider anbehalten und auf dem Schlafsack schlafen würde – gleichzeitig aber gaukelte ihm sein wachsendes Interesse für die Mädchen allerlei wilde Phantasien vor, was in dieser Nacht geschehen könnte. Nach einigen Minuten kroch er ins Zelt. Die Kerzen brannten.

Alle drei Mädchen lagen in ihren Schlafsäcken, aber Helward sah an den Kleiderhäufchen, daß sie sich ausgezogen hatten. Er sagte nichts, blies die Kerzen aus und entkleidete sich im Dunkeln, wobei er einmal das Gleichgewicht verlor und fast gefallen wäre. Schließlich legte er sich hin. Caterinas Nähe im benachbarten Schlafsack war ihm nur zu deutlich bewußt. Er konnte lange nicht einschlafen, weil ihm die Folgen seiner heftigen Erregung zu schaffen machten. Victoria aber war in dieser Nacht sehr weit weg.

6

Es war schon hell, als er aufwachte. Nachdem er vergeblich versucht hatte, sich innerhalb des Schlafsacks anzuziehen, kroch Helward aus dem Zelt und zog sich hastig draußen an. Er zündete das Lagerfeuer an und begann Wasser heißzumachen für synthetischen Tee.

Hier am Grunde der Schlucht war es bereits ziemlich warm, und Helward war sich wieder unschlüssig, ob sie weitergehen sollten oder doch einen Tag rasten, wie er es versprochen hatte.

Das Wasser kochte, und er goß sich seinen Tee auf. Etwas später hörte er, wie sich im Zelt jemand zu rühren begann. Gleich darauf kam Caterina heraus und ging an ihm vorbei zum Fluß.

Helward starrte ihr nach: sie trug nur ihr Hemd, jedoch vollständig aufgeknöpft, und die langen Hosen. Als sie das Wasser erreichte, drehte sie sich um und winkte ihm. »Komm!« rief sie.

Helward brauchte keine weitere Aufforderung. Er lief zu ihr und kam sich schrecklich unbeholfen vor in seiner dicken Uniform und den genagelten Stiefeln.

»Wir schwimmen?« sagte sie, und streifte, ohne seine Antwort abzuwarten, die Bluse und die Hosen ab und watete ins Wasser. Helward warf einen Blick zurück zum Zelt: nichts rührte sich.

In ein paar Sekunden hatte er seine Kleider abgeworfen und platschte ihr durch das seichte Uferwasser nach. Sie drehte sich nach ihm um und grinste, als sie seinen Penis auf ihre Nacktheit reagieren sah. Sie spritzte ihn an und wandte sich zur Flucht. Helward stürzte ihr nach, fing sie in den Armen ein ... und im nächsten Augenblick kippten sie beide der Länge nach ins Wasser.

Caterina entschlüpfte ihm und stand auf. Sie sprang durch das aufspritzende Wasser davon, Helward folgte und bekam sie am Ufer zu fassen. Ihr Gesicht war jetzt ganz ernst. Sie legte ihm die Arme um den Nacken und zog sein Gesicht herunter zu ihrem. Der Kuß währte ein paar Augenblicke, dann stiegen sie aus dem Wasser auf die Uferbank und legten sich in das hohe Gras, das hier wuchs. Wieder küßten sie sich, heftiger jetzt.

Als sie nachher, wieder angezogen, zum Zelt zurückkehrten, aßen Rosario und Lucia bereits ihr Frühstück, einen gelben Brei. Keine von beiden sagte etwas, aber Helward sah, wie Lucia Caterina zulächelte.

Eine halbe Stunde später war dem Baby wieder übel ... und als Rosario es besorgt in den Armen hielt, gab sie es plötzlich hastig Lucia und rannte weg. Sekunden später erbrach sie sich würgend am Fluß.

Helward fragte Caterina: »Dir ist nicht schlecht?«

»Nein.«

Helward roch an dem Brei, von dem sie gegessen hatten. Er roch normal ... fad, aber nicht verdorben. Ein paar Minuten später klagte Lucia über heftige Magenschmerzen. Sie war blaß geworden.

Caterina schlenderte davon.

Helward war verzweifelt. Jetzt blieb ihnen nur mehr übrig, in die Stadt zurückzukehren. Wenn ihre Lebensmittel schlecht geworden waren, wovon sollten sie dann für den Rest der Reise leben?

Nach einer Weile kam Rosario ins Lager zurück. Sie sah bleich und elend aus und setzte sich in den Schatten auf die Erde. Lucia gab ihr etwas Wasser aus der Feldflasche. Lucia sah selbst krank aus und drückte immer wieder die Hände gegen den Magen, und das Baby schrie immer noch. Helward wußte nicht, wie er mit einer derartigen Situation fertig werden sollte, und hatte nicht die geringste Ahnung, was er jetzt anfangen sollte.

Schließlich ging er Caterina suchen, die bisher anscheinend nichts verspürte.

Er begegnete ihr etwa hundert Meter weiter unten in der Schlucht. Sie brachte einen Armvoll Äpfel ins Lager mit, die, wie sie sagte, hier wild wuchsen. Sie sahen reif und appetitlich aus, und Helward kostete einen. Er war süß und saftig ... aber dann fiel ihm Clausewitz' Warnung ein. Sein Verstand sagte ihm, daß Clausewitz unrecht haben mußte, aber er gab den Apfel doch Caterina zurück, die ihn aufaß.

Sie buken einen Apfel in der heißen Asche des Lagerfeuers

und zerquetschten ihn dann. Sie fütterten das Baby mit winzigen Portionen davon. Das schien es zu vertragen, jedenfalls gluckste es zufrieden. Rosario war noch immer zu schwach, um sich um ihr Kind zu kümmern, deshalb legte Caterina es in seine improvisierte Hängematte, wo es in ein paar Minuten einschlief.

Lucia wurde nicht übel, aber ihr Magen schmerzte noch fast den ganzen Vormittag. Rosario erholte sich rascher und aß einen der Äpfel.

Helward dagegen aß den Rest der synthetischen Mahlzeit ... und ihm wurde nicht schlecht davon.

Später am Tag kletterte Helward zum Rand der Schlucht hoch und wanderte die Nordseite entlang. Hier waren vor wenigen Meilen Menschen umgekommen bei dem gewaltigen Unternehmen, die Stadt über die Schlucht zu bringen. Die Gegend war Helward noch sehr vertraut, obwohl Bauteile und Geräte natürlich mitgenommen worden waren. Hier, an dieser jetzt leeren Stelle, hatten sie lange Tage und Nächte geschuftet, um die Brücke rechtzeitig zu vollenden. Helward sah alles noch lebhaft vor sich. Er blickte auf die Südseite der Schlucht hinüber, wo die anderen beiden Brückentürme gestanden hatten.

Die Entfernung kam ihm nicht mehr so groß vor wie damals, und die Schlucht wirkte weniger tief. Vielleicht hatte er in der Aufregung damals einen übertriebenen Eindruck von dem Hindernis bekommen, das die Schlucht darstellte.

Und doch ... die Schlucht *mußte* breiter gewesen sein!

Er erinnerte sich, daß die Gleise auf der Brücke selbst zumindest sechzig Meter lang gewesen waren. Und jetzt sah es aus, als sei die Schlucht an der Stelle, wo die Brücke sie überspannt hatte, höchstens rund zehn Meter breit.

Helward stand ziemlich lange da und starrte zum jenseitigen Schluchtrand hinüber; er verstand einfach nicht, was die Ursache eines solchen Paradoxons sein konnte. Dann kam ihm ein Gedanke.

Die Brücke war nach genauen technischen Richtlinien gebaut worden, und er hatte viele Tage bei der Errichtung der Stütztürme mitgeholfen, so daß er genau wußte, wie weit die Pfeiler auf beiden Seiten der Schlucht voneinander entfernt waren – gerade so weit, daß die Stadt zwischen ihnen passieren konnte.

Diese Strecke betrug etwa dreiundvierzig Meter oder vierzig Schritte.

Er ging zu der Stelle, an der die beiden nördlichen Pfeiler gestanden hatten, und schritt die Distanz zwischen ihnen ab. Er kam auf achtundfünfzig Schritte.

Er ging zurück und versuchte es noch einmal: diesmal waren es sechzig Schritte.

Noch einmal, und er bemühte sich, größere Schritte zu machen: fünfundfünfzig.

Er starrte vom Rand der Schlucht zum Fluß hinunter. Er erinnerte sich noch deutlich, wie tief sie gewesen war, als man die Brücke gebaut hatte. Von derselben Stelle aus war es ihm wie ein wahrer Abgrund bis zum Fluß hinunter vorgekommen; jetzt konnte er leicht bis zu ihrem Lagerplatz hinunterklettern.

Ein anderer Gedanke kam ihm, und er ging ein Stück nach Norden, wo die Gleise über die Rampe wieder auf den Grund geführt worden waren. Die Spuren der vier Gleise waren noch deutlich zu erkennen, parallele Gräben, die sich von hier nach Norden fortsetzten.

Wenn die Pfeiler jetzt weiter auseinanderstanden, wie es schien, was war dann mit den Gleisen selbst?

Von seiner langen Arbeit mit Malchuskin war Helward mit jedem Detail der Schienen und Schwellen genauestens vertraut. Die Spurbreite betrug einen Meter zwanzig, die Schwellen waren einen Meter siebzig lang. Als er jetzt die Gräben untersuchte, die die Schwellen im Boden hinterlassen hatten, sah er, daß sie viel größer waren, Nach einer groben Schätzung waren sie jetzt mindestens zwei Meter dreißig lang, dafür aber viel seichter, als sie sein durften. Er wußte jedoch, daß das unmöglich war: die Stadt verwendete genormte Schwellen, und die Gräben, die man für sie aushob, waren immer nahezu gleich groß.

Um sicherzugehen, untersuchte er noch andere; es zeigte sich, daß sie alle rund sechzig Zentimeter länger waren, als sie es sein sollten.

Und zu nahe hintereinander. Die Gleisarbeiter legten die Schwellen in Abständen von ein Meter dreißig, nicht einen knappen halben Meter auseinander wie hier.

Helward verwendete noch einige Minuten darauf, ähnliche Vergleichsmessungen zu machen, so gut er konnte, dann kletterte er in die Schlucht hinunter, watete durch den Bach (der ihm jetzt schmaler und seichter vorkam als früher) und stieg zum Südrand hinauf.

Auch hier entsprachen die Spuren der Stadt überhaupt nicht mehr den gewohnten Dimensionen.

Verwirrt und mehr als nur ein wenig besorgt kehrte er ins Lager zurück.

Den Mädchen ging es allen besser, aber das Baby hatte sich wieder erbrochen. Die Mädchen sagten ihm, sie hätten nur die Äpfel gegessen, die Caterina gefunden hatte. Er schnitt einen auseinander und untersuchte ihn genau. Ihm fiel nicht das geringste auf, wodurch er sich von irgendeinem anderen Apfel unterschieden hätte, den er jemals gegessen hatte. Wieder kam er in Versuchung, ihn zu essen, gab ihn dann jedoch Lucia.

Ihm war plötzlich eine Idee gekommen.

Clausewitz hatte ihn gewarnt, aus der Gegend stammende Sachen zu essen; vermutlich lag der Grund darin, daß er aus der Stadt war. Clausewitz hatte gesagt, es schade nichts, Nahrungsmittel von außerhalb zu essen, solange die Stadt in der Nähe des Optimums lag. Hier, etliche Meilen weiter südlich, galt das nicht mehr. Wenn er sich also nur von seinen mitgebrachten Vorräten ernährte, würde er nicht krank werden.

Die Frauen dagegen ... die stammten nicht aus der Stadt. Vielleicht war es sein Proviant, der ihnen nicht bekam. Sie vertrugen die Nahrung aus der Stadt offenbar nur in der Nähe des Optimums, nicht mehr hier unten.

Diese Erklärung klang soweit ganz vernünftig, bis auf einen Punkt: das Kind. Bis auf ein paar winzige Mundvoll von dem gebratenen Apfel hatte es nichts bekommen als die Milch seiner Mutter. Und die konnte ihm doch gewiß nicht schaden?

Er begleitete Rosario, um nach dem Baby zu sehen. Es lag in seiner Hängematte, das Gesichtchen gerötet und naß von Tränen. Es weinte jetzt nicht, aber es bewegte sich unruhig und schwach. Das kleine Wesen tat Helward leid, und er fragte sich vergebens, wie er ihm helfen könnte.

Draußen vor dem Zelt unterhielten sich Lucia und Caterina vergnügt. Sie riefen Helward etwas zu, als er herauskam, aber er ging an ihnen vorbei zum Flußufer. Er setzte sich ins Gras und grübelte weiter über seinen Einfall nach.

Die einzige Nahrung war Muttermilch gewesen ... Angenommen, die Mutter war jetzt anders, weil sie so weit vom Optimum entfernt waren? Sie stammte nicht aus der Stadt, das Baby dagegen schon. Konnte das einen Unterschied ausmachen? Es ergab keinen rechten Sinn – denn war das Kind nicht aus dem Körper seiner Mutter entstanden? –, aber es war immerhin eine Möglichkeit.

Er ging ins Lager zurück, bereitete etwas synthetische Nahrung mit Trockenmilch und Wasser zu, wobei er darauf achtete, nur das aus der Stadt mitgebrachte zu verwenden. Er gab Rosario den Brei und sagte ihr, sie solle versuchen, das Baby zu füttern.

Zuerst erhob sie Einwände, aber dann gab sie nach. Das Baby schluckte den Brei, und zwei Stunden später schlief es ruhig und zufrieden.

Der Tag verging langsam. In der Schlucht unten hielt sich die Hitze des Tages ziemlich lange, und Helwards Beunruhigung machte sich stärker als zuvor bemerkbar. Er erkannte nun, daß er den Mädchen nichts mehr von seinen Vorräten geben durfte, wenn seine Annahme richtig war. Aber es stand ihnen noch ein Marsch von dreißig oder mehr Meilen bevor, und sie konnten sich in dieser Zeit kaum nur von Äpfeln ernähren.

Später versuchte er ihnen zu erklären, wie er das Problem sah, und schlug vor, daß sie vorläufig nur ganz wenig von seinen Vorräten essen und diese Kost soweit wie möglich durch alles ergänzen sollten, was sie unterwegs an Eßbarem fanden. Sie hörten ihn ziemlich verwirrt an, erklärten sich dann aber einverstanden.

Der stickig-heiße Nachmittag verstrich ... und Helwards Unruhe steckte die Mädchen an. Sie zeigten hektische Munterkeit, gaben sich fröhlich und neckten ihn wegen seiner schweren Uniform. Caterina erklärte, daß sie nochmals baden wollte, und Lucia sagte, sie würde mitgehen. Sie streiften vor ihm die Kleider ab und zwangen ihn dann spielerisch, sich auch auszuziehen. Ziemlich lange tollten sie nackt im Wasser herum, und später kam auch Rosario dazu, die jetzt jegliches Mißtrauen gegen Helward aufgegeben hatte.

Als die Sonne tiefer stand, legten sie sich neben dem Zelt ins Gras, um sich trocknen zu lassen.

Abends nahm Lucia Helward bei der Hand, als er eben ins Zelt kriechen wollte, und führte ihn vom Lager weg. Sie gab sich ihm mit wilder Leidenschaft hin, drückte ihn so heftig an sich, als sei er das einzige, was noch real war in der Welt.

In der Frühe bemerkte Helward, daß zwischen Lucia und Caterina wachsende Eifersucht entstand, deshalb drängte er auf einen raschen Aufbruch.

Er brachte die Frauen über den Fluß und half ihnen, die Südseite der Schlucht hinaufzuklettern. Dann setzten sie entlang der Spur des Linksaußen-Gleises ihre Reise fort. Die Gegend war Helward vertraut, denn hier war es gewesen, wo er zum erstenmal außerhalb der Stadt gearbeitet hatte. Zwei Meilen weiter südlich erkannte er die Hügelkette, die die Stadt passiert hatte, als er das erste Mal beim Schleppen zugesehen hatte.

Später am Vormittag machten sie halt für eine kurze Rast, und Helward erinnerte sich, daß nur zwei Meilen westlich von ihnen eine kleine Siedlung liegen mußte. Er überlegte, daß sie dort vielleicht einige Lebensmittel bekommen konnten, so daß das Problem, was die Mädchen essen sollten, zumindest vorläufig gelöst wäre. Er schlug ihnen das vor.

Damit stellte sich die Frage, wer gehen sollte. Er überlegte, daß er selber gehen müßte, weil er für die Frauen verantwortlich war, aber er würde eine von ihnen mitnehmen müssen zum Dolmetschen. Er wollte auch nicht nur eins der Mädchen mit dem Baby zurücklassen, und wenn er dagegen nur Caterina oder nur Lucia mitnahm, würde die, die er zurückließ, sicher noch deutlicher ihre Eifersucht zeigen. Schließlich schlug er vor, daß Rosario mit ihm gehen sollte, und die Reaktion aller drei zeigte ihm, daß dies die richtige Entscheidung war.

Sie wanderten ungefähr in die Richtung, in der nach Helwards Erinnerung das Dorf liegen mußte, und fanden es ohne Schwierigkeiten. Nach einer langen Verhandlung zwischen Rosario und drei Männern des Dorfes bekamen sie etwas Trockenfleisch und eine Menge grünes rohes Gemüse. Alles wickelte sich erstaunlich glatt ab – Helward fragte sich, mit welchen Argumenten sie die Dorfleute herumgekriegt hatte –, und sie konnten sich bald auf den Rückweg machen.

Als er ein paar Schritte hinter Rosario herging, bemerkte Helward etwas, das ihm an der Frau zuvor noch nicht aufgefallen war. Sie war deutlich plumper gebaut als die beiden anderen Mädchen, ihre Arme und ihr Gesicht waren rundlich und fleischig. Besonders schlank war sie nie gewesen, aber Helward kam es mit einemmal vor, als ob die Plumpheit ihrer Figur jetzt auffallender wäre. Zuerst noch mehr beiläufig, dann mit wachsendem Interesse registrierte er, daß der Stoff ihrer Bluse sich am Rücken straff spannte. Aber ihre Kleider waren ihr doch früher nicht so eng gewesen ... sie hatte sie in der Stadt bekommen, und sie hatten ihr richtig gepaßt. Dann bemerkte Helward, daß auch die Hosen ihr Gesäß eng umspannten, der Beinsaum jedoch den Boden streifte. Gut, sie hatte jetzt keine Schuhe mehr an, aber trotzdem konnten die Hosen nicht so lang gewesen sein.

Er holte sie ein und ging neben ihr weiter.

Das Hemd war auch vorne eng, drückte die Brüste zusammen ... und die Ärmel waren zu lang. Überhaupt, das Mädchen schien ihm viel kleiner zu sein als gestern noch ...

Als sie zu den anderen zurückkamen, stellte Helward fest, daß auch ihnen die Kleider nicht mehr paßten. Caterina hatte ihre Bluse wie zuvor über dem Bauch zusammengebunden, aber Lucia trug die ihre zugeknöpft, und sie war ihr so eng geworden, daß der Stoff zwischen den Knöpfen auseinanderklaffte.

Er versuchte, sich diese sonderbaren Erscheinungen aus dem Kopf zu schlagen, aber je weiter sie nach Süden kamen, um so deutlicher wurde der Effekt ... mit einigen komischen Resultaten. Als Rosario sich nach ihrem Baby bückte, platzte ihr der Hosenboden. Einer von Lucias Blusenknöpfen sprang ab, als sie die Wasserflasche an die Lippen setzte, und Caterina riß sich unter beiden Armen die Blusennähte auf.

Nach einer halben Meile oder so verlor Lucia zwei weitere Knöpfe. Ihr Hemd stand jetzt vorne fast ganz offen, so daß sie es zusammenband wie Caterina. Alle drei Mädchen hatten sich die Hosenbeine umgeschlagen, und es war leicht zu sehen, daß sie sich recht ungemütlich fühlten in den engen Kleidern.

In der Talmulde zwischen den Hügeln ließ Helward haltmachen, und sie schlugen ihr Lager auf. Als sie gegessen hatten, zogen die Mädchen ihre halb zerrissenen Kleider aus und gingen ins Zelt. Sie zogen Helward mit seinen dauerhaften Kleidern auf: ob er sie nicht auch gern loswerden wollte? Helward setzte sich draußen hin, da er noch nicht schläfrig war und ein wenig allein sein wollte.

Das Baby begann zu weinen, und Rosario kam aus dem Zelt, um ihm etwas zu essen zu holen. Helward sprach sie an, aber sie gab keine Antwort. Er sah ihr zu, wie sie die Trockenmilch mit Wasser mischte, und betrachtete ihren nackten Körper mit völlig neutralen Gefühlen. Erst gestern hatte er sie nackt gesehen, und er war sicher, daß sie da nicht so ausgeschaut hatte. Sie war fast so groß wie er gewesen, während sie jetzt gedrungen und plump wirkte.

»Rosario, ist Caterina noch wach?«

Sie nickte wortlos und kehrte ins Zelt zurück. Ein paar Augenblicke später kam Caterina heraus, und Helward stand auf.

Sie standen einander im Licht des Lagerfeuers gegenüber. Caterina sagte nichts, und Helward wußte nicht, was er hätte sagen sollen. Auch sie hatte sich verändert ... Einige Minuten später trat Lucia zu ihnen, stellte sich neben Caterina.

Jetzt gab es keinen Zweifel mehr. Im Lauf dieses Tages hatte sich das körperliche Aussehen der Mädchen stark verändert.

Er musterte die beiden. Am Tag zuvor, als sie nackt im Fluß gebadet hatten, waren ihre Körper schlank und geschmeidig gewesen, ihre Brüste rund und voll. Jetzt waren ihre Arme und Beine kürzer und gedrungener. Schultern und Hüften waren breiter, die Brüste standen weiter auseinander. Ihre Gesichter wirkten runder, und die Hälse waren kurz und dick.

Sie kamen beide näher und blieben vor ihm stehen. Lucia packte ihn am Gürtel und zog ihn an sich. Ihre Lippen waren feucht und weich. Vom Zelteingang aus beobachtete sie Rosario.

7

Am Morgen sah Helward, daß die Mädchen sich im Lauf der Nacht noch weiter verändert hatten. Er schätzte, daß jetzt keine mehr größer als einen Meter fünfzig war; sie sprachen schneller als zuvor, und ihre Stimmlage war merklich höher.

Keine kam mehr in ihre Kleider. Lucia versuchte es, aber die Beine ihrer Hose waren viel zu eng, und die Hemdärmel platzten auf. Als sie das Lager verließen, blieben die Kleider der Frauen zurück, und sie gingen nackt weiter.

Helward konnte nicht die Augen von ihnen abwenden. Mit jeder Stunde schien die Veränderung deutlicher zu werden. Ihre Beine waren nun so kurz, daß sie nur noch winzige Schritte machen konnten, und Helward mußte sein Tempo vermindern, um sie nicht hinter sich zu lassen. Außerdem fiel ihm auf, daß ihre im Verhältnis zu seiner Haltung zunehmend nach vorn geneigt wirkte, als gingen sie einen unsichtbaren Hang hinauf, während er eher das Gefühl hatte, daß es bergab ging.

Sie beobachten ihn ebenfalls, und als sie haltmachten, um etwas zu trinken, herrschte unbehagliches Schweigen in der seltsamen Gruppe, während die Feldflasche herumgereicht wurde.

Auch mit dem Land rundum gingen sonderbare Veränderungen vor. Die Spuren des Linksaußen-Gleises, denen sie noch immer folgten, waren jetzt kaum mehr zu erkennen. Die letzte deutliche Spur eines Schwellengrabens war mehr als hundertdreißig Zentimeter lang gewesen, aber nur wenige Zentimeter tief. Das benachbarte Schienenpaar, das Linksinnen-Gleis beziehungsweise die Spuren davon, war jetzt nicht mehr zu sehen; nach und nach hatte der Abstand zwischen den Gleisen zugenommen, bis die nächste Spur jetzt mehr als eine halbe Meile weiter östlich verlief.

Die Frequenz der Widerlagerstationen hatte zugenommen. An diesem Vormittag waren sie bereits an zwölf solchen Stellen vorbeigekommen, und nach Helwards Berechnung blieben nur mehr neun bis zu ihrem Ziel.

Aber wie sollte er das Dorf der Frauen erkennen? Das Land hier war ungewöhnlich flach und gleichförmig. An ihrem Rastplatz sah es aus wie auf einem erstarrten Lavafeld: nichts, was den geringsten Schatten gespendet hätte. Helward besah sich den Boden genauer. Wenn er kräftig mit den Fingern darüberstrich, konnte er noch einige Unebenheiten ausmachen, doch obwohl es lockerer, sandiger Boden war, fühlte er sich schwer und zäh an.

Die Mädchen waren jetzt nicht mehr größer als neunzig Zentimeter, und ihre Körper hatten sich noch mehr verzerrt. Ihre Füße waren flach und breit, die Beine kurz und dick, der Rumpf wie breitgequetscht. Ihr Anblick wirkte grotesk und häßlich auf ihn, und er wurde sich bewußt, daß ihre hohen Zwitscherstimmen ihn irritierten, so faszinierend er auch diese unerklärlichen körperlichen Veränderungen fand.

Nur das Baby hatte sich nicht verändert. Soweit Helward es beurteilen konnte, war es genauso, wie es immer gewesen war. Im Vergleich mit seiner Mutter jedoch wirkte es unproportioniert riesig, und der plumpe Zwerg, der Rosario geworden war, starrte es mit stummem Entsetzen an.

Das Baby stammte aus der Stadt.

Wie auch Helward selbst von einer Frau von außerhalb geboren worden war, so war Rosarios Baby ein Kind der Stadt. Welche schreckliche Veränderung auch über die drei Frauen und das Land gekommen sein mochte, aus dem sie stammten, weder er noch das Kind waren davon betroffen.

Helward hatte keine Ahnung, was er nun tun sollte oder was er von all dem halten sollte, was er sah.

Er verspürte wachsende Furcht, denn die gewohnten Naturgesetze schienen hier nicht mehr zu gelten, alle seine Wahrnehmungen bewiesen es, und rationales Denken schreckte vor dieser irrational verzerrten Welt zurück. Er blickte nach Süden und bemerkte nicht allzuweit entfernt eine Hügelkette. Aus ihrer Form und scheinbaren Höhe schloß er, daß es Ausläufer eines größeren Gebirgszugs waren ... aber dann sah er mit einem Anflug von Entsetzen, daß die Kuppen der Hügel weiß von Schnee waren. Die Sonne schien so heiß wie zuvor, die Luft war warm, und die Logik erlaubte nur die eine Schlußfolgerung, daß Schnee, der sich in diesem Klima halten konnte, auf den Gipfeln sehr hoher Berge liegen mußte. Aber diese Hügel waren so nahe – nicht weiter als eine oder zwei Meilen entfernt, dachte er –, daß sie nach seiner Schätzung nicht höher als hundertfünfzig Meter sein konnten.

Er stand auf und verlor plötzlich das Gleichgewicht.

Er fiel zu Boden und merkte erschrocken, daß er weiterkollerte, wie auf einem sehr steilen Hang, hinunter nach Süden. Es gelang ihm, sich festzuhalten, und er stand unsicher auf, stemmte sich gegen die Kraft, die ihn nach Süden zog. Die Kraft hatte nicht unvermittelt eingesetzt, er hatte ihren Druck schon den ganzen Vormittag gespürt, mehr oder weniger unbewußt, aber der Fall hatte ihm erschreckend klargemacht, wie stark ihre Wirkung geworden war. Warum hatte er bis jetzt nichts davon gemerkt? Er überlegte. An diesem Vormittag war er von einer Menge Dinge abgelenkt worden, aber im Hintergrund seines Bewußtseins hatte irgendwo das Gefühl gelauert, daß sie einen Hang hinuntergingen, der allmählich immer abschüssiger wurde. Das war offensichtlich Unsinn: so weit das Auge reichte, war das Land völlig eben, aber die Horizontale schien nicht mehr zu stimmen. Er blieb bei der Gruppe der Mädchen stehen und versuchte das Gefühl zu analysieren. Es kam ihm vor, als ob der Südhorizont nach unten gekippt wäre und er von ihm angezogen würde.

Er machte ein paar Schritte nach Norden und merkte, daß er die Beine so setzen mußte, als stiege er einen steilen Hang hinauf. Er drehte sich wieder nach Süden, und im Gegensatz zu allem, was seine Augen ihm über das Gelände sagten, glaubte er, auf einem riesigen Abhang zu stehen.

Die Frauen beobachteten ihn verstört, und er ging zu ihnen zurück. Sie waren von dem Effekt offenbar nicht betroffen; für sie galt ein anderes Koordinatensystem. In den letzten paar Minuten hatten sich ihre Körper noch stärker deformiert.

8

Kurz bevor sie weitergingen, versuchte Rosario, ihm etwas zu sagen. Er hatte Schwierigkeiten, sie zu verstehen. Ihr Akzent war schon immer ziemlich stark gewesen, doch nun klang ihre Stimme ungewöhnlich hoch, und sie sprach viel zu schnell.

Nach vielen Wiederholungen begriff er endlich das Wesentliche.

Sie und die anderen Mädchen hatten Angst, in ihr Dorf zurückzukehren. Sie gehörten jetzt zur Stadt, und ihre eigenen Leute würden sie nicht mehr aufnehmen.

Helward sagte, daß sie weitergehen müßten, wie sie es von Anfang an vorgehabt hätten, aber Rosario erklärte, sie würden keinen Schritt weiter tun. Sie war mit einem Mann aus ihrem Dorf verheiratet gewesen, und obwohl sie anfangs gewünscht hatte, zu ihm zurückkehren zu können, war sie jetzt überzeugt, daß er sie töten würde. Auch Lucia war verheiratet und teilte diese Befürchtung. Die Menschen aus den Dörfern haßten die Stadt, und weil die Mädchen eine Weile ihr Leben geteilt hatten, würde man sie hart bestrafen.

Helward gab es auf, ihr zu antworten. Es war genauso schwer, sich ihr verständlich zu machen, wie sie zu verstehen. Er fand, daß es für solche Zweifel reichlich spät war; schließlich hatte ihr Teil des Handels daraus bestanden, daß sie in die Stadt zogen, und damals hatten sie keine Einwände gehabt. Er versuchte, ihnen das zu sagen, jedoch ohne Erfolg.

Noch während er sprach, konnte er beobachten, wie die Veränderung weiterging. Rosario war jetzt kaum mehr dreißig Zentimeter groß, dafür war ihr Körper – wie der der beiden anderen – fast einen Meter siebzig breit. Sie hatten jetzt kaum mehr etwas Menschliches an sich.

Er sagte laut und deutlich: »Wartet hier!«

Er stand auf, verlor wieder den Halt, stürzte, rollte den Abhang hinab. Die Kraft, die seinen Körper gepackt hatte, war jetzt viel stärker, und er fing sich nur mit verzweifelter Anstrengung. Er stemmte sich gegen die Kraft zurück zu seinem Rucksack und streifte ihn über, nachdem er das Seil herausgeholt hatte. Er hängte sich die Rolle über die Schulter.

Vorsichtig auf sein Gleichgewicht achtend, kletterte er den abschüssigen Hang weiter hinunter nach Süden.

Es war jetzt nicht mehr möglich, außer den immer flacher erscheinenden Hügeln weiter vorn noch irgendwelche Geländestrukturen auszumachen. Der Boden unter seinen Füßen war nun eine glatte, verwischte Fläche, und obwohl er mehrmals stehenblieb, um ihn sich näher anzusehen, konnte er nichts erkennen, das nach Gras, Erde oder Steinen aussah.

Alle Dimensionen waren verzerrt – in ostwestlicher Richtung auseinandergezogen, in der Vertikalen und in nordsüdlicher Richtung zusammengedrückt.

Ein Felsblock mochte hier wie ein dunkelgrauer Streifen aussehen, zweihundert Meter lang und einen Millimeter breit. Diese flache, schneebedeckte Bodenwelle weiter vorn mochte in Wirklichkeit ein hoher Gebirgszug sein; jener lange Streifen Grün ein Baum.

Und jener schmale weißliche Streifen eine nackte Frau.

Er erreichte die Bodenerhebung rascher, als er gedacht hatte. Der Zug nach Süden verstärkte sich immer mehr, und als Helward nur mehr fünfzig Meter vom nächsten Hügel entfernt war, verlor er den Halt ... und kollerte immer schneller darauf zu.

Die nördliche Flanke der Erhebung war fast senkrecht zum umliegenden Gelände, wie die Leeseite einer Wanderdüne, und er prallte hart dagegen. Augenblicklich begann ihn der nach Süden wirkende Druck den Steilhang hinaufzuschieben, gegen den Einfluß der Schwerkraft. Verzweifelt suchte er nach einem Halt an der steinharten Oberfläche, denn er wußte genau, wenn er bis zum Scheitel gezogen würde, könnte er sich niemals mehr gegen den Druck erwehren. Endlich stieß er auf eine etwas herausragende Felszacke. Helward klammerte sich mit beiden Händen daran und stemmte sich mit ganzer Kraft gegen den unbarmherzigen Druck. Er wußte, wenn er von seinem Griff abrutschte, würde er hilflos nach Süden fallen.

Vorsichtig langte er in seinen Rucksack und fand den Kletterhaken. Er klemmte ihn unter der Felszacke fest, befestigte das Seil daran und wickelte das andere Ende um sein Handgelenk.

Der unheimliche Druck nach Süden war jetzt so stark, daß die hier nahezu in der Gegenrichtung wirkende Schwerkraft mehr als aufgehoben war. Was ursprünglich Süden gewesen war, wurde nun zum Unten.

Die Struktur der Bergwand änderte sich vor seinen Augen. Die fast senkrechte Felsfläche dehnte sich langsam nach Osten und Westen aus und schrumpfte gleichzeitig in der Höhe, so daß ihre Oberkante langsam zu ihm herunterzukriechen schien. Er beobachtete, wie ein Spalt im Fels neben ihm sich langsam schloß, deshalb löste er den Haken von der Felszacke und stieß ihn in den Spalt. Augenblicke später war der Haken fest und sicher eingeklemmt.

Der Scheitel der Bodenerhebung war nun so weit heruntergerückt, daß Helwards Körper darüberhing und über die Kante gezogen wurde. Das Seil straffte sich und hielt ihn fest.

Was eine Gebirgskette gewesen war, wurde zu einem harten Wulst unter seiner Brust, sein Bauch lag in der Mulde, die das Tal jenseits der Berge gewesen war, seine Füße tasteten nach Halt an einer zusammenschrumpfenden Kante, die einmal ein anderes Gebirge gewesen war.

Er lag flach auf der Oberfläche seiner Welt, ein Riese, der auf einem einstigen Bergland ruhte.

Er versuchte sich hochzustemmen, um seine Lage zu ändern. Als er den Kopf hob, merkte er plötzlich, daß er Atemschwierigkeiten hatte. Ein scharfer, eisiger Wind blies von Norden, aber die Luft war dünn und sauerstoffarm. Er senkte den Kopf wieder, preßte das Kinn fest auf den Boden. In dieser Höhe drang noch atembare Luft in seine Nase.

Es war sehr kalt.

Wolken fegten mit dem Wind ein paar Zentimeter über dem Boden dahin wie weiße dichte Nebelfetzen. Sie strömten an seinem Gesicht vorbei, wirbelten um seine Nase wie die Gischt am Bug eines Schiffs.

Sein Mund lag unter der Wolkenschicht, seine Augen darüber.

Helward blickte nach vorn, durch die dünne, klare Atmosphäre oberhalb der Wolken. Er blickte nach Norden. Nach oben.

Er war am Rand der Welt, und sie lag in ihrer ganzen Ausdehnung vor ihm.

Er konnte die ganze Welt sehen.

Nördlich von ihm war der Grund flach wie eine Tischplatte. Weiter oben aber begann sich diese Ebene aufzuwölben, in einen völlig symmetrischen, sich verjüngenden Dorn überzugehen. Immer schmaler wurde der Dorn, immer spitzer, und er wuchs so hoch empor, daß man nicht erkennen konnte, wo er endete.

Dieser phantastische Auswuchs bot sich in einer Vielzahl von Farben dar. Es gab breite Regionen von Braun und Gelb, da und dort von Grün gefleckt. Weiter oben leuchtete Blau: reines, helles Saphirblau, das in den Augen weh tat. Und über all dem zogen Wolken ihre weißen Muster: lange, dünne Spiralen, leuchtend helle Tupfen, zarte Flocken.

Die Sonne ging unter. Rötlich rutschte sie im Nordosten hinter den phantastischen Horizont.

Sie hatte die gleiche Form. Eine breite, flache Äquatorscheibe, aus deren Mittelpunkt oben und unten die sich verjüngenden Zacken der Pole wuchsen.

Helward hatte die Sonne so oft gesehen, daß er sich über ihre Form längst keine Gedanken mehr machte. Jetzt aber wußte er: seine Welt hatte ebenfalls diese Form.

9

Die Sonne ging unter, und die Welt versank in Dunkelheit.

Der Zug nach Süden war jetzt so stark, daß sein Körper kaum mehr die geriffelte Oberfläche berührte, die einst ein Bergland gewesen war. Er hing im Dunkeln an seinem Seil, fast wie an einer senkrechten Felswand; die Vernunft sagte ihm, daß er immer noch horizontal ausgestreckt lag, aber seine Sinneswahrnehmungen widersprachen der Vernunft.

Er konnte sich nicht darauf verlassen, daß das Seil auf die Dauer halten würde. Helward tastete sich weiter und krallte die Fingerspitzen um zwei flache Knollen (waren es Berge gewesen?) und zog sich vorwärts.

Die Oberfläche wurde nun glatter, und Helward fand kaum sichere Griffe. Nach einer verzweifelten Kraftanstrengung entdeckte er, daß er die Finger genügend weit in den Boden graben konnte, um sich weiterzuziehen, zentimeterweise ... Zentimeter, die einmal Meilen gewesen waren. Der südwärts wirkende Druck verminderte sich nicht merklich.

Nach einer Weile ließ er das Seil zurück und zog sich Hand über Hand weiter. Noch ein paar Zentimeter, dann berührten seine

Füße den flachen Vorsprung, der eine Bergkette gewesen war. Er stemmte sich dagegen, schob sich weiter.

Nach und nach entkam er dem Griff der entsetzlichen Kraft, spürte ihren Zug abnehmen, bis er sich nicht mehr verzweifelt anklammern mußte, um nicht nach Süden gezogen zu werden. Helward rastete einen Augenblick, versuchte wieder zu Atem zu kommen. Aber in den wenigen Minuten schon nahm der Druck deutlich wieder zu, deshalb zog er sich weiter. Bald konnte er sich auf Hände und Knie aufrichten.

Die ganze Zeit hatte er nicht nach Süden gesehen. Was war dort unter ihm gewesen?

Eine lange Strecke kroch er, dann schließlich fühlte er sich imstande aufzustehen. Im Stehen beugte er sich automatisch nach Norden, um der Kraft entgegenzuwirken. Er ging weiter, und Schritt um Schritt fühlte er, wie der unerklärliche Zug nachließ. Bald fand er, daß er von der Zone des intensivsten Drucks weit genug entfernt war, um sich hinsetzen und richtig ausruhen zu können.

Er blickte zurück nach Süden. Die Dunkelheit verhüllte alles. Am Himmel zogen Wolken, wie sie vor kurzem noch um sein Gesicht gestrichen waren, und verdeckten immer wieder den Mond. Helward hatte sich in seiner Unerfahrenheit nie Gedanken über den Mond gemacht – auch er zeigte jene Form. Er hatte ihn oft gesehen, ihn immer akzeptiert, wie er war.

Er ging weiter nach Norden und spürte, wie der seltsame Zug weiter abnahm. Das Land um ihn herum war dunkel und strukturlos, und er achtete nicht weiter darauf. Nur ein Gedanke beherrschte seinen Geist: er mußte weit genug gehen, bevor er wieder rastete, so daß er nicht wieder in diese Kraftzone zurückgezogen wurde. Er hatte jetzt eine grundlegende Tatsache über seine Welt gelernt, daß nämlich der Boden sich wirklich bewegte, wie Collings gesagt hatte. Droben im Norden, wo die Stadt war, bewegte sich der Grund fast unmerklich langsam: etwa eine Meile in einem Zeitraum von zehn Tagen. Weiter im Süden aber bewegte er sich schneller, und die Geschwindigkeitszunahme war exponentiell. Er hatte das an der Art und Weise sehen können, in der die Körper der Mädchen sich verändert hatten: während einer Nacht hatte sich der Boden so weit nach Süden bewegt, daß dieser transversale Verzerrungseffekt auf ihre Körper – jedoch nicht auf seinen – einzuwirken begann.

Die Stadt konnte niemals stillstehen. Sie mußte sich ewig weiterbewegen, denn wenn sie jemals haltmachte, würde sie durch die langsame Bodenbewegung nach Süden – herunter in die Vergangenheit – getragen werden und endlich jene Region erreichen, in der Berge zu zentimeterhohen Bodenunebenheiten wurden und wo eine unwiderstehliche Kraft sie auf die Vernichtung zuzerren würde.

Langsam ging Helward über das dunkle, flache Land nach Norden. Er konnte keinen Sinn in dem finden, was er gesehen und erlebt hatte. Es war irrational, unlogisch, und widersprach der gewohnten Ordnung der Dinge: der Erdboden war stationär, er konnte sich nicht bewegen. Berge schrumpften nicht zusammen, bis man wie ein hilfloser Riese darauflag, den Kopf in den Wolken. Menschen konnten sich nicht auf dreißig Zentimeter verkleinern, Schluchten durften sich nicht verengen, Babys erbrachen nicht die Milch ihrer Mütter.

Obwohl die Nacht schon weit fortgeschritten sein mußte, spürte Helward keine Müdigkeit außer den Spuren jener physischen Beanspruchung in der ärgsten Druckzone. Es kam ihm vor, als ob der Tag eigentlich sehr rasch verstrichen wäre, viel schneller, als er es für möglich gehalten hätte.

Er hatte jetzt die Region maximalen Drucks weit hinter sich gelassen, aber er fühlte ihn immer noch so deutlich, daß er nicht haltmachen wollte. Es war kein angenehmer Gedanke, im Schlaf wehrlos nach Süden getragen zu werden.

Er war ein Teil der Stadt: er konnte ebensowenig anhalten wie sie.

Endlich übermannte ihn die Müdigkeit; er sank auf den harten Boden und schlief ein.

Das Licht der aufgehenden Sonne ließ ihn hochschrecken, und sein erster Gedanke war die nach Süden zerrende Kraft. Beunruhigt sprang er auf, und sein Gleichgewichtssinn sagte ihm sofort, daß sie wohl noch vorhanden war, aber nicht wahrnehmbar stärker, als er sie von seinem letzten wachen Augenblick in Erinnerung hatte.

Er schaute nach Süden.

Und da lag das Gebirge.

Das konnte nicht sein. Es war unglaublich, er hatte die Berge zusammenschrumpfen gesehen, *gefühlt*, daß sie nur mehr ein zentimeterhoher Wulst, eine lächerliche Unebenheit im Boden waren. Und jetzt ragten sie wieder dort im Süden auf, steil, schroff, schneebedeckt.

Helward fand seinen Rucksack und ging den Inhalt durch. Das Seil und den Haken hatte er verloren, und einen Großteil seiner Ausrüstung hatte er bei den Mädchen gelassen, als er allein weitergegangen war. Er hatte jedoch noch eine Feldflasche mit Wasser, einen Schlafsack und mehrere Päckchen Trockennahrung. Für einige Zeit würde er damit schon durchkommen.

Er aß etwas und streifte dann seinen Rucksack über.

Nach einem Blick auf die Sonne – er durfte auf keinen Fall die Orientierung verlieren – ging er wieder nach Süden, auf die Berge zu.

Langsam verstärkte sich die Kraft, zerrte ihn vorwärts. Vor seinen Augen schienen die Berge niedriger zu werden. Der Boden unter seinen Füßen wurde zäher, schwerer, glatter, und alle Einzelheiten verschwammen zu verwischten Querstreifen.

Und über ihm zog die Sonne weit schneller ihre Bahn als gewohnt.

Helward blieb stehen, gegen den Druck gestemmt, als er sah, daß die Berge wiederum kaum mehr als eine sanfte Hügelkette waren.

Er war nicht dafür ausgerüstet, sich noch weiter vorzuwagen, deshalb drehte er um und marschierte zurück nach Norden. Eine Stunde später brach die Nacht herein.

Er ging im Dunkeln weiter, bis er fand, daß der Druck nun gering genug war, um ihm eine Nacht Ruhe zu gönnen.

Als es wieder hell wurde, waren die Bodenunebenheiten von neuem deutlich zu sehen – und es waren wieder Berge.

Diesmal bewegte er sich nicht von der Stelle, sondern wartete einfach, wo er war. Im Lauf des kurzen Tages nahm der Druck zu. Er wurde durch die Bewegung des Bodens nach Süden getragen, auf die Berge zu ... und als er wartete und beobachtete, sah er, wie sie sich langsam in die Breite zogen und immer niedriger wurden.

Bevor die Nacht kam, brach er nach Norden auf. Er hatte genug gesehen; es war Zeit, in die Stadt zurückzukehren.

Seltsamerweise beunruhigte ihn der Gedanke ein wenig. Würde er einen Bericht schreiben müssen über das, was ihm widerfahren war?

So vieles gab es, das er nicht einmal selbst verstand, geschweige denn jemand anderem zusammenhängend und logisch beschreiben konnte.

Der Kern des Ganzen war der atemberaubende Anblick der sich vor ihm aufwölbenden Welt. Hatte irgendein anderer Mensch schon etwas Derartiges gesehen? Wie konnte der Geist etwas erfassen, das nicht einmal das Auge in seinem ganzen Umfang hatte sehen können? Nach rechts und links – und nach allem, was er wußte, auch nach Süden – erstreckte sich die Oberfläche der Welt scheinbar bis ins Unendliche. Nur im Norden, genau im Norden, war überhaupt irgendeine Art von Begrenzung zu erkennen gewesen: der sich verjüngende, geschwungene Dorn, dessen Spitze aber ebenfalls nicht zu sehen war.

Und die Sonne war so, und der Mond war so. Wahrscheinlich jeder Körper im sichtbaren Universum.

Die drei Frauen: wie konnte er berichten, er hätte sie sicher in ihr Dorf geleitet, wenn sie in einen Zustand übergegangen waren, in dem er sich nicht mehr mit ihnen verständigen, ja, sie nicht einmal mehr wahrnehmen konnte? Sie waren in ihre eigene Welt zurückgekehrt, in eine Welt, in die er ihnen nicht folgen konnte.

Das Baby! Was war mit ihm geschehen? Es gehörte zur Stadt, denn ebenso wie er war es von der phantastischen Transformation, die alles andere erfaßt hatte, nicht betroffen gewesen ... Wahrscheinlich hatte Rosario es deshalb zurückgelassen, und es war wohl schon tot. Selbst wenn es noch lebte, würde die Bewegung des Bodens es nach Süden tragen, in jene Zone höchsten Drucks, in der es umkommen mußte.

Versunken in solche Gedanken, wanderte Helward weiter und beachtete seine Umgebung kaum. Erst als er stehenblieb, um einen Schluck Wasser zu trinken, sah er sich wieder um, und schockartig begriff er, daß er die Gegend kannte.

Dies war das steinige Hügelland nördlich der Schlucht, über die die Brücke gebaut worden war.

Er trank etwas Wasser und kehrte dann um. Wenn er den Weg in die Stadt zurück finden wollte, mußte er die Schienenspuren wiederfinden, und an der Stelle, wo die Brücke gewesen war, würde das noch am ehesten möglich sein.

Er stieß auf einen Bach, den er in seinem gedankenverlorenen Zustand überquert hatte, ohne es zu merken. Er folgte seinem Lauf, sehr im Zweifel, daß dies der Fluß von damals sein konnte. Bald aber wurden die Ufer des Baches steiler und felsiger – doch von einer Schlucht war weit und breit nichts zu sehen.

Helward kletterte die Uferböschung hinauf und wandte sich wieder bachaufwärts. Irgendwie sah alles irritierend vertraut aus, und doch verzerrt, entstellt, fremd ... es hätte genausogut ein anderer Bach sein können.

Dann bemerkte er ein längliches schwarzes Oval in der Nähe des Ufers. Er ging hin und untersuchte es. Ein leichter Brandgeruch haftete dem Fleck an ... und nach eingehenderer Prüfung wurde ihm klar, daß dies eine alte Feuerstelle war. Sein Lagerfeuer.

Der Bach daneben war kaum einen Meter breit, aber als er mit den Mädchen hiergewesen war, hatten sie einen mindestens vier Meter breiten Fluß überqueren müssen. Er kletterte die Uferböschung wieder hinauf. Nach langem Suchen fand er einige Spuren im Erdboden, die vom Aushub für die Brückenpfeiler stammen konnten.

Die Entfernung vom einen Uferrand bis zur gegenüberliegenden konnte nicht mehr als fünf oder sechs Meter betragen. Der Bachlauf lag kaum einen Meter tiefer.

An dieser Stelle hatte die Stadt eine Schlucht überquert.

Er ging nordwärts und fand binnen kurzem die Spur einer Schwelle. Der flache Graben war fast sechzehn Meter lang, und der nächste lag nur acht Zentimeter entfernt.

Bis zum Abend hatte die Landschaft wieder vertraute Dimensionen angenommen. Bäume sahen wieder wie Bäume aus, nicht wie kriechende Büsche. Kiesel waren rund, Gras wuchs in Büscheln, nicht als verschmierter grüner Streifen. Die Gleisspuren, denen er folgte, waren zwar immer noch so in die Breite gezogen, daß sie mit der normalen Spurweite der Stadtgleise nichts gemein hatten, aber Helward glaubte doch, daß seine Reise jetzt nicht mehr lange dauern konnte.

Er wußte nicht mehr, wie viele der kurzen Tage des Südens verstrichen waren, aber das Gelände kam ihm immer vertrauter vor, und er war sich sicher, daß er bis jetzt noch nicht annähernd so lange von der Stadt fort gewesen sein konnte, wie Clausewitz vorausgesagt hatte. Selbst wenn er einrechnete, daß ihm im Nahbereich jener gefährlichen Kraft einige der dort so rasch verfliegenden Tage entgangen waren, konnte die Stadt sich nicht viel mehr als eine oder zwei Meilen weiter nach Norden bewegt haben, während er fort gewesen war.

Dieser Gedanke flößte ihm neue Zuversicht ein, denn seine Nahrungs- und Wasservorräte waren bereits erheblich zusammengeschmolzen.

Er wanderte weiter; Tage vergingen, und immer noch war von der Stadt nichts zu sehen. Die Schienenspuren machten auch keine Anstalten, sich auf die normale Spurbreite zu verengen. Er war jetzt bereits so an diese verzerrte Welt des Südens gewöhnt, daß er sie fast als gegeben akzeptierte.

Eines Morgens jedoch kam ihm ein beunruhigender Gedanke: mehrere Tage lang hatte sich die Spurbreite allem Anschein nach nicht geändert – konnte es sein, daß er eine Zone erreicht hatte, in der die Bewegung des Bodens seine eigene Marschgeschwindigkeit genau aufhob? Daß er wie eine Ratte in einem Laufrad, einer Tretmühle gefangen war und keinen Schritt vorwärtskam?

Eine oder zwei Stunden lang beschleunigte er sein Tempo, aber dann gewann die Vernunft die Oberhand. Er hatte schließlich auch aus der Zone stärksten Zuges entkommen können, in der die Südwärtsbewegung des Bodens viel rascher war. Aber weitere Tage vergingen, und die Stadt schien nicht näher zu kommen. Bald war er bei seinen letzten Vorratspäckchen angelangt, und zweimal hatte er seine Wasserflasche unterwegs auffüllen müssen.

Der Tag, an dem ihm endgültig die Lebensmittel ausgingen, brachte jedoch eine aufregende Erkenntnis. Der drohende Hungertod war kein Problem mehr ... er erkannte, wo er war! Dies war die Gegend, durch die er mit Unterhändler Collings geritten war: damals zwei oder drei Meilen *nördlich* des Optimums!

Nach seiner Schätzung war er höchstens drei Meilen lang fort gewesen ... die Stadt mußte also in Sichtweite sein.

Weiter vorn lief die Kette paralleler Schwellennarben über eine flache Bodenerhebung ... und immer noch keine Spur von der Stadt. Die Mulden waren immer noch deformiert, und die nächste Reihe von Narben – die des Linksinnen-Gleises – war unmöglich weit entfernt.

Das konnte nur bedeuten, überlegte Helward, daß die Stadt sich während seiner Abwesenheit irgendwie schneller vorwärts bewegt hatte. Vielleicht hatte sie sogar das Optimum eingeholt und eine Gegend erreicht, in der der Boden sich langsamer bewegte. Helward begann zu ahnen, was das Ziel der Stadt sein könnte: vielleicht gab es jenseits des Optimums eine Region, wo der Boden sich überhaupt nicht bewegte.

Dann würde die Stadt endlich anhalten können, die gigantische Tretmühle zum Stillstand kommen.

10

Helward verbrachte eine hungrige Nacht; er schlief schlecht. In der Frühe trank er ein paar Schluck Wasser und brach in Eile auf. Die Stadt mußte bald in Sicht kommen ...

Während der heißesten Tageszeit mußte Helward wohl oder übel eine Rast einlegen. Die Landschaft war wüst und kahl, und Schatten gab es kaum. Er setzte sich neben der Schienenspur auf den Boden.

Als er trübsinnig vor sich hin starrte, sah er auf einmal etwas, was ihm neue Hoffnung schenkte: drei Menschen kamen langsam die Spur entlang auf ihn zu. Sie mußten aus der Stadt kommen, ein Suchtrupp, der nach ihm Ausschau halten sollte? Erschöpft wartete er, daß sie näher kamen.

Als sie ihn fast erreicht hatten, versuchte er aufzustehen, taumelte vor Schwäche, blieb liegen, wie er fiel.

»Bist du aus der Stadt?«

Helward öffnete die Augen und blickte hinauf zu dem Sprecher. Es war ein junger Mann, in der Uniform der Gildenvolontäre. Helward nickte matt.

»Du bist ja krank, Kamerad ... was fehlt dir?«

»Nichts, gar nichts. Hast du was zu essen?«

»Hier trink erst mal.«

Eine Feldflasche wurde ihm gereicht, und Helward nahm einen tiefen Schluck. Das Wasser schmeckte anders: neutral und fade – Wasser aus der Stadt.

»Kannst du aufstehen?«

Mit etwas Hilfe kam Helward auf die Beine, und zusammen gingen sie von der Spur hinüber zu ein paar mageren Büschen. Helward setzte sich in den Schatten, und der junge Mann öffnete seinen Rucksack. Überraschung durchzuckte Helward, als er erkannte, daß die Ausrüstung genau der seinen glich.

»Kennen wir uns?« fragte er.

»Ich bin Volontär Kellen Li-Chen.«

Li-Chen! Natürlich, er war ihm oft im Internat begegnet. »Ich bin Helward Mann.«

Kellen Li-Chen öffnete eine Packung dehydrierte Nahrung und füllte Wasser in den Plastikbeutel. Bald war eine Portion grauer Brei entstanden, den Helward mit mehr Begeisterung zu verschlingen begann, als er je für synthetische Nahrung empfunden hatte.

Ein paar Meter entfernt von den beiden standen zwei Mädchen und warteten.

»Du gehst hinunter in die Vergangenheit«, bemerkte er zwischen zwei Bissen.

»Ja.«

»Ich komme von dort.«

»Wie ist es?«

Plötzlich erinnerte sich Helward, wie er Torrold Pelham unter sehr ähnlichen Bedingungen ausgefragt hatte.

»Du bist bereits in der Vergangenheit«, sagte er. »Fühlst du es nicht?«

Kellen schüttelte den Kopf.

»Was meinst du?« fragte er.

Helward meinte den Südwärtsdruck, dessen leises Ziehen er beim Gehen immer noch spürte. Aber er begriff jetzt, daß Kellen den Effekt vermutlich noch nicht bemerkt hatte. Bevor man nicht seine extremen Auswirkungen selbst erlebt hatte, empfand man vielleicht höchstens eine Art Unbehagen, das man sich nicht erklären konnte.

»Man kann das nicht so einfach beschreiben«, sagte Helward. »Geh weiter nach Süden, dann wirst du es selbst sehen.«

Helward warf einen Blick zu den Mädchen hinüber. Sie saßen auf der Erde und hatten den beiden Männern demonstrativ den Rücken zugekehrt. Er mußte lächeln.

»Kellen ... wie weit ist die Stadt entfernt?«

»Ein paar Meilen. Schätze etwa fünf.«

Fünf Meilen! Dann mußte sie längst das Optimum überholt haben.

»Kannst du mir ein bißchen Proviant abgeben? Nicht viel ... nur daß ich bis zur Stadt durchkomme.«

»Natürlich.«

Kellen holte vier Päckchen heraus und gab sie Helward, der sie einen Augenblick lang anstarrte und dann drei davon zurückgab.

»Eins ist genug. Du brauchst die anderen selber.«

»Ich hab' nicht weit zu gehen«, sagte Kellen.

»Ich weiß ... aber du brauchst sie trotzdem.« Er musterte wieder den anderen Volontär. »Wie lang bist du schon aus dem Internat draußen, Kellen?«

»Rund fünfzehn Meilen.«

Aber Kellen war viel jünger als er. Er erinnerte sich genau: Kellen war im Internat zwei Klassen unter ihm gewesen. Anscheinend wurden jetzt Volontäre sehr viel früher angenommen. Doch Kellen sah kräftig und erwachsen aus. Sein Körper war längst nicht mehr der eines Jungen.

»Wie alt bist du?« fragte er.

»Sechshundertfünfundsechzig.«

Das konnte nicht sein ... er war doch mindestens fünfzig Meilen jünger als Helward, der nach seiner eigenen Zeitrechnung jetzt sechshundertsiebzig war.

»Hast du an den Gleisen gearbeitet?«

»Und ob. Verdammte Schinderei.«

»Ich weiß. Wie konnte nur die Stadt so schnell vorwärts kommen?«

»Schnell? Es war im Gegenteil eine schlechte Zeit. Wir mußten einen Fluß überqueren, und momentan wird die Stadt durch hügeliges Gelände aufgehalten. Wir haben viel Zeit verloren. Als ich aufbrach, lagen wir sechs Meilen hinter dem Optimum.«

»Sechs Meilen! Dann hat sich das Optimum schneller bewegt?«

»Nicht daß ich wüßte.« Kellen hielt über die Schulter Ausschau nach den Mädchen. »Ich glaube, ich werd' mich jetzt wieder auf den Weg machen. Kommst du zurecht?«

»Ja. Und wie kommst du mit denen zurecht?«

Kellen grinste.

»Soso«, sagte er. »Sprachliche Verständigungsschwierigkeiten, aber ich denke, ich werde schon ein Gebiet finden, wo wir keine Sprache brauchen.«

Helward lachte und mußte wieder an Pelham denken.

»Tu das bald«, sagte er. »Später hat es so seine Schwierigkeiten.«

Kellen Li-Chen starrte ihn einen Augenblick lang an und stand dann auf.

»Je eher, je lieber, finde ich«, sagte er. Er ging zu den Mädchen zurück, die sich laut beklagten, als sie merkten, wie kurz die Rastpause gewesen war. Als sie an ihm vorübergingen, sah Helward, daß eines der Mädchen die Bluse ganz aufgeknöpft und über der Brust verknotet hatte.

Mit den Vorräten, die Kellen ihm überlassen hatte, glaubte Helward die Stadt ohne weitere Schwierigkeiten erreichen zu können. Nach der Strecke, die er bereits zurückgelegt hatte, bedeuteten weitere fünf Meilen gar nichts, und er war sich sicher, daß er die Stadt vor Einbruch der Nacht erreichen würde. Das Land ringsum war ihm jetzt völlig unbekannt: ungeachtet dessen, was Kellen gesagt hatte, schien die Stadt in der Zwischenzeit gut vorangekommen zu sein.

Der Abend kam, und noch immer war von der Stadt nichts zu entdecken.

Die einzige ermutigende Tatsache war, daß die Schwellengräben jetzt annähernd normale Dimensionen angenommen hatten; als Helward das nächste Mal stehenblieb, um zu trinken, schritt er den nächstliegenden Graben ab und stellte fest, daß er nur mehr rund zwei Meter lang war.

Vor ihm stieg das Gelände an, und er sah, daß die Gleisspuren weiter vorn über eine Anhöhe hinweg verliefen. Er war jetzt sicher, daß die Stadt in der Niederung dahinter liegen mußte, und hastete weiter, in der Hoffnung, sie noch vor dem Dunkelwerden zu sehen.

Die Sonne berührte den Horizont, als er den Scheitel erreichte und ins Tal hinunterblickte.

Ein breiter Fluß strömte die Talsohle entlang. Die Schienenspuren führten bis zum südlichen Ufer ... und setzen sich auf der anderen Seite fort. So weit er sehen konnte, liefen sie weiter durch das breite Tal, bis sie in der Ferne in bewaldetem Gelände verschwanden. Von der Stadt war nichts zu sehen.

Enttäuscht und verwirrt starrte Helward über das Tal, bis die Dunkelheit es verschluckte, dann schlug er sein Nachtlager auf.

Am Morgen brach er kurz nach dem Hellwerden auf, und binnen kurzem hatte er das Flußufer erreicht. Auf der herüberen Seite waren viele Spuren menschlicher Aktivität zu sehen: der Erdboden knapp am Wasser war zu einem schlammigen Sumpf aufgewühlt worden, und eine Menge zurückgelassenes Bauholz und zersprungene Schwellenträger lagen herum. Im Fluß selbst standen noch einige hölzerne Stützpfeiler, anscheinend alles, was von der Brücke übriggeblieben war, die die Stadt hatte bauen müssen.

Helward watete ins Wasser, hielt sich anfangs am ersten Pfeiler fest, aber als das Wasser tiefer wurde, mußte er schwimmen. Die Strömung erfaßte ihn und trug ihn ein ziemliches Stück flußabwärts, bevor er sich ans nördliche Ufer ziehen konnte.

Über und über naß, wanderte er am Ufer flußaufwärts, bis er wieder auf die Schienenspuren stieß. Sein Rucksack und seine Kleider hingen schwer an ihm, deshalb zog er sich aus und breitete seine Kleider in der Sonne aus, ebenso den Schlafsack und den Segeltuchrucksack. Eine Stunde später waren seine Kleider trocken; er zog sich wieder an und packte seine Sachen zusammen. Der Schlafsack war noch etwas feucht, aber er wollte ihn bei der nächsten Rast wieder in die Sonne legen.

Gerade als er den Rucksack überstreifte, hörte er ein sirrendes Geräusch, und etwas zupfte an seiner Schulter. Helward fuhr herum und sah einen Armbrustbolzen in den Boden fahren.

Blitzartig warf er sich hinter einen der alten Schwellenträger.

»Rühren Sie sich nicht von der Stelle!«

Er blickte in die Richtung, aus der die Stimme kam; er konnte den Sprecher zwar nicht entdecken, aber rund fünfzig Meter weiter standen ein paar dichte Büsche.

Helward untersuchte seine Schulter: der Bolzen hatte ein Stück Ärmel mitgenommen, ihn aber nicht verletzt. Er war wehrlos, denn er hatte seine Armbrust zusammen mit den anderen Ausrüstungsgegenständen verloren.

»Ich komme hinüber ... keine Bewegung!«

Einen Augenblick später tauchte ein Mann in der Uniform der Gildenvolontäre hinter den Büschen auf, die Armbrust auf Helward angelegt.

Helward schrie: »Nicht schießen! Ich bin ein Volontär aus der Stadt.«

Der Mann antwortete nicht, sondern kam langsam näher. Etwa fünf Meter vor Helward blieb er stehen.

»Na schön ... dann steh mal auf.«

Helward gehorchte, wartete darauf, erkannt zu werden.

»Also, du bist ein Volontär?«

»Ich bin aus der Stadt«, wiederholte Helward.

»Bei welcher Gilde?«

»Zukunftsvermesser.«

»Wie lautet die letzte Zeile des Eides?«

Helward schüttelte betroffen den Kopf. »Hören Sie mal, was soll das ...«

»Los, los ... der Eid!«

»›All dies schwöre ich in dem vollen Wissen, daß eine Zuwiderhandlung gegen irgendeine ...‹«

Der Mann senkte seine Waffe.

»In Ordnung«, sagte er. »Ich mußte sichergehen. Wie heißt du, Kamerad?«

»Helward Mann.«

Der andere starrte ihn an. »Himmel, hab' ich dich doch wirklich nicht erkannt! Du hast dir ja einen Bart zugelegt!«

»Jase!«

Die beiden jungen Männer musterten einander eingehend und begrüßten sich begeistert. Helward begriff, daß sie beide sich wahrhaftig bis zur Unkenntlichkeit verändert hatten in der langen Zeit, seit sie einander das letzte Mal gesehen hatten. Damals waren sie beide noch bartlose junge Burschen gewesen, die unter dem langweiligen, beengenden Leben im Internat litten; nun hatten sie sich sowohl im Aussehen als auch in ihren Anschauungen geändert. Im Internat hatte Gelman Jase welterfahrenes Gehabe zur Schau gestellt und nur Verachtung für die Ordnung gezeigt, der sie alle unterworfen waren. Sorglos und zu frechen Streichen aufgelegt, hatte er sich als Anführer der weniger ›erfahrenen‹ Jungen gefühlt. Von all dem war nichts mehr zu merken, als Helward nun am Flußufer seine alte Freundschaft mit ihm erneuerte. Das Leben außerhalb der Stadt hatte Jase im Wesen ebenso wie körperlich reifer gemacht. Keiner der beiden Männer hatte noch etwas mit den blassen, schwächlichen und naiven Jungen gemein, die zusammen aufgewachsen waren: sonnengebräunt, bärtig, muskulös und abgehärtet waren sie jetzt ... erwachsene Männer.

»Was soll das heißen, auf mich zu schießen?« wollte Helward wissen.

»Ich hab' dich für einen Bettler gehalten.«

»Einen was? Ach so.« Er hatte nicht mehr an den Slangausdruck gedacht. »Aber hast du nicht die Uniform gesehen?«

»Die hat jetzt nichts mehr zu bedeuten.«

»Aber ...«

»Hör zu, Helward, die Dinge ändern sich. Wie viele Volontäre hast du drunten in der Vergangenheit getroffen?«

»Zwei. Drei, mit dir.«

»Eben. Wußtest du, daß die Stadt etwa jede Meile einen Volontär hinunterschickt? Es sollten also viel mehr von uns unterwegs sein ... und nachdem wir alle denselben Weg gehen, müßten wir uns fast jeden Tag treffen. Aber die Bettler lauern den Volontären auf, bringen sie um und ziehen ihnen die Uniformen aus. Bist du angegriffen worden?«

»Nein«, sagte Helward.

»Aber ich.«

»Trotzdem hättest du erst nachsehen müssen, wer ich bin, bevor du auf mich schießt.«

»Ich hab' danebengezielt.«

Helward wies auf seinen zerrissenen Ärmel. »Dann bist du aber ein lausiger Schütze.«

Jase ging zu dem heruntergefallenen Bolzen und hob ihn auf. Nachdem er ihn auf Beschädigungen untersucht hatte, steckte er ihn wieder in den Köcher.

»Wir sollten sehen, daß wir in die Stadt kommen«, sagte er, als er wieder zu Helward trat.

»Weißt du, wo sie jetzt liegt?«

Jase zog eine besorgte Miene.

»Ich kenn mich nicht mehr aus«, gab er zu. »Ich bin Meilen und Meilen gerannt. Ist die Stadt plötzlich schneller weitergekommen?«

»Soviel ich weiß, nein. Ich habe gestern einen anderen Volontär getroffen. Er sagte, die Stadt sei vielmehr aufgehalten worden.«

»Wo, zur Hölle, ist sie dann?« sagte Jase.

»Irgendwo dort droben.« Helward zeigte entlang der Schienenspuren nach Norden.

»Also gehen wir weiter.«

Als der Tag zu Ende ging, sahen sie noch immer nichts von der Stadt – obwohl die Gleisspuren jetzt bereits ganz normale Dimensionen zeigten –, deshalb schlugen sie in einem kleinen Wald neben einem Bach mit klarem Wasser ihr Nachtlager auf.

Jase war weitaus besser ausgerüstet als Helward. Abgesehen von seiner Armbrust besaß er noch einen zweiten Schlafsack (Helwards durchnäßter hatte begonnen, muffig zu riechen, und er hatte ihn weggeworfen), ein Zelt und genügend Proviant für beide.

»Was hältst du eigentlich von dem Ganzen?«

»Unten in der Vergangenheit?«

»Ja.«

»Ich versuch noch immer, es zu verstehen«, sagte Helward. »Und du?«

»Ich weiß nicht. Mir geht's wohl auch so. Ich finde keinen Sinn in dem, was ich gesehen habe, und trotzdem weiß ich, daß ich es wirklich gesehen und erlebt habe, deshalb muß es so sein.«

»Wie kann sich der feste Boden bewegen?«

»Du hast das auch bemerkt?« sagte Jase.

»Es kam mir jedenfalls so vor. Das war es doch, oder?«

Später erzählten sie einander in allen Einzelheiten, was jeder seit dem Verlassen der Stadt erlebt hatte. Jases Erfahrungen unterschieden sich weitgehend von denen Helwards.

Er hatte ein paar Meilen vor Helward das Internat verlassen und bei der Arbeit außerhalb der Stadt im wesentlichen dasselbe durchgemacht. Ein wichtiger Unterschied war jedoch, daß er nicht geheiratet hatte; man gab ihm deshalb Gelegenheit, mit einigen der Besuchsfrauen zusammenzukommen. Er kannte daher die beiden Frauen schon, die er in die Vergangenheit zurückbringen sollte.

Von ihnen hörte er auch viele der Märchen, die sich die Eingeborenen über die Menschen der Stadt erzählten: daß die Stadt von Riesen bewohnt werde, die mordeten und plünderten und die Frauen vergewaltigten.

Im weiteren Verlauf seiner Reise nach Süden hatte Jase erkannt, daß die Mädchen mehr und mehr Angst bekamen, und als er sie nach dem Grund fragte, sagten sie, sie seien sicher, von ihren eigenen Leuten umgebracht zu werden, wenn sie in ihr Dorf zurückkehrten. Sie wollten wieder in die Stadt. Zu dieser Zeit hatte Jase bereits die ersten Auswirkungen des Deformationseffekts bemerkt und wurde langsam neugierig. Er schickte die Mädchen zurück, mit der Anweisung, auf eigene Faust in die Stadt zurückzukehren. Er wollte noch einen Tag allein weitergehen, dann würde er ebenfalls umkehren.

Er marschierte ein Stück nach Süden, stieß aber auf nichts sonderlich Interessantes, so daß er schließlich umdrehte und versuchte, die Mädchen einzuholen. Drei Tage später fand er sie. Man hatte ihnen die Kehle durchgeschnitten und sie kopfunter an einem Baum aufgehängt. Noch verstört durch diesen entsetzlichen Vorfall, war Jase selbst von einer Bande Eingeborener angegriffen worden, von denen einige Volontärsuniformen trugen. Es war ihm gelungen zu entkommen, aber die Männer hatten ihn verfolgt. Die folgenden drei Tage waren ein Alptraum für ihn. Auf seiner Flucht war er gestürzt und hatte sich einen Knöchel schlimm verstaucht; nahezu bewegungsunfähig, war ihm nichts übriggeblieben, als sich zu verkriechen. Von der Schienenspur war er während der Hetzjagd weit abgekommen. Wie viele Meilen in südlicher Richtung er zurückgelegt hatte, wußte er nicht mehr. Endlich war die Jagd abgeblasen worden, und Jase war allein. Er blieb in seinem Versteck ... aber langsam fühlte er einen zunehmenden Druck nach Süden entstehen. Er war sich im klaren, daß er in eine völlig unbekannte Gegend geraten war – und in eine sehr seltsame. Er beschrieb Helward das flache, strukturlose Gelände, den unbarmherzigen Zug nach Süden, die Verzerrung der gesamten sichtbaren Umwelt.

Er hatte versucht, wieder zu den Schienenspuren zurückzugelangen, aber mit seinem geschwollenen Fuß kam er nur langsam vorwärts. Endlich war er gezwungen gewesen, sich mit Haken und Seil am Boden zu sichern, der allmählich zu einer steilen Wand geworden zu sein schien, bis er seinen Knöchel wieder gebrauchen konnte. Der Druck hatte sich weiter verstärkt, und da er fürchtete, das Seil würde ihn nicht länger halten können, kletterte er mühsam nordwärts. Nach langwierigen Anstrengungen war es ihm gelungen, aus der Zone des ärgsten Drucks zu entkommen, und er hatte sich auf den Heimweg gemacht.

Lange Zeit war er umhergestreift, ohne die Schienenspuren wiederzufinden. Infolgedessen hatte er auch das Gelände abseits der Gleisstrecke weitaus besser kennengelernt als Helward.

»Wußtest du, daß dort draußen noch eine Stadt liegt?« sagte er und zeigte in die Gegend westlich der Gleise.

»Eine *zweite* Stadt?« fragte Helward ungläubig.

»Nein, ganz anders als Erde. Diese Stadt ist fest auf Grund gebaut.«

»Aber wie ...?«

»Sie ist ungeheuer groß. Zehnmal, zwanzigmal größer als Erdstadt. Ich begriff zuerst gar nicht, was ich da sah ... ich dachte, es sei eine Art Dorf, nur eben viel größer. Helward, hör doch, es war eine Stadt, eine Stadt wie jene, von denen wir im Internat lernten ... die Städte des Planeten Erde. Hunderte, Tausende Gebäude ... alle auf den Boden gebaut.«

»Wohnen Leute darin?«

»Ein paar ... nicht viele. Es war alles ziemlich stark beschädigt. Ich weiß nicht, was sich dort abgespielt hat, aber mir kam es vor, als ob diese Stadt jetzt im wesentlichen verlassen wäre. Ich blieb nicht lange, weil ich nicht entdeckt werden wollte. Aber es ist ein wunderbarer Anblick ... diese vielen riesigen Gebäude.«

»Könnten wir hingehen?«

»Nein ... das lassen wir lieber bleiben. Zu viele Bettler. Dort draußen geht irgend etwas vor, irgendwelche Veränderungen. Sie fangen an, sich zu organisieren, Nachrichtenverbindungen aufzubauen. Früher, wenn die Stadt mit einem Dorf Kontakt aufnahm, waren wir oft die ersten Menschen von außerhalb, die die Dorfbewohner seit langem gesehen hatten. Aber aus vielem, was die Mädchen mir erzählten, habe ich den Eindruck gewonnen, daß es nicht mehr so weitergehen wird. Gerüchte verbreiten sich über unsere Stadt ... und die Bettler mögen uns nicht. Sie haben uns nie gemocht, aber in kleinen Gruppen konnten sie nichts ausrichten. Jetzt, glaube ich, haben sie es darauf abgesehen, die Stadt zu vernichten. Sie organisieren sich.«

»Und deshalb verkleiden sie sich als Volontäre«, sagte Helward, der noch nicht begriffen hatte, wie ernst es Jase meinte.

»Das ist, fürchte ich, noch nicht alles. Sie nehmen sich die Kleider der Volontäre, die sie getötet haben, um desto leichter andere töten zu können. Wenn sie sich aber entschließen, die Stadt anzugreifen, dann werden sie gut organisiert und zu allem entschlossen sein.«

»Ich kann mir nicht vorstellen, daß sie jemals eine Bedrohung für uns sein könnten.«

»Vielleicht nicht ... aber du hast bisher ja auch unwahrscheinliches Glück gehabt.«

Am nächsten Morgen brachen sie früh auf und legten ein scharfes Tempo vor. Sie marschierten den ganzen Tag und gönnten sich jeweils nur ein paar Minuten Rast. Die Schienenspuren neben ihnen waren längst zu den normalen Dimensionen zurückgekehrt; beide wurden sie durch die Vorstellung vorangetrieben, daß die Stadt jetzt nur mehr wenige Marschstunden entfernt sein konnte.

Als der Nachmittag anbrach, führte sie die Schienenspur in einem leichten Bogen über die Flanke eines Hügels, und als sie die Kuppe erreichten, sahen sie die Stadt vor sich in einem weiten Tal liegen.

Sie blieben stehen und starrten hinunter.

Die Stadt hatte sich verändert.

Irgend etwas an ihrem Äußeren ließ Helward vorwärts stürzen, den Hügel hinunterrennen.

Von der Anhöhe aus war die übliche Aktivität rund um die Stadt zu beobachten: dahinter vier Schienenlegerteams, die die alten Gleise abrissen, davor ein größerer Arbeitstrupp, der Brükkenpfeiler in den Grund des Flusses trieb, der die Stadt zur Zeit aufhielt. Die Umrisse der Stadt sahen jedoch irgendwie fremd aus. Der hintere Teil war entstellt, geschwärzt ...

Die Milizwachen waren verstärkt worden, und bald wurden Jase und Helward angehalten und ihre Identität überprüft. Beide Männer waren empört über die Verzögerung, denn es war ihnen klargeworden, daß ein schreckliches Unglück die Stadt getroffen haben mußte. Während sie auf die Bestätigung ihrer Personalangaben aus der Stadt warteten, erfuhr Jase von dem Milizanführer, daß es zwei Angriffe der Bettler gegeben hatte. Der zweite war schwerer als der erste gewesen. Dreiundzwanzig Milizsoldaten waren getötet worden; in der Stadt zählte man noch die Opfer.

Die Freude über ihre Rückkehr wurde augenblicklich ausgelöscht durch den Anblick, der sich ihnen bot. Als die Bestätigung durchkam, gingen Helward und Jase schweigend hinüber.

Das Internat war zerstört worden: die Opfer waren vor allem die jüngsten Kinder.

In der Stadt gab es noch mehr Veränderungen. Es waren schwerwiegende Veränderungen, aber Helward fand kaum Zeit, sich darauf einzustellen. Er konnte sie nur zur Kenntnis nehmen und dann versuchen, nicht mehr daran zu denken, bis der Druck der äußeren Schwierigkeiten und Gefahren nachließ. Er hatte keine Zeit, sich seinen Gedanken zu widmen.

Er erfuhr, daß sein Vater gestorben war. Wenige Stunden nachdem Helward die Stadt verlassen hatte, war sein Herz von der Angina zum Stillstand gebracht worden. Clausewitz brachte Helward die traurige Nachricht bei, und Clausewitz war es, der ihm sagte, seine Volontärzeit sei jetzt offiziell beendet.

Und weiter: Victoria hatte einen Jungen geboren, aber das Baby war eines von denen gewesen, die bei dem Angriff umgekommen waren.

Und weiter: Victoria hatte ein Formular unterzeichnet, durch das ihre Ehe aufgelöst wurde. Sie lebte jetzt mit einem anderen Mann zusammen und war wiederum schwanger.

Und weiter, implizit mit all diesen Ereignissen verknüpft und noch unbegreiflicher als diese: Helward sah auf dem Zentralkalender, daß die Stadt während seiner Abwesenheit insgesamt dreiundsiebzig Meilen zurückgelegt hatte und dennoch acht Meilen hinter dem Optimum lag. Nach seiner eigenen subjektiven Zeitrechnung war Helward weniger als drei Meilen lang fortgewesen.

Er nahm dies alles zur Kenntnis. Der Schock würde später kommen, durfte erst später kommen, denn nun drohte ein neuer Angriff.

DRITTER TEIL

1

Im Tal war es dunkel und still. Drüben, auf der Nordseite des Flusses, sah ich ein rotes Licht zweimal aufblitzen, dann wurde es wieder dunkel.

Sekunden später hörte ich tief aus dem Innern der Stadt das Schnarren der Windentrommeln, und die Stadt begann vorwärts zu kriechen. Der Lärm hallte durch das ganze Tal.

Ich lag mit etwa dreißig anderen im verwachsenen Unterholz, das die Hügelflanke bedeckte. Für diese gefährlichste Flußüberquerung in der Geschichte der Stadt war ich vorübergehend zur Miliz eingezogen worden. Der dritte Angriff wurde jeden Augenblick erwartet, doch für uns stand fest, daß die Stadt, wenn sie erst einmal das nördliche Ufer des Flusses erreicht hatte, sich aufgrund der Geländevorteile zumindest so lange würde verteidigen können, daß die Gleise wenigstens bis zur Paßhöhe in den nördlichen Hügeln verlängert werden könnten. Dort oben würden wir dann wieder eine brauchbare Verteidigungsposition haben, bis die Schienen für den nächsten Abschnitt gelegt waren.

Wir wußten, daß irgendwo im Tal etwa hundertfünfzig Bettler lauerten, sämtliche mit Gewehren bewaffnet. Sie stellten eine gefährliche Streitmacht dar. Die Stadt besaß nur zwölf Gewehre, die erbeutet worden waren, und die Munition dafür war während des zweiten Angriffs verbraucht worden. Unsere einzigen brauchbaren Waffen waren die Armbrüste – auf geringe Entfernung tödliche Waffen – und ein Gefühl für den Wert militärischer Aufklärungsarbeit. Letztere hatte es uns ermöglicht, einen Gegenangriff der Reserve vorzubereiten, zu der ich gehörte.

Ein paar Stunden zuvor, bei Einbruch der Dunkelheit, waren wir hier in Stellung gegangen, wo man das Tal gut übersehen konnte. Unsere Hauptverteidigungsmacht bestand aus einem dreifachen Ring von Armbrustschützen rings um die Stadt selbst. Sobald die Stadt sich auf die Brücke schieben würde, sollten sie sich zurückziehen und eine Defensivformation beiderseits der Gleise bilden. Die Bettler würden ihr Feuer auf diese Männer konzentrieren, und in diesem Augenblick würden wir uns in einem Überraschungsangriff auf die Feinde stürzen.

Wenn wir Glück hatten, war der Gegenangriff vielleicht gar nicht erforderlich. Unsere Kundschafter hatten zwar festgestellt, daß ein neuerlicher Angriff vorbereitet wurde, aber da der Brückenbau schneller als erwartet abgeschlossen worden war, konnten wir hoffen, daß die Stadt im Schutz der Dunkelheit sicher die andere Seite erreichte, bevor die Bettler es merkten. Aber in der Stille des Tales war der Lärm der Winden unüberhörbar.

Die vorderste Kante der Stadt hatte eben die Brücke erreicht, als die ersten Schüsse ertönten. Ich legte einen Bolzen in die Schußrinne und hielt die Hand über den Sicherungshebel.

Es war eine bewölkte Nacht, und die Sicht war schlecht. Ich hatte jedoch das Aufblitzen der Gewehre gesehen und schätzte, daß die Bettler etwa einen Halbkreis bildeten, vielleicht hundert Meter von unseren Männern entfernt. Ich konnte nicht erkennen, ob einer ihrer Schüsse getroffen hatte, aber vorläufig wurde das Feuer nicht erwidert.

Wieder knallten Schüsse, und wir konnten deutlich sehen, daß die Bettler sich näher pirschten. Die Stadt war jetzt zur Hälfte auf der Brücke ... und kroch weiter vorwärts.

Da kam von unten der Ruf. »*Licht!*«

Augenblicklich flammte eine Batterie von acht Bogenlampen auf, die an der Rückseite der Stadt montiert waren. Ihr Licht zielte über die Köpfe der Armbrustschützen hinaus auf das umgebende Gelände. Die Bettler waren festgenagelt, viel zu überrascht, um in Deckung zu gehen.

Die erste Reihe Armbrustschützen schossen ihre Bolzen ab,

warfen sich zu Boden und begannen neu zu laden. Die zweite Reihe schoß und duckte sich. Die dritte Reihe schoß, lud wieder.

Die überrumpelten Bettler hatten einige Verluste erlitten, aber jetzt legten sie sich flach auf die Erde und feuerten auf die Verteidiger, die sie von unten als schwarze Schatten vor den Bogenlampen sehen konnten.

»*Licht aus!*«

Sofort wurde alles von neuem in Dunkelheit getaucht. Die Armbrustschützen bei der Stadt änderten ihre Positionen. Einige Sekunden später flammten die Lampen wieder auf, und die Schützen feuerten neue Salven ab.

Wieder wurden die Bettler von diesem Manöver überrascht und mußten weitere Verluste hinnehmen. Dann wurden die Scheinwerfer neuerlich ausgeschaltet, die Armbrustschützen nahmen in der plötzlichen Finsternis wieder ihre alten Positionen ein, und das Manöver wurde wiederholt.

Dann ertönte unten ein Schrei, und als die Bogenlampen wieder aufflammten, sahen wir, daß die Bettler angriffen. Die Stadt war nun auf der Brücke.

Plötzlich gab es eine laute Explosion und eine Stichflamme an einer Seitenwand der Stadt. Sekunden später erfolgte eine zweite Explosion auf der Brücke selbst, und Feuer leckte über das trockene Holz der Fahrbahn.

»Reserve, bereitmachen!« Ich stand auf und wartete auf den Befehl. Ich hatte keine Angst mehr, und die Anspannung des langen Wartens war wie weggewischt. »*Vorwärts!*«

Die Bogenlampen an der Stadt brannten noch, so daß wir die Bettler deutlich sehen konnten. Die meisten waren in ein Handgemenge mit unserem Haupttrupp verwickelt, aber eine Anzahl von ihnen ging in Deckung und zielte sorgfältig auf die Rückseite der Stadt. Zwei Bogenlampen wurden getroffen und erloschen.

Die Flammen auf der Brücke und an der Seitenwand breiteten sich aus.

Ich entdeckte einen Bettler nahe dem Flußufer, der mit

einem Arm weit ausholte, um einen Metallzylinder auf die Brücke zu schleudern. Ich war nicht mehr als zwanzig Meter von ihm entfernt. Ich zielte, zog ab ... und traf den Mann in die Brust. Die Brandbombe plumpste ein paar Meter vor ihm auf die Erde und zerbarst in einer Stichflamme.

Unser Gegenangriff hatte, wie erwartet, den Feind völlig überrumpelt. Wir konnten noch drei von ihnen erledigen ... aber plötzlich hatten sie genug, rannten nach Osten davon und verschwanden in der Dunkelheit des Tals.

Ein paar Minuten lang herrschte ein beträchtliches Durcheinander. Die Stadt brannte, und die Brücke unter ihr brannte ebenfalls an zwei Stellen. Ein Flammenherd lag genau unter der Stadt, der zweite bereits ein paar Meter hinter ihr. Es war offensichtlich dringend nötig, die Flammen zu bekämpfen, aber keiner war sicher, ob die Bettler sich wirklich alle zurückgezogen hatten.

Die Stadt wurde weiter vorwärts geschleppt, aber an den Stellen, wo die Brücke brannte, fielen bereits große Balkenstücke herunter in den Fluß.

Die Ordnung wurde schnell wiederhergestellt. Ein Milizoffizier brüllte Befehle, und die Männer formierten sich in zwei Gruppen. Die eine Gruppe postierte sich zur Verteidigung an den Gleisen, die andere, der ich zugeteilt wurde, ging auf die Brücke hinaus, um das Feuer zu bekämpfen.

Nach dem zweiten Angriff – bei dem zum erstenmal Brandbomben verwendet worden waren – hatte man an der Außenseite der Stadt Hydranten angeschlossen. Der uns am nächsten liegende war durch eine der Explosionen beschädigt worden, und Wasser sprudelte nutzlos aus der Öffnung. Wir fanden einen zweiten und rollten den kurzen Feuerwehrschlauch aus.

Das Feuer auf der Fahrbahn brannte heftig, und es war ein fast hoffnungsloses Unterfangen, hier mit Löschversuchen etwas ausrichten zu wollen. Obwohl die Stadt die am schwersten beschädigten Stellen schon passiert hatte, waren drei ihrer großen Laufräder noch nicht über die Brandstelle hinweg ... und als wir in dichtem Rauch und hochschlagenden Flammen uns abmühten, sah ich, wie die eine Schiene sich durchzubiegen begann unter der doppelten Beanspruchung von Hitze und Belastung.

Plötzlich gab es einen Krach, und ein weiterer durchgebrannter Fahrbahnbalken brach durch. Der Qualm war unerträglich. Hustend und würgend mußten wir uns zurückziehen, heraus aus dem Tunnel unter der Stadt.

Auch das Feuer an den Aufbauten brannte noch, aber ein Löschtrupp aus der Stadt versuchte von innen her, damit fertig zu werden. Die Winden jedoch drehten sich ... und die Stadt kroch langsam der relativen Sicherheit des Nordufers zu.

2

Sobald es hell wurde, konnten wir die Schäden genauer feststellen. Was den Verlust an Menschen betraf, waren wir einigermaßen glimpflich davongekommen. Drei Milizsoldaten waren bei der Schießerei tödlich getroffen, fünfzehn weitere verletzt worden. In der Stadt hatte ein Mann schwere Verbrennungen erlitten, bei der Explosion einer Brandbombe, und vielleicht ein Dutzend Männer und Frauen war durch den Rauch und Qualm in Mitleidenschaft gezogen worden.

Die Schäden an der Stadt selbst waren erheblich. Eine ganze Abteilung von Verwaltungsbüros war vom Feuer vernichtet und ein Teil der Wohnbezirke durch Brand- oder Wasserschäden unbewohnbar geworden.

Der Unterteil der Stadt war am schwersten betroffen. Obwohl das eigentliche Fundament aus Stahl bestand, war auch im untersten Niveau viel aus Holz gebaut, und dort waren die ärgsten Schäden zu verzeichnen. Die rückwärtigen Laufräder des Rechtsaußen-Gleises waren aus den Schienen gesprungen, und eines der großen Räder war durch einen Materialriß unbrauchbar geworden. Es mußte entfernt werden.

Nachdem die Stadt das nördliche Ufer erreicht hatte, konnte die Feuerbekämpfung auf der Brücke nicht fortgesetzt werden;

sie war fast zur Gänze abgebrannt. Mit ihr hatten wir mehrere hundert Meter unersetzlicher Schienen verloren, die die Hitze deformiert hatte.

Nachdem ich zwei Tage außerhalb der Stadt bei den Schienenlegerteams gearbeitet hatte, die sich bemühten, soviel wie möglich von den Gleisen am südlichen Ufer zu retten, wurde ich zu Clausewitz gerufen.

Abgesehen von einer oder zwei Stunden unmittelbar nach meiner Rückkehr war ich nicht mehr in der Stadt gewesen und hatte mich auch nicht formell bei meinen Gildenvorgesetzten zurückgemeldet. Soweit ich feststellen konnte, war das übliche Gildenprotokoll für die Dauer des Notstands aufgehoben worden, und da ich selbst noch kein Ende der ernsten Lage absehen konnte – die Angriffe hatten uns ziemlich aufgehalten, und wir waren weiter denn je vom Optimum entfernt –, hatte ich nicht erwartet, von der Arbeit draußen weggeholt zu werden.

Die Stimmung der außerhalb arbeitenden Männer war beunruhigend; in einer Mischung von Verzweiflung und Hoffnungslosigkeit bemühten wir uns, die Gleisstrecke bis zum Paß zu verlängern, aber der unbeschwerte Eifer meiner ersten Zeit außerhalb der Stadt war erloschen. Jetzt legten wir die Schienen eher den Feinden zum Trotz als aus jener grundlegenden Motivation, die mir das eigentliche Wesen der Stadt auszumachen schien: das innere Bedürfnis, sich in einer fremdartigen Umwelt zu behaupten.

Die Gespräche der Schienenleger, der Milizsoldaten, der Schlepperleute drehten sich alle mehr oder weniger um die Angriffe. Man redete nicht mehr davon, das Optimum einzuholen oder von den Gefahren unten in der Vergangenheit. Die Stadt machte eine Krise durch, und die Haltung aller brachte das deutlich zum Ausdruck.

Als ich in die Stadt kam, fielen mir auch hier krasse Veränderungen auf. Die helle Beleuchtung, die antiseptische Sauberkeit der Gänge und Räume, das gewohnte Klima alltäglicher Routine, all dies gab es nicht mehr.

Der Lift funktionierte nicht. Viele der Haupttüren in den Korridoren waren abgesperrt, und an einer Stelle war ein großes Stück Außenwand herausgerissen worden – vermutlich durch eine der Explosionen –, so daß jeder, der hier vorbeikam, sehen konnte, was draußen vor sich ging. Ich mußte an Victorias einstige Unzufriedenheit denken und daran, daß es mit dem System der Geheimhaltung und Isolierung, das sie so erbittert hatte, nun notgedrungen vorbei war.

Der Gedanke an Victoria tat mir weh; ich hatte immer noch nicht richtig begriffen, wie das alles geschehen sein konnte. In einem Zeitraum, der mir wie einige Tage vorgekommen war, hatte sie gegenseitiges Verständnis und Liebe und alles, was in unserer Ehe verband, vergessen können und hatte ein neues Leben ohne mich begonnen. Ich hatte sie seit meiner Rückkehr nicht gesehen, obwohl ich dafür gesorgt hatte, daß sie erfuhr, daß ich wieder in der Stadt war. Angesichts der äußeren Bedrohung war es ohnehin nicht möglich gewesen, sie zu besuchen, und bevor ich sie sah, mußte ich mir erst selbst über diesen Teil meines Lebens klarwerden. Die Nachricht, daß sie ein Kind von einem anderen Mann trug – ich erfuhr, daß es sich um einen Erziehungsbeamten namens Yung handelte –, hatte mich anfangs kaum getroffen, einfach weil ich es nicht glauben konnte. In der kurzen Zeit, die ich meiner Ansicht nach fortgewesen war, konnte es gar nicht so weit gekommen sein.

Ich fand nur mit einigen Schwierigkeiten zu den Räumen der Gilden ersten Ranges. Das Innere der Stadt hatte sich in vieler Hinsicht geändert.

Menschen, Lärm und Schmutz waren überall. Jeder freie Quadratmeter war in Notunterkünfte verwandelt worden, und sogar in einigen Gängen lagen Verwundete. Etliche Wände und Abteilungen waren entfernt worden, und unmittelbar vor den Gildenräumlichkeiten – wo früher hübsch eingerichtete Freizeiträume der Gildenmitglieder gewesen waren – hatte man eine Notküche eingerichtet.

Überall roch es beizend nach verbranntem Holz.

Ich wußte, daß der Stadt eine grundlegende Veränderung

bevorstand. Ich konnte geradezu spüren, wie das alte Gildensystem zerbröckelte. Die Aufgabenbereiche vieler Menschen hatten sich bereits geändert; bei der Arbeit mit den Schienenlegertrupps hatte ich eine Reihe Männer getroffen, die das erste Mal aus der Stadt herausgekommen waren, Männer, die sich vor den Angriffen mit Lebensmittelsynthese, Erziehung oder Verwaltungsaufgaben beschäftigt hatten. Bettler als Fremdarbeiter anzuwerben, war jetzt natürlich ausgeschlossen, deshalb mußten alle mithelfen, die Stadt weiterzubringen. Warum Clausewitz mich zu diesem Zeitpunkt, da jeder Hand anlegen mußte, zu sich rufen ließ, konnte ich mir nicht vorstellen.

Im Büro der Zukunftsgilde fand ich ihn nicht, also wartete ich eine Weile. Als er nach einer halben Stunde immer noch nicht aufgetaucht war, dachte ich mir, daß ich bei der Arbeit draußen wohl nötiger gebraucht wurde, und ging.

Auf dem Gang traf ich Zukunftsvermesser Denton.

»Sie sind Zukunftsvermesser Mann, nicht wahr?«

»Ja.«

»Wir verlassen die Stadt. Sind Sie fertig?«

»Ich sollte mich bei Zukunftsvermesser Clausewitz melden.«

»Das stimmt. Er hat mich geschickt. Können Sie reiten?«

Ich hatte gar nicht mehr an die Pferde gedacht, seit ich die Stadt verlassen hatte. »Ja.«

»Ausgezeichnet. Wir treffen uns in einer Stunde bei den Ställen.« Er betrat das Zukunftsbüro.

Jetzt, da ich eine Stunde für mich hatte, merkte ich, daß ich nicht wußte, was tun, wen besuchen. Alle meine Bindungen an die Stadt waren zerrissen; nicht einmal mehr ihr Aussehen, ihre Atmosphäre waren so, wie ich sie in Erinnerung hatte.

Ich wanderte in den rückwärtigen Teil der Stadt, um mir selbst das Ausmaß der Zerstörung im Internat anzusehen, aber es gab nicht mehr viel zu sehen. Die Aufbauten waren fast zur Gänze verbrannt oder bei den Löscharbeiten abgerissen worden, und wo die Kinderschlafsäle gewesen waren, war nur mehr der geschwärzte Stahl des Hauptfundaments übrig. Von hier konnte ich hinaus über den Fluß sehen, zurück in die Gegend, wo der

Angriff stattgefunden hatte. Ich fragte mich, ob die Bettler es nochmals versuchen würden. Wir hatten ihnen wohl einen schweren Schlag versetzt, aber wenn sie die Stadt so sehr haßten, wie es den Anschein hatte, dann würden sie sich sicher neu sammeln und irgendwann wieder angreifen.

Mir wurde jetzt erst richtig bewußt, wie verwundbar die Stadt war. Sie war nicht nach Verteidigungsgesichtspunkten konstruiert worden, sie war langsam, unpraktisch und aus leicht brennbaren Materialien gebaut. Alle ihre schwächsten Stellen, die Schienen, die Kabel, die hölzernen Aufbauten waren leicht zugänglich.

Ich fragte mich, ob die Bettler wohl wußten, wie leicht sie die Stadt völlig zerstören könnten: sie brauchten ja nur ihren Fortbewegungsmechanismus permanent lahmzulegen und dann einfach abzuwarten, bis die Bewegung des Bodens sie nach Süden in die endgültige Vernichtung trug.

Ich dachte noch eine Zeitlang darüber nach. Es schien, als ob die Eingeborenen die wesenseigene Schwäche der Stadt und ihrer Bewohner nicht verstanden, weil sie die Fakten nicht kannten. Soweit ich es beurteilen konnte, war die seltsame Veränderung, die die drei Mädchen unten in der Vergangenheit erfaßt hatte, für sie subjektiv gar keine Veränderung gewesen.

Hier in der Nähe des Optimums hatte der Deformationseffekt keine Wirkung auf die Bettler – oder höchstens eine nicht wahrnehmbare –, so daß sie nichts davon ahnten.

Nur wenn es den Bettlern gelang – vielleicht nicht einmal mit Absicht –, die Stadt so aufzuhalten, daß sie bis in eine Region nach Süden gezogen würde, aus der sie niemals entrinnen konnte, dann würde ihnen die Wirkung des Effekts auf die Stadt und ihre Bewohner klarwerden.

Auch unter normalen Bedingungen würde die Stadt in nächster Zeit mit Schwierigkeiten zu kämpfen haben. Das Gelände war ungünstig, die Hügel nördlich von uns waren wahrscheinlich nicht die letzten auf dieser Strecke. Wie konnte die Stadt da je wieder dem Optimum näher kommen?

Im Augenblick allerdings war die Stadt einigermaßen sicher.

Während der nächste Schienenabschnitt gelegt wurde, war sie nach hinten durch den Fluß geschützt und an den anderen Seiten durch kahle Hügel, die Angreifern keinerlei Deckung boten. Unsere strategische Lage war daher gar nicht so ungünstig.

Ich überlegte, ob ich noch Zeit hatte, mich umzuziehen, da ich viele Tage in denselben Kleidern gearbeitet und geschlafen hatte. Dieser Gedanke brachte mir unvermeidlich Victoria in Erinnerung und wie sie die Nase über meine Uniform gerümpft hatte, die ich zehn Tage außerhalb der Stadt getragen hatte.

Ich hoffte, ich würde ihr nicht begegnen, bevor ich die Stadt verließ.

Ich kehrte ins Zukunftsbüro zurück und erkundigte mich. Natürlich gab es Uniformen, und ich hatte ein Recht auf eine neue, da ich jetzt vollwertiges Gildenmitglied war ... nur zur Zeit waren keine vorhanden. Man sagte mir, es würde mir eine Uniform besorgt werden, während ich fort war.

Zukunftsvermesser Denton erwartete mich bereits, als ich zu den Ställen kam. Er zeigte mir mein Pferd, und wir ritten ohne weiteren Aufenthalt unter der Stadt heraus Richtung Norden.

3

Denton war ein Mann, der von sich aus nicht viel redete. Er beantwortete die Fragen, die ich ihm gerade stellte, aber dazwischen lagen lange Perioden des Schweigens. Mir war das nicht unangenehm, weil es mir die mehr als notwendige Gelegenheit zum Nachdenken bot.

Das Prinzip der Gildenerziehung galt noch immer: ich wußte, daß ich mir über alles, was ich sah, selbst klarwerden mußte und mich nicht auf die Theorien oder Auslegungen anderer verlassen konnte.

Wir folgten der geplanten Gleisstrecke, die Hügelflanke hinauf und über den Paß. Von der Paßhöhe an führte ein Tal mit sanfter Neigung einen kleinen Wasserlauf entlang in die Ferne.

Am jenseitigen Talende war etwas Wald zu erkennen, dann folgte wieder eine Hügelkette.

»Denton, warum haben wir die Stadt in einem solchen Augenblick verlassen?« sagte ich. »Es wird doch jeder Mann daheim gebraucht.«

»Auch unsere Arbeit ist wichtig. Immer.«

»Wichtiger als die Verteidigung der Stadt?«

»Ja.«

Während wir weiterritten, erklärte er mir, daß die Vermessungsarbeit in den letzten Meilen zurückgestellt worden war. Der Grund dafür war teils die bedrohliche Situation, teils, daß es der Gilde an Leuten mangelte.

»Wir haben die Zukunft erst bis zu diesen Hügeln dort vorne vermessen«, sagte er. »Der Wald ... der wird den Schienenlegern Ärger machen, und die Bettler könnten uns dort einen Hinterhalt legen ... andererseits brauchen wir Bauholz. Vom Hügelland kennen wir vielleicht noch eine weitere Meile, aber dahinter liegt unerforschtes Land.«

Er zeigte mir eine Karte, die den Anfang einer langen Papierrolle bedeckte, und erklärte mir die Symbole. Unsere Aufgabe war es nun, die Kartierung nach Norden fortzusetzen. Denton hatte ein Vermessungsinstrument, das auf ein großes hölzernes Stativ montiert war, und immer wieder schaute er durch, las Werte ab und trug sie in die Karte ein.

Die Pferde waren schwer mit Ausrüstungsgegenständen bepackt. Außer Schlafzeug und umfangreichem Proviant hatten wir jeder eine Armbrust mit, samt einem reichlichen Vorrat an Bolzen, des weiteren allerhand Grabwerkzeug, eine Ausrüstung für chemische Bodenproben und eine kleine Videokamera mit Recorder. Die Videoaufnahmen wurden meine Aufgabe, nachdem Denton mir gezeigt hatte, wie man das Gerät bediente.

Die übliche Arbeitsweise der Zukunftsgilde war, wie ich seinen Erklärungen entnahm, mehrere Vermesser oder Vermessungsteams auf verschiedenen Routen nach Norden zu schikken. Bei seiner Rückkehr hatte jeder Vermesser eine detaillierte Karte der Gegend zusammengestellt, durch die er gereist war, und die Videoaufnahmen ergänzten seine Karte. Dieses Material wurde dann dem Rat der Navigatoren vorgelegt, der unter Berücksichtigung aller Berichte entschied, welche Route die Stadt nehmen würde.

Am späten Nachmittag machte Denton zum sechstenmal halt und stellte sein Instrument auf. Nachdem er die Höhe der umliegenden Berge durch Winkelablesungen bestimmt hatte und mit einem Kreiselkompaß die exakte Nordrichtung festgestellt hatte, befestigte er ein Pendel an der Unterseite des Instruments. Das Pendelgewicht wies unten eine Spitze auf. Nachdem es ausgeschwungen hatte und ruhig hing, holte Denton eine Folie heraus, die genau zwischen die Beine des Stativs paßte. Sie war mit konzentrischen Kreisen versehen wie eine Zielscheibe.

Der Pendelkörper hing fast genau über dem Zentrum.

»Wir sind ziemlich genau im Optimum«, sagte er. »Sie wissen, was das bedeutet?«

»Nicht genau.«

»Sie waren doch unten in der Vergangenheit, nicht?« Ich bestätigte das. »Wir haben auf dieser Welt überall gegen die Zentrifugalkraft zu kämpfen«, fuhr er fort. »Je weiter man nach Süden kommt, um so stärker wird sie. Weiter südlich des Optimums überwiegt sie sogar die Gravitation, aber bis zu einer Entfernung von rund zwölf Meilen hat das keine Bedeutung für das alltägliche Leben. Noch weiter südlich wäre schon recht gefährlich für die Stadt. Aber das wissen Sie ja, Sie haben die Zentrifugalkraft doch selber zu spüren bekommen.«

Er machte weitere Ablesungen an seinem Instrument.

»Achteinhalb Meilen«, sagte er. »Das ist die Entfernung zwischen hier und der Stadt ... die Strecke, die die Stadt aufholen muß.«

Ich fragte: »Wie kann man das Optimum feststellen?«

»Wenn das Pendel zeigt, daß der Schwerevektor, das ist die Resultierende von Zentrifugalkraft und Gravitation, am wenigsten von der Vertikalen abweicht. Wir brauchen das Optimum, um die Fortbewegung der Stadt messen zu können. Sie können es sich als eine die Welt umrundende Linie vorstellen, eine Kurve, die optimale physikalische Verhältnisse markiert, denn hier verschwindet auch der Deformationseffekt.«

»Und das Optimum bewegt sich immer von uns fort?«

»Nein, das Optimum ist stationär ... aber der Boden bewegt sich von ihm fort.«

»Ja, stimmt.«

Wir packten unser Gerät zusammen und ritten weiter nach Norden. Kurz vor Sonnenuntergang schlugen wir das Nachtlager auf.

4

Die Vermessungsarbeit war zumindest geistig nicht anstrengend, und im Verlauf unserer langsamen Reise nach Norden stellte ich nach und nach fest, daß stete Wachsamkeit in bezug auf etwaige feindselige Eingeborene so ziemlich das einzige war, was einen mehr beanspruchte. Denton meinte zwar, daß ein Angriff auf uns unwahrscheinlich sei, aber wir waren trotzdem auf der Hut.

Ich mußte immer noch an den phantastischen Anblick der sich vor mir hochwölbenden Welt denken. Es war ein Erlebnis, das nur schwer zu begreifen war.

Am dritten Tag unserer Reise mußte ich auf einmal an Verschiedenes denken, das ich als Kind in der Schule gelernt hatte. Ich weiß nicht recht, was mich darauf brachte; verschiedene Faktoren mochten mitgespielt haben, nicht zuletzt der Schock über das so vollständig zerstörte Internat, die früheren Schulräume.

Ich hatte wenig an meine Ausbildung gedacht, seit ich das Internat verlassen hatte. Damals war mir die Schule wie den meisten anderen Kindern wie eine Art Strafe vorgekommen, die man eben absitzen mußte. Jetzt in der Rückschau bekam vieles von dem Wissen, das man in unsere unwilligen Köpfe gestopft hatte, einen anderen Aspekt, weil ich nun begann, es im Zusammenhang mit der Stadt zu sehen.

Einer der Gegenstände, die uns am meisten langweilten, war der von den Lehrern als ›Geographie‹ bezeichnete. Die meisten Stunden in diesem Fach waren der Kartographie und Vermessungstechnik gewidmet gewesen; in der kleinen abgeschlossenen Welt des Internats war uns das alles als reine Theorie erschienen. Jetzt allerdings bekamen diese langen Stunden trokkener Paukerei endlich einen Sinn. Wenn ich mich ein wenig konzentrierte und in meinem nicht immer verläßlichen Gedächtnis nachgrub, war ich imstande, ziemlich rasch zu begreifen, was Denton mir von unserer Arbeit erklärte.

Noch viele andere Gegenstände hatte man uns scheinbar nur der Theorie halber beigebracht, und ich merkte nun, daß auch sie ihre praktische Bedeutung hatten. So besaß jeder neue Volontär bereits eine Wissensgrundlage in bezug auf die Aufgaben, die er in seiner eigenen Gilde würde erfüllen müssen, und er war außerdem zumindest oberflächlich über viele andere Angelegenheiten der Stadt informiert.

Natürlich hatte nichts mich auf die rein körperliche Schufterei an den Gleisen vorbereiten können, aber die Maschinerie, die die Stadt auf diesen Gleisen voranschleppte, war mir instinktiv vertraut gewesen ... von meiner theoretischen Ausbildung her.

Der Pflichtdienst bei der Miliz war mir sehr lästig gewesen, aber die mir damals sinnlos erscheinende Betonung militärischer Strategie bei unserer Ausbildung war natürlich sehr nützlich für alle, die später einmal zur Verteidigung der Stadt herangezogen werden mußten.

Dieser Gedankengang führte mich zu der Überlegung, ob es in meiner Ausbildung irgend etwas gegeben haben könnte, das mich auf den Anblick unserer so seltsam geformten Welt hätte vorbereiten können.

In den Gegenständen, die sich mit Astrophysik und Astronomie befaßten, waren Planeten immer als annähernd kugelförmige Körper beschrieben worden. Die Erde – der Planet, nicht unsere Stadt – war demnach eine abgeplattete Kugel, ein sogenannter Rotationsellipsoid, und wir hatten Karten von einem Großteil ihrer Oberfläche gesehen. Ausführlicher war man auf diesen Aspekt der Weltkunde nicht eingegangen; ich war in der Annahme aufgewachsen, daß die Welt, zu der die Stadt Erde gehörte, eine Kugel war wie der Planet Erde, und ich hatte nie etwas gehört, das dieser Annahme widersprochen hätte. Tatsächlich wurde das Aussehen unserer Welt eigentlich nie offen besprochen.

Ich wußte, der Planet Erde gehörte zu einem System von Planeten, die ihre Bahnen um eine sphärische Sonne zogen. Der Planet Erde selbst wurde von einem ebenfalls kugelförmigen Satelliten umkreist. Dies waren und blieben wiederum rein theoretische Informationen für mich ... und daß sie offenbar keine praktische Grundlage besaßen, hatte mich nicht gestört, selbst als ich die Stadt verließ, denn es war immer klargewesen, daß für uns andere Gegebenheiten galten. Die Sonne und der Mond waren nicht kugelförmig, ebensowenig wie die Welt, auf der wir lebten.

Dadurch aber stellte sich die Frage: wo lebten wir?

Eine Antwort lag vielleicht in der Vergangenheit.

Unser Lehrplan hatte auch Geschichte umfaßt, allerdings ausschließlich die Geschichte des Planeten Erde. Wir hatten eine Menge über militärische Ereignisse gelernt, über den Wechsel der Vormacht von einem Staat zum anderen, über Regierungssysteme. Wir wußten, daß die Zeit auf dem Planeten Erde in Jahren und Jahrhunderten gemessen wurde und daß die geschriebene Geschichte etwa zwanzig Jahrhunderte zurückreichte. Ich hatte den Eindruck gewonnen – vielleicht zu Unrecht –, daß ich höchst ungern auf dem Planeten Erde gelebt hätte, da seine Geschichte anscheinend aus einer Folge von Zwistigkeiten, Kriegen, Eroberungen und Wirtschaftskrisen bestand. Die Zivilisation hatte einen hohen Stand erreicht, denn, so erklärte man uns, die Menschen lebten in Städten. Damit waren wir von der Stadt Erde *per definitionem* zivilisiert, und doch schien unser Leben und das jener Menschen grundverschieden zu sein. Zivilisation auf dem Planeten Erde bedeutete Egoismus und Habgier; die Leute, die in zivilisierten Staaten lebten, beuteten alle anderen aus, die nicht so gut dran waren. Immer wieder trat ein

Mangel an lebenswichtigen Gütern ein, und die zivilisierten Nationen belegten diese Güter mit Beschlag, weil sie die wirtschaftliche Vormacht hatten. Diese krassen ökonomischen Unterschiede waren anscheinend die Ursache aller Zwistigkeiten.

Plötzlich begann ich Parallelen zwischen jener Zivilisation und unserer zu sehen. Die Stadt befand sich aus einem sehr ähnlichen Grund im Kriegszustand mit den Bettlern: wir beuteten sie nicht aus Habgier aus, aber wir hatten unzweifelhaft die wirtschaftliche Vormacht, wir besaßen alle jene Güter, die auf dem Planeten Erde auch knapp waren: Nahrungsmittel, Energie, Rohstoffe. Dagegen hatten wir einen Mangel an Arbeitskräften, und wir bezahlten dafür mit unserem Güterüberschuß.

Der Prozeß lief bei uns mit dem umgekehrten Vorzeichen ab, aber das Ergebnis war das gleiche.

Ich folgte meinem Gedankengang weiter und erkannte, daß der Unterricht in der Geschichte des Planeten Erde eine Vorbereitung für jene war, die Unterhändler werden würden, aber Antwort auf meine eigenen Fragen fand ich nicht. Die historischen Berichte begannen und endeten auf dem Planeten Erde, und nirgendwo wurde erwähnt, wie die Stadt auf diese ganz andere Welt gekommen war, wie und warum sie gebaut worden war oder wer ihre Begründer gewesen und woher sie gekommen waren.

Wurde dies alles absichtlich verschwiegen? Oder war es vergessen worden?

Ich nahm an, daß schon viele Gildenmitglieder versucht hatten, sich ein eigenes Weltbild zurechtzuzimmern, und es konnte durchaus sein, daß die Antworten, die ich suchte, in der Stadt zu finden waren oder daß es irgendeine allgemein akzeptierte Hypothese gab, die mir nur einfach noch nicht untergekommen war. Ich hatte mir jedenfalls ganz automatisch die Art der Gildenleute zu eigen gemacht. Um auf dieser Welt zu überleben, brauchte man Initiative: im großen, weil die Stadt unaufhörlich von jener deformierenden Kraft im Süden in Sicherheit gebracht werden mußte, und im kleinen, weil jeder von uns erst durch persönliche Initiative zu einer Erkenntnis seiner Welt gelangen konnte. Zukunftsvermesser Denton hatte seinen Platz in dieser Welt gefunden, wie die meisten anderen Männer, die ich kennengelernt hatte. Ich wollte einer von ihnen werden, und dazu mußte ich lernen, die Welt aus eigener Erfahrung zu begreifen. Ich überlegte, ob ich meine Gedanken wohl mit Denton besprechen könnte, aber das wollte ich nicht.

Unsere Reise nach Norden war langwierig und voller Umwege. Wir nahmen nicht den genauen Weg nach Norden, sondern machten des öfteren Abstecher nach Osten oder Westen. Regelmäßig stellte Denton unsere Position in bezug auf das Optimum fest, und zu keiner Zeit kamen wir weiter nördlich als etwa fünfzehn Meilen davon.

Ich fragte ihn, ob es einen Grund gäbe, daß wir nicht noch weiter nach Norden vorstießen.

»Normalerweise würden wir so weit nach Norden gehen, wie wir können«, sagte er. »Aber die Stadt befindet sich in einer schwierigen Lage. Wir müssen also nicht nur die leichteste Route nach Norden finden, sondern auch das Gelände unter dem Gesichtspunkt betrachten, wo wir uns am besten verteidigen können.«

Die Karte, die wir zusammenstellten, wurde mit jedem Tag detailreicher, vollständiger. Denton erlaubte mir, mich an den Instrumenten zu versuchen, wann immer ich wollte, und bald war ich fast so geübt wie er. Ich lernte die Vermessung durch Triangulation, wie man die Höhe von Erhebungen berechnete und wie die Entfernung in nördlicher oder südlicher Richtung vom Optimum bestimmt wurde. Am meisten Spaß machte mir die Bedienung der Kamera, auch wenn ich meinen Eifer etwas eindämmen mußte, um die Batterien zu schonen.

Es war friedvoll und angenehm hier draußen, weit weg von dem Streß des Stadtlebens, und mit der Zeit entdeckte ich auch, daß Denton trotz seiner Wortkargheit ein freundlicher und intelligenter Mann war, mit dem man gut auskommen konnte.

Ich wußte nicht mehr genau, wie viele Tage wir schon unterwegs waren, aber es mußten mindestens zwanzig sein. Dennoch schien Denton keineswegs an eine Rückkehr zu denken.

Wir stießen auf eine kleine Siedlung, in eine flache Talmulde geduckt. Wir versuchten nicht, mit den Leuten Kontakt aufzunehmen. Denton zeichnete lediglich das Dorf in die Karte ein und vermerkte die ungefähre Bevölkerungszahl.

Die Landschaft sah hier grüner und frischer aus als die Gegenden, mit denen ich bisher vertraut war, obwohl die Sonne nicht schwächer schien. Aber es regnete hier öfter, meist während der Nacht, und es gab eine Menge Bäche und Flüsse jeder Größe.

Und alle Einzelheiten der Gegend, ob sie von der Natur oder von Menschenhand stammten, ob sie Hindernis oder Vorteil für die Stadt darstellten, zeichnete Denton kommentarlos in seine Karte ein. Es war nicht die Aufgabe eines Zukunftsvermessers, die Route zu bestimmen, die die Stadt nehmen würde; wir brauchten nur Aussehen und Eigenschaften des Zukunftslandes festzustellen.

Die natürliche Schönheit der Landschaft, die friedvolle Atmosphäre, die stillen grünen Täler übten einen eigenartigen Zauber auf mich aus. Ich wußte, wenn die Stadt während kommender Meilen durch diese Gegend zog, würde keiner diese Schönheit bewundern. Vom Standpunkt der Stadt aus hätte diese liebliche, frische Landschaft ebensogut eine windige, kahle Steppe sein können.

In den Stunden, in denen ich nicht mit unseren Routineaufgaben beschäftigt war, grübelte ich immer noch an meinen Problemen herum. Ich konnte den Anblick nicht vergessen, das seltsame Aussehen der Welt, auf der wir lebten. In den langen und langweiligen Jahren meiner Ausbildung mußte es irgendwann irgend etwas gegeben haben, das mich, zumindest unbewußt, auf diesen Anblick vorbereitet hatte. Unser Leben basierte auf Annahme; wenn man einmal überzeugt war, daß die Welt, auf der wir dahinzogen, genauso aussah wie jede andere ... konnte einen da überhaupt etwas darauf vorbereiten, daß diese Annahme eines Tages völlig umgestoßen werden würde?

Eine Art Vorbereitung auf jenen Anblick hatte an jenem Tag

begonnen, an dem Zukunftsvermesser Denton mich zum erstenmal aus der Stadt geführt hatte, damit ich selbst einmal eine Sonne sehe, die durchaus nicht die Form einer Kugel hatte.

Aber mir ließ der Gedanke auch weiter keine Ruhe, daß ich schon früher einen Hinweis erhalten hatte.

Mehrere Tage noch zerbrach ich mir den Kopf über das Problem, wann immer ich Muße fand, und dann kam mir eine Idee. Denton und ich hatten gegen Abend unser Lager in freiem Gelände aufgeschlagen, am Ufer eines breiten, seichten Flusses. Als sich der Sonnenuntergang ankündigte, nahm ich die Videokamera und den Recorder und wanderte damit allein einen niedrigen Hügel hinauf, der vielleicht eine halbe Meile vom Lager entfernt war. Von seinem Scheitel hatte man freie Sicht auf den nordöstlichen Horizont.

Als die Sonne tiefer sank, milderte der atmosphärische Dunst ihre blendende Helligkeit, so daß ihre Form erkennbar wurde: eine Scheibe, aus der nach oben und unten ein langer Dorn wuchs. Ich schaltete die Kamera ein und nahm den Untergang auf. Danach spielte ich das Band zurück, um Bildschärfe und Klarheit zu überprüfen.

Ich wurde dieses Schauspiels nie müde. Der Himmel verfärbte sich rötlich, und nachdem die Sonnenscheibe unter den Horizont geglitten war, versank auch die obere Lichtzacke schnell. Ein paar Minuten nach ihrem Verschwinden sah man noch in der Mitte des rötlichen Glühens einen hellen Fleck ... doch auch er erlosch bald, und die Nacht zog rasch herauf.

Ich spielte das Band immer wieder ab, starrte das Bild der Sonne auf dem winzigen Monitorschirm des Recorders an, bis mir die Augen schmerzten. Ich ließ das Bild stillstehen, regulierte die Helligkeit, bis nur mehr die weißen Umrisse vor dem dunklen Hintergrund zu sehen waren.

Hier sah ich eine Miniaturdarstellung der Welt. Meiner Welt. Ich hatte diese Form schon einmal gesehen ... lange bevor ich die Abgeschlossenheit des Internats verließ. Diese seltsamen symmetrischen Kurven mußte mir jemand in abstrahierter Form irgendwann einmal gezeigt haben.

Ich starrte lange Zeit auf den Monitorschirm, bis sich mein Gewissen regte und ich ausschaltete, um die Batterien zu schonen. Ich kehrte nicht sofort zu Denton zurück: ich durchsuchte mein Gedächtnis nach einem Schlüssel zu jener verschwommenen Erinnerung an einen Augenblick, wo irgendwer vier Kurven auf ein Papier gezeichnet hatte ... und dann die Zeichnung hochgehalten und allen gezeigt hatte, wie die Welt aussah, auf der die Stadt Erde um ihre Existenz kämpfte.

Die Karte, die Denton und ich zusammenstellten, begann langsam ihren endgültigen Zustand anzunehmen.

Auf die lange Rolle starken Papiers gezeichnet, umfaßte sie ein Gebiet, das die Form eines langgezogenen Trichters hatte. Der engste Teil des Trichters war der Wald etwa eine Meile nördlich der Stadt. Von dort weitete sich das von uns erforschte Gelände nordwärts nach Osten und Westen aus. Wir waren jedoch immer innerhalb dieses Trichters geblieben und hatten größere landschaftliche Merkmale von allen Seiten vermessen, um unsere Karte möglichst genau werden zu lassen.

Endlich waren alle Arbeiten abgeschlossen, und Denton erklärte, wir würden unverzüglich in die Stadt zurückkehren.

Zusätzlich zu den kartographischen Aufnahmen hatte ich mit dem Videorecorder das gesamte Gelände so aufgenommen, wie es sich dem Auge darbot. In der Stadt würde der Rat der Navigatoren von unserem Material das jeweils Nötige heranziehen, um den nächsten Routenabschnitt der Stadt zu planen. Denton sagte mir, daß bald weitere Zukunftsvermesser nach Norden ziehen würden, um weitere Trichterkarten des Geländes zusammenzustellen. Vielleicht würde die nächste Vermessung wieder von dem Wald ausgehen, dann aber fünf oder zehn Grad nach Osten oder Westen abweichen. Oder, wenn die Navigatoren bereits aus unserer Karte eine sichere Route bestimmen konnten, würde die nächste Vermessung erst weiter nördlich einsetzen und über die Grenzen unserer Karte hinaus vorstoßen.

Wir machten uns also auf den Rückweg in die Stadt. Ich hatte irgendwie melodramatische Vorstellungen gehegt, daß wir nun, da wir unseren Auftrag erfüllt hatten, Tag und Nacht durchreiten würden, ohne Rücksicht auf Sicherheit und Bequemlichkeit, um unseren Bericht auf schnellstem Wege in die Stadt zu bringen. Statt dessen setzten wir unsere Reise in dem gemütlichen Tempo fort, das wir bisher eingehalten hatten.

»Sollten wir uns nicht beeilen?« erkundigte ich mich schließlich, da ich fürchtete, Denton nähme etwa Rücksicht auf mich; ich wollte ihm zeigen, daß ich zu jeder Art von Gewaltritt bereit war.

»Hier oben in der Zukunft braucht man sich niemals zu beeilen«, sagte er.

Ich widersprach ihm nicht, obwohl mir bewußt war, daß wir zumindest dreißig Tage von der Stadt fortgewesen waren. In dieser Zeit würde die Bewegung des Bodens die Stadt weitere drei Meilen vom Optimum weggetragen haben, weshalb die Stadt zumindest diese Strecke zurückgelegt haben mußte, um innerhalb tragbarer Entfernung zu bleiben.

Und ich wußte, daß das unerforschte Gelände bereits etwa eine Meile nördlich von der letzten Position der Stadt begann.

Kurzum, die Stadt brauchte unseren Bericht dringend.

Die Rückreise dauerte drei Tage. Am dritten Tag, als wir die Pferde beluden und uns wieder auf den Weg machten, tauchte plötzlich die Erinnerung in meinem Bewußtsein auf, nach der ich mir den Kopf zermartert hatte. Sie kam mir unwillkürlich, so wie es einem oft geht, wenn man sich krampfhaft an etwas Bestimmtes zu erinnern versucht, das irgendwo im Unterbewußtsein begraben liegt.

Ich dachte, ich hätte alle meine bewußten Erinnerungen bereits hervorgekramt, was ebenso fruchtlos geblieben war, wie jene trockenen Unterrichtsstunden damals langweilig gewesen waren.

Und dann fand ich auf einmal die Antwort, bei einem Gegenstand, an den ich gar nicht gedacht hatte.

Ich erinnerte mich an einen Zeitabschnitt während meiner letzten zwei Meilen im Internat, wo unser Lehrer uns in die Algebra eingeführt hatte. Alle Gebiete der Mathematik hatten eigentlich dieselbe Wirkung auf mich gehabt – ich zeigte weder Interesse noch Erfolg –, und jener weitere Vorstoß in das Reich abstrakter Begriffe änderte mein etwas kühles Verhältnis zur Mathematik auch nicht.

Im Lehrstoff war auch ein Untergebiet der Algebra, die sogenannte Funktionentheorie, enthalten gewesen. Wir lernten hier unter anderem, wie man die Kurven zeichnete, die den Funktionen entsprachen. Diese Kurvendarstellungen waren es gewesen, die die Erinnerung ausgelöst hatten: ich hatte schon immer ein gewisses Zeichentalent besessen, und damals war für einige Tage mein Interesse aufgeflackert. Es war allerdings fast augenblicklich wieder erloschen, als ich feststellte, daß die Kurvendarstellungen keinem Selbstzweck dienten, sondern nur als Mittel, um mehr über die Funktionen herauszufinden ... und ich hatte nie ganz begriffen, was eine Funktion war.

Insbesondere eine Kurvenart war des langen und breiten besprochen worden.

Es handelte sich um die graphische Darstellung einer Gleichung, deren eine Variable durch den Kehrwert der anderen ausgedrückt wurde. Die Kurve, die sich aus einer solchen Gleichung ergab, war eine Hyperbel. Der eine Kurvenast lag im positiven Quadranten, der andere im negativen. Alle vier Grenzwerte waren unendlich, die Kurvenäste näherten sich asymptotisch den Koordinatenachsen, waren also sowohl negativ als auch positiv unendlich.

Unser Lehrer hatte zur Diskussion gestellt, was das Resultat einer Rotation der Kurve um eine der Koordinatenachsen sein würde. Ich hatte weder verstanden, wozu überhaupt Kurven gezeichnet werden mußten, noch, daß man sie rotieren lassen konnte, und hatte mich von neuem meiner Tagträumerei hingegeben. Ich erinnerte mich jedoch, daß der Lehrer auf einen großen Karton aufgezeichnet hatte, wie der Körper aussehen würde, der sich aus einer solchen Rotation ergab.

Was dabei herauskam, war ein unvorstellbares Objekt: ein Körper mit einer Scheibe von unendlich großem Radius, und zwei hyperbolischen Zacken oben und unten an der Scheibe, die sich auf einen unendlich weit entfernten Punkt zu verjüngten.

Die Darstellung war eine mathematische Abstraktion und interessierte mich damals genausowenig wie Theorien und Abstraktionen im allgemeinen.

Aber auch von dieser Abstraktion lernten wir nicht ohne Grund, und unser Lehrer hatte auch nicht ohne Grund versucht, uns diesen unvorstellbaren Körper zu skizzieren. Wie es der indirekten Art unserer ganzen Ausbildung entsprach, hatte man uns damals die Form der Welt gezeigt, auf der wir lebten.

5

Denton und ich ritten durch das Waldland am Fuß der Hügelkette ... und dann lag der Paß vor uns.

Unwillkürlich zog ich die Zügel an und brachte mein Pferd zum Stehen.

»Die Stadt!« rief ich erschrocken. »Wo ist sie?«

»Immer noch am Flußufer, denke ich.«

»Dann muß sie zerstört worden sein!«

Eine andere Erklärung war nicht möglich. Wenn die Stadt in diesen mehr als dreißig Tagen nicht vorangekommen war, dann konnte nur ein neuerlicher Angriff sie aufgehalten haben. Mittlerweile hätte die Stadt zumindest die Paßhöhe erreicht haben müssen.

Denton beobachtete mich mit einem amüsierten Gesichtsausdruck. »Ist das das erste Mal, daß Sie so weit im Norden des Optimums waren?« fragte er.

»Ja, natürlich.«

»Aber Sie waren doch drunten in der Vergangenheit. Was war, als Sie in die Stadt zurückkamen?«

»Die Stadt wurde angegriffen«, sagte ich.

»Ja ... aber wieviel Zeit war verstrichen?«

»Mehr als siebzig Meilen.«

»Hatten Sie das erwartet?«

»Nein. Ich dachte ... ich glaubte, ich wäre nur ein paar Tage fortgewesen, eine oder zwei Meilen lang.«

»Sehen Sie.« Denton ritt weiter, und ich folgte. »Nördlich des Optimums ist es umgekehrt.«

»Wie meinen Sie das?«

»Hat Ihnen denn niemand etwas von der subjektiven Zeitskala erzählt?« Mein verständnisloser Gesichtsausdruck war Antwort genug. »Wenn Sie sich irgendwo südlich des Optimums befinden, dann ist der subjektive Zeitablauf verlangsamt. Je weiter nach Süden Sie gehen, um so langsamer vergeht die Zeit für Sie. In der Stadt aber vergeht die Zeit mehr oder weniger normal, solange sie in der Nähe des Optimums liegt; wenn Sie also aus der Vergangenheit zurückkommen, stellen Sie fest, daß die Stadt viel weiter vorangekommen ist, als Sie es für möglich gehalten hätten.«

»Aber wir waren jetzt im Norden.«

»Ja, und da ist der Effekt gerade umgekehrt. Wenn wir nach Norden reiten, wird unser subjektiver Zeitablauf beschleunigt, so daß wir uns wundern, warum die Stadt sich in den vielen Tagen nicht weiterbewegt hat. Nun, meiner Erfahrung nach würde ich sagen, daß für die Stadt nur etwa vier Tage vergangen sind während unserer Abwesenheit. Momentan läßt sich das nicht leicht abschätzen, da die Stadt selbst ungewöhnlich weit südlich vom Optimum liegt.«

Ich schwieg ein paar Minuten lang und versuchte, das Gehörte zu verstehen.

Dann meinte ich: »Wenn also die Stadt selbst eine Gegend nördlich des Optimums erreichen könnte, müßte sie nicht mehr eine Meile in zehn Tagen zurücklegen, könnte vielleicht sogar haltmachen.«

»Nein. Die Stadt muß sich immer weiterbewegen.«

»Aber wenn man in der Gegend, in der wir waren, gegenüber dem Optimum sozusagen Zeit gewinnt, dann wäre es doch für die Stadt von Vorteil.«

»Nein«, sagte er wieder. »Der Unterschied in subjektiver Zeit ist relativ.«

»Das verstehe ich nicht«, sagte ich ehrlich.

Wir ritten jetzt durch das Tal auf die Paßhöhe zu. In ein paar Minuten würden wir die Stadt sehen können, wenn sie wirklich noch dort lag, wo wir sie verlassen hatten.

»Es gibt zwei Faktoren. Der eine ist die Bewegung des Bodens, der andere die subjektive Veränderung des Zeitablaufs. Diese beiden Effekte hängen nicht notwendigerweise zusammen, soweit wir wissen.«

»Ja, aber warum ...«

»Passen Sie auf. Der Boden bewegt sich tatsächlich. Im Norden bewegt er sich langsamer – und je weiter nach Norden man kommt, um so langsamer wird die Bewegung –, während er sich im Süden schneller bewegt. Wenn es möglich wäre, den nördlichsten Punkt unserer Welt zu erreichen, würden wir feststellen, daß der Boden sich überhaupt nicht mehr bewegt. Andererseits glauben wir, daß nach Süden hin die Geschwindigkeit des Bodens zunimmt, bis sie am äußersten Rand unserer Welt unendlich hoch wird.«

Ich sagte: »Ich war dort ... am äußersten Rand.«

»Wohl kaum. Wie weit sind Sie gekommen? Vierzig Meilen? Oder gar mehr, wenn Sie Pech hatten? Das war weit genug, daß Sie diese Effekte spüren konnten ... aber das war nur ein Beginn. Es geht hier um Millionen Meilen. Buchstäblich ... Millionen. Oder doch viel mehr, könnte man sagen. Destaine war der Ansicht, daß die Welt eine unendliche Ausdehnung habe.«

»Destaine?«

»Der Begründer der Stadt.«

Ich sagte: »Die Stadt braucht aber doch nur ein paar Meilen weiterziehen, dann wäre sie nördlich des Optimums.«

»Das stimmt ... und das würde unser Leben auch wirklich viel leichter machen. Wir müßten die Stadt zwar immer noch weiterbewegen, aber nicht so oft und nicht so schnell. Das Problem ist aber leider, daß wir jetzt nur gerade eben mit dem Optimum Schritt halten können.«

»Was ist so Besonderes am Optimum?«

»Dort gleichen die Bedingungen dieser Welt noch am ehesten denen auf dem Planeten Erde. Im Optimum ist unsere subjektive Zeitskala normal, das heißt, die Tage sind vierundzwanzig Stunden lang. Überall sonst auf dieser Welt dauern die Tage für uns kürzer oder länger. Die Geschwindigkeit des Bodens im Optimum beträgt etwa eine Meile in zehn Tagen. Das Optimum ist deshalb wichtig, weil wir in einer Welt mit derartig vielen Variablen irgendein Bezugssystem brauchen. Sehen Sie, Sie sollten nicht Entfernungsmeilen mit Zeitmeilen verwechseln. Wir sagen, die Stadt hat soundso viele Meilen zurückgelegt, und meinen in Wirklichkeit, daß zehnmal soviel Tage zu je vierundzwanzig Stunden vergangen sind. Wir würden also in Wirklichkeit gar nichts davon haben, wenn wir im Norden des Optimums wären.«

Wir hatten inzwischen die Paßhöhe erreicht. Hier waren Kabelverankerungen installiert worden, und die Stadt wurde eben vorwärts geschleppt. Die Milizposten waren auffallend stark, nicht nur um die Stadt selbst, sondern auch entlang der Gleise. Wir beschlossen, nicht zur Stadt hinunterzureiten, sondern hier zu warten, bis der Schleppvorgang abgeschlossen war.

Denton fragte plötzlich: »Haben Sie die Destaine-Direktive gelesen?«

»Nein. Ich habe davon gehört. Sie wird ja im Eid erwähnt«, erwiderte ich.

»Das stimmt. Clausewitz hat ein Exemplar. Sie sollten es lesen, da Sie Gildenmitglied sind. Destaine hat die Regeln für unser Überleben auf dieser Welt festgelegt, und bisher hat niemand einen Anlaß gesehen, sie zu ändern. Ich glaube, Sie werden nachher unsere Welt ein wenig besser verstehen.«

»Hat Destaine sie verstanden?«

»Das ist anzunehmen.«

Es dauerte noch eine Stunde, bis der Schleppvorgang zu Ende war. Die Bettler unternahmen nichts, ja, sie ließen sich überhaupt nicht blicken. Ich sah, daß jetzt etliche Milizsoldaten mit Gewehren bewaffnet waren, die man vermutlich den im letzten Gefecht getöteten Bettlern abgenommen hatte.

Sobald wir in der Stadt waren, ging ich sofort zum Zentralkalender, wo ich feststellte, daß während unserer Reise nach Norden dreieinhalb Tage vergangen waren.

Wir hatten eine kurze Unterredung mit Clausewitz, dann brachte man uns zu Navigator MacMahon. Denton und ich beschrieben das Gelände, das wir bereist hatten, ziemlich eingehend und zeigten ihm die wichtigsten Landschaftsmerkmale auf unserer Karte. Denton erläuterte unsere Vorschläge für eine mögliche Route, wies auf eventuelle Hindernisse und die entsprechenden Ausweichmöglichkeiten hin. Im allgemeinen war das Gelände für die Stadt recht günstig beschaffen. Die Hügel würden verschiedentlich eine Abweichung von der genauen Nordrichtung erfordern, aber es gab nur wenige größere Steigungen, und das Land wies generell eine leichte Neigung nach Norden auf. Der letzte von uns erforschte Teil lag an die hundert Meter tiefer als die Stadt in ihrer augenblicklichen Position.

»Wir lassen unverzüglich zwei weitere Vermessungen durchführen«, sagte der Navigator zu Clausewitz. »Die eine fünf Grad nach Osten, die andere fünf Grad nach Westen. Haben Sie Männer zur Verfügung?«

»Ja, Sir.«

»Ich werde den Rat noch heute einberufen, und wir werden zunächst einmal eine provisorische Route festlegen. Wenn in den neuen Vermessungsberichten besseres Gelände aufscheint, können wir immer noch umdisponieren. Wie bald werden Sie zu dem normalen Vermessungsschema zurückkehren können?«

»Sobald wir unsere Leute von der Miliz und den Schienenlegern freibekommen«, sagte Clausewitz.

»Diese Arbeiten gehen noch immer vor. Für den Moment

müssen diese Vermessungen genügen. Wenn die Lage sich bessert, setzen Sie wieder die übliche Zahl Leute ein.«

»Gut, Sir.«

Der Navigator nahm unsere Karte und meine Videoaufzeichnungen mit, und wir verließen das Navigationsbüro.

Draußen sagte ich zu Clausewitz: »Sir, ich würde mich gerne für eine der neuen Vermessungen melden.«

Er schüttelte den Kopf. »Nein. Sie bekommen drei Tage Urlaub, dann arbeiten Sie wieder bei der Schienenlegergilde.«

»Aber ...«

»Gildengesetz.«

Clausewitz wandte sich ab, und er und Denton gingen ins Zukunftsbüro. Technisch gesehen hatte ich jetzt ebenfalls das Recht, mich in den Räumen der Zukunftsgilde aufzuhalten, aber irgendwie fühlte ich mich auf einmal ausgeschlossen. Ich wußte wirklich nicht, wohin ich sollte. Während ich außerhalb der Stadt gearbeitet hatte, war ich in einem Schlafsaal der Miliz untergebracht gewesen; jetzt hatte ich zwar offiziell Urlaub, aber ich wußte buchstäblich nicht, wo ich wohnen konnte. In den Zukunftsräumen gab es Schlafgelegenheiten, und dort konnte ich vorläufig übernachten, aber ich wußte, daß ich so bald wie möglich mit Victoria sprechen mußte. Ich hatte die Begegnung mit ihr hinausgeschoben, und meine Abwesenheit von der Stadt hatte mich ohnehin daran gehindert, was mir ganz recht gewesen war. Ich war aber immer noch unsicher, wie ich mich ihr gegenüber verhalten sollte, wie ich mit der neuen Situation fertig werden würde. Das würde ich erst wissen, wenn ich Victoria wirklich gegenüberstand. Unschlüssig ging ich duschen und wechselte die Kleider.

6

Es hatte sich nicht viel in der Stadt geändert, während ich im Norden gewesen war, und die Verwaltungs- und Gesundheitsbeamten hatten alle Hände voll zu tun, um die Verwundeten zu versorgen und die Unterkünfte neu einzuteilen. Die Mienen der Leute, die ich traf, waren nicht mehr so bedrückt, und man hatte alle Anstrengungen unternommen, um wenigstens die Gänge freizuhalten, aber mir wurde auch so klar, daß der Zeitpunkt jetzt wenig geeignet war, private Angelegenheiten regeln zu wollen.

Victoria war nicht leicht zu finden. Nachdem ich mehrere Verwaltungsbeamte gefragt hatte, wurde ich in einen Notschlafraum im untersten Stockwerk geschickt, aber dort war sie auch nicht. Ich sprach mit der Frau, die die Aufsicht hatte.

»Sie sind ihr Exgatte, nicht?«

»Ja. Wo ist sie?«

»Sie will Sie nicht sehen. Sie hat zur Zeit sehr viel zu tun. Sie wird später mit Ihnen in Verbindung treten.«

»Ich will sie jetzt sehen«, sagte ich.

»Das ist nicht möglich. Und jetzt entschuldigen Sie mich, wir haben viel Arbeit.«

Sie drehte mir den Rücken zu und fuhr mit ihrer Tätigkeit fort. Ich schaute mich in dem dichtbelegten Schlafsaal um. Auf der einen Seite schliefen Arbeiter, die gerade Freischicht hatten, auf der anderen lagen etliche Verwundete auf einfachen Pritschen oder Matratzen. Obwohl einige Leute zwischen den Betten herumgingen, konnte ich Victoria auch hier nicht entdecken.

Ich ging zurück in das Zukunftsbüro. Während meiner Suche nach Victoria war ich zu einem Entschluß gekommen. Es hatte keinen Sinn, untätig in der Stadt herumzusitzen; ich konnte genausogut gleich wieder an die Gleise arbeiten gehen. Zuvor aber wollte ich Clausewitz' Exemplar der Destaine-Direktive lesen.

Das Zukunftsbüro war leer bis auf ein Gildenmitglied. Der Mann stellte sich als Zukunftsvermesser Blayne vor.

»Sie sind Manns Sohn, nicht wahr?«

»Ja.«

»Freut mich, Sie kennenzulernen. Waren Sie schon droben in der Zukunft?«

»Ja«, antwortete ich. Blayne gefiel mir. Er war nicht viel älter als ich und hatte ein frisches, offenes Gesicht. Er schien froh zu sein, daß er nun jemanden hatte, mit dem er sich unterhalten konnte; er würde, sagte er, später am Tag zu einer Vermessungstour nach Norden aufbrechen und dann mehrere Meilen lang nur seine eigene Gesellschaft haben.

»Ist es denn üblich, allein nach Norden zu gehen?«

»Meistens ja. Wir können auch zu zweit arbeiten, wenn Clausewitz die Genehmigung erteilt, aber die meisten Zukunftsvermesser arbeiten lieber allein. Ich selber, nun, ich hab' ganz gern Gesellschaft; ich komme mir ziemlich einsam vor dort oben. Wie steht's mit Ihnen?«

»Ich war erst einmal oben in der Zukunft. Da war ich mit Zukunftsvermesser Denton zusammen.«

»Wie sind Sie mit ihm ausgekommen?«

»Nun ...«

Und so unterhielten wir uns über allerlei, freundschaftlich und ohne die Zurückhaltung, die einem von den meisten anderen Gildenleuten entgegengebracht wurde. Ich hatte mir ja selbst schon diese verschlossene Art zu eigen gemacht, und ich nehme an, daß ich meinem neuen Bekannten anfangs ziemlich schüchtern vorgekommen bin. Nach ein paar Minuten jedoch ermutigte mich sein offenes Wesen, und bald fühlte ich mich, als seien wir alte Freunde. Ich erzählte ihm, daß ich eine Videoaufnahme von der Sonne gemacht hatte.

»Haben Sie's gelöscht?«

»Was meinen Sie?«

»Die Aufnahme, was sonst?«

»Nein ... hätte ich sollen?«

Er lachte. »Die Navigatoren werden über Sie kommen, wenn sie das sehen. Man soll die Bänder nur zur Aufnahme des kartographisch erfaßten Geländes benutzen.«

»Werden sie die Aufnahme entdecken?«

»Könnte sein. Wenn sie mit der Karte zufrieden sind, werden sie sich vermutlich nur ein paar markante Stellen anschauen. Es ist nicht sehr wahrscheinlich, daß sie das ganze Band abspielen. Aber wenn sie's tun ...«

»Was habe ich denn Falsches getan?« meinte ich.

»Wieder mal das Gildengesetz. Videoband ist wertvoll und darf nicht vergeudet werden. Aber machen Sie sich mal keine Sorgen deswegen. Warum haben Sie eigentlich die Sonne aufgenommen?«

»Ich hatte da so eine Idee. Ich wollte versuchen, die Form zu analysieren. Sie ist sehr interessant.«

Er musterte mich forschend.

»Und was halten Sie nun davon?« fragte er.

»Reziproke Variable ...«

»Genau. Wie sind Sie da draufgekommen? Hat es Ihnen jemand gesagt?«

»Nein, ich hab' mich an etwas aus der Schule erinnert. Es ist eine Hyperbel.«

»Haben Sie schon weiter darüber nachgedacht? Da gibt's allerhand interessante Aspekte. Zum Beispiel die Oberfläche eines solchen Körpers, hm?«

»Zukunftsvermesser Denton hat davon gesprochen. Er sagte, sie sei sehr groß.«

Blayne sagte: »Nicht sehr groß ... *unendlich* groß. Nördlich der Stadt wölbt sich die Oberfläche auf, bis sie beinahe, aber niemals vollständig senkrecht ist. Südlich der Stadt wird sie fast, aber nie vollständig horizontal. Die Welt drehte sich um ihre Nord-Süd-Achse, und da sie einen unendlich großen Radius hat, rotiert sie mit unendlicher Geschwindigkeit.«

Er hatte ausdruckslos und dozierend gesprochen.

»Sie machen Witze«, sagte ich.

»Mitnichten. Ich meine das ganz ernst. Wo wir uns befinden, in der Nähe des Optimums, sind die Auswirkungen der Rotation die gleichen wie auf dem Planeten Erde. Weiter südlich nimmt die Rotationsgeschwindigkeit – die Geschwindigkeit irgendeines Punktes auf der Oberfläche – zu, wenn auch natürlich die Winkelgeschwindigkeit dieselbe bleibt. Als Sie unten in der Vergangenheit waren, haben Sie da nicht die Zentrifugalkraft gespürt?«

»Und ob.«

»Wenn Sie weitergegangen wären, würden Sie jetzt gar nichts mehr spüren. Die Kraft ist eine verdammt unangenehme Realität.«

»Ich habe aber gelernt«, sagte ich, »daß sich nichts schneller als das Licht bewegen kann.«

»Das stimmt. Und es bewegt sich auch nichts schneller. Theoretisch liegt der Rand dieser Welt unendlich weit draußen und bewegt sich mit unendlicher Geschwindigkeit. Aber es gibt, so nimmt man jedenfalls an, eine Region, wo die Materie aufhört zu existieren, und dort ist dann der effektive Rand unserer Welt. Diese Region liegt dort, wo der Radius und damit die Rotationsgeschwindigkeit so groß ist, daß die Materie die Lichtgeschwindigkeit erreichen würde.«

»Also ist die Welt doch nicht unendlich groß.«

»Nicht ganz. Aber jedenfalls verdammt groß. Sehen Sie sich die Sonne an.«

»Das hab' ich getan«, sagte ich. »Oft.«

»Für die Sonne gilt das gleiche. Wenn sie nicht rotierte, wäre sie tatsächlich unendlich groß.«

Ich meinte nachdenklich: »Nun, nach der Theorie ist sie jedenfalls unendlich groß. Wie kann es aber mehr als ein Objekt unendlicher Größe überhaupt geben?«

»Es gibt eine Antwort darauf. Aber sie wird Ihnen nicht gefallen.«

»Versuchen Sie's.«

»Gehen Sie in die Bibliothek und suchen Sie sich ein Astronomiebuch. Es ist ganz egal, welches. Alle beziehen sie sich auf den Planeten Erde, also vertreten sie alle dieselben Hypothesen. Wenn wir auf dem Planeten Erde lebten, dann würden wir in einem Universum unendlicher Größe leben, in dem eine Anzahl großer, aber endlicher Körper existieren. Auf unserer

Welt gilt das Umgekehrte: wir leben in einem großen, aber endlichen Universum, in dem eine Anzahl von Körpern unendlicher Größe existieren.«

»Das ist unlogisch ... es gibt keinen Sinn!«

»Ich weiß«, sagte Blayne. »Ich hab' ja gesagt, es wird Ihnen nicht gefallen.«

»Wo sind wir?«

»Das weiß keiner.«

»Wo ist der Planet Erde?«

»Auch das weiß niemand.«

Später sagte ich: »Unten in der Vergangenheit geschah etwas Seltsames. Ich hatte drei junge Frauen zu begleiten. Als wir weiter nach Süden gingen, veränderten sich ihre Körper. Sie ...«

»Sind Sie droben in der Zukunft jemandem begegnet?«

»Nein, wir ... wir sind den Dörfern ausgewichen.«

»Nördlich des Optimums ändern sich die Eingeborenen auch. Sie werden sehr groß und dünn. Je weiter nach Norden wir kommen, um so stärker ist dieser Effekt.«

»Ich war nur etwa fünfzehn Meilen nördlich.«

»Dann haben Sie vermutlich noch nichts Ungewöhnliches bemerken können. Weiter oben aber, mehr als etwa fünfunddreißig Meilen nördlich des Optimums, sieht alles sehr seltsam aus.«

Ich fragte: »Wissen Sie, warum sich der Boden bewegt?«

»Ich bin mir nicht klar darüber«, gestand Blayne.

»Ist sich das überhaupt jemand?«

»Nein.«

»Wohin bewegt er sich?«

»Fragen Sie lieber«, meinte Blayne, »*woher* er kommt!«

»Wissen Sie es?«

»Destaine behauptete, die Bewegung des Bodens sei zyklisch. Er sagt in seiner Direktive, daß der Boden am Nordpol tatsächlich stillsteht. Weiter südlich bewegt er sich langsam auf den Äquator zu. Je näher er dem Äquator kommt, um so schneller bewegt er sich, sowohl linear nach außen als auch rundherum, durch die Rotation. Draußen am theoretisch unendlich weit entfernten Äquator bewegt er sich, wiederum theoretisch, mit unendlich hoher Geschwindigkeit in zwei verschiedene Richtungen.«

Ich starrte ihn an. »Aber ...«

»Moment ... das ist noch nicht alles. Nun, durch die Grenze, die die Lichtgeschwindigkeit setzt, haben wir in der Praxis einen endlich weit entfernten Äquator. Die Welt hat aber noch eine südliche Hälfte. Wenn unsere Welt eine Kugel wäre, würde man sie Hemisphäre nennen. Destaine hat jedenfalls die Bezeichnung übernommen ... Hemihyperboloid ist vielleicht ein bißchen umständlich. Nun, auf der Südhemisphäre sind die Verhältnisse gerade umgekehrt. Das heißt, der Boden bewegt sich vom Äquator weg zur südlichen Polzacke hin und wird dabei immer langsamer. Am Südpol ist er wiederum stationär.«

»Aber ... gut, Sie haben mir immer noch nicht gesagt, woher der Boden auf unserer Hälfte kommt.«

»Destaine meinte, Nordpol und Südpol sind identisch. Anders ausgedrückt, wenn irgendein Punkt des Bodens den Südpol erreicht, taucht er im selben Augenblick am Nordpol wieder auf.«

»Das ist unmöglich!«

»Nicht nach Destaines Theorie. Er sagt, da die Welt ein Hyperboloid ist, sind – theoretisch – alle Grenzwerte unendlich. Da an den Polen die Rotation null wird, kann in diesem Fall die Theorie der Praxis entsprechen, ohne daß die Lichtgeschwindigkeitsgrenze verletzt wird. Das heißt, die Pole liegen im Unendlichen, und dort wird einfach positiv unendlich zu negativ unendlich. Können Sie sich das vorstellen?«

Ich seufzte. »Haben Sie ihn wörtlich zitiert?«

»Ich denke schon. Aber Sie sollten auf jeden Fall das Original lesen.«

»Das habe ich vor«, sagte ich.

Bevor Blayne nach Norden aufbrach, kamen wir überein, daß wir, sobald sich die Zustände normalisierten, zusammen auf Vermessungstour reiten würden.

Als ich allein war, las ich das Exemplar von Destaines Direktive durch, das Blayne mir von Clausewitz besorgt hatte.

Das Dokument bestand aus etlichen Seiten dichtgedruckten Textes, der mir im wesentlichen unverständlich geblieben wäre, hätte ich ihn etwa zur Zeit meines ersten Ausflugs aus der Stadt gelesen. Jetzt dagegen bestätigte das Gelesene vielmehr meine eigenen Erfahrungen, Gedanken und das, was Blayne mir erklärt hatte. Endlich fand ich einen Sinn im Gildensystem: die Erfahrung hatte für das Verständnis den Weg bereiten müssen.

Ich stieß auf umfangreiche mathematische Theorien, durchsetzt mit langwierigen Berechnungen und Formeln; das alles überflog ich nur. Interessanter war ein Teil, der nach einer Art Tagebuch aussah, und manche Absätze erregten meine Aufmerksamkeit.

Wir sind weit von der Erde entfernt. Ich bezweifle, ob wir unseren Heimatplaneten je wiedersehen werden, aber wenn wir hier überleben wollen, müssen wir als ein Mikrokosmos der Erde leben. Wir sind allein und isoliert. Rund um uns ist eine feindliche Welt, die täglich unsere Existenz bedroht. Solange unsere Gebäude überdauern, so lange wird der Mensch auf dieser Welt überleben. Schutz und Erhaltung unseres Heims sind vordringlichste Gebote.

Später:

Ich habe die Regressionsrate gemessen, sie beträgt das Zehntel einer Standardmeile in einem Zeitraum von dreiundzwanzig Stunden und siebenundvierzig Minuten. Obwohl diese Südtrift des Bodens langsam ist, ist sie etwas Unausweichliches; die Anlage soll daher in zehn Tagen zumindest um eine Meile weiterbewegt werden.

Nichts darf uns aufhalten. Wir sind bereits auf einen Fluß gestoßen und haben ihn mit großer Mühe überquert. Zweifellos werden wir in den kommenden Tagen und Meilen noch auf weitere Hindernisse stoßen, und bis dahin müssen wir vorbereitet sein. Wir müssen versuchen, lokale Baumaterialien aufzutreiben, die innerhalb der Anlage für späteren Gebrauch gelagert werden können. Wenn wir genügend Zeit zur Vorbereitung haben, sollte auch eine Brücke nicht allzuschwer zu bauen sein.

Sturner war vorne und warnt vor Sumpfgelände ein paar Meilen voraus. Wir haben bereits weitere Teams nach Nordosten und Nordwesten ausgeschickt, um die Ausdehnung des Sumpfgebiets zu erkunden. Wenn es nicht zu breit ist, können wir zunächst von der exakten Nordrichtung abweichen und später eine Kurskorrektur vornehmen.

Auf diese Eintragung folgten zwei Seiten mit der Theorie, die Blayne mir zu erklären versucht hatte. Ich las sie zweimal durch, und jedesmal kam sie mir ein wenig einleuchtender vor. Dann blätterte ich weiter. Destaine schrieb:

Chen hat die Lagerliste spaltbaren Materials gebracht, um die ich ihn ersucht hatte. Alles nicht mehr nötig! Mit dem Translat-Generator brauchen wir das nicht. Sagte aber nichts zu L. Die Debatten mit ihm amüsieren mich ... warum sollte ich mich dieses Vergnügens berauben? Jedenfalls, zukünftige Generationen werden es warm haben

Heutige Außentemperatur: –23° C. Und wir ziehen noch weiter nach Norden.

Später:

Schwierigkeiten mit einer der Raupenketten. T. riet mir, die Ketten abmontieren zu lassen. Sagt, Sturner berichtet von Norden, daß er etwas gefunden habe, das nach den Überresten einer Eisenbahnstrecke aussieht. Hat irgendeinen phantastischen

Plan ausgeheckt, die Anlage irgendwie auf Schienen weiterzutransportieren. T. sagt, wäre durchführbar.

Später:

Beschlossen, ein Gildensystem zu schaffen. Netter Archaismus, mit dem alle einverstanden sind. Eine Möglichkeit, die Gemeinschaft zu organisieren, ohne unsere Lebensweise allzu drastisch zu ändern; ich glaube fast, diese Organisationsform wird uns alle überleben.

Demontage der Raupenketten verläuft zufriedenstellend. Hat lange Verzögerung bewirkt. Hoffe, wir können Zeitverlust aufholen.

Natascha bekam heute ein Kind: Junge.

Doktor S. gab mir wieder Tabletten. Sagte, ich arbeite zuviel, solle ausspannen. Später vielleicht.

Gegen Ende dieses Dokuments setzte sich ein irgendwie didaktischer Ton durch:

Was ich hier niedergeschrieben habe, soll nur zur Kenntnis jener gelangen, die nach draußen müssen; es ist nicht nötig, die immer in der Anlage Verbleibenden an unsere schreckliche Lage zu erinnern. Wir sind gut organisiert, wir haben genügend mechanische Energie und menschliche Initiative, um unsere Existenz in dieser Welt für immer zu gewährleisten. Diejenigen, die uns folgen, sollen aus eigener Anschauung erfahren, was geschieht, wenn wir eines Tages nicht mehr unsere Energie und Initiative einsetzen, und dieses Wissen wird garantieren, daß beides bis zum letzten eingesetzt wird.

Gott gebe, daß uns eines Tages jemand von der Erde findet. Bis dahin lautet unser höchstes Gebot: Überleben, um jeden Preis.

Mit heutigem Tage wurde beschlossen und wird hiermit festgelegt:

Daß die höchste Verantwortung in den Händen des Rates

liegt. Die Mitglieder des Rates sollen den Kurs der Anlage bestimmen und demnach Navigatoren genannt werden. Ihre Zahl, die zu keiner Zeit geringer als zwölf sein soll, setzt sich aus den durch Wahl bestimmten, rangältesten Mitgliedern der folgenden Gilden zusammen:

Schienenlegergilde: deren Aufgabe Bau und Wartung des Schienenweges sein soll, auf dem die Anlage sich fortbewegt;

Schleppergilde: deren Aufgabe die Wartung des Fortbewegungsmechanismus der Anlage sein soll;

Zukunftsgilde: deren Aufgabe die Vermessung jener Gebiete sein soll, die in der zeitlichen Zukunft unserer Anlage liegen;

Brückenbauergilde: deren Aufgabe die Überwindung aller physischen Hindernisse sein soll, falls ein Umweg nicht möglich sein sollte.

Des weiteren wird festgelegt, daß, falls in Zukunft die Schaffung weiterer Gilden nötig werden sollte, eine Gilde nur durch einstimmigen Beschluß des Rates geschaffen werden kann.
(gezeichnet)
Francis Destaine

Im wesentlichen bestand die Direktive aus solchen kurzen Eintragungen, die fortlaufend datiert waren, und zwar vom 23. Februar 1987 bis zum 19. August 2023. Die abschließende unterzeichnete Verfügung war mit dem 24. August 2023 datiert.

Das Dokument hatte noch zwei weitere Seiten. Die eine war ein Kodizill, in dem die Begründung der Händlergilde und der Milizgilde festgelegt wurde. Es war nicht datiert. Die letzte Seite zeigte eine handgezeichnete graphische Darstellung der Gleichung $y = 1/x$, eine Hyperbel mit einem Ast im positiven und einem im negativen Quadranten. Darunter standen einige mathematische Notizen, die ich nicht verstand.

Das war die Destaine-Direktive.

7

Außerhalb der Stadt machte die Arbeit an den Gleisen gute Fortschritte.

Als ich wieder zu den Schienenlegern kam, war bereits der größte Teil der Gleise hinter der Stadt abgerissen worden, und andere Arbeitsteams waren damit beschäftigt, sie von der Paßhöhe durch das lange, flache Tal bis zum Wald unten neu zu verlegen. Die allgemeine Stimmung hatte sich gebessert, zum Teil, denke ich, weil die Stadt erfolgreich und ungehindert vom Flußufer weggeschleppt worden war. Dazu kam noch, daß die Neigung des Geländes im nächsten Streckenabschnitt uns zu Hilfe kam. Wir würden natürlich trotzdem Kabel und Widerlager verwenden müssen, da die Neigung nicht stark genug war, um die Wirkung der Zentrifugalkraft zu überwinden, die selbst hier spürbar war. Lag die Stadt zu weit hinter dem Optimum zurück, wurde ebenes Gelände allmählich zur Steigung.

Es war seltsam, vor der Stadt auf dem offenen Land zu stehen und zu sehen, daß es sich in alle Richtungen scheinbar horizontal erstreckte. Ich wußte nun, daß in Wirklichkeit von horizontal keine Rede war; im Optimum, das gemessen an der Größe dieser Welt nicht allzuweit entfernt lag, war der Boden zur Äquatorebene dieser Welt tatsächlich um fünfundvierzig Grad gegen die Nordrichtung geneigt. Aber war das wirklich so anders als auf einer kugelförmigen Welt wie dem Planeten Erde? Ich erinnerte mich an ein Buch, das ich im Internat gelesen hatte, ein Buch, das von einer Gegend handelte, die England hieß. Es war eine Erzählung für Kinder, in der das Leben einer Familie beschrieben wurde, die in ein Land namens Australien auswandern wollte. Die Kinder in dem Buch hatten geglaubt, daß sie dort, wo sie hinreisten, auf dem Kopf stehen würden, und der Autor hatte sich bemüht zu erklären, daß man wegen der Schwerkraft überall auf einer Kugel ›aufrecht‹ steht. Wie war das auf unserer Welt? Ich war nördlich und südlich des Optimums gewesen. War mir der Boden immer horizontal erschienen? Keineswegs. Nur im Optimum und nördlich davon stimmte die

Horizontale, war die Welt im Lot; dort, wo die Fliehkraft im Verhältnis zur Schwerkraft einen vernachlässigbaren Faktor darstellte. Nicht dagegen im Süden, wie ich am eigenen Leib verspürt hatte.

Die Arbeit an den Schienen freute mich. Es war gut, den Körper wieder voll einsetzen zu können und keine Zeit zu haben, über diverse Probleme zu grübeln.

Eins davon war noch immer nicht geklärt: Victoria.

Ich mußte mit ihr sprechen, so peinlich eine solche Begegnung auch sein mochte, und ich wollte die Angelegenheit bald hinter mich bringen. Bevor ich nicht mit ihr geredet hatte, konnte ich mich in der Stadt nicht recht wohl fühlen.

Die physikalische Umwelt der Stadt hatte ich mittlerweile verstehen und akzeptieren gelernt. Nur wenige Fragen waren noch unbeantwortet. Ich verstand, wie und warum die Stadt fortbewegt wurde, ich kannte die seltsamen Gefahren, die der Stadt drohten, sollte sie je in ihrer Reise nach Norden innehalten. Ich wußte, daß die Stadt eine Menge defensive Schwächen aufwies und daß gerade jetzt die Gefahr neuerlicher Angriffe sehr groß war. Ich hoffte jedoch, daß diese Probleme bald gelöst werden würden.

Aber mein gefestigtes Weltbild half mir keineswegs in meiner persönlichen Krise, die die Entfremdung von einer Frau, die ich liebte, verursacht hatte. Mir kam es vor, als seien seit damals nur wenige Wochen vergangen.

Ich stellte fest, daß ich als vollwertiges Gildenmitglied das Recht hatte, an den Sitzungen des Rats der Navigatoren teilzunehmen. Ich konnte natürlich nicht aktiv in die Beratungen eingreifen, aber als Zuhörer hatte ich bei jeder Sitzung freien Zutritt.

Als ich erfuhr, daß eine Sitzung anberaumt war, beschloß ich hinzugehen.

Die Navigatoren versammelten sich in einem kleinen Saal unmittelbar hinter ihrem eigenen Wohnbezirk. Die Sitzung wurde geradezu entwaffnend formlos geführt; ich hatte mehr Zeremoniell und Feierlichkeit erwartet, aber Tatsache war, daß diese Versammlungen wichtig für die Verwaltung, ja für die Existenz der Stadt waren, und das war wohl der Grund für das sachliche, beinahe geschäftsmäßige Verhalten der Navigatoren, als sie in den Saal kamen und ihre Plätze um einen Tisch einnahmen.

Zwei Navigatoren kannte ich namentlich, Olsson und McMahon. Die übrigen dreizehn Anwesenden kannte ich nicht.

Der erste Punkt, der zur Diskussion stand, war die militärische Lage. Einer der Navigatoren stand auf, stellte sich als Navigator Thorens vor und gab einen knappen Überblick der gegenwärtigen Situation außerhalb.

Die Miliz hatte ausgekundschaftet, daß noch mindestens hundert Feinde sich in der Umgebung der Stadt aufhielten und daß die meisten dieser Männer mit Gewehren bewaffnet waren. Es wurde berichtet, daß es mit ihrer Kampfmoral nicht zum besten stünde, weil sie schwere Verluste erlitten hatten; ganz im Gegensatz zu der Stimmung unter unseren eigenen Leuten, die, wie der Navigator sagte, überzeugt waren, die künftige Entwicklung zu beherrschen. Sie besaßen jetzt einundzwanzig Gewehre, die den Bettlern abgenommen worden waren; zwar war nicht allzuviel Munition dabei in unsere Hände gefallen, doch die für alle mechanischen Aufgaben zuständige Schleppergilde hatte einen Weg gefunden, in geringen Mengen Munition herzustellen. Ein zweiter Navigator bestätigte das.

Der nächste Bericht betraf den Zustand der Baulichkeiten der Stadt. Es wurde des längeren darüber diskutiert, wieviel wieder aufgebaut werden sollte und wann. Es wurde festgestellt, daß die Verwaltungsbeamten bereits jetzt arg im Druck standen, weil viel zuwenig Unterkünfte vorhanden waren. Die Navigatoren beschlossen, dem Bau eines neuen Wohnblocks Vorrang einzuräumen. Diese Debatte führte automatisch zu allgemeineren Belangen, die für mich von größtem Interesse waren.

Soweit ich feststellen konnte, waren die Meinungen der anwesenden Navigatoren geteilt. Es gab eine Gruppe, die der Ansicht war, daß man so bald wie möglich wieder zu der früheren

Politik der Abkapselung zurückkehren sollte. Die anderen fanden, daß dieses System sich überlebt habe und ganz aufgelassen werden sollte.

Ich begriff, daß es bei diesem Punkt um schwerwiegende Dinge ging, die die gesellschaftliche Struktur der Stadt radikal verändern konnten ... und dies war auch der Grundgedanke bei dieser Diskussion. Wenn das ›geschlossene‹ System aufgegeben wurde, dann hieß das, daß jeder, der in der Stadt aufwuchs, nach und nach die wahre Lage der Stadt erkennen würde. Das Erziehungssystem müßte völlig geändert werden, und die Machtbereiche der Gilden selbst würden sich verschieben.

Endlich, nach einer Menge Anträgen und Zusatzanträgen, kam es zur Abstimmung. Mit einer Mehrheit von einer Stimme wurde beschlossen, vorläufig das ›geschlossene‹ System nicht wieder einzuführen.

Weitere fundamentale Änderungen folgten. Beim nächsten Punkt der Tagesordnung wurde festgestellt, daß zur Zeit siebzehn ›Besuchsfrauen‹ in der Stadt weilten, die bereits vor dem ersten Angriff der Bettler zu uns gekommen waren. Es folgte eine Debatte darüber, was nun mit ihnen geschehen sollte. Die Versammlung wurde informiert, daß diese Frauen selbst in der Stadt zu bleiben wünschten; dabei erhob sich die Frage, ob die Angriffe möglicherweise aus dem Grund durchgeführt worden waren, um die Frauen zurückzuholen.

Neuerliche Abstimmung: die Frauen durften in der Stadt bleiben, solange sie wollten.

Des weiteren wurde beschlossen, den ›Vergangenheitstest‹ für Volontäre nicht wieder einzuführen. Ich erfuhr, daß diese Regel nach dem ersten Angriff aufgehoben worden war, und etliche Navigatoren waren nun dafür, sie neuerlich ins Ausbildungsprogramm aufzunehmen. Die Ratsversammlung wurde informiert, daß bereits zwölf Volontäre unten in der Vergangenheit umgekommen waren und weitere fünf noch vermißt wurden. Es blieb bei der Aufhebung, zumindest für die nächste Zeit.

Ich war fasziniert von dem, was ich bei der Versammlung

gehört hatte. Mir war früher nie bewußt geworden, wie eingehend die Navigatoren sich mit den praktischen Details des Systems befaßten. Es wurden zwar keine konkreten Vorwürfe erhoben, aber die meisten Gildenmitglieder waren doch der Ansicht, die Navigatoren seien senile alte Schwätzer, die den Kontakt mit der Realität längst verloren hatten. Zwar waren einige von ihnen wirklich vorgeschrittenen Alters, aber auf ihre Fähigkeit, das Wesentliche zu erfassen, hatte das kaum einen Einfluß. Als ich die fast zur Gänze leeren Gildenplätze überblickte, dachte ich mir, daß es wohl besser wäre, wenn mehr Gildenmitglieder die Sitzungen der Navigatoren besuchten.

Noch einige andere Punkte standen auf der Tagesordnung. Der Bericht, den Denton und ich über das Gelände im Norden zusammengestellt hatten, wurde von Navigator McMahon der Versammlung vorgelegt mit der zusätzlichen Information, daß zur Zeit zwei weitere Vermessungen mit je fünf Grad Abweichung durchgeführt und die Ergebnisse in einem oder zwei Tagen zur Verfügung stehen würden.

Der Rat bestimmte, daß die Stadt so lange der von Denton und mir vorgeschlagenen Route folgen sollte, bis eine günstigere gefunden war.

Endlich wurde von Navigator Lucan noch die Fortbewegung der Stadt zur Sprache gebracht. Er sagte, die Schleppergilde hätte ein Schema ausgearbeitet, mit dem die Stadt etwas rascher weitergebracht werden könnte. Dem Optimum wieder näher zu kommen sei ein wichtiger Schritt zu einer Normalisierung der Verhältnisse in der Stadt, argumentierte Lucan, und die Versammlung stimmte dem zu.

Der Vorschlag gehe dahin, sagte er, zu kontinuierlichem Schleppen überzugehen. Dies würde eine engere Koordinierung mit der Schienenlegergilde erfordern und eventuell die Gefahr eines Kabelrisses erhöhen. Durch den Brand der Brücke habe die Stadt aber so viel wertvolles Schienenmaterial verloren, daß auf jeden Fall kürzere Schleppabschnitte eingeführt werden müßten. Die Schleppergilde schlug nun vor, im Norden der Stadt jeweils nur eine kürzere Gleisstrecke vorzubereiten, dafür aber die Winden dauernd laufen zu lassen. Man könnte die Winden trotzdem wie bisher turnusmäßig überholen, und da die Geländeneigung im Zukunftsland im wesentlichen günstig für uns war, könnten wir die Stadt schnell genug vorwärts bringen, um binnen zwanzig oder fünfundzwanzig Meilen das Optimum einzuholen.

Gegen dieses Vorhaben wurden nur wenige Einwände erhoben, doch forderte der Ratsvorsitzende einen detaillierten Bericht an. Bei der Abstimmung wurden neun Stimmen dafür, sechs dagegen abgegeben. Sobald der Bericht vorlag, würde die Stadt daher auf das kontinuierliche Schleppschema übergehen, so rasch dies zu bewerkstelligen war.

8

Ich sollte bald zu einer Vermessungsreise nach Norden aufbrechen. In der Frühe war ich von meiner Arbeit an den Gleisen abberufen worden, und Clausewitz hatte mir meinen Auftrag erläutert. Ich sollte die Stadt am nächsten Tag verlassen und bis fünfundzwanzig Meilen nördlich des Optimums vorstoßen, um über die Geländebeschaffenheit und die Lage etwaiger Siedlungen zu berichten. Man stellte mir zur Wahl, ob ich allein oder mit einem anderen Zukunftsvermesser arbeiten wollte. Ich dachte an meinen neuen Bekannten Blayne und bat, mit ihm arbeiten zu dürfen, was auch bewilligt wurde.

Ich brannte darauf, fortzukommen. Ich fühlte mich nicht verpflichtet, länger bei der rein körperlichen Arbeit an den Gleisen zu bleiben. Männer, die nie von der Stadt fortgekommen waren, fanden in dieser Arbeit mehr Befriedigung, und die neuen Teams machten mehr Fortschritte, als wir früher mit den angeheuerten Arbeitern zustande gebracht hatten.

Der letzte Angriff der Bettler schien bereits lange zurückzuliegen, und alle waren zuversichtlich. Wir hatten den Paß sicher erreicht, und vor uns lag die lange, sanfte Neigung eines Tals. Das Wetter war gut, und wir hofften das Beste.

Abends kehrte ich ins Innere der Stadt zurück. Ich hatte beschlossen, noch mit Blayne unseren Auftrag zu besprechen und in den Unterkünften der Zukunftsgilde zu übernachten. Wir würden beim ersten Tageslicht aufbrechen.

Als ich einen Gang hinunterging, entdeckte ich Victoria.

Sie arbeitete allein in einem winzigen Büro, sah einen großen Stoß Papiere durch. Ich trat ein und schloß die Tür hinter mir.

»Oh, du bist das«, sagte sie einfach.

»Wenn es dir nichts ausmacht?«

»Ich bin sehr beschäftigt.«

»Ich auch.«

»Dann laß mich in Ruhe und mach mit deiner Beschäftigung weiter, was es auch ist.«

»Nein«, sagte ich. »Ich will mit dir reden.«

»Ein andermal.«

»Du kannst mir nicht auf die Dauer ausweichen.«

»Ich habe keine Lust, jetzt mit dir zu sprechen«, sagte sie.

Ich packte ihren Schreibstift, riß ihn ihr aus der Hand. Einige Papiere flatterten zu Boden, und sie holte erschrocken Luft.

»Wie ist das gekommen, Victoria? Warum hast du nicht auf mich gewartet?«

Sie starrte hinunter auf die verstreuten Blätter und gab keine Antwort.

»Komm ... sag es mir.«

»Es ist so lange her. Ist es dir noch immer wichtig?«

»Ja.«

Sie schaute jetzt mich an, und ich erwiderte ihren Blick. Sie hatte sich ziemlich verändert, wirkte älter, selbstsicherer, reifer ... aber ich erkannte die vertraute Art, wie sie ihren Kopf hielt, wie sie die Hände zusammenpreßte: halb zu Fäusten geballt, aber zwei Finger ausgestreckt und aneinandergelegt.

»Helward, es tut mit leid, wenn es dich verletzt hat, aber ich hab' auch eine Menge durchgemacht. Genügt dir das?«

»Du weißt, daß es das nicht tut. Was ist aus all dem geworden, worüber wir miteinander gesprochen haben?«

»Zum Beispiel?«

»Unsere privaten Geheimnisse und Vertraulichkeiten ...«

»Deine Eidesverletzung, nicht? Darüber brauchst du dir keine Sorgen zu machen.«

»Ich habe daran überhaupt nicht gedacht«, sagte ich. »Was ist mit den anderen Dingen, die zwischen uns waren?«

»Die geflüsterten Intimitäten, im Bett?«

Ich zuckte zusammen. »Ja ...«

»Das ist lange vorbei.« Vielleicht hatte sie meine Reaktion bemerkt, denn plötzlich änderte sich ihr Verhalten. »Es tut mir leid, ich wollte nicht gefühllos erscheinen.«

»Schon gut. Sag, was du immer willst.«

»Nein ... nein, ich war nur nicht auf die Begegnung mit dir gefaßt. Du warst so lange fort! Du hättest tot sein können, und niemand wollte mir das geringste sagen.«

»Wen hast du gefragt?«

»Deinen Chef. Clausewitz. Alles, was er mir sagen wollte, war, daß du die Stadt verlassen hättest.«

»Aber ich sagte dir, daß ich fort müßte. Ich sagte, daß ich in den Süden geschickt würde.«

»Und du sagtest auch, daß du in wenigen Meilen wieder zurück sein würdest.«

»Ich weiß«, meinte ich. »Ich hatte unrecht.«

»Was ist geschehen?«

»Ich ... wurde aufgehalten.« Ich wußte nicht, wie ich ihr die Tatsachen hätte erklären sollen.

»Ist das alles? Du wurdest aufgehalten!«

»Es war ... sehr viel weiter, als ich gedacht hatte.«

Ziellos begann sie die Papiere einzusammeln und aufzustapeln. Aber das war nur eine Beschäftigung für ihre Hände; ich wußte, daß ich nun doch zu ihr gedrungen war.

»Du hast David nie gesehen, nicht wahr?«

»David? Hast du ihn so genannt?«

»Er wurde ...« Sie blickte wieder zu mir auf, und ihre Augen waren voll Tränen. »Ich mußte ihn ins Internat in Pflege geben, es gab so viel Arbeit. Ich besuchte ihn jeden Tag, und dann kam der erste Angriff. Ich mußte auf Feuerstation sein, und ich konnte nicht mehr ... Später gingen wir dann hinunter zum ...«

Ich schloß die Augen und wandte mich ab. Sie preßte das Gesicht in die Hände und begann zu weinen. Ich lehnte an der Wand, das Gesicht gegen einen Arm gelegt, und dann weinte auch ich.

Eine Frau kam eilig zur Tür herein, sah, was vorging und schloß die Tür wieder. Nun lehnte ich mich dagegen, um weitere Störungen zu verhindern.

Später sagte Victoria: »Ich dachte, du würdest nie mehr zurückkommen. Es gab ziemlich viel Aufregung und Verwirrung in der Stadt, aber es gelang mir, einen von eurer Gilde zu sprechen. Er sagte, mehrere Volontäre seien im Süden umgebracht worden. Ich sagte ihm, wie lange du schon weg warst. Er wollte sich nicht festlegen. Und so wußte ich nur, wie lange du fort warst und wann du hattest wiederkommen wollen. Es waren beinahe zwei Jahre, Helward.«

»Sie hatten mich gewarnt«, sagte ich. »Ich wollte es nicht glauben.«

»Warum nicht?«

»Ich hatte nur eine Strecke von rund achtzig Meilen zurückzulegen, hin und zurück. Ich dachte, das könnte ich in ein paar Tagen schaffen. Niemand in der Gilde sagte mir, warum das nicht möglich war.«

»Aber sie wußten es?«

»Zweifellos.«

»Sie hätten wenigstens warten können, bis unser Kind geboren war.«

»Ich mußte tun, was man mir befahl. Es gehörte zur Gildenausbildung.«

Victoria hatte sich jetzt wieder gefaßt; die emotionelle Reaktion hatte alle eventuell vorhandenen Antipathien weggespült, und wir waren nun beide imstande, vernünftiger miteinander zu sprechen. Sie hob die heruntergefallenen Papiere auf, legte sie zu den anderen auf den Stoß und räumte alles in eine Lade. An der gegenüberliegenden Wand stand ein Stuhl; ich ging hin und setzte mich.

»Du weißt, das Gildensystem wird sich ändern müssen«, sagte sie.

»Nicht grundlegend.«

»Es wird völlig zusammenbrechen. Es geht nicht anders. Tatsächlich ist es bereits soweit. Jeder kann jetzt die Stadt verlassen. Die Navigatoren werden sich an dem alten System festklammern, solange sie können, weil sie überhaupt in der Vergangenheit leben, aber ...«

»Sie sind nicht so erzkonservativ, wie du dir das vorstellst.«

»Sie werden versuchen, die Geheimhaltung und Unterdrükkung so schnell wie möglich wieder einzurichten.«

»Du hast unrecht«, sagte ich ernst. »Ich weiß, daß du unrecht hast.«

»Schön ... aber verschiedenes wird sich trotzdem ändern müssen. Es gibt jetzt niemanden mehr in der Stadt, der nicht wüßte, in welcher Gefahr wir sind und warum. Wir haben uns mit Ausbeutung und Betrug durch dieses Land geschlagen, und das ist der Grund für unsere bedrohliche Lage. Es ist Zeit, daß wir damit aufhören.«

»Victoria, du weißt nicht ...«

»Schau dir nur all die Verluste an! Neununddreißig Kinder sind ums Leben gekommen! Und die Stadt ist schwer beschädigt worden. Glaubst du, wir überstehen es, wenn die Leute von draußen uns immer wieder angreifen?«

»Es ist jetzt ruhiger geworden. Wir haben die Lage unter Kontrolle.«

Sie schüttelte den Kopf. »Es ist mir egal, wie die augenblickliche Lage aussieht. Ich denke an später. Alle unsere Schwierigkeiten werden letzten Endes dadurch verursacht, daß die Stadt weiterbewegt wird. Diese Tatsache allein ist Ursache unserer Gefährdung. Wir ziehen durch das Land anderer Menschen, wir werben Arbeitskräfte an, nur um die Stadt weiterzubringen, wir holen ihre Frauen in die Stadt, die sich mit Männern paaren müssen, die sie kaum kennen ...! Und alles nur, damit die Stadt weiterziehen kann.«

»Die Stadt kann niemals haltmachen«, sagte ich.

»Da hast du es! Du bist schon zu einem Teil des Gildensystems geworden. Immer diese kategorischen Feststellungen, ohne je die Dinge aus weiterer Sicht zu prüfen. Die Stadt *muß* weiterziehen, die Stadt *muß* weiterziehen. Das ist doch kein Naturgesetz!«

»Es *ist* ein Naturgesetz. Ich weiß, was geschehen würde, wenn die Stadt je haltmachte.«

»Nun?«

»Sie würde vernichtet werden, und alle Menschen darin würden umkommen.«

»Das kannst du nicht beweisen.«

»Nein ... aber ich weiß, daß es dazu kommen würde.«

»Ich glaube, du hast unrecht«, sagte Victoria. »Und ich bin nicht allein mit dieser Ansicht. In den letzten paar Tagen habe ich viele Leute sagen hören, daß die Gilden unrecht haben. Die Menschen lernen, für sich selbst zu denken. Sie sind draußen gewesen, haben gesehen, wie es außerhalb der Stadt ist. Es gibt keine Gefahr dort außer den Gefahren, die wir selbst verursachen.«

»Hör doch, was hat das mit uns zu tun?« sagte ich. »Ich wollte mit dir über uns beide sprechen.«

»Aber siehst du denn nicht, daß es genau darum geht? Was mit uns geschah, war eng verknüpft mit der alten Lebensweise der Stadt. Wenn du nicht Gildenmitglied wärst, würden wir vielleicht immer noch beisammen sein.«

»Könnten wir nicht wieder ...?«

»Möchtest du es?«

»Ich weiß nicht«, sagte ich.

»Es ist unmöglich. Jedenfalls für mich. Ich könnte meine Überzeugungen nicht mit einem Leben vereinbaren, wie du es führst. Wir haben es versucht, aber zuviel stand zwischen uns, und es hat uns getrennt. Und dann lebe ich ja jetzt mit ...«

»Ich habe es gehört.«

Sie sah mich an, und ich spürte nun auch die Entfremdung, die zwischen uns getreten war.

»Glaubst du an irgend etwas, Helward?« fragte sie.

»Nur, daß das Gildensystem, so unvollkommen es auch ist, einen Sinn und Zweck hat.«

»Und da möchtest du, daß wir wieder miteinander leben, trotz verschiedener Überzeugungen, von denen wir nicht lassen können und wollen? Es gibt kein Zurück.«

Wir hatten uns beide sehr verändert, und sie hatte recht. Es hatte keinen Zweck, der Vorstellung nachzuhängen, wie es unter anderen Umständen gekommen wäre. Es gab keine Möglichkeit, eine persönliche Beziehung aus dem System herauszulösen, das die ganze Stadt beherrschte, beherrschen mußte.

Trotzdem machte ich noch einen Versuch, bemühte mich zu erklären, daß alles für mich zu plötzlich gekommen war und daß es vielleicht doch noch eine Möglichkeit gab, zurückzufinden zu all den Dingen, die uns einmal verbunden hatten. Um gerecht zu sein – Victoria versuchte mir entgegenzukommen, aber ich glaube, wir waren beide auf verschiedenen Wegen zu dem gleichen Schluß gelangt. Nach dieser Aussprache war mir jedoch viel wohler zumute, und als ich Victoria verließ und in die Räume der Zukunftsgilde ging, fühlte ich, daß es uns wenigstens gelungen war, klare Verhältnisse zu schaffen.

9

Der nächste Tag, an dem ich mit Blayne zur Zukunftsvermessung nach Norden aufbrach, war der Beginn eines langen Zeitraums, der der Stadt sowohl neue Sicherheit als auch umwälzende Änderungen brachte.

Ich konnte diese Entwicklung nur stufenweise verfolgen, denn meine Reisen in den Norden nahmen mir das Gefühl für den tatsächlichen Zeitablauf in der Stadt. Ich lernte nach und nach durch Erfahrung, daß ein Tag, den man rund zwanzig Meilen nördlich des Optimums verbrachte, in der Stadt einer Stunde entsprach. Soweit wie möglich hielt ich mich über die Geschehnisse auf dem laufenden, indem ich die Ratsversammlungen besuchte, sooft ich in der Stadt war.

Die Situation in der Stadt normalisierte sich schneller, als die meisten Leute erwartet hatten, und man kehrte bald wieder zu dem ruhigen geregelten Leben zurück, das damals geherrscht hatte, als ich das erste Mal aus der Stadt herausgekommen war.

Die Bettler unternahmen keine weiteren Angriffe mehr, doch wurde ein Milizsoldat auf einer Erkundungsmission gefangengenommen und ermordet. Bald danach verkündeten die Milizführer, daß die Bettler sich zerstreuten und in ihre Siedlungen im Süden zurückkehrten.

Militärische Wachsamkeit wurde noch lange Zeit aufrechterhalten – und eigentlich nie völlig aufgegeben –, doch konnten nun nach und nach auch Männer von der Miliz anderen Aufgaben zugeteilt werden.

Wie ich bei jener ersten Navigatorenversammlung gehört hatte, wurde das Fortbewegungsschema der Stadt geändert. Nach einigen Anfangsschwierigkeiten wurde die Umstellung auf kontinuierliches Schleppen erfolgreich bewältigt. Die Koordination der Arbeiten war allerdings ziemlich kompliziert – es mußte jeweils ein Kabel turnusmäßig entlastet werden, damit die Schienenleger an dem betreffenden Gleis arbeiten konnten. Ein Zehntel einer Meile in einem Zeitraum von vierundzwanzig Stunden zurückzulegen war jedoch letzten Endes keine allzu schwierige Aufgabe, so daß die Stadt in kurzer Zeit das Optimum erreicht hatte.

Man stellte fest, daß die Stadt dadurch tatsächlich viel größere Bewegungsfreiheit bekam. Es war nun zum Beispiel möglich, von der genauen Nordrichtung beträchtlich abzuweichen, wenn größere Hindernisse vermieden werden mußten.

Tatsächlich war das Gelände jedoch günstig. Wie unsere Vermessungen zeigten, fiel das Land nun generell leicht ab, das heißt, die meisten Gradienten wirkten sich zu unseren Gunsten aus.

Es gab allerdings mehrere Flüsse in der Gegend, als den Navigatoren lieb war, und die Brückenbauer hatten ständig zu tun. Da aber die Stadt im Optimum lag und zudem mit dem neuen Schema relativ zum Boden eine höhere Geschwindigkeit halten konnte, stand mehr Zeit zur Verfügung, die Routenwahl zu überlegen, und mehr Zeit, sichere Brücken zu konstruieren.

Nach anfänglichem Zögern wurde auch das Handelssystem wiederaufgenommen. Es kam der Stadt zugute, daß alle aus den Erfahrungen gelernt hatten, so daß die Verhandlungen korrekter geführt wurden als zuvor. Die Stadt bezahlte großzügiger für Arbeitskräfte – die immer noch benötigt wurden – und versuchte lange Zeit, sich der Notwendigkeit zu entziehen, Besuchsfrauen anzuwerben.

Ich folgte der Debatte über diese Angelegenheit in zahlreichen Ratsversammlungen. Wir hatten noch immer die siebzehn Besuchsfrauen bei uns, die vor dem ersten Angriff gekommen waren, und sie hatten kein Verlangen, in ihre Heimat zurückzukehren. Die männliche Geburtenrate überwog jedoch noch immer, und es gab zahlreiche Stimmen für eine Wiedereinführung des Besuchssystems. Niemand wußte, warum die Geburten sich so ungleichmäßig auf die Geschlechter verteilten, aber an der Tatsache war nicht zu rütteln. Zudem hatten drei der Besuchsfrauen während der letzten paar Meilen Kinder zur Welt gebracht, und alle drei Babys waren männlich. Man äußerte die Annahme, daß, je länger Frauen von außerhalb in der Stadt lebten, die Wahrscheinlichkeit um so höher würde, daß auch sie fast nur noch männliche Kinder gebären konnten. Wieder wußte niemand, warum das so war.

Die letzte Zählung ergab, daß von den Kindern unterhalb des Alters von hundertfünfzig Meilen sechsundsiebzig männlich und nur vierzehn weiblich waren.

Und als dieses Verhältnis sich noch mehr verschob, wurde immer heftiger die Rückkehr zum alten System verlangt, und bald wurde die Händlergilde beauftragt, mit entsprechenden Verhandlungen zu beginnen.

Es war letztlich diese Entscheidung, die die Veränderung des Gesellschaftssystems der Stadt am deutlichsten erkennen ließ.

Die Stadt war bei dem ›offenen‹ System geblieben, und auch Nicht-Gildenmitglieder durften jetzt als Zuhörer an den Ratsversammlungen teilnehmen. Wenige Stunden nach der Entscheidung, wieder Frauen anzuwerben, wußte die gesamte Stadt davon und viele protestierten dagegen. Trotzdem blieb es bei der Entscheidung.

Obwohl nun wieder Fremdarbeiter verwendet wurden, geschah das doch in viel geringerem Umfang als zuvor, und zu jeder Zeit arbeiteten auch zahlreiche Leute aus der Stadt an den Schienen und Schlepptrossen. Es gab jetzt bezüglich der Vorgänge in und um die Stadt nur noch wenige Dinge, die nicht allgemein bekannt waren.

Aber von der wahren Natur der Welt, auf der wir lebten, wußten die wenigsten.

Während einer Debatte hörte ich das Wort ›Stopper‹ zum erstenmal. Die Stopper waren, so wurde erklärt, eine Gruppe von Leuten, die sich aktiv gegen die Fortbewegung der Stadt wandten und entschlossen waren, sie zum Stillstand zu bringen. Soweit man wußte, waren die Stopper keine militante Gruppe, vorläufig jedenfalls, aber sie gewannen in der Stadt immer mehr an Einfluß.

Es wurde beschlossen, ein Umerziehungsprogramm ins Leben zu rufen, durch das die Leute über die Notwendigkeit informiert werden sollten, die Stadt nach Norden weiterzubewegen. Bei der nächsten Sitzung gab es einen heftigen Tumult.

Eine Gruppe Menschen stürzte während der Sitzung in den Saal und versuchte, das Wort an sich zu reißen. Ich war nicht überrascht, Victoria unter ihnen zu sehen. Nach einem lautstarken Streit riefen die Navigatoren die Miliz zu Hilfe, und die Sitzung wurde geschlossen.

Diese Störaktion hatte leider genau die Wirkung, auf die es die Stopper abgesehen hatten. Die Ratsversammlungen wurden nun wieder unter Ausschluß der Öffentlichkeit abgehalten. Der Zwiespalt der Meinungen unter den gewöhnlichen Bürgern verstärkte sich. Die Stopper hatten ziemlich viele Anhänger, aber keinen echten Einfluß.

Weitere Zwischenfälle folgten. Ein Kabel wurde unter mysteriösen Umständen gekappt, und eines Tages versuchte ein Stopper, die Fremdarbeiter zu überreden, in ihre Dörfer zurückzukehren, aber im großen und ganzen war die Stopperbewegung nicht viel mehr als ein Dorn im Auge der Navigatoren.

Die Umerziehung ging gut voran. Eine Reihe von Vorträgen wurde gehalten, in denen versucht wurde, die speziellen Gefahren dieser unserer Welt aufzuzeigen, und sie waren gut besucht. Das Hyperbelmotiv wurde zum Wappen der Stadt bestimmt, und die Gildenmitglieder trugen es auf ihren Zeremonienmänteln, eingestickt in das Kreisemblem auf der Brust.

Ich weiß nicht, wieviel die gewöhnlichen Leute der Stadt von all dem verstanden; ich hörte manchmal, wie darüber diskutiert wurde, aber der Einfluß der Stopper schadete vermutlich unserer Glaubwürdigkeit. Allzulange hatten die Gilden die Menschen der Stadt in dem Glauben gelassen, daß die Stadt auf einer Welt existierte, die wie der Planet Erde aussah, wenn nicht überhaupt identisch mit ihm war. Vielleicht war auch die Wahrheit zu phantastisch, um glaubwürdig zu sein: die Leute hörten sich an, was die Gilden ihnen zu sagen hatten, verstanden es vielleicht auch, aber ich glaube, die Stopper sprachen mit ihrem Programm die Emotionen der Leute mehr an.

Trotz all dieser Vorgänge kroch die Stadt unaufhaltsam nach Norden. Manchmal, wenn ich ein wenig Muße fand, versuchte ich sie mir als winzigen Materiepunkt an der Oberfläche einer fremdartigen Welt vorzustellen; ich sah sie als Fragment eines Universums, das in einem völlig andersgearteten zu überleben versuchte; als ein Klümpchen Menschheit, das sich beharrlich an die konkave Flanke dieser seltsamen Welt klammerte und sich an ein paar dünnen Kabeln weiterzog, um nicht durch die Bewegung des Bodens ins Verderben gerissen zu werden.

Als sich die Verhältnisse in der Umgebung der Stadt normalisierten, kehrten auch die Zukunftsvermesser zu ihrem Routineschema zurück.

Das Land nördlich der Stadt wurde in schmale, fünf Grad umfassende Sektoren eingeteilt, die vom Optimum ausgingen. Früher hätte die Stadt keine Route wählen können, die mehr als fünfzehn Grad von der Nordrichtung abwich, aber da wir jetzt mehr Zeit zur Verfügung hatten, konnten wir uns größere Umwege leisten.

Unser Vorgehen war sehr einfach. Die Vermesser ritten von der Stadt nach Norden – allein oder, wenn es ihnen lieber war, zu zweit – und nahmen den ihnen zugewiesenen Sektor in allen Details kartographisch auf. Wir hatten mehr als genug Zeit für diese Aufgabe.

Bei vielen Gelegenheiten wurde ich durch das Gefühl von Freiheit berauscht, das man im Norden empfand, und das, wie Blayne mir sagte, vielen Zukunftsvermessern gemeinsam war. Was brauchte man hasten und eilen, wenn ein Tag Faulenzen an einem Flußufer nur ein paar Minuten der in der Stadt geltenden Zeit verschwendete?

Es gab einen Preis für die Zeit, die man im Norden geschenkt bekam, und es war einer, der eigentlich keine Bedeutung für mich hatte, bis ich die Auswirkungen selbst wahrnahm. Ein Tag, den man im Norden verbrachte, war ein Tag des eigenen Lebens. In fünfzig Tagen alterte ich so viel wie während fünf Meilen in der Stadt, doch die Stadtbewohner waren nur um vier Tage gealtert. Anfangs machte mir das nichts aus: wir kehrten so oft in die Stadt zurück, daß mir kein Unterschied bewußt wurde. Aber mit der Zeit merkte ich, daß Menschen, die ich kannte – Vicoria, Jase, Malchuskin – , anscheinend gar nicht gealtert waren, während ich, wenn ich mich im Spiegel erblickte, deutlich sah, daß ich nach einer anderen Zeit lebte.

Ich wollte nicht wieder eine dauerhafte Beziehung zu irgendeinem Mädchen eingehen; Victorias Überzeugung, daß die Lebensweise der Stadt letztlich alle persönlichen Bindungen zerstörte, gewann jedesmal, wenn ich darüber nachdachte, mehr an Bedeutung.

Die ersten der neuen Besuchsfrauen trafen in der Stadt ein,

und als unverheirateter Mann hatte ich das Recht, es für einige Zeit mit einer von ihnen zu versuchen. Anfangs machte ich von dieser Möglichkeit keinen Gebrauch, weil mich, ehrlich gesagt, die Vorstellung abstieß. Ich war der Meinung, daß auch eine rein körperliche Beziehung durch eine gefühlsmäßige Bindung ergänzt werden müßte. Die Partnerwahl wurde jedoch so taktvoll arrangiert, wie es unter diesen Umständen möglich war. Wann immer ich in der Stadt war, wurden ich und andere unverheiratete Männer eingeladen, mit den Mädchen Beziehungen anzuknüpfen. Zu diesem Zweck war ein gemütlich eingerichteter Freizeitraum reserviert. Zuerst war es peinlich und erniedrigend, aber dann gewöhnte ich mich an diese Treffen, und meine Hemmungen legten sich.

Mit der Zeit entstand eine Art Freundschaft zwischen mir und einem Mädchen namens Dorita, und bald ließen wir uns eine Kammer zuweisen, in der wir zusammen leben konnten. Wir hatten nicht viel gemeinsam, aber ihre Versuche, Englisch zu sprechen, erheiterten uns beide, und sie schien sich in meiner Gesellschaft wohl zu fühlen. Bald war sie schwanger, und zwischen meinen verschiedenen Vermessungsreisen beobachtete ich den Fortgang ihrer Schwangerschaft.

Die Zeit verging so langsam, so unglaublich langsam.

Das scheinbar träge Vorankommen der Stadt begann mich mehr und mehr zu irritieren. Nach meiner subjektiven Zeitskala waren hundertfünfzig, vielleicht zweihundert Meilen vergangen, seit ich vollwertiges Gildenmitglied geworden war, und immer noch konnte man von der Stadt aus die Hügel sehen, die wir zur Zeit der Angriffe passiert hatten.

Ich ließ mich für einige Zeit einer anderen Gilde zuteilen; sosehr mir das geruhsame Leben in der Zukunft gefiel, ich spürte doch, daß die Zeit an mir vorüberging.

Einige Meilen arbeitete ich in der Schleppergilde, und während dieser Zeit war es, daß Dorita entbunden wurde. Sie gebar Zwillinge: einen Jungen und ein Mädchen. Das war Anlaß zu fröhlichem Feiern, aber irgendwie befriedigte mich auch das

Leben in der Stadt nicht mehr. Ich hatte mit Jase gearbeitet, der einmal etliche Meilen älter als ich gewesen war. Jetzt war er eindeutig jünger als ich, und wir hatten nicht mehr viel gemeinsam.

Bald nach der Geburt der Kinder verließ Dorita die Stadt, und ich kehrte zu meiner eigenen Gilde zurück.

Langsam verwandelte ich mich, wie die Zukunftsvermesser, denen ich als Volontär begegnet war, in einen Sonderling, der nicht mehr recht in die Stadt paßte. Ich wurde selbstgenügsam, kostete die gestohlenen Stunden im Norden aus und fühlte mich unbehaglich, wenn ich in der Stadt war. Ich begann mich für Zeichnen zu interessieren, erzählte aber kaum jemandem von meinem Zeitvertreib. Ich erledigte meine Gildenpflichten, so schnell und so gründlich es mir möglich war, und dann ritt ich allein auf weite Ausflüge ins Zukunftsland und versuchte zu zeichnen, was ich sah. Ich bemühte mich, in meinen Zeichnungen das Wesen eines Landes einzufangen, in dem die Zeit fast stillstand.

Ich beobachtete die Stadt aus der Entfernung und begann sie schließlich als den Fremdkörper zu sehen, der sie war; sie gehörte nicht in diese Welt, und ich gehörte nicht mehr zu ihr. Meile um Meile zog sie sich vorwärts, ohne Ziel, ohne je einen Ort zu finden, an dem sie zur Ruhe kommen könnte.

VIERTER TEIL

1

Sie wartete am Eingang der Kirche, während drüben auf der anderen Seite des Dorfplatzes die Verhandlungen weitergingen. Hinter ihr in der provisorischen Werkstatt arbeiteten der Priester und zwei Gehilfen geduldig an der Restaurierung einer Gipsfigur der Jungfrau Maria. Es war kühl in der Kirche, und obwohl ein Teil des Dachs eingefallen war, war es friedlich und sauber im Innern. Sie wußte, daß sie eigentlich nicht hier sein sollte, aber irgendein Instinkt hatte sie in den Torbogen treten lassen, als die beiden Männer auftauchten.

Sie beobachtete sie jetzt, wie sie ernst mit Luiz Cavalho sprachen, dem selbsternannten Führer des Dorfs, und mit einer Anzahl anderer Männer. Unter anderen Umständen hatte wohl vielleicht der Priester die Verantwortung für die Gemeinde übernommen, aber Vater dos Santos war, wie sie selbst, ein Neuling im Dorf.

Die Männer waren durch das ausgetrocknete Flußbett ins Dorf geritten, und jetzt grasten ihre Pferde, während sie verhandelten. Sie war zu weit weg, um die einzelnen Worte zu verstehen, aber es war ziemlich klar, daß es um irgendeine Art Handel ging. Die Männer des Dorfes hielten gestenreiche Reden und heuchelten Desinteresse, aber sie wußte, daß sie längst nicht mehr reden würden, läge ihnen wirklich nichts an dem Handel.

Sie selbst interessierte sich für die beiden Reiter. Daß sie nicht aus einem der Nachbardörfer stammten, stand außer Zweifel. Sie sahen ganz anders aus als Dorfbewohner: beide trugen ein schwarzes Cape, gutsitzende Hosen und Lederstiefel. Ihre Pferde hatten Sättel und waren allem Anschein nach gut gepflegt, und obwohl jedes mit großen Satteltaschen voller Ausrüstungsgegenstände bepackt war, schien die Last sie nicht zu stören. Kein Pferd, das sie hier in der Gegend gesehen hatte, war in einem annähernd so guten Zustand gewesen. Ihre Neugier begann die Oberhand über ihre Vorsicht zu gewinnen, und sie trat unter dem Tor heraus, um selbst herauszufinden, was hier vorging. In diesem Moment aber schienen die Verhandlungen abgeschlossen zu sein, denn die Männer aus dem Dorf wandten sich ab, und die anderen beiden kehrten zu ihren Pferden zurück.

Sie stiegen sofort auf und ritten den Weg davon, auf dem sie gekommen waren. Sie sah ihnen nach, unschlüssig, ob sie ihnen folgen sollte oder nicht.

Als sie zwischen den Bäumen, die am Bachufer wuchsen, außer Sicht kamen, eilte sie über den Platz, huschte zwischen zwei Häusern durch und rannte die Anhöhe dahinter hinauf. Nach wenigen Augenblicken sah sie die Männer unter den Bäumen auftauchen. Sie ritten noch ein Stück weiter, zogen dann die Zügel an und machten halt. Sie berieten sich etwa fünf Minuten lang und blickten des öfteren in Richtung des Dorfes.

Sie blieb in Deckung hinter dem dichten Gestrüpp, mit dem der Hügel bewachsen war. Plötzlich hob einer der beiden Männer grüßend die Hand gegen den anderen und lenkte sein Pferd herum. Er galoppierte in Richtung einiger entfernter Hügel davon; der andere Mann wandte sein Pferd in die entgegengesetzte Richtung und ritt in gemächlichem Tempo weiter.

Sie kehrte ins Dorf zurück und suchte Luiz auf.

»Was wollten sie?« fragte sie ihn.

»Sie brauchen Männer für Arbeit.«

»Wart ihr damit einverstanden?«

Er verhielt sich ausweichend. »Sie kommen morgen wieder.«

»Werden Sie bezahlen?«

»Mit Essen. Schau.« Er hielt ihr eine Handvoll Brot hin, und sie untersuchte es. Es war knusprig frisch und braun und roch gut.

»Woher haben sie das?«

Luiz zuckte die Achseln. »Sie haben auch besonderes Essen.«

»Haben sie dir davon gegeben?«

»Nein.«

Sie runzelte die Stirn und überlegte wieder, wer diese Männer wohl sein konnten.

»Sonst noch etwas?«

»Nur das.« Er zeigte ihr einen kleinen Beutel, und sie machte ihn auf. Es war ein grobes weißes Pulver darin, an dem sie roch.

»Sie sagen, das macht die Früchte besser wachsen.«

»So, haben sie mehr davon?«

»Soviel wir brauchen.«

Sie legte den Beutel weg und ging in die Kirche zurück. Nach einer kurzen Unterredung mit Vater dos Santos eilte sie zu den Ställen und sattelte ihr eigenes Pferd.

Sie ritt durch das trockene Bachbett aus dem Dorf und folgte dem Weg des zweiten Mannes.

2

Jenseits des Dorfes lag ein weites steppenhaftes Gebiet, in dem hie und da ein paar Bäume standen. Sie entdeckte bald den Mann in einiger Entfernung. Er hielt auf einen dichteren Waldstrich zu. Auf der anderen Seite des Waldes lag, wie sie wußte, ein kleiner Fluß. Jenseits davon waren einige niedrige Hügel.

Sie hielt Abstand von dem Reiter, weil sie nicht gesehen werden wollte, bevor sie herausgefunden hatte, wohin er wollte.

Als er den Wald erreichte, verlor sie ihn aus den Augen und stieg ab. Sie führte ihr Pferd an den Zügeln weiter und hielt vorsichtig Ausschau nach einer Spur des Reiters. Bald hörte sie das Plätschern des Flusses, der zu dieser Jahreszeit nur ein seichter, schottergefüllter Bach war.

Sie entdeckte zuerst das Pferd, das an einem Baum angebunden war. Sie befestigte den Zügel ihres eigenen Pferdes daneben und ging weiter. Es war warm und still unter den Bäumen, und sie war staubig und erhitzt von dem Ritt. Sie fragte sich immer wieder, was sie eigentlich dazu bewog, dem Mann zu folgen, obwohl die Vernunft sie vor allen möglichen Gefahren warnte. Aber der Besuch der beiden Männer im Dorf hatte ungefährlich genug gewirkt und ihre Absichten friedlich, wenn auch etwas undurchschaubar. Sie bewegte sich vorsichtiger, als sie weiter in den Wald eindrang. Am Bachufer blieb sie stehen und blickte hinunter zum Wasser.

Der Mann war dort unten, und sie musterte ihn neugierig.

Er hatte seinen Umhang abgelegt und ebenso wie die Stiefel zu dem kleinen Häufchen seiner Ausrüstung geworfen. Er war in den Bach gewatet und genoß offensichtlich die Kühle des Wassers. Er hatte keine Ahnung, daß er beobachtet wurde, und spritzte mit den Füßen im Wasser herum, glitzernde Tropfenfontänen hochschleudernd. Dann bückte er sich, schöpfte mit den Händen etwas Wasser und spritzte es sich gegen Gesicht und Hals.

Er wandte sich um, watete ans Ufer und ging zu seinem Gepäck hinüber. Aus einem schwarzen Lederbehälter holte er eine kleine Videokamera heraus, hängte sich dann den Behälter an seinem Riemen über die Schulter und verband ihn mit der Kamera mit einem kurzen plastiküberzogenen Draht. Dann drehte er an einem kleinen geriffelten Knopf an der Seite.

Er legte die Kamera einen Augenblick weg und rollte eine lange Papierrolle auf, die wie eine Schriftrolle um einen Haltestab gewunden war, und breitete sie auf dem Boden aus. Dann starrte er einige Sekunden lang nachdenklich darauf, nahm schließlich wieder die Kamera und ging zum Ufer zurück.

Einige Sekunden lang zielte er mit der Kamera flußaufwärts, dann senkte er sie ein wenig und schwenkte langsam herum. Er nahm das gegenüberliegende Ufer auf, und dann richtete er die Kamera zu ihrem Schrecken genau auf Elizabeth. Sie duckte sich hastig ins Unterholz, und da er in keiner Weise reagierte, nahm sie an, daß er sie nicht entdeckt hatte. Als sie wieder hinschaute, zielte er mit der Kamera flußabwärts.

Dann kehrte er zu dem Papierstreifen zurück und trug sorgfältig einige Symbole ein.

Noch immer wirkte jede seiner Bewegungen wie langgeübte Routine, als er die Kamera in ihrem Behälter verstaute, den

Papierstreifen zusammenrollte und zur übrigen Ausrüstung legte.

Er reckte sich ausgiebig und kratzte sich am Kopf. Bedächtig wanderte er zum Wasser zurück, setzte sich an den Uferrand und ließ die Füße ins Wasser baumeln. Einen Augenblick später seufzte er und ließ sich mit geschlossenen Augen ins Gras zurücksinken.

Sie musterte ihn aufmerksam. Er sah wirklich harmlos aus. Er war groß und kräftig gebaut, und Gesicht und Arme waren tief gebräunt. Das Haar trug er ziemlich lang, in einer unordentlichen hellbrünetten Mähne. Er hatte einen Bart. Sie schätzte sein Alter auf etwas über dreißig. Trotz Bart war zu erkennen, daß er ein gutgeschnittenes, jugendliches Gesicht hatte, auf dem jetzt ein zufriedenes Grinsen lag, das deutlich besagte, wie angenehm das kühle Fußbad an einem heißen, trockenen Tag war.

Fliegen umsummten sein Gesicht, und von Zeit zu Zeit schlug er träge nach ihnen.

Nach ganz kurzem Zögern kam sie aus ihrem Versteck und rutschte mit einer kleinen Erdlawine die Uferbank hinunter.

Der Mann reagierte blitzartig. Er setzte sich auf, sah sich um und versuchte auf die Füße zu kommen. Dabei glitt er aus und fiel auf den Bauch, während er mit den Füßen im Wasser zappelte.

Sie brach in Gelächter aus.

Er gewann wieder Halt und stürzte zu seiner Ausrüstung. Sekunden später hielt er ein Gewehr in der Hand.

Ihr Lachen verstummte, doch er hob das Gewehr nicht.

Statt dessen sagte er etwas in so schlechtem Spanisch, daß sie ihn nicht verstehen konnte.

Sie sprach selbst nur wenig Spanisch, deshalb sagte sie in der Sprache der Dorfleute: »Ich wollte nicht lachen ...«

Er schüttelte verständnislos den Kopf und musterte sie forschend. Sie streckte die Hände aus, um ihm zu zeigen, daß sie keine Waffe trug, und schenkte ihm ein, wie sie hoffte, beruhigendes Lächeln. Er schien nun überzeugt zu sein, daß sie keine Gefahr für ihn darstellte, und legte das Gewehr fort.

Wieder sagte er etwas in gräßlich holprigem Spanisch, dann murmelte er auf englisch in sich hinein.

»Sie sprechen Englisch?« sagte sie.

»Ja. Und Sie? «

»Seit meiner Geburt.« Sie lachte wieder, sagte dann: »Darf ich mich zu Ihnen setzen?«

Sie nickte zum Ufer hin, aber er starrte sie nur stumm an. Sie zog die Schuhe aus und ging zum Wasser. Sie watete hinein, den Rock hochschürzend. Das Wasser war überraschend kalt; es stach und prickelte so, daß sich ihre Zehen verkrampften, aber es war nicht unangenehm. Einen Augenblick später saß sie am Ufer, die Füße noch im Wasser.

Er setzte sich zu ihr.

»Das mit dem Gewehr tut mir leid. Sie haben mich ziemlich erschreckt.«

»Das tut nun mir leid«, sagte sie. »Aber Sie haben so faul und schläfrig dreingeschaut.«

»Was soll man an einem solchen Tag anderes tun?«

Gemeinsam beobachteten sie, wie das Wasser über ihre Füße floß. Unter der gekräuselten Oberfläche schien die weiße Haut zu tanzen wie eine Flamme in einem Luftzug.

»Wie heißen Sie?« fragte sie endlich.

»Helward.«

»Helward.« Sie wiederholte das Wort zögernd. »Ist das ein Familienname?«

»Nein. Mein voller Name ist Helward Mann. Und Ihrer?«

»Elizabeth. Elizabeth Khan. Ich mag es nicht, wenn man mich Elizabeth nennt.«

»Entschuldigung.«

Sie warf ihm einen Blick zu. Er sah sehr ernst drein.

Sein Akzent verwirrte sie ein wenig. Sie wußte bereits, daß er nicht aus der Gegend stammen konnte, und er sprach glatt und mühelos Englisch, aber die Vokale klangen bei ihm ziemlich sonderbar.

»Woher kommen Sie?« fragte sie.

»Aus der Gegend hier.« Er stand abrupt auf. »Ich will mal lieber mein Pferd tränken.«

Er stolperte wieder, als er die Uferböschung hochkletterte, aber diesmal lachte Elizabeth nicht. Er ging direkt zu den Bäumen hinüber, ohne seine Ausrüstung zu beachten. Das Gewehr lag noch dort. Er blickte einmal über die Schulter zu ihr zurück, und sie wandte sich ab.

Als er zurückkam, führte er beide Pferde am Zügel. Sie stand auf und brachte ihr eigenes Tier zum Wasser hinunter.

Zwischen den Pferden stehend, streichelte Elizabeth Helwards Tier am Hals.

»Eine schöne Stute«, sagte sie. »Gehört sie Ihnen?«

»Nicht direkt. Ich reite sie nur öfter als die anderen.«

»Wie nennen Sie sie?«

»Ich ... hab' ihr keinen Namen gegeben. Hätte ich das sollen?«

»Nur, wenn Sie sie gern mögen. Mein Pferd hat auch keinen Namen.«

»Ich reite gerne«, sagte Helward unvermittelt. »Das ist der beste Teil meiner Arbeit.«

»Das, und im Bach herumzupritscheln. Was arbeiten Sie denn?«

»Ich bin ein ... Ich meine, es gibt da keine genaue Bezeichnung. Was sind Sie denn?«

»Ich bin Krankenschwester. Offiziell natürlich. Ich kann auch sonst noch eine Menge Dinge.«

»Wir haben auch Krankenschwestern«, sagte er. »In der ... wo ich herkomme.«

Sie musterte ihn mit neuem Interesse. »Und wo ist das?«

»Im Süden. Eine Stadt.«

»Wie heißt sie?«

»Erde. Aber die meiste Zeit sprechen wir einfach von der Stadt.«

Elizabeth lächelte unsicher, im Zweifel, ob sie richtig verstanden hatte. »Erzählen Sie mir davon.«

Er schüttelte den Kopf. Die Pferde hatten fertig getrunken und beschnupperten einander.

»Ich glaube, ich mache mich jetzt besser wieder auf den Weg«, sagte er.

Er ging rasch zu seinen Sachen, sammelte sie ein und verstaute sie hastig in den Satteltaschen. Elizabeth sah ihm neugierig zu. Als er fertig war, nahm er das Pferd beim Zügel und führte es die Uferböschung hinauf. Vom Waldrand schaute er sich noch einmal nach ihr um.

»Es tut mir leid. Sie müssen mich für sehr unhöflich halten. Es ist nur ... Sie sind so ganz anders.«

»Als wer?«

»Die Leute in der Gegend hier.«

»Ist denn das so schlimm?«

»Nein.« Er blickte sich am Flußufer um, als suche er nach einem Vorwand, noch zu bleiben. Plötzlich schien er zu einem Entschluß gekommen zu sein. Er band sein Pferd an den nächsten Baum. »Darf ich Sie was fragen?«

»Natürlich.«

»Ich wüßte gern ... ob ich Sie wohl zeichnen dürfte?«

»Mich zeichnen?«

»Ja ... bloß eine Skizze. Ich bin nicht besonders gut, ich hab' noch nicht viel Übung. Wenn ich hierherauf komme, zeichne ich oft, was ich so sehe.«

»War es das, was Sie vorhin taten?«

»Nein. Das war nur eine Landkarte. Ich meinte richtige Zeichnungen.«

»Schön. Wünschen Sie eine bestimmte Pose?«

Er kramte in seiner Satteltasche herum, zog dann ein Bündel Papierblätter der verschiedensten Größen hervor. Er sah sie nervös durch, und sie bemerkte, daß die meisten mit Bleistiftzeichnungen bedeckt waren.

»Stellen Sie sich einfach so hin«, sagte er. »Nein ... zu Ihrem Pferd.«

Er setzte sich ans Ufer und legte das Papier auf die Knie. Sie beobachtete ihn, betroffen über diese unvermutete Entwicklung, die sie mit wachsender Schüchternheit erfüllte, einer ihr sonst völlig fremden Regung. Er musterte sie über das Papier hinweg.

Sie stand bei ihrem Pferd, den Arm unter seinen Hals gelegt, so daß sie es auf der anderen Seite tätscheln konnte, und das Pferd rieb zufrieden seine Nase an ihr.

»Sie stehen schlecht«, bemerkte er. »Drehen Sie sich ein bißchen mehr zu mir.«

Sie wurde immer befangener und merkte plötzlich, daß sie in einer ganz unnatürlichen, unbeholfenen Pose dastand.

Er arbeitete rasch, zeichnete auf ein Blatt Papier nach dem anderen, und sie begann sich zu entspannen. Sie beschloß, ihn gar nicht zu beachten, und tätschelte wieder das Pferd. Nach einer Weile bat er sie, sich in den Sattel zu setzen, aber sie wurde langsam müde.

»Kann ich sehen, was Sie bisher gezeichnet haben?«

»Ich zeige das nie her.«

»Bitte, Helward. Ich bin noch niemals gezeichnet worden!«

Er suchte die Blätter durch und wählte drei aus. »Ich weiß nicht, was Sie davon halten werden.«

Sie nahm die Zeichnungen.

»Gott, bin ich wirklich so mager?« rief sie ohne zu denken.

Er versuchte ärgerlich, ihr die Zeichnungen wegzunehmen. »Geben Sie sie zurück.«

Sie wehrte ihn ab und blätterte rasch die übrigen Zeichnungen durch. Es war wohl zu erkennen, daß sie das sein sollte, aber er hatte eine eigenartige Auffassung von Proportionen. Sowohl sie als auch das Pferd war zu groß und zu dünn gezeichnet. Die Wirkung war nicht unangenehm, aber ziemlich seltsam.

»Bitte ... ich möchte sie zurückhaben.«

Sie gab sie ihm zurück, und er legte sie ganz zuunterst in den Stoß. Unvermittelt wandte er sich ab und ging zu seinem Pferd.

»Habe ich Sie gekränkt?« fragte sie.

»Nein, nein. Ich wußte, ich hätte sie Ihnen nicht zeigen sollen.«

»Ich finde sie sehr gut. Es ist nur ... es erschreckt einen irgendwie, sich auf einmal mit den Augen eines anderen zu sehen. Ich habe Ihnen ja gesagt, ich bin noch nie gezeichnet worden.«

»Sie sind auch nicht leicht zu zeichnen.«

»Dürfte ich die anderen sehen?«

»Sie würden Ihnen nicht gefallen.«

»Hören Sie, ich sage das nicht nur, um Ihren gekränkten Stolz zu besänftigen. Ich würde die Zeichnungen wirklich gerne sehen.«

»Na gut.«

Er gab ihr den ganzen Stoß und wandte sich seinem Pferd zu. Während sie sich wieder setzte und langsam die Zeichnungen durchsah, tat er so, als richte er etwas am Zaumzeug, aber sie war sich klar darüber, daß er gespannt auf ihre Reaktion wartete.

Die Blätter zeigten die verschiedensten Themen. Es gab eine ganze Reihe von seinem Pferd: beim Weiden, im Stehen, mit zurückgeworfenem Kopf. Diese Zeichnungen waren erstaunlich naturgetreu; mit wenigen Strichen hatte er das Wesen des Tiers eingefangen, stolz und doch gefügig, gezähmt und doch sein eigener Herr. Seltsamerweise stimmten hier die Proportionen vollkommen. Mehrere Zeichnungen zeigten einen Mann ... Selbstporträts oder der andere Mann, mit dem sie ihn zuvor gesehen hatte? Er war mit Mantel gezeichnet, ohne Mantel, neben dem Pferd stehend, mit der Videokamera, die sie vorhin gesehen hatte. Wiederum stimmten die Proportionen ziemlich genau.

Dann waren da noch einige Landschaftsskizzen: Bäume, ein Fluß, ein seltsames, von Seilen gezogenes Gebilde, eine ferne Hügelkette. Er war dafür offenbar weniger begabt; manchmal wirkten die Proportionen richtig, dann wieder hatten die Zeichnungen etwas eigenartig Verzerrtes, das sie nicht recht definieren konnte. Stimmte vielleicht die Perspektive nicht? Sie hatte keine Erfahrung mit Zeichnungen und konnte deshalb auch nicht das richtige Wort für das finden, was bei diesen Darstellungen nicht stimmte.

Zuunterst im Stoß lagen die Zeichnungen, die er von ihr gemacht hatte. Die ersten waren nicht besonders gut, offenbar seine ersten Versuche. Die drei, die er ihr gezeigt hatte, waren eindeutig die besten, aber sie alle wiesen diese sonderbare Längsverzerrung bei ihr und dem Pferd auf, die sie nicht verstand.

»Nun?« sagte er.

»Ich ...« Sie wußte nicht, was sie sagen sollte. »Ich finde, sie sind sehr gut. Sehr apart. Sie haben ein gutes Auge.«

»Sie sind ein schwieriges Modell.«

»Das hier gefällt mir besonders gut.« Sie blätterte den Stoß durch und holte eine Zeichnung des Pferdes mit fliegender Mähne hervor. »Das ist so lebendig.«

Nun lächelte er. »Das gefällt mir selber auch am besten.«

Sie sah die Zeichnungen nochmals durch. Etwas war ihr darin aufgefallen, das sie nicht verstand ... da, auf einer der Zeichnungen des Mannes. Oben im Hintergrund eine seltsame vierzakkige Form. Auch auf den Skizzen, die er von ihr gemacht hatte, war dieses Ding zu sehen.

»Was ist das?« fragte sie und zeigte darauf.

»Die Sonne.«

Sie war etwas verblüfft, beschloß aber, auf die Sache nicht näher einzugehen. Sie fand, daß sie für den Augenblick seinem Künstlerego schon genug geschadet hatte.

Sie wählte von den drei Skizzen jene aus, die sie für die beste hielt. »Könnte ich die hier wohl haben?«

»Ich dachte, sie gefällt Ihnen nicht.«

»Oh, doch. Ich finde sie wundervoll.«

Er sah sie forschend an, als versuche er herauszufinden, ob sie die Wahrheit sagte, und nahm ihr dann die übrigen Zeichnungen wieder ab.

»Möchten Sie die hier auch haben?«

Er gab Ihr die Skizze von dem Pferd.

»Das kann ich nicht annehmen. Nicht diese.«

»Ich würde sie Ihnen gerne geben«, sagte er. »Sie sind der erste Mensch, der sie zu sehen bekommen hat.«

»Ich ... Danke schön.«

Er verstaute die Blätter vorsichtig in der Satteltasche und schnallte sie zu.

»Ihr Name ist Elizabeth, nicht wahr?«

»Ich werde lieber Liz genannt.«

Er nickte ernst. »Leben Sie wohl, Liz.«

»Müssen Sie schon fort?«

Er gab ihr keine Antwort, sondern band sein Pferd los und schwang sich in den Sattel. Er ritt die Uferböschung hinunter, platschte durch das seichte Wasser und trieb sein Pferd die jenseitige Böschung hinauf. Sekunden später war er zwischen den Bäumen verschwunden.

3

Ins Dorf zurückgekehrt, stellte Elizabeth fest, daß sie für heute keine Lust mehr zum Arbeiten hatte. Sie wartete immer noch auf eine Sendung Arzneimittel, und vor mehr als einem Monat hatte man ihr versprochen, einen Arzt zu schicken. Sie hatte ihr möglichstes getan, den Dorfbewohnern eine ausgewogene Ernährung zu verschaffen – aber Nahrungsmittel waren knapp –, und sie hatte einfachere Leiden wie Entzündungen, Ausschläge und ähnliches behandelt. In der letzten Woche hatte sie einer der Frauen bei der Entbindung beigestanden, und erst bei dieser Gelegenheit hatte sie gefühlt, daß sie überhaupt etwas Nützliches leistete.

Nun, die seltsame Begegnung am Fluß noch frisch im Gedächtnis, beschloß sie, früher als sonst in die Station zurückzukehren.

Bevor sie aufbrach, sprach sie mit Luiz.

»Wenn diese Männer zurückkommen«, sagte sie, »dann versucht herauszufinden, was sie wollen. Ich komme morgen früh zurück. Wenn sie vor mir eintreffen, dann versucht, sie aufzuhalten. Findet heraus, woher sie kommen.«

Bis zur Station waren es fast sieben Meilen, und sie kam erst an, als es schon dunkel wurde. Die Gebäude waren nahezu verlassen: viele der Außendienstleute blieben mehrere Tage hintereinander weg. Tony Chappell war jedoch da und fing sie ab, als sie in ihr Zimmer gehen wollte.

»Hast du heute abend Zeit, Liz? Ich dachte, wir könnten vielleicht ...«

»Ich bin sehr müde. Ich wollte früh schlafengehen.«

Als sie neu auf die Station gekommen war, hatte Elizabeth sich zuerst ein wenig zu Chappell hingezogen gefühlt und den Fehler begangen, ihn das merken zu lassen. Es gab nur wenige Frauen auf der Station, deshalb begann er sofort, ihr heftig den Hof zu machen. Seitdem hatte er sie kaum einen Augenblick in Frieden gelassen, und obwohl sie ihn mittlerweile als langweilig und allzusehr von sich selbst eingenommen beurteilte, hatte sie noch keine höfliche Methode entdeckt, seine unwillkommene Glut etwas abzukühlen.

Er versuchte sie zu seinen Plänen für den Abend zu bekehren, aber nach ein paar Minuten gelang es ihr, in ihr Zimmer zu entkommen.

Sie warf ihre Tasche aufs Bett, zog sich aus und nahm eine ausgiebige Dusche.

Später ging sie etwas essen, wobei Tony ihr natürlich Gesellschaft leisten mußte.

Während der Mahlzeit fiel ihr etwas ein, das sie ihn hatte fragen wollen.

»Kennst du irgendeine Stadt hier in der Gegend, die Erde heißt?«

»Erde? Wie der Planet?«

»So klang es jedenfalls. Vielleicht hab' ich mich verhört.«

»Ich kenne keine. Wo soll sie liegen?«

»Irgendwo in der Nähe. Nicht weit entfernt.«

Er schüttelte den Kopf. »Heißt sie vielleicht Merde? Oder Pferde?« alberte er, lachte laut und ließ seine Gabel fallen. »Bist du ganz sicher?« fragte er dann.

»Nein ... eben nicht. Ich glaube, ich hab's wohl falsch verstanden.«

In seiner eigenen, unnachahmlichen Art fuhr Tony fort, ziemlich einfallslos darüber zu witzeln, was sie wohl gehört haben konnte, bis sie wieder eine Ausrede fand, sich zurückzuziehen.

In einem der Büros hing eine große Wandkarte des Gebiets, aber sie konnte nichts entdecken, das nach Helwards Heimatstadt aussah. Er hatte gesagt, seine Stadt läge im Süden, aber es gab im Umkreis von sechzig Meilen keinerlei größere Siedlungen.

Sie war nun wirklich todmüde und kehrte in ihr Zimmer zurück.

Sie zog sich aus und befestigte dann die beiden Skizzen, die Helward ihr geschenkt hatte, mit Klebstreifen an der Wand neben dem Bett. Die eine Zeichnung von ihr war sehr seltsam ...

Sie schaute sich das Blatt genauer an. Das Papier war offensichtlich sehr alt, denn die Ränder waren vergilbt. Dann bemerkte sie, daß die Oberkante und Unterkante leicht ausgezackt waren, wo das Papier abgerissen worden war, doch der Rand war ganz gerade.

Versuchsweise fuhr sie mit dem Finger daran entlang. Sie fühlte feine, regelmäßige Zacken: das Papier war perforiert gewesen ...

Vorsichtig, um nicht die Zeichnung zu beschädigen, löste sie die Klebstreifen von der Wand und nahm die Skizze herunter.

Sie stellte fest, daß die Rückseite mit Zahlenkolonnen bedruckt war. Einige davon waren mit einem Sternchen versehen.

Auf der Seite waren in hellblauer Farbe die Worte aufgedruckt: IBM Multifold TM.

Sie befestigte das Blatt wieder an der Wand ... und starrte es lange Zeit betroffen an.

4

Am nächsten Morgen ersuchte Elizabeth nochmals per Fernschreiber um einen Arzt und begab sich dann ins Dorf.

Als sie ankam, lastete bereits die Hitze des Tages über dem Dorf, und wieder war die gleichgültig-lethargische Stimmung zu spüren, die sie anfangs so erbost hatte. Sie suchte Luiz, der mit zwei anderen Männern im Schatten bei der Kirche saß.

»Also ... sind sie zurückgekommen?«

»Heute nicht, Menina Khan.«

»Wann, sagten sie, würden sie wiederkommen?«

Er zuckte gleichgültig die Achseln. »Irgendwann. Heute, morgen.«

»Habt ihr schon ...?«

Sie unterbrach sich, ärgerlich über sich selbst. Sie hatte den angeblichen Kunstdünger auf die Station mitnehmen wollen, um ihn analysieren zu lassen, ihn aber dann über anderen Dingen vergessen.

»Verständigt mich, wenn sie kommen.«

Sie ging nach Maria und ihrem Säugling sehen, aber mit ihren Gedanken war sie nicht so recht bei ihrer Arbeit. Später überwachte sie die Zubereitung einer Mahlzeit, die alle erhielten, die es wünschten, und sprach dann in der Werkstatt mit Vater dos Santos. Die ganze Zeit war sie sich bewußt, daß sie auf Hufschlag oder sonst ein Geräusch von Pferden horchte.

Da gab sie es auf, sich selber täuschen zu wollen, ging zum Stall und sattelte ihr Pferd. Sie ritt aus dem Dorf in Richtung Fluß.

Sie versuchte, sich nicht zu sehr mit ihren Gedanken zu beschäftigen, ihre Motive nicht zu analysieren, aber es half alles nichts. Die letzten vierundzwanzig Stunden waren zu umwälzend gewesen. Sie hatte sich für den Außendienst gemeldet, weil sie das Gefühl gehabt hatte, ihr Leben sei zu Hause vergeudet, aber sie hatte auch bei dieser Arbeit keine rechte Befriedigung gefunden. Trotz bester Absichten konnten die Entwicklungshelfer kaum mehr tun, als einen weiteren Rückschritt der verarmten Bevölkerung zu verhindern. Es war zuwenig und zu spät. Regierungsalmosen ... ein wenig Getreide, ein paar Impfungen, eine ausgebesserte Kirche, das war immerhin ein Anfang und besser als gar nichts. Aber sie wußte, daß das Problem über diesen Anfang hinaus nicht gelöst werden würde: das gesamte Wirtschaftssystem hatte versagt. Dieses Land besaß nichts mehr, das noch hätte entwickelt werden können.

Helwards Auftauchen in ihrem Leben war das erste interessante Ereignis, seit sie hier war. Sie wußte, als sie über den Steppenstreifen auf den Wald zuritt, daß ihre Motive etwas verworren waren. Vielleicht war sie einfach nur neugierig, aber sie fühlte, daß irgendwie mehr dahintersteckte.

Die Männer auf der Station waren von sich selbst und ihren Aufgaben erfüllt, die sie als Berufung ansahen; sie redeten in ziemlich abstrakter Weise über Gruppenpsychologie, gesellschaftliche Anpassung, Verhaltensmuster ... ein Gehaben, das sie, wenn sie in einer ihrer zynischen Stimmungen war, einfach als kindisch empfand. Abgesehen von dem unglücklichen Tony Chappell hatte sie für keinen der Männer auch nur das geringste Interesse entwickelt, was eigentlich nicht dem entsprach, was sie vor ihrer Ankunft erwartet hatte.

Helward war anders. Sie wollte es sich selbst zwar nicht zugeben, aber sie wußte, warum sie ausritt und ihn suchte.

Sie erreichte den Platz am Bach und ließ ihr Pferd trinken. Später band sie es im Schatten an und setzte sich ans Ufer, um zu warten. Wieder versuchte sie, das Durcheinander von Gedanken, Wünschen und Fragen zurückzudrängen. Sie versuchte, sich nur auf ihre Umgebung zu konzentrieren, legte sich an der Böschung in die Sonne und schloß die Augen. Sie lauschte dem Plätschern des Wassers über dem Kies des Bachbetts, dem sanften Flüstern des Windes in den Ästen, dem Summen der Insekten, roch trockenes Gras, sonnenwarme Erde.

Lange Zeit verstrich. Das Pferd hinter ihr wischte alle paar Sekunden mit dem Schwanz geduldig die Fliegenschwärme von seinem Rücken.

Sie schlug die Augen auf, als sie das Geräusch eines zweiten Pferdes vernahm, und setzte sich auf.

Helward stand auf dem drüberen Ufer. Er winkte ihr zu, und sie grüßte zurück.

Rasch kam er die Böschung herunter. Sie mußte in sich hineinlächeln: er war offensichtlich in übermütiger Stimmung, denn er trieb allerhand Unfug, wie um sie zu belustigen. Als er ihr gegenüber das Wasser erreichte, beugte er sich aus irgendeinem Grund vor und versuchte auf den Händen zu stehen. Nach zwei Versuchen gelang es ihm, dann kippte er um und landete mit Gebrüll und einem gewaltigen Platsch im Bach.

Elizabeth sprang auf und rannte durch das seichte Wasser zu ihm.

»Haben Sie sich nichts getan?« fragte sie.

Er grinste. »Als Kind konnte ich das besser.«

»Ich auch.«

Er stand auf und blickte betrübt an seinen triefenden Kleidern hinunter.

»Sie werden schnell trocken«, sagte sie.

»Ich will mal mein Pferd holen.«

Zusammen wateten sie durch den Bach, und Helward band sein Pferd neben Elizabeths an. Sie setzte sich wieder ans Ufer, und er streckte sich neben ihr aus, um sich von der Sonne trocknen zu lassen.

Hinter ihnen standen die Pferde Kopf bei Schwanz und wedelten einander die Fliegen von der Nase.

Fragen über Fragen ... aber sie unterdrückte sie alle. Die mysteriösen Umstände ihrer neuen Bekanntschaft machten ihr Spaß, den sie sich nicht durch Erklärungen verderben wollte. Am wahrscheinlichsten war wohl, daß er, ebenso wie sie, als Entwicklungshelfer auf einer anderen Station arbeitete und daß er sich aus irgendeinem Grund einen Scherz mit ihr erlaubte. Wenn dem so war, hatte sie nichts dagegen; seine Gesellschaft genügte ihr, und sie hatte lange genug ihre Gefühle der Arbeit untergeordnet, um jetzt die Abwechslung zu genießen, die er ihr unwissentlich schenkte.

Das einzige gemeinsame Interesse, das ihr einfiel, waren seine Zeichnungen, und sie bat ihn, sie nochmals sehen zu dürfen. Eine Weile sprachen sie über die Skizzen und über das, was ihnen beiden gefiel; interessiert stellte sie fest, daß alle seine Zeichnungen auf der Rückseite von altem Computer-Ausdruckpapier gemacht worden waren.

Schließlich sagte er: »Ich dachte, Sie gehören zu den Bettlern.«

»Zu *wem?*«

»Den hiesigen Eingeborenen. Aber die sprechen nicht Englisch.«

»Einige schon. Nicht sehr gut und nur, wenn wir es ihnen beibringen.«

»Wer ist ›wir‹?«

»Die Leute, mit denen ich zusammenarbeite.«

»Sie sind doch nicht aus der Stadt?« fragte er plötzlich und sah rasch weg.

Elizabeth fühlte eine leichte Regung von Besorgnis; gestern hatte er genauso dreingeschaut, und dann war er unvermittelt aufgebrochen. Sie wollte nicht, daß es jetzt wieder dazu kam.

»Sie meinen Ihre Stadt?«

»Nein ... natürlich können Sie nicht von dort sein. Wer sind Sie?«

»Sie kennen meinen Namen«, antwortete sie.

»Ja, aber von wo stammen Sie?«

»Aus England. Ich kam vor etwa zwei Monaten her.«

»England ... das ist auf der Erde, nicht wahr?« Er starrte sie gespannt an, hatte die Zeichnungen vollkommen vergessen.

Sie lachte, aber es war mehr eine nervöse Reaktion auf diese seltsame Frage. »Bei meiner Abreise war es das noch«, sagte sie in dem Versuch, einen Scherz daraus zu machen.

»Mein Gott! Dann ...«

»Was?«

Er stand plötzlich auf, wandte sich ab. Er machte ein paar Schritte, drehte sich dann wieder nach ihr um und starrte fassungslos auf sie hinunter. »Sie kommen von der Erde?«

»Wie meinen Sie das?«

»Sind Sie von der Erde ... von dem Planeten Erde?«

»Natürlich ... aber ich verstehe nicht ...«

»Ihr sucht nach uns«, sagte er fast flüsternd.

»Nein! Ich meine ... ich weiß nicht.«

»Ihr habt uns endlich gefunden!«

Sie sprang auf und wich vor ihm zurück.

Bei den Pferden zögerte sie. Das Geheimnis hatte sich als Irrsinn entpuppt, und sie wußte, daß sie jetzt gehen mußte, aber sie wartete, wartete auf ein Wort, eine Geste von ihm.

»Elizabeth ... geh nicht fort.«

»Liz«, verbesserte sie automatisch.

»Liz ... weißt du, was ich bin? Ich bin ein Bürger der Stadt Erde. Du mußt wissen, was das bedeutet!«

»Nein, tut mir leid.«

»Ihr habt nicht von uns gehört?«

»Nein.«

»Wir sind seit Tausenden Meilen hier ... seit vielen Jahren. Beinahe seit zweihundert.«

»Wo ist die Stadt?«

Er zeigte nach Nordosten. »Dort unten. Etwa fünfundzwanzig Meilen südlich von uns.«

Sie ging nicht auf den Richtungswiderspruch ein, weil sie annahm, daß er sich geirrt hatte.

»Kann ich die Stadt sehen?« fragte sie.

»Natürlich!« Er ergriff sie aufgeregt bei der Hand und gab ihr den Zügel ihres Pferdes. »Wir können sofort aufbrechen!«

»Warte ... wie schreibt ihr den Namen eurer Stadt?«

Er buchstabierte ihn.

»Warum nennt ihr sie so?«

»Ich weiß nicht. Wahrscheinlich, weil wir vom Planeten Erde stammen.«

»Was hat diese Unterscheidung zwischen Stadt und Planeten zu bedeuten?«

»Also ... ist das nicht offensichtlich?«

»Nein.«

Sie merkte, daß sie ihn vorsichtig behandelte wie einen Verrückten, aber in seinen Augen leuchtete nur Erregung, nicht Wahnsinn. Ihr Instinkt, von dem sie sich bisher hatte leiten lassen, warnte sie jedoch vor unüberlegten Reaktionen. Es war nicht abzusehen, wie es jetzt weiterging.

»Aber hier ist nicht die Erde!«

Sie sagte langsam: »Helward ... treffen wir uns morgen wieder. Hier am Bach.«

»Ich dachte, du wolltest unsere Stadt sehen.«

»Ja ... aber nicht heute. Wenn sie fünfundzwanzig Meilen entfernt ist, müßte ich mir ein frisches Pferd besorgen, meine Vorgesetzten verständigen.« Sie wußte, daß das nach Ausflüchten klang.

Er schaute sie unsicher an.

»Du glaubst, ich habe mir alles nur ausgedacht«, sagte er.

»Nein.«

»Was ist dann los? Ich sage dir, soweit ich mich zurückerinnern kann und für viele Jahre vor meiner Geburt, hat in der Stadt die Hoffnung überdauert, daß Hilfe von der Erde kommen würde. Nun bist du hier und glaubst, ich sei verrückt!«

»Du bist auf der Erde.«

Er öffnete den Mund, schloß ihn wieder.

»Warum sagst du so etwas?« fragte er endlich.

»Warum sollte ich etwas anderes sagen?«

Er packte sie wieder am Arm und wirbelte sie herum. Er zeigte nach oben. »Was siehst du da?«

Sie schirmte ihre Augen vor der blendenden Helle ab. »Die Sonne.«

»Die Sonne! Die Sonne! Und was ist mit der Sonne?«

»Nichts. Laß meinen Arm los ... du tust mir weh!«

Er ließ sie los und stolperte zu den weggelegten Zeichnungen hinüber. Er nahm die oberste und hielt sie ihr vors Gesicht.

»Das ist die Sonne!« rief er, und zeigte auf die seltsame Form rechts oben in der Zeichnung. »So sieht die Sonne aus!«

Ihr Herz klopfte wie rasend, als sie die Zügel vom Baum löste, in den Sattel stieg und dem Pferd die Fersen in die Flanken stieß. Nach einer heftigen Kehrtwende galoppierte sie vom Ufer davon.

Helward hatte sich nicht gerührt. Er hielt noch immer die Zeichnung hoch.

5

Es dämmerte, als Elizabeth das Dorf wieder erreichte, und sie fand es schon zu spät, jetzt noch zur Station zurückzukehren. Ihr lag ohnedies nicht viel daran, und im Dorf konnte sie schon irgendeinen Schlafplatz bekommen.

Der Platz vor der Kirche war menschenleer; das war ungewöhnlich, denn zu dieser Tageszeit saßen die Leute gern vor ihren Häusern, unterhielten sich und tranken den starken, herben Wein, den sie in der Gegend anbauten.

Aus der Kirche drang gedämpfter Lärm, und sie ging nachsehen. Im Innern waren die meisten Männer des Dorfs versammelt und einige Frauen. Eine oder zwei von ihnen weinten.

»Was ist los?« sagte Elizabeth zu Vater dos Santos.

»Diese Männer sind zurückgekommen«, sagte er. »Sie haben einen Handel vorgeschlagen.«

Er stand etwas beiseite; es war offensichtlich, daß er keinerlei Einfluß auf die Leute hatte.

Elisabeth versuchte das Wesentliche der Verhandlungen zu verstehen, aber es wurde viel herumgeschrien, und selbst Luiz, der neben dem zerstörten Altar stand, konnte sich bei dem Durcheinander nicht verständlich machen. Elizabeth fing seinen Blick auf, und er kam sofort herüber.

»Nun?«

»Die Männer kamen heute, Menina Khan. Wir sind mit ihren Bedingungen einverstanden.«

»Sehr nach Einverständnis klingt mir das nicht. Wie sind ihre Bedingungen?«

»Gerecht.«

Er wollte zum Altar zurückgehen, aber Elizabeth hielt ihn am Arm zurück. »Was wollten sie?« fragte sie.

»Sie werden uns Medikamente geben, und Essen. Sie haben

noch mehr von dem Dünger, und sie sagen, sie werden uns helfen, die Kirche zu richten, obwohl wir das nicht verlangen.«

Er schaute sie ausweichend an; immer wieder streifte sein Blick ihre Augen, huschte zur Seite, kehrte zurück.

»Und eure Gegenleistung?«

»Nur wenig ...«

»Komm schon, Luiz. Was wollen sie?«

»Zehn von unseren Frauen. Es ist nichts.«

Sie starrte ihn erstaunt an. »Was habt ihr ...?«

»Sie werden es gut haben. Sie werden gesund und kräftig werden, und wenn sie zurückkommen, bringen sie noch Lebensmittel mit.«

»Und was sagen die Frauen dazu?«

Er warf einen Blick über die Schulter. »Sie sind nicht froh.«

»Das möchte ich wetten.« Sie musterte die sechs anwesenden Frauen. Sie standen in einem kleinen Grüppchen beisammen, und die Männer in ihrer Nähe zeigten eine Mischung von Verdrossenheit und Resignation. »Wozu wollen sie die Frauen?«

»Wir fragen nicht.«

»Weil ihr denkt, ihr wißt es.« Sie wandte sich an dos Santos. »Was soll nun werden?«

»Sie haben sich bereits entschlossen«, sagte er.

»Aber warum? Sie können doch nicht ernstlich daran denken, ihre Frauen und Töchter für ein paar Säcke Getreide zu verkaufen?«

Luiz sagte: »Wir brauchen nötig, was sie uns geben wollen.«

»Aber wir haben euch schon Lebensmittel versprochen. Und ein Arzt ist bereits unterwegs.«

»Ja ... das hast du versprochen. Zwei Monate bist du jetzt hier – nur sehr wenig Essen und kein Doktor. Diese Männer sind ehrlich, das sehen wir.«

Er drehte ihr den Rücken zu und trat wieder vor die Menge. Einen Augenblick später ließ er durch Handaufheben abstimmen. Der Handel wurde abgeschlossen, und keine der Frauen hatte mitgestimmt.

Elizabeth verbrachte eine ruhelose Nacht, doch als sie morgens aufstand, wußte sie wenigstens, was sie tun würde.

Dieser Tag hatte eine Reihe unerwarteter Entwicklungen mit sich gebracht. Ironischerweise war die eine Entwicklung, die sie instinktiv vorausgesehen hatte, dann ziemlich anders verlaufen. Jetzt, da sie die Begegnung mit Helward in einem neuen Licht sah, war es ihr möglich, sich selbst einzugestehen, was sie eigentlich gewollt hatte: sie war zum Bach hinuntergeritten in der Hoffnung, daß er sie verführen würde. Und es hätte auch wirklich geschehen können bis zu jenem Augenblick, da dieser fanatische Ausdruck in seine Augen getreten war; selbst jetzt war ihre Reaktion noch nicht ganz abgeklungen … nicht Furcht, nicht Schrecken war es gewesen, vielleicht eine Mischung aus beidem, die sie bei jener heftigen Szene unter den Bäumen ergriffen hatte.

»Was ist mit der Sonne?« klang ihr noch deutlich in den Ohren.

Zweifellos steckte mehr hinter dem Vorfall, als es zunächst den Anschein hatte. Helwards Verhalten am Tag zuvor war völlig anders gewesen; dann hatte sie irgendeinen empfindlichen Punkt berührt, als sie begonnen hatte, über sein Leben zu sprechen, und erst da hatte er so heftig reagiert.

Und dann war da die mysteriöse Sache mit dem Computer-Papier. Im Umkreis von tausend Meilen gab es nur einen einzigen Computer, und sie wußte, wo er stand und wozu er verwendet wurde. Der Ausdruck erfolgte nicht auf Papier, und es war auch ganz gewiß kein IBM-Computer. Wie jeder mit einer EDV-Grundausbildung hatte sie von IBM gehört, aber seit dem Zusammenbruch hatte die International Business Machines Corporation weder Computer noch sonst etwas hergestellt. Die wenigen noch erhaltenen Maschinen standen sicherlich in Museen.

Schließlich war der Handel, den die Fremden dem Dorf vorgeschlagen hatten, zumindest für sie völlig unerwartet gekommen. Als sie an Luiz' Gesichtsausdruck dachte, als er das erste Mal mit den Männern verhandelt hatte, war sie allerdings sicher, daß er bereits ahnte, wie ihr Teil des Handels aussehen würde.

Irgendwie mußte das alles zusammenhängen. Sie wußte, daß die Männer, die ins Dorf gekommen waren, von dem gleichen Ort stammten wie Helward und daß sein Verhalten auch irgendwie mit diesem Handel zu tun hatte.

Blieb noch die Frage offen, wieweit sie selbst in die Sache verwickelt war.

Technisch gesehen waren sie und dos Santos für dieses Dorf und seine Bewohner verantwortlich. Zu Anfang hatte ihnen ein Kontrollbeamter von der Zentrale einen Besuch abgestattet, aber im wesentlichen konzentrierte sich die Aufmerksamkeit der Organisation auf die Wiederherstellung des großen Hafens an der Küste. Theoretisch war sie die Vorgesetzte von dos Santos; er stammte aus der Gegend und war einer von den etlichen hundert Studenten gewesen, die man durch das amtliche Theologie-Kolleg geschleust hatte in dem Bemühen, die Religion im Hinterland wieder aufleben zu lassen. Religion hatte in diesen Gegenden eine lange Tradition als Opium für die Armen, deshalb wurde die Missionstätigkeit vorrangig gefördert. Die Tatsachen sprachen jedoch für sich: dos Santos' Arbeit würde erst nach Jahren Früchte bringen, und zumindest in den ersten paar Jahren würde er es sehr schwer haben, der Kirche die soziale und geistige Führungsrolle in der Gemeinde zurückzugeben. Die Dorfleute duldeten ihn, aber es war Luiz, auf den sie hörten, und bis zu einem gewissen Grad auch auf sie selbst.

Es hatte jedenfalls kaum Sinn, sich an die Zentrale um Rat zu wenden. Obwohl die Organisation von tüchtigen und wohlmeinenden Männern geleitet wurde, war ihre Arbeit noch etwas so Neues, daß sie sozusagen noch den Kopf in den Wolken der Theorie hatten; ein einfaches menschliches Problem, wie der Verkauf von Frauen für Nahrung, würde nicht in ihr Konzept passen.

Wenn etwas unternommen werden sollte, dann hing das nur von ihrer eigenen Initiative ab.

Sie faßte ihren Entschluß nicht überstürzt; die ganze lange

schwüle Nacht hindurch tat sie ihr Bestes, das Für und Wider abzuwägen, die Gefahren und die Vorteile, aber von welcher Seite sie die Sache auch betrachtete, ihr eigener Plan schien die einzige brauchbare Möglichkeit zu sein.

Sie stand früh auf und ging hinüber zu Marias Haus. Sie mußte sich beeilen: die Männer hatten gesagt, sie würden bald nach Sonnenaufgang wiederkommen.

Maria war wach, und ihr Baby weinte. Sie wußte von der Entscheidung, die am Abend vorher gefallen war, und fragte Elizabeth sofort danach.

»Keine Zeit für das«, sagte Elizabeth brüsk. »Ich brauche ein paar Kleider.«

»Aber deine sind doch so schön.«

»Ich möchte welche von deinen ... irgend etwas genügt.«

Verwundert vor sich hin murmelnd, suchte Maria einige einfache Kleidungsstücke heraus und legte sie Elizabeth vor. Sie waren alle ziemlich abgetragen, und wahrscheinlich war kein einziges Stück je mit Wasser und Seife in Berührung gekommen. Für Elizabeths Zweck waren sie jedoch ideal. Sie wählte einen weiten, verschlissenen Rock und ein ehemals weißes Hemd aus, das vermutlich früher einem der Männer gehört hatte.

Sie legte ihre eigenen Kleider ab, einschließlich der Unterwäsche, und zog die geborgten Sachen an. Dann faltete sie ihre Kleider säuberlich zusammen und übergab sie Maria zum Aufheben bis zu ihrer Rückkehr.

»Aber du siehst nicht anders aus als ein Mädchen aus dem Dorf!«

»Eben.«

Sie untersuchte das Baby, um sicherzugehen, daß es nicht krank war, und ging dann mit Maria noch einmal alle Regeln durch, die sie beachten sollte. Wie immer gab Maria vor, ihr zuzuhören, aber Elizabeth wußte, daß sie alles vergessen würde, sobald sie selbst nicht mehr hier war, um ihr auf die Finger zu schauen. Hatte Maria denn nicht bereits drei Kinder großgezogen, ohne diese Fremde?

Als sie barfuß die staubige Straße hinunterging, fragte sich Elizabeth, ob sie sich wirklich als Frau aus dem Dorf ausgeben konnte. Ihr Haar war lang und dunkelbraun, und ihr Körper war in den Wochen ihres Hierseins von der Sonne gebräunt worden, aber sie wußte, daß ihre Haut nicht den schimmernden Ton der Eingeborenen hatte. Sie fuhr sich mit den Fingern durchs Haar, zerwühlte den Scheitel und hoffte, daß ihre Frisur dadurch ungepflegter aussah.

Auf dem Platz vor der Kirche hatte sich bereits eine kleine Gruppe Menschen versammelt, die mit jeder Minute anwuchs. Luiz war wie immer der Mittelpunkt; er bemühte sich, die Frauen, die aus Neugier gekommen waren, zum Heimgehen zu bewegen.

Neben ihm stand eine kleine Schar Mädchen; die jüngsten und hübschesten des Dorfes, stellte Elizabeth mit einem Gefühl der Empörung fest. Bald hatten sich alle zehn bei Luiz eingefunden; Elizabeth drängte sich durch die Menge nach vorn.

Luiz erkannte sie sofort.

»Menina Khan ...«

»Luiz, wer ist die Jüngste von denen?«

Bevor er antworten konnte, hatte sie das Mädchen selbst herausgesucht: Lea, die nicht älter als vierzehn war. Sie trat zu dem Mädchen.

»Lea, geh heim zu deiner Mutter. Ich gehe statt dir mit.«

Ohne Erstaunen, ohne Einwände entfernte sich das Mädchen. Luiz starrte Elizabeth einen Augenblick lang an, dann zuckte er die Achseln.

Sie brauchten nicht lange zu warten. Kaum zehn Minuten später tauchten drei Reiter auf, die jeder ein zweites Pferd am Zügel mitführten. Alle sechs Pferde waren mit Ballen und Bündeln beladen; die drei Reiter stiegen ohne weiteres Zeremoniell ab und begannen die mitgebrachten Güter abzuladen.

Luiz beobachtete sie scharf. Elizabeth hörte einen der Männer zu ihm sagen: »In zwei Tagen kommen wir mit dem Rest wieder. Wollt ihr die Bauarbeiten an der Kirche durchgeführt haben?«

»Nein ... wir brauchen das nicht.«

»Wie ihr wollt. Wollt ihr irgendeine Bedingung des Abkommens ändern?«

»Nein. Wir sind zufrieden.«

»Gut.« Der Mann drehte sich zu den Menschen um, die die Transaktion neugierig verfolgten. Er sprach zu ihnen, wie er mit Luiz gesprochen hatte, in ihrer eigenen Sprache, aber mit einem schwerfälligen Akzent. »Wir haben uns bemüht, guten Willen und Verläßlichkeit zu beweisen. Einige von euch billigen vielleicht die Bedingungen nicht, die wir vorgeschlagen haben, aber wir bitten euch um Verständnis. Die Frauen, die ihr uns geliehen habt, werden es bei uns gut haben. Sie werden in keiner Weise schlecht behandelt werden. Ihre Gesundheit und ihr Glück liegen ebenso in unserem Interesse wie in eurem. Wir werden dafür sorgen, daß sie so bald wie möglich zu euch zurückkehren. Wir danken euch.«

Damit war der Handel offiziell abgeschlossen. Die Männer boten den Frauen die Pferde an. Zwei Mädchen ritten zusammen auf einem Pferd, und fünf andere wählten sich je ein Pferd. Elizabeth und zwei andere wollten lieber zu Fuß gehen, und bald verließ der kleine Trupp das Dorf. Im Schritt ritten sie das trockene Bachbett entlang hinaus auf die Steppe.

6

Unterwegs verhielt sich Elizabeth so wie die anderen Mädchen, meist schweigend. Sie wollte sowenig wie möglich auffallen.

Die drei Männer unterhielten sich auf englisch in der Annahme, daß keins der Mädchen in der Lage war, sie zu verstehen. Anfangs hörte Elizabeth gespannt zu, weil sie hoffte, etwas von Interesse zu erfahren, aber zu ihrer Enttäuschung mußte sie feststellen, daß das Gespräch der Männer sich im wesentlichen um die Hitze, den Mangel an Schatten und die Dauer der Reise drehte.

Ihre Rücksichtnahme den Frauen gegenüber schien echt zu sein, und sie fragten immer wieder, wie es ihnen ginge. Elizabeth redete hin und wieder mit den Mädchen in ihrer eigenen Sprache und entdeckte, daß sie die gleichen Klagen hatten wie die Männer: sie waren durstig, müde, erhitzt und würden froh sein, wenn die Reise zu Ende war.

Alle Stunde etwa machten sie eine kurze Rast und wechselten sich beim Reiten ab. Keiner der Männer ritt auch nur das kürzeste Stück, und mit der Zeit begann Elizabeth Verständnis für ihre Klagen zu empfinden. Wenn ihr Ziel, wie Helward gesagt hatte, fünfundzwanzig Meilen entfernt war, dann hatten sie einen langen heißen Tag vor sich.

Später am Tag verminderte sich die Zurückhaltung der Männer, vielleicht durch Müdigkeit, vielleicht, weil die stumpfe Interesselosigkeit ihrer Begleiterinnen bestätigte, daß sie kein Englisch verstanden. Jedenfalls, das Gespräch der Männer wandte sich weniger unmittelbaren Dingen zu. Es begann mit verdrossenen Kommentaren über die unbarmherzige Hitze, aber dann kam ein anderes Thema zur Sprache.

»Glaubst du, das alles ist wirklich noch nötig?«

»Die Schacherei?«

»Ja ... ich meine, das hat uns doch früher schon Schwierigkeiten beschert.«

»Es gibt keine andere Möglichkeit.«

»Diese gottverdammte Hitze.«

»Was würdest denn du statt dessen vorschlagen?«

»Ich weiß es nicht. Nicht mein Problem. Wenn's nach mir ginge, wären wir jedenfalls jetzt nicht hier draußen.«

»Ich finde immer noch, daß es das einzig Vernünftige ist. Die letzte Gruppe ist noch nicht heimgegangen, und es sieht so aus, als wollten sie's überhaupt nicht mehr. Vielleicht werden wir keine Frauen mehr mieten müssen.«

»Wir werden.«

»Das klingt, als ob du was dagegen hättest.«

»Hab' ich auch. Ehrlich gesagt, manchmal kommt mir das ganze System verrückt vor.«

»Du hast, scheint's, den Stoppern zugehört.«

»Kann sein. Wenn man sich anhört, was sie zu sagen haben, klingt manches ganz vernünftig. Nicht alles, aber sie sind wiederum nicht so schlimm, wie die Navigatoren behaupten.«

»Du bist ja verrückt.«

»Wennschon. Bei der Hitze!«

»Du solltest solche Sachen in der Stadt lieber nicht wiederholen.«

»Warum nicht? Eine Menge Leute sagen es bereits.«

»Nicht Gildenmitglieder. Du bist unten in der Vergangenheit gewesen. Du bist nicht so ahnungslos.«

»Ich bin nur Realist. Man muß sich die Meinungen der Leute anhören. Es gibt mehr Stopper in der Stadt als Gildenmitglieder. Das ist alles.«

»Halt den Mund, Norris«, sagte der Mann, der sich bis jetzt nicht am Gespräch beteiligt hatte, derselbe, der zu den Dorfleuten gesprochen hatte.

Schweigend zogen sie weiter.

Die Stadt war schon eine ganze Weile in Sicht, bevor Elizabeth begriff, was sie sah. Als sie näher herankamen, studierte sie alles mit großem Interesse und wunderte sich über die Schienen und die Kabel, die von der Stadt ausgingen. Ihre erste Annahme war, daß es sich dabei um eine Art Rangierbahnhof handelte, aber es waren keine Waggons oder Lokomotiven zu sehen, und dann waren auch die Gleise viel zu kurz für eine richtige Bahnanlage.

Später entdeckte sie, daß mehrere Männer an den Schienen auf und ab patrouillierten. Sie waren mit Gewehren bewaffnet oder trugen etwas, das wie eine Armbrust aussah. Mehr als das konnte sie nicht feststellen, da sich der Großteil ihrer Aufmerksamkeit auf das Bauwerk selbst konzentrierte.

Sie hatte gehört, wie die Männer es, ebenso wie Helward, als Stadt bezeichnet hatten, aber in ihren Augen war es nicht mehr als ein großer verwinkelter Häuserblock, der nicht allzu stabil wirkte, weil er im wesentlichen aus Holz gebaut war. Er wies die ganze Häßlichkeit eines funktionellen Bauwerks auf, und doch war an seiner Einfachheit etwas gar nicht so Ungefälliges. Sie fühlte sich an Bilder erinnert, die sie von Bauten aus der Zeit vor dem Zusammenbruch gesehen hatte, und obwohl diese zumeist aus Stahlbeton und Glas bestanden hatten, waren sie ebenso nüchtern, eckig und schmucklos gewesen. Jene alten Gebäude waren jedoch zumeist sehr hoch gewesen, und dieses seltsame Bauwerk wies nirgends mehr als sieben Stockwerke auf. Die Holzfassaden waren ungleich stark verwittert; die meisten Teile, die sie sehen konnte, waren von Wind und Wetter ausgebleicht, aber es gab auch einige augenscheinlich neue.

Die Männer führten die Gruppe bis an die Basis des Gebäudes und dann in einen dunklen Tunnel. Hier stiegen die Frauen ab, und mehrere junge Männer tauchten auf und brachten die Pferde weg. Dann wurden sie durch eine Tür in einen Gang geführt, eine Stiege hinauf und durch eine zweite Tür. Sie betraten einen hell erleuchteten Korridor.

An seinem Ende befand sich wieder eine Tür, und hier verabschiedeten sich die Männer. Die Tür trug ein gedrucktes Schild mit der Aufschrift: BESUCHERQUARTIERE.

Drinnen wurden sie von zwei Frauen begrüßt, die sich unbeholfen in der Landessprache mit ihnen zu verständigen suchten.

Nachdem Elizabeth einmal in ihre Rolle geschlüpft war, gab es keine Möglichkeit mehr, sie aufzugeben.

Während der nächsten Tage mußte sie eine Reihe von Untersuchungen über sich ergehen lassen, die sie erniedrigend gefunden hätte, wäre ihr nicht der Zweck sofort klargewesen. Sie wurde von Kopf bis Fuß medizinisch untersucht, Augen, Zähne, die Haare, um festzustellen, ob sie nicht Läuse hatte; dann wurde noch ein Test durchgeführt, der, wie sie vermutete, zeigen sollte, ob sie frei von Geschlechtskrankheiten war.

Wie erwartet, stellten ihr die Frauen, die die Untersuchungen beaufsichtigten, ein einwandfreies Gesundheitszeugnis aus – von den zehn Mädchen war Elizabeth die einzige, die ohne Beanstandungen durchkam. Dann wurde sie zwei anderen Frauen übergeben, die ihr die Grundzüge der englischen Sprache beibringen sollten. Insgeheim amüsierte sie das in höchstem Grade; obwohl sie ihr Bestes tat, schlechte Fortschritte vorzutäuschen, erklärte man sie bald für fertig eingeschult.

Die ersten Nächte hatte sie in einem Schlafsaal des Besucherzentrums verbracht, aber nun wurde ihr eine winzige eigene Kammer zugewiesen. Der Raum war antiseptisch sauber und spartanisch möbliert. Er enthielt ein schmales Bett, einen Kleiderhaken – sie hatte zwei identische Gewandgarnituren erhalten –, einen Stuhl und nicht einmal einen halben Quadratmeter freien Boden.

Seit sie in die Stadt gekommen war, waren acht Tage vergangen, und Elizabeth begann sich zu fragen, was sie eigentlich zu erreichen gehofft hatte. Jetzt, da sie ihren vollen ›Besuchsstatus‹ erhalten hatte, wurde sie zur Küchenarbeit eingeteilt, bei der es sich größtenteils um stupide Plackerei handelte. Die Abende hatte sie frei, aber man sagte ihr, daß sie wenigstens eine oder zwei Stunden in einem bestimmten Aufenthaltsraum zu verbringen hätte, wo sie Leute aus der Stadt kennenlernen sollte.

Dieser Raum grenzte an die Besucherbezirke. Auf der einen Seite war eine kleine Bar eingerichtet, deren alkoholisches Repertoire, wie Elizabeth feststellte, äußerst bescheiden war, und daneben stand ein uraltes Videogerät. Als sie es einschaltete, wurde ein Band von einer Art Komödie abgespielt, von der sie kaum ein Wort verstand, obwohl die ganze Zeit das Gelächter eines unsichtbaren Publikums zu hören war. Die komischen Anspielungen hatten offenbar nur zeitgenössische Bedeutung. Sie sah sich das Programm bis zum Ende an, und an einem Copyright-Vermerk am Schluß erkannte sie, daß es 1985 aufgenommen worden war. Mehr als zweihundert Jahre alt!

Meistens waren nur wenige Leute in dem Aufenthaltsraum, wenn sie hinkam. Eine Frau von der Besuchszentrale bediente mit starrem Lächeln an der Bar, aber im großen und ganzen konnte Elizabeth sich nicht recht für die Gesellschaft begeistern, die sie dort antraf. Ab und zu kamen ein paar Männer hin, die wie Helward dunkle Uniformen trugen, und zwei oder drei der Mädchen aus dem Dorf waren meistens dort.

Eines Tages stieß sie bei ihrer Arbeit in der Küche zufällig auf die Lösung eines Problems, über das sie sich immer noch den Kopf zerbrochen hatte.

Sie räumte eben sauberes Steingutgeschirr zurück in einen metallenen Schrank, der dafür verwendet wurde, als ihr daran etwas auffiel. Das Gehäuse war zwar bis zur Unkenntlichkeit verändert und der Inhalt herausgerissen worden, um für hölzerne Fächer Platz zu machen – aber auf der einen Tür war durch die Farbschicht immer noch das IBM-Emblem zu erkennen.

Wann immer sie konnte, sah Elizabeth sich auch in den anderen Teilen der Stadt um, voll Interesse für fast alles, was sie beobachtete. Bevor sie in die Stadt kam, hatte sie erwartet, wie eine Art Gefangene gehalten zu werden, aber abgesehen von den Aufgaben, mit denen man sie betraute, war sie ihre eigene Herrin und konnte gehen, wohin sie wollte, und tun, was sie wollte. Sie unterhielt sich mit vielen Leuten, sie beobachtete, registrierte, dachte nach.

Eines Tages stieß sie auf einen kleinen Raum, den die gewöhnlichen Bürger der Stadt in ihrer Freizeit benutzten. Hier fand sie auf einem Tisch einige sauber zusammengeheftete Druckseiten. Sie blätterte sie ohne allzu großes Interesse durch, las den Titel auf dem Vorblatt: ›Destaine-Direktive‹.

Später bemerkte sie auf ihren Streifzügen durch die Stadt noch viele weitere Exemplare dieser Broschüre, und schließlich, neugierig geworden, nahm sie sich die Zeit, sie durchzulesen. Als ihr klar wurde, um was es sich da handelte, versteckte sie sofort ein Exemplar unter ihrer Matratze in der Absicht, es mitzunehmen, wenn sie die Stadt verließ.

Jetzt begann sie zu verstehen ... Immer wieder las sie Destaines Worte, bis sie sie fast auswendig konnte. Und sie dachte über Helward nach, über sein scheinbar unvernünftiges Verhalten und was er Seltsames gesagt hatte.

Mit der Zeit wurde ein logisches Muster erkennbar ... aber ein unglaublicher Widerspruch machte ihr zu schaffen.

Die Hypothese, nach der die Menschen in der Stadt lebten, war, daß ihre Welt gewissermaßen invers sei und nicht nur die

Welt, sondern alle Körper in dem seltsamen Universum, in dem diese Welt existierte. Die Form, die Destaine angenommen hatte – ein Hyperboloid –, war für diese Menschen tatsächlich die Form ihrer Welt, und auch die Sonne, so wie Helward sie gezeichnet hatte, war für sie hyperbolisch.

Als Elizabeth eines Tages durch einen Bezirk der Stadt ging, der neu aufgebaut wurde, sah sie jenen Widerspruch mit eigenen Augen bestätigt.

Sie warf einen Blick zur Sonne hinauf, die Augen mit der Hand abschirmend. Die Sonne war so, wie sie immer gewesen war: ein runder, grellweißer Glutball hoch am Himmel.

7

Elizabeth hatte die Absicht, die Stadt am folgenden Morgen zu verlassen. Sie wollte sich ein Pferd nehmen und quer durchs Land zum Dorf reiten. Von dort konnte sie in die Zentrale zurückkehren und sich etwas Urlaub nehmen. In wenigen Wochen hätte sie ohnehin Urlaub bekommen, und sie wußte, daß es kaum schwierig sein würde, ihn vorverlegen zu lassen. In den vier Wochen, die ihr dann zur Verfügung standen, würde sie mehr als genug Zeit haben, zurück nach England zu fahren und irgendeine Behörde zu finden, die sich für ihre Entdeckung interessierte.

Nachdem sie diesen Plan gefaßt hatte, bemühte sie sich mehr als zuvor, nicht aufzufallen, und arbeitete deshalb wie gewohnt tagsüber in den Küchen. Auch an diesem Abend ging sie in den Aufenthaltsraum.

Als sie eintrat, sah sie sich plötzlich Helward gegenüber. Er stand mit dem Rücken zu ihr und sprach mit einem der Besuchsmädchen.

Sie trat hinter ihn. »Hallo, Helward«, sagte sie leise.

Er drehte sich nach ihr um – und starrte sie fassungslos an.

»Du!« rief er. »Was tust du hier?«

»Pscht! Man glaubt, daß ich nicht sonderlich gut Englisch spreche. Ich bin eine eurer Besuchsfrauen.« Sie ging hinüber in eine unbesetzte Ecke des Raums. Die Frau an der Bar nickte mit wohlwollender Billigung, als Helward folgte.

»Hör mal«, sagte Elizabeth sofort, »wegen letztem Mal, das tut mir leid. Ich versteh jetzt alles besser.«

»Und mir tut es leid, daß ich dich erschreckt habe ... Liz.«

»Hast du mit den anderen darüber gesprochen?«

»Daß du von der Erde kommst? Nein.«

»Gut. Tu's auch weiterhin nicht.«

Er sagte: »Bist du wirklich vom Planeten Erde?«

»Ja, aber es wäre mir lieber, du würdest nicht in dieser Art reden. Ich bin von der Erde und du auch, wie alle anderen. Irgendwie ist es zu diesem sonderbaren Mißverständnis gekommen.«

»Gott, ein Mißverständnis – wenn es nur so wäre!« Er blickte auf sie hinunter, von der Höhe der zwanzig Zentimeter, die er größer war als sie. »Du siehst anders aus hier ... aber wieso spielst du Besuchsfrau?«

»Mir fiel keine andere Möglichkeit ein, in die Stadt zu kommen.«

»Ich hätte dich mitgenommen.« Er schaute sich um. »Hast du schon eine Beziehung zu einem der Männer angeknüpft?«

»Nein.«

»Sehr gut.« Beim Sprechen blickte er immer wieder über die Schulter. »Hast du eine eigene Kammer? Dort könnten wir besser miteinander reden.«

»Ja. Gehen wir?«

Sie schloß die Tür ihres Zimmerchens hinter ihnen; die Wände waren zwar dünn, aber man hatte doch wenigstens das Gefühl, für sich zu sein. Sie fragte sich etwas verwundert, warum er auf der Hut sein mußte, wenn er mit ihr sprechen wollte.

Sie setzte sich auf den Sessel, Helward auf die Bettkante.

»Ich habe Destaine gelesen«, sagte sie. »Faszinierend. Irgendwann habe ich schon von ihm gehört. Wer ist er?«

»Er war der Begründer der Stadt.«

»Ja, das weiß ich jetzt. Aber er muß aus irgendeinem anderen Grund bekannt gewesen sein.«

Helward sah verständnislos drein. »Was hältst du von dem, was er geschrieben hat?«

»Ich weiß nicht recht. Er muß ein kluger Mann gewesen sein, aber er hatte unrecht.«

»Unrecht worüber?«

»Über die Stadt und die Gefahren, die ihr drohen. Er schreibt, als ob er und die anderen irgendwie auf eine andere Welt versetzt worden wären.«

»Aber das ist so.«

Elizabeth schüttelte den Kopf. »Ihr habt die Erde nie verlassen, Helward. Wir beide, wie wir hier sitzen und miteinander sprechen, befinden uns auf der Erde.«

Er senkte verzweifelt den Kopf. »Du irrst dich, ich weiß, daß du dich irrst. Was du auch sagst, Destaine kannte die wirkliche Situation. Wir befinden uns auf einer fremden Welt.«

Elizabeth sagte zögernd: »An dem Tag damals ... du hast mich gezeichnet und die Sonne im Hintergrund. Du hast sie als hyperbolischen Körper dargestellt. Weil du sie so siehst? Du hast mich zu groß gezeichnet. Siehst du mich so?«

»Nicht, wie ich die Sonne sehe, sondern wie sie *ist*. Und wie die Welt ist, auf der wir uns befinden. Dich habe ich zu groß gezeichnet, weil ... weil ich dich damals so sah. Wir waren weit im Norden. Jetzt ... es ist so schwer zu erklären.«

»Versuch es.«

»Nein.«

»Also gut. Willst du wissen, wie ich die Sonne sehe? Ganz normal, wie die Kugel, die sie ist oder jedenfalls annähernd ist. Willst du nicht einsehen, daß das nur eine Frage der Wahrnehmungen ist? Deine Wahrnehmung zeigt dir etwas Falsches ... ich weiß nicht, wie Destaine zu dieser ebenso falschen Hypothese gekommen ist.«

»Liz, es ist nicht nur eine Sache der Wahrnehmung, eine Art optische Täuschung oder wie du das meinst. Ich habe die Andersartigkeit dieser Welt nicht nur gesehen, sondern gefühlt, *erlebt*. Für mich ist das alles sehr real. Und nicht nur für mich. Die meisten Menschen in der Stadt kennen die Situation. Mit Destaine hat es angefangen, er hat als erster klar festgehalten, wie diese Welt geartet ist. Wir haben lange Zeit überlebt, aber nur, weil wir dieses Wissen besaßen. Es ist die Wurzel von allem, es hat uns am Leben erhalten, weil wir ohne es die Stadt nicht weiterbewegt und in Sicherheit gebracht hätten.«

Elizabeth setzte zu einer Bemerkung an, aber er sprach rasch weiter. »Liz, nachdem ich dir damals begegnet war, brauchte ich Zeit zum Nachdenken. Ich ritt nach Norden, sehr weit nach Norden. Dort sah ich etwas, das die Überlebensfähigkeit der Stadt vor eine schwere, vielleicht unmögliche Prüfung stellen wird. Die Begegnung mit dir war ... ich weiß nicht. Mehr, als ich erwartet hatte. Aber indirekt führte sie zu etwas viel Größerem.«

»Wozu?«

»Das darf ich dir nicht sagen.«

»Warum nicht?«

»Ich darf mit niemandem darüber sprechen, außer mit den Navigatoren. Sie haben es vorläufig für geheim erklärt. Es ist jetzt ein sehr ungeeigneter Zeitpunkt für schlechte Nachrichten.«

»Wie meinst du das?«

»Hast du von den Stoppern gehört?«

»Ja ... aber ich weiß nicht, wer oder was sie sind.«

»Sie sind eine ... eine politische Gruppe in der Stadt. Sie versuchen zu erreichen, daß die Stadt stoppt. Wenn meine Neuigkeit jetzt bekannt würde, gäbe es eine Menge Schwierigkeiten. Wir haben ohnehin erst vor kurzem eine ernste Krise durchgemacht, und die Navigatoren wollen nicht schon wieder eine.«

Elizabeth blickte ihn an, ohne etwas zu sagen. Sie begann sich selbst in einem neuen Licht zu sehen.

Sie befand sich an der Grenze zweier Realitäten: der ihren und der seinen. Wie nahe sie einander auch kamen, Berührung konnte es keine geben zwischen ihnen. Es war wie bei der Kurve, die Destaine gezeichnet hatte, um die Realität darzustellen, wie er sie sah ... zwei Hyperbeläste, die beide ins Unendliche hinausgriffen, die einander nahe kamen, aber doch immer durch eine Unendlichkeit getrennt blieben. Sie war durch ihren eigenen Willen in dieses Drama verwickelt worden, in dem es zweierlei Logik gab, getrennt durch jene Grenze, und sie wußte, daß sie gegen diese Grenze nichts unternehmen konnte.

Sie war überzeugt, daß Helward die Wahrheit sprach, seine Wahrheit; sie hatte auch die Stadt und die Menschen darin kennengelernt und die so seltsamen Vorstellungen, von denen sie ihr Überleben abhängig machten ... aber all dies konnte sie nicht jenen einen grundlegenden Widerspruch vergessen lassen. Die Stadt und ihre Bewohner befanden sich auf der Erde, auf jener Erde, die sie kannte, die ihrer Wahrheit entsprach: nichts, was Helward sagte, konnte an dieser Tatsache etwas ändern. Beweise für seine Wahrheit gab es in ihrer Realität nicht ... und umgekehrt.

Die Grenze war unüberwindbar.

Elizabeth sagte: »Ich werde morgen die Stadt verlassen.«

»Dann komm mit mir. Ich reite wieder nach Norden.«

»Nein ... ich muß ins Dorf zurück.«

»Meinst du das, wo die Frauen herstammen?«

»Ja.«

»Dann haben wir doch den gleichen Weg. Wir wollen zusammen reiten.«

Zweierlei Logik: das Dorf lag im Südwesten der Stadt.

»Warum bist du überhaupt in die Stadt gekommen, Liz? Du bist doch keine von den Eingeborenenfrauen.«

»Ich wollte dich sehen.«

»Warum?«

»Ich weiß nicht. Du hattest mich erschreckt, aber dann sah ich die anderen Männer, die wie du waren, mit den Leuten aus dem Dorf einen Handel abschließen, und ich wollte herausfinden, was da vor sich ging. Jetzt wünsche ich mir, ich hätte das nicht getan, weil du mir immer noch angst machst.«

»Benehme ich mich vielleicht wieder wie ein Verrückter, hm?« fragte er.

Sie lachte ... und dann wurde ihr bewußt, daß dies das erste Mal war, seit sie in der Stadt war.

»Nein, natürlich nicht«, sagte sie. »Es ist etwas anderes ... ich kann es nicht recht ausdrücken. Alles, was ich für selbstverständlich ansehe, ist hier in der Stadt anders. Nicht die kleinen alltäglichen Dinge, sondern Größeres, wie der Sinn, den ihr in eurer Lebensweise seht. Alles Streben ist nur darauf ausgerichtet, so als wäre die Stadt das einzige Zentrum menschlicher Existenz. Ich weiß, daß es nicht so ist. Die Welt ist groß, und sie steht euch offen. Hier aber könnt ihr nur an das eine denken: Überleben, um jeden Preis ... und ihr seid überzeugt, die Stadt ist das einzige Staubkörnchen inmitten eines Chaos, auf dem man überleben kann. Helward, ich habe außerhalb der Stadt gelebt, ich war in Ländern, die weit von ihr entfernt sind. Was immer du denkst, die Stadt ist nicht der Mittelpunkt des Universums.«

»Für uns ist sie es«, sagte er. »Denn wenn wir je aufhören, das zu glauben, müßten wir alle sterben.«

8

Die Stadt zu verlassen, bedeutete für Elizabeth keinerlei Schwierigkeit. Sie ging mit Helward und einem zweiten Mann, den er als Zukunftsvermesser Blayne vorstellte, hinunter in die Stallungen. Dort holten sie sich drei Pferde und ritten in eine Richtung, die Helward als Norden bezeichnete. Wiederum zweifelte sie an seinem Orientierungsvermögen, weil sie selbst am Stand der Sonne feststellen konnte, daß sie in Wirklichkeit nach Südwesten ritten, aber sie sagte nichts. Sie war mittlerweile so gewöhnt an die vielen logischen Widersprüche, daß sie keinen Sinn darin sah, ihn darauf aufmerksam zu machen. Sie akzeptierte sie einfach, wie man die religiöse Überzeugung eines anderen akzeptierte, auch wenn man nicht darauf eingehen konnte.

Als sie unter der Stadt durchritten, zeigte Helward auf die riesigen Laufräder, die die Stadt trugen, und erklärte, daß die

Vorwärtsbewegung jetzt so langsam sei, daß man sie kaum feststellen könne. Er versicherte ihr jedoch, daß die Stadt trotzdem in zehn Tagen ungefähr eine Meile zurücklegte. Nach Norden ... oder nach Südwesten, aus ihrer Sicht.

Die Reise dauerte zwei Tage. Die Männer unterhielten sich viel, sowohl miteinander als auch mit ihr, obwohl sie vieles nicht begriff.

Sie spürte, daß die Konfrontation mit so viel Fremdartigem sie gleichsam betäubt hatte. Sie konnte und wollte nichts mehr davon erfahren.

Am Abend des ersten Tages kamen sie bis auf etwa eine Meile in die Nähe ihres Dorfes, und sie sagte Helward, sie wolle allein hinreiten.

»Nein ... komm mit uns. Du kannst später zurück.«

Sie sagte: »Ich will heim nach England fahren. Ich glaube, ich kann euch helfen.«

»Wir möchten dir etwas zeigen«, sagte Helward.

»Was ist es?«

»Wir wissen es nicht genau«, sagte Blayne. »Helward meint, Sie könnten es uns vielleicht sagen.«

Sie protestierte noch eine Weile, aber dann kam sie doch mit.

Es war seltsam, daß sie so bereitwillig auf die verschiedenen Probleme dieser Menschen einzugehen versuchte. Der Grund war vielleicht, daß sie sich in mancher Hinsicht mit ihnen identifizieren konnte, oder vielleicht auch die Tatsache, daß die Stadt ein winziges Samenkorn der Zivilisation darstellte in einem Land, in dem seit Generationen Anarchie herrschte. Selbst in den wenigen Wochen, die sie im Dorf verbracht hatte, war ihr die stumpfe Gleichgültigkeit der Menschen, ihre Unfähigkeit, auch mit dem kleinsten Problem selbst fertig zu werden, so auf die Nerven gegangen, daß sie manchmal an dem Sinn ihrer Arbeit zu zweifeln begann. Die Menschen in Helwards Stadt waren von anderem Schlag. Offenbar waren sie die Nachkommen irgendeiner isolierten Gemeinschaft, die den Zusammenbruch irgendwie überlebt hatte und nach zweihundert Jahren immer noch von demselben Überlebenswillen vorangetrieben wurde.

Und die Gemeinschaft hatte sich auch alle Merkmale einer zivilisierten Gesellschaftsordnung bewahrt: Disziplin und Gemeinsinn, Zielstrebigkeit und Identitätsbewußtsein – wie groß auch die Kluft sein mochte, die sie von der übrigen Welt trennte. Oder vielleicht gerade weil diese Kluft so groß war?

Als deshalb Helward sie bat, mit ihnen zu gehen, und Blayne sich seiner Bitte anschloß, konnte sie sich nicht weigern. Durch ihre eigenen Handlungen war sie bereits längst in die Angelegenheiten der Gemeinschaft verstrickt. Mit den Folgen ihres Verschwindens aus dem Dorf konnte sie sich später befassen – sie würde ihre Abwesenheit damit rechtfertigen, daß sie hatte wissen wollen, wohin man die Frauen brachte –, aber jetzt mußte sie erst diese Sache zu Ende bringen, das fühlte sie. Später würde sich irgendeine Behörde finden, die die Menschen der Stadt wieder in die Gesellschaft eingliedern würde, aber bis dahin war allein sie verantwortlich.

Sie brauchte die Nacht nicht unter freiem Himmel verbringen. Die Männer hatten zwei Zelte mit und überließen ihr das eine ... aber bevor alle schlafen gingen, unterhielten sie sich noch lange Zeit.

Helward hatte Blayne offensichtlich alles über sie erzählt und daß sie anders war, anders als die Menschen der Stadt, aber auch anders als die Leute aus den Dörfern.

Blayne erwies sich als interessanter Gesprächspartner, nachdem das erste Eis gebrochen war, während Helward mehr im Hintergrund blieb. Er sagte nur selten etwas, meistens, um eine Feststellung von Blayne zu bestätigen. Elizabeth fand Blayne sympathisch und offen: er versuchte nicht, ihren Fragen auszuweichen.

Im großen und ganzen bestätigte er alles, was sie erfahren hatte. Er sprach über Destaine und seine Direktive, von der Stadt und der Notwendigkeit, sie weiterzubewegen, und er sprach von der Form der Welt. Elizabeth war längst darüber hinaus, die in der Stadt üblichen Ansichten in Zweifel zu ziehen, und so hörte sie einfach an, was er erzählte.

Als sie dann endlich in ihren Schlafsack kroch, merkte sie erst, wie müde sie von dem langen Ritt war, aber sie schlief trotzdem lange nicht ein. Die Kluft hatte sich weiter vertieft.

Obwohl sie nach wie vor überzeugt war, daß ihre eigenen Anschauungen der Wirklichkeit entsprachen, war doch ihr Verständnis für die Menschen der Stadt gewachsen. Sie lebten, sagten sie, auf einer Welt, die von anderen Naturgesetzen beherrscht wurde. Sie glaubte ihnen, weil sie wußte, daß sie aus ihrer Sicht die Wahrheit sprachen.

Nicht die tatsächliche Welt war anders, sondern diese Menschen sahen sie anders. Wie aber konnte man die Wahrnehmungen von Menschen ändern, und wie war es überhaupt dazu gekommen?

Jenseits der Waldregion kamen sie in eine rauhe, steppenhafte Gegend, in der hohes Gras und struppige Büsche wild durcheinanderwuchsen. Es gab keine Pfade hier, und sie kamen nur langsam weiter. Ein frischer, stetiger Wind wehte ihnen entgegen, und die Luft war belebend und würzig.

Nach und nach ging der Pflanzenwuchs in hartes, niedriges Gras über, das sich in den sandigen Boden krallte. Beide Männer sprachen nicht mehr; Helward vor allem starrte stumpf vor sich hin und ließ sein Pferd sich selbst einen Weg suchen.

Elizabeth sah, daß weiter voraus die Vegetation überhaupt aufhörte, und als sie einen kleinen Wall aus losem Sand und Geröll überwunden hatten, lag nur mehr ein wenige Meter breiter Sandstrand zwischen ihnen und dem Wasser. Elizabeths Pferd, das das Salz in der Luft roch, gehorchte aufgeregt ihrem Fersendruck und galoppierte über den Sand. Ein paar herrliche Minuten lang ließ sie ihm die Zügel frei und berauschte sich an der Freiheit und Freude, über einen Strand zu stürmen, der sauber und unberührt war und seit vielen Jahrzehnten nur dem Wind und den Wellen gehörte.

Helward und Blayne waren ihr auf den Strand herunter gefolgt und standen jetzt beisammen neben ihren Pferden. Schweigend blickten sie über das Wasser hinaus.

Sie brachte ihr Pferd im Trab zurück und stieg ab.

»Setzt es sich nach Osten und Westen fort?« fragte Blayne.

»Soweit ich gekommen bin«, antwortete Helward. »Ich konnte keine Umgehungsmöglichkeit finden.«

Blayne holte eine Videokamera aus einer Packtasche, schloß sie an den Recorder an und nahm das Panorama auf.

»Wir werden weiter nach Westen und Osten vorstoßen müssen«, sagte er. »Das hier können wir unmöglich überqueren.«

»Das jenseitige Ufer ist außer Sichtweite.«

Blayne studierte stirnrunzelnd den Strand. »Mir gefällt der Boden nicht. Ich denke, wir werden einen Brückenbauer herholen müssen. Ich glaube nicht, daß dieses lockere Zeug das Gewicht der Stadt tragen kann.«

»Es muß einen Ausweg geben.«

Die beiden Männer hatten sie ganz vergessen. Helward baute ein kleines Instrument auf, das auf einem Stativ befestigt war, und machte dann eine Art Folie mit konzentrischen Kreisen an den drei Beinen des Stativs fest. Er hängte ein Senkblei über der Folie auf und las dann etwas ab.

»Wir sind weit vom Optimum entfernt«, sagte er endlich. »Wir haben viel Zeit. Dreißig Meilen ... etwa ein Jahr nach Stadtzeit. Glaubst du, wir können es schaffen?«

»Eine Brücke bauen? Leicht wird das nicht sein. Wir müßten viel mehr Männer haben als augenblicklich. Was sagten die Navigatoren dazu?«

»Daß mein Bericht nachgeprüft werden sollte. Prüfst du nach?«

»O ja, aber ich sehe nichts, was ich hinzufügen könnte.«

Helward starrte noch ein paar Sekunden auf die weite Wasserfläche hinaus und schien sich dann wieder an Elizabeth zu erinnern. Er drehte sich zu ihr um.

»Was sagst du dazu?«

»Hierüber? Was sollte ich denn da sagen?«

»Sag uns, was du siehst«, meinte Helward. »Sag uns, daß gar kein Fluß hier ist.«

Sie sagte: »Das ist kein Fluß.«

Helward warf Blayne einen Blick zu.

»Da hörst du's«, sagte er. »Wir bilden uns das nur ein.«

Elizabeth schloß die Augen und wandte sich ab. Sie wollte mit der Kluft nicht mehr konfrontiert werden.

Die Brise ließ sie frösteln, deshalb holte sie eine Decke von ihrem Pferd und zog sich zwischen die Sanddünen zurück. Als sie hinübersah, waren die beiden Männer wieder mit ihren Angelegenheiten beschäftigt. Helward hatte ein zweites Instrument aufgestellt und machte Ablesungen, die er Blayne zurief. Der Wind ließ seine Stimme dünn klingen.

Die beiden arbeiteten langsam und sehr sorgfältig und überprüften in jedem Stadium die Ablesewerte des anderen. Nach einer Stunde packte Blayne einige Geräte auf sein Pferd, stieg auf und ritt die Küste entlang nach Norden. Helward sah ihm nach, und seine Haltung verriet tiefe und verzweifelte Hoffnungslosigkeit.

Für Elizabeth war das gleichsam der erste schwache Punkt in jener trennenden Grenze zwischen seiner und ihrer Logik. Sie wickelte sich in die Decke und wanderte über die Dünen hinunter zu ihm.

Leise sagte sie: »Wißt ihr, wo ihr seid?«

Er drehte sich nicht um.

»Nein«, sagte er. »Das werden wir nie wissen.«

»In Portugal. Dieses Land heißt Portugal. Es gehört zu Europa.«

Sie trat vor ihn, um sein Gesicht sehen zu können. Einen Augenblick lang sah er sie an, aber sein Ausdruck blieb leer. Er schüttelte nur den Kopf, ging dann an ihr vorbei und zu seinem Pferd.

Die Kluft war unendlich tief.

Elizabeth kehrte zu ihrem eigenen Pferd zurück und stieg auf. Sie lenkte es über den Strand landeinwärts und schlug die Richtung zur Station ein. In wenigen Minuten war das unruhig schimmernde Blaugrau des Atlantiks nicht mehr zu sehen.

FÜNFTER TEIL

1

Der Sturm wütete die ganze Nacht, und keiner von uns kam zu viel Schlaf. Unser Lager befand sich eine halbe Meile landeinwärts von der Brücke, und die gewaltigen Brecher, die gegen den Strand donnerten, waren für uns als dumpfes, tiefes Rauschen zu hören, das mitunter im Heulen des Sturms unterging. Zumindest in der Vorstellung hörten wir das Krachen und Splittern der Brückenbalken, wenn das Toben der Elemente einmal für einen Augenblick nachließ.

Gegen Morgen legte sich der Wind, und wir konnten endlich einschlafen. Lange Ruhe war uns nicht beschieden, weil kurz nach Sonnenaufgang die Lagerküche in Gang gebracht wurde und wir unser Frühstück bekamen. Während des Essens sprach niemand; es hätte ohnehin nur ein Thema gegeben, und davon wollte keiner reden.

Wir machten uns bald zur Brücke auf. Wir waren noch keine fünfzig Meter weit gekommen, als jemand auf einen zersplitterten Balken zeigte, der hoch aufs Flußufer geschleudert worden war. Das war ein schlimmes Vorzeichen, und es zeigte sich bald, daß unsere Befürchtungen eingetroffen waren. Von der Brücke war nichts mehr übrig außer den vier Hauptpfeilern, die unmittelbar am Ufer tief in den Boden gerammt waren.

Ich warf Lerouex einen Blick zu. Er war der verantwortliche Leiter dieser Schicht. »Wir brauchen neues Bauholz«, sagte er. »Unterhändler Norris ... nehmen Sie dreißig Mann und beginnen Sie, Bäume zu fällen.«

Ich wartete gespannt auf Norris' Reaktion; von all den Gildenmitgliedern auf der Baustelle hatte er sich am meisten gegen dieses Projekt gesperrt und sich auch zu Anfang laut und ausgiebig beklagt. Jetzt widersetzte er sich nicht mehr; darüber waren wir alle hinaus. Er nickte nur Lerouex zu, holte sich ein paar Männer zusammen und marschierte ins Lager zurück, um das Holzfällerwerkzeug herauszusuchen.

»Wir fangen also von vorne an«, sagte ich zu Lerouex.

»Natürlich.«

»Wird die Brücke diesmal stark genug sein?«

»Wenn wir sie richtig bauen.«

Er wandte sich ab und gab Anweisungen, den Bauplatz aufräumen zu lassen. Die vom Sturm aufgerührten Wellen krachten noch immer gegen das Flußufer.

Wir arbeiteten den ganzen Tag durch, und bis zum Abend war die Baustelle von Trümmern gesäubert. Norris und seine Männer hatten vierzehn Stämme herangeschleift. Am nächsten Morgen würden wir von neuem mit dem Bau beginnen.

Abends jedoch suchte ich nochmals Lerouex auf. Er saß allein in seinem Zelt, und es hatte den Anschein, als ob er seine Konstruktionszeichnungen durchsehe, doch ich merkte, daß er in Wahrheit ins Leere starrte.

Er war nicht begeistert, mich zu sehen, aber er und ich waren die beiden dienstältesten Männer an der Baustelle, und er wußte, daß ich nicht ohne Grund zu ihm kommen würde. Wir waren jetzt annähernd gleich alt: durch meine Arbeit im Norden hatte ich viele Jahre aufgeholt. Es schuf einige Spannungen zwischen uns, daß er der Vater meiner Exfrau war, wir jetzt aber Altersgenossen waren. Keiner von uns beiden hatte diese Tatsache je direkt erwähnt. Wir waren einander eigentlich von Anfang an nie irgendwie nähergekommen. Victoria selbst war seit unserer Ehe verglichen mit mir nur wenige Meilen gealtert, aber es trennte uns viel mehr als nur die Jahre. Irgendwie war es unvorstellbar, daß uns je etwas verbunden hatte.

»Ich weiß, aus welchem Grund Sie gekommen sind«, sagte er. »Sie wollen mir sagen, daß wir diese Brück nie bauen können.«

»Es wird jedenfalls sehr schwer werden«, sagte ich.

»Nein ... unmöglich, wollten Sie sagen.«

»Was ist denn Ihre Meinung?«

»Ich bin ein Brückenbauer, Helward. Ich habe keine Meinung zu haben.«

»Das ist Unsinn, wie Sie sehr wohl wissen.«

»Gut, gut … aber wenn eine Brücke erforderlich ist, dann baue ich sie. Keine Fragen, keine Diskussionen.«

»Sonst hatten Sie aber immer ein gegenüberliegendes Ufer«, sagte ich.

»Das macht keinen gravierenden Unterschied. Wir können eine Pontonbrücke bauen.«

»Und draußen in der Flußmitte, wo bekommen wir da das Bauholz her? Woran verankern wir die Kabelwiderlager?« Ich setzte mich unaufgefordert ihm gegenüber. »Im übrigen hatten Sie unrecht. Ich bin nicht deshalb zu Ihnen gekommen.«

»Sondern?«

»Das gegenüberliegende Ufer«, sagte ich. »Wo ist es?«

»Irgendwo dort draußen.«

»Wo?«

»Das weiß ich nicht.«

»Woher wollen Sie wissen, daß es überhaupt eins gibt?«

»Es muß eins geben.«

»Warum können wir es dann nicht sehen?« wollte ich wissen. »Wir bauen nahezu in rechtem Winkel von diesem Ufer ins Wasser hinaus. Wir müßten also vor uns das jenseitige Ufer sehen können. Schließlich ist die Oberflächenkrümmung …«

»Konkav. Ich weiß. Helward, glauben Sie, ich hätte an das nicht gedacht? Theoretisch müßten wir unendlich weit sehen können. Aber was ist mit atmosphärischer Trübung? Selbst an einem klaren Tag können wir nicht weiter als vielleicht zwanzig oder dreißig Meilen sehen.«

»Sie wollen eine dreißig Meilen lange Brücke bauen?«

»Ich glaube nicht, daß das nötig sein wird«, sagte er. »Ich glaube, es wird alles in Ordnung kommen. Was glauben Sie, warum sonst ich nicht aufgebe?«

Ich schüttelte den Kopf. »Keine Ahnung.«

Er sagte: »Wußten Sie, daß man mich zum Navigator ernennen will?« Wieder schüttelte ich den Kopf. »Es stimmt wirklich.

Das letzte Mal, als ich in der Stadt war, hatten wir eine lange Konferenz. Allgemein ist man der Ansicht, daß der Fluß nicht so breit ist, wie er aussieht. Denken Sie daran, daß nördlich des Optimums die Dimensionen in der Länge verzogen sind. In Nordsüdrichtung also. Es ist offensichtlich, daß dies ein sehr großer Strom ist, aber die Logik sagt uns, daß er ein anderes Ufer haben muß. Die Navigatoren glauben, wenn die Bodenbewegung den Fluß in die Nähe des Optimums getragen hat, müßten wir das jenseitige Ufer sehen können. Zugegeben, er ist vielleicht auch dann noch zu breit, als daß wir ihn sicher überqueren könnten, aber schließlich brauchen wir nur weiter zu warten. Je weiter nach Süden der Boden uns trägt, um so schmaler wird der Fluß. Und dann können wir eine Brücke bauen.«

»Das bedeutet aber ein verdammtes Risiko«, sagte ich. »Die Zentrifugalkraft würde ...«

»Ich weiß.«

»Und was ist, wenn das jenseitige Ufer auch dann nicht auftaucht?«

»Helward, es muß!«

»Sie wissen, daß es eine Alternative gäbe?« sagte ich.

»Ich habe gehört, was die Männer reden. Wir geben die Stadt auf und bauen ein Schiff. Das würde ich niemals zulassen.«

»Gildenstolz?«

»Nein!« Sein Gesicht verfärbte sich, was seinem Nein etwas an Glaubwürdigkeit nahm. »Aus praktischen Gründen. Wir könnten nie ein Schiff bauen, das sicher genug oder groß genug wäre.«

»Mit der Brücke haben wir die gleichen Schwierigkeiten.«

»Ich weiß ... aber wir kennen uns mit Brücken aus. Wer in der Stadt könnte ein Schiff entwerfen? Außerdem, wir lernen aus unseren Fehlern. Wir werden einfach so lange weiterbauen, bis die Brücke stabil genug ist.«

»Das dauert aber.«

»Wie weit nördlich des Optimums sind wir?«

»Weniger als zwölf Meilen.«

»Nach Stadtzeit sind das hundertzwanzig Tage«, sagte er. »Wie lange haben wir hier oben?«

»Subjektiv etwa das Doppelte.«

»Das ist mehr als genug.«

Ich stand auf und trat an den Zelteingang. Ich war nicht überzeugt.

»Ach, und herzliche Glückwünsche zum Navigator«, sagte ich.

»Danke. Man hat übrigens auch Ihren Namen vorgeschlagen.«

2

Ein paar Tage danach wurden Lerouex und ich abgelöst und kehrten in die Stadt zurück. Der Wiederaufbau der Brücke machte gute Fortschritte, und in Anbetracht der Umstände konnte man die Stimmung an der Baustelle als gut bezeichnen. Wir hatten bereits zehn Meter Fahrbahn fertig für die Schienenleger.

Die Pferde wurden von den Holzfällermannschaften gebraucht, so daß wir zu Fuß gehen mußten. Kaum waren wir ein Stück vom Flußufer weg, als der Wind sich legte und die Temperatur anstieg. Am Wasser hatte man leicht vergessen können, wie heiß es in dieser Gegend war.

Wir marschierten eine Weile, dann sagte ich zu Lerouex: »Wie geht es Victoria?«

»Gut.«

»Ich sehe sie jetzt kaum mehr.«

»Ich auch nicht.«

Ich beschloß, das Thema sein zu lassen; es war klar, daß Victoria ihren Vater in Verlegenheit brachte. Während der letzten paar Meilen hatte sich unvermeidlich überall herumgesprochen, daß wir auf einen unabsehbar breiten Fluß gestoßen waren, und die Stopper – zu deren Wortführern Victoria mittlerweile zählte – hatten das buchstäblich als Wasser auf ihre Mühlen angesehen. Sie behaupteten, daß sie achtzig Prozent der

Nicht-Gildenmitglieder auf ihrer Seite hätten und daß jetzt der Zeitpunkt gekommen sei, die Stadt anzuhalten. Es war mir in letzter Zeit nicht möglich gewesen, die Versammlungen der Navigatoren zu besuchen, aber ich wußte, daß sie sich mit diesem Problem befaßten. Sie hatten in einem weiteren Bruch mit ihren früheren Traditionen nochmals eine Aufklärungskampagne gestartet, um den gildenlosen Bürgern die wahre Natur unserer Welt verständlich zu machen, aber die notgedrungen ziemlich theoretischen und abstrakten Erklärungen sprachen die Leute nicht so an wie die stark emotionellen Argumente der Stopper.

Einen psychologischen Sieg hatten die Stopper bereits errungen. Da die Arbeitskräfte auf den Brückenbau konzentriert werden mußten, blieb für das Schienenlegen nur ein Team übrig; obwohl die Stadt immer noch kontinuierlich geschleppt wurde, kam sie doch viel langsamer vorwärts und lag nun schon eine halbe Meile hinter dem Optimum zurück. Die Miliz hatte einen Versuch der Stopper, die Schlepptrossen zu kappen, vereitelt, aber das war nicht das schwerwiegendste. Die eigentliche Gefahr war, wie die Navigatoren sehr wohl erkannten, das Zerfallen des traditionellen Machtgefüges in der Politik der Stadt.

Victoria, wie auch die meisten anderen aktiven Stopper, arbeitete immer noch an Gemeinschaftsaufgaben mit, aber es war doch vermutlich ihrem Einfluß zu danken, daß die alltäglichen Arbeiten in der Stadt nicht planmäßig erledigt wurden und manchmal Tage liegenblieben. Offiziell führten die Navigatoren dies auf die Konzentration so vieler Arbeitskräfte beim Brückenbau zurück, aber nur wenige waren sich nicht über die wahren Ursachen im klaren.

In Gildenkreisen hielt man fast ausnahmslos an den bewährten Grundsätzen fest. Natürlich gab es Klagen und Einwände gegen Entscheidungen, aber im allgemeinen war man sich einig, daß die Brücke gebaut werden mußte. Die Stadt anzuhalten war undenkbar.

»Werden Sie die Wahl zum Navigator annehmen?« fragte ich Lerouex.

»Ich denke schon. Ich will nicht meine Arbeit aufgeben, aber ...«

»Die Arbeit aufgeben? Davon ist doch nicht die Rede.«

»Die Ernennung zum Navigator bedeutet, daß man aus der aktiven Gildenarbeit ausscheidet«, erklärte er. »Neu sind die frühen Berufungen. Die Navigatoren glauben, wenn sie noch aktiv tätige Männer in den Rat berufen, wird er an Einfluß gewinnen. Das ist auch der Grund, warum man Sie im Rat haben will.«

»Meine Arbeit ist im Norden«, sagte ich.

»Meine auch. Aber wir kommen allmählich in ein Alter ...«

»Sie sollten gar nicht an ein Ausscheiden denken«, sagte ich. »Sie sind der beste Brückenmann der Stadt.«

»Das wird behauptet. Aber niemand ist so taktlos hinzuzufügen, daß meine letzten drei Brücken kein Erfolg waren.«

»Sie meinen die, die an diesem Fluß zerstört wurden?«

»Ja. Und die neue wird das gleiche Schicksal erleiden, sobald wir wieder einen Sturm bekommen.«

»Sie haben doch selbst gesagt ...«

»Helward ... ich bin nicht der Mann, der diese Brücke bauen könnte. Das ist eine Aufgabe für Jüngere. Für jemanden mit einem neuen Standpunkt. Vielleicht ist ein Schiff tatsächlich die Lösung.«

Lerouex und ich verstanden beide, was dieses Eingeständnis bedeutete. Die Gilde der Brückenbauer war die stolzeste der Stadt. Keine Brücke war jemals mißlungen.

Schweigend gingen wir weiter.

Kaum war ich in die Stadt zurückgekehrt, sehnte ich mich auch schon wieder nach dem Norden. Die gegenwärtige Atmosphäre gefiel mir nicht; mir kam es vor, als hätten die Leute das alte System der Wissensunterdrückung ersetzt durch selbstherbeigeführte Blindheit gegenüber der Realität. Überall stieß man auf die Pamphlete der Stopper, und schlampig gedruckte Flugblätter lagen in den Korridoren herum.

Die Menschen sprachen über die Brücke, ängstlich, bedrückt. Immer, wenn eine Arbeitsschicht zurückkam, berichteten die

Männer von den Fehlschlägen, erzählten herum, daß eine Brücke über einen Fluß geschlagen werden sollte, dessen jenseitiges Ufer man nicht einmal sehen konnte. Gerüchte, vermutlich von den Stoppern ausgestreut, wollten von Dutzenden Toten, von neuerlichen Angriffen der Bettler wissen.

Im Zukunftsbüro wurde ich von Clausewitz, der nun selbst Navigator war, beiseite genommen. Er übergab mir ein formelles Schreiben des Navigatorenrats, in welchem ich im Namen von zwei Bürgern (Clausewitz und McMahon) gebeten wurde, in den Rat einzutreten.

»Es tut mir leid«, sagte ich. »Ich kann das nicht annehmen.«

»Wir brauchen Sie, Helward. Sie sind einer unserer erfahrensten Männer.«

»Kann sein. Ich werde beim Brückenbau gebraucht.«

»Sie könnten hier wichtigere Arbeit leisten.«

»Das glaube ich nicht.«

Clausewitz blickte sich um und senkte die Stimme.

»Der Rat will ein Arbeitskomitee schaffen, das sich die Stopper vornehmen soll«, sagte er. »Man möchte Sie dabeihaben.«

»Was heißt das, ›sie sich vornehmen‹? Ihnen den Mund verbieten?«

»Nein ... wir werden zu einer Einigung mit ihnen kommen müssen. Sie wollen die Stadt überhaupt verlassen. Wir werden ihnen auf halbem Wege entgegenkommen und die Brücke aufgeben.«

Ich starrte ihn ungläubig an.

»Damit will ich nichts zu tun haben«, sagte ich.

»Statt dessen wollen wir ein Schiff bauen. Kein großes und nicht annähernd so kompliziert wie die Stadt. Gerade groß genug, um uns bis ans jenseitige Ufer zu bringen, wo wir die Stadt neu erbauen wollen.«

Ich gab ihm das Schreiben zurück und wandte mich zur Tür.

»Nein«, sagte ich. »Das ist mein letztes Wort.«

3

Ich traf meine Vorbereitungen, um die Stadt sogleich zu verlassen. Ich war entschlossen, in den Norden zurückzukehren und mir den Fluß noch einmal anzusehen. Unsere Vermessungsberichte hatten bestätigt, daß es sich tatsächlich um einen Fluß und nicht etwa einen großen See handelte, denn das Ufer verlief, soweit wir es erkundet hatten, nahezu gerade. Ein See hätte umgangen werden können, einen Fluß mußten wir überqueren. Ich dachte an Lerouex' optimistische Bemerkung, daß das jenseitige Ufer in Sicht kommen würde, wenn der Fluß sich dem Optimum näherte. Es war nur eine ziemlich schwache Hoffnung, aber ich überlegte, wenn ich das andere Ufer entdecken könnte, würde es keine Einwände gegen die Brücke mehr geben.

Ich wanderte durch die Stadt hinunter zum Ausgangstunnel und erkannte, daß ich mich durch meine Worte und Handlungen endgültig festgelegt hatte. Ich war für die Brücke, auch wenn ich mich gegen die Institution gewandt hatte, die als einzige ihren Bau durchführen konnte: gegen den Rat der Navigatoren. Durch meine Ablehnung der Wahl war ich nun gewissermaßen auf mich allein gestellt. Wenn ein Kompromiß mit den Stoppern in Betracht gezogen wurde, würde ich letzten Endes nachgeben müssen, aber vorläufig war die Brücke, so unwahrscheinlich ihre Fertigstellung auch war, die einzige Realität, an die ich mich halten konnte.

Ich erinnerte mich an etwas, das Blayne einmal gesagt hatte. Er definierte die Stadt als eine Gesellschaft von Fanatikern, und ich stritt das ab. Er erklärte, daß ein Fanatiker als ein Mensch beschrieben werden könne, der sich selbst dann noch gegen die Umstände auflehnte, wenn es längst sinnlos war, der selbst einen hoffnungslosen Kampf nicht aufgab. Die Stadt hatte seit Destaines Lebzeiten einen scheinbar hoffnungslosen Kampf gekämpft, und wir konnten nun schon auf siebentausend Meilen aufgezeichneter Geschichte zurückblicken, und um jede dieser Meilen hatte die Stadt kämpfen müssen. Blayne hatte gesagt, es sei unmöglich, in einer solchen Welt zu überleben, und doch hatte die Stadt überlebt.

Vielleicht war ich der einzige Erbe dieses Fanatismus, denn jetzt erschien es mir, als ob nur mehr ich den Überlebenswillen der Stadt aufrechterhielte. Der Bau der Brücke war für mich zum Symbol dafür geworden, so hoffnungslos die Aussichten auch sein mochten.

Auf einem der Gänge traf ich Jase ... Gelman Jase. Er war nun viele Meilen jünger als ich, weil er nur selten oben im Norden gewesen war.

»Wohin willst du?« fragte er mich.

»In den Norden hinauf. In der Stadt gibt es zur Zeit nichts für mich zu tun.«

»Gehst du nicht zu der Versammlung?«

»Zu welcher Versammlung?«

»Der von den Stoppern.«

»Gehst du hin?« fragte ich.

Meine Stimme hatte offensichtlich die Mißbilligung verraten, die ich empfand, denn er meinte verteidigend: »Ja, und weshalb auch nicht? Das ist das erste Mal, daß sie an die Öffentlichkeit treten.«

»Gehörst du zu ihnen?« fragte ich kalt.

»Nein ... aber ich möchte mir anhören, was sie zu sagen haben.«

»Und wenn sie dich überzeugen?«

»Das ist unwahrscheinlich«, sagte Jase.

»Wozu willst du dann hingehen?«

Jase entgegnete: »Ist dein Denken wirklich so eingleisig, Helward?«

Ich öffnete den Mund, um das abzustreiten ... aber dann sagte ich nichts. Tatsache war, mein Denken *war* eingleisig.

»Glaubst du nicht, daß es noch andere Ansichten geben sollte außer deiner?« fragte er.

»Doch ... aber über diese Angelegenheit gibt es nichts zu diskutieren. Die Leute haben unrecht, und das weißt du so gut wie ich.«

»Bloß weil jemand unrecht hat, heißt das noch lange nicht, daß er ein Narr ist.«

Ich sagte: »Gelman, du warst unten in der Vergangenheit. Du weißt, wie es dort ist. Du weißt, daß die Stadt durch die Bodenbewegung nach Süden getragen würde. Deshalb gibt es wohl keine Zweifel darüber, was die Stadt tun muß.«

»Ich weiß. Aber sie haben eine Menge Anhänger unter der Bevölkerung. Wir sollten sie zumindest anhören.«

»Sie sind Feinde unserer Sicherheit!«

»Von mir aus ... aber wenn man einen Feind besiegen will, dann muß man ihn kennen. Ich gehe zu der Versammlung, weil dies das erste Mal ist, daß sie ihre Ansichten öffentlich vortragen. Ich möchte wissen, was auf mich zukommt. Wenn wir einmal wirklich diese Brücke überqueren, dann sind dafür Leute wie ich verantwortlich. Wenn die Stopper eine Alternative vorzuschlagen haben, möchte ich sie kennenlernen. Wenn sie keine haben, will ich auch das wissen.«

»Ich gehe nach Norden«, sage ich brüsk.

Jase schüttelte den Kopf. Er redete noch eine Weile auf mich ein, und ich wehrte mich, aber dann gingen wir doch zusammen zur Versammlung.

Einige Meilen zuvor war der Wiederaufbau des Internats eingestellt worden. Natürlich waren die Überreste schon lange weggeräumt worden, so daß das blanke Stahlfundament der Stadt jetzt frei dalag, ein nach drei Seiten offener Platz. Auf der Nordseite, an die unbeschädigten Bauten der Stadt grenzend, waren schon einige Aufbauarbeiten durchgeführt worden, und die neue Holzfassade bot den Rednern sowohl eine günstige Kulisse als auch eine Art Podium, von dem aus sie zu der versammelten Menge sprechen konnten.

Als Jase und ich aus dem letzten intakten Gebäude herauskamen und über den Platz gingen, waren bereits ziemlich viele Leute da. Das überraschte mich etwas, da die in der Stadt verbliebene Bevölkerung wegen der Bauarbeiten stark vermindert war. Nach einer groben Schätzung schienen mir jedoch zumindest drei- oder vierhundert Leute anwesend zu sein. Es mußte doch wenigstens ein paar geben, die nicht gekommen waren ... Brückenbauer, Navigatoren und einige Gildenmitglieder, die zu stolz dazu waren?

Wir kamen mitten in einer Rede an; die Leute hörten ziemlich desinteressiert zu. Im wesentlichen handelte die Rede – die von einem Mann gehalten wurde, den ich als einen der Synthesearbeiter erkannte – vom Aussehen des Landes, das die Stadt zur Zeit passierte.

»... der Boden ist fruchtbar, und wir könnten höchstwahrscheinlich unsere Nahrungsmittel selbst anbauen. Wir haben Wasser in Hülle und Fülle, sowohl in unmittelbarer Nähe als auch weiter im Norden.« Vereinzeltes Gelächter. »Das Klima ist angenehm. Die Eingeborenen sind uns nicht feindlich gesinnt, und es besteht keine Notwendigkeit, es soweit kommen zu lassen ...«

Nach einigen Minuten endete er unter spärlichem Applaus. Ohne weitere Einleitung betrat der nächste Redner das improvisierte Podium. Es war Victoria.

»Bürger der Stadt, uns steht eine neuerliche Krise bevor, heraufbeschworen vom Rat der Navigatoren. Tausende Meilen lang sind wir durch dieses Land gezogen und haben unser Überleben mit den unmenschlichsten Methoden erkaufen müssen, nur weil die Stadt nach Norden geschleppt werden *muß*, unaufhaltsam und sinnlos. Aber *muß* sie es wirklich? Dieser Abschnitt unserer Geschichte liegt hinter uns.« Mit einer dramatischen Geste wies sie auf das Land südlich des Platzes. »Vor uns aber, heißt es, liegt ein Fluß. Und es heißt, daß wir diesen Fluß überqueren müssen, um zu überleben. Was jenseits dieses Flusses liegt, das sagen sie uns nicht, denn keiner kann es wissen.«

Victoria sprach ziemlich lange, und ich will offen gestehen, daß ich vom ersten Wort an gegen sie eingenommen war. Mir klang das alles nach billiger Rhetorik, aber die Zuhörer schien es anzusprechen. Wahrscheinlich stand ich auch nicht so über den Dingen, wie ich angenommen hatte, denn als sie auf den Bau der Brücke zu sprechen kam und die Beschuldigung erhob, daß er schon vielen Männern das Leben gekostet habe, stürzte ich wütend vor. Jase riß mich am Arm zurück.

»Helward ... nicht!«

»Sie lügt!« schrie ich, aber es hatten sich bereits Stimmen in der Menge erhoben, die riefen, das sei nur ein Gerücht. Geschickt räumte Victoria das ein, fügte aber hinzu, daß an der Baustelle wahrscheinlich mehr passierte, als allgemein bekannt wurde; das wurde mit zustimmendem Gemurmel quittiert.

Victoria brachte ihre Rede zu einem völlig unerwarteten Ende.

»Ich bedaure, daß nicht nur diese Brücke unnötig ist, sondern daß sie auch gefährlich ist. Ich berufe mich hiermit auf die Meinung eines Fachmanns. Wie viele von Ihnen wissen, ist mein Vater Gildenoberhaupt der Brückenbauer. Er ist es, der diese Brücke entworfen hat. Ich möchte Sie nun bitten, sich anzuhören, was er Ihnen sagen möchte.«

»Bei Gott ... das kann sie nicht tun!« keuchte ich.

Jase sagte: »Lerouex ist kein Stopper.«

»Das weiß ich. Aber er hat seinen Glauben verloren.«

Brückenbauer Lerouex war bereits auf dem Podium. Er stand neben seiner Tochter und wartete auf das Erlöschen des Beifalls. Er blickte nicht in die Menge, sondern starrte dumpf zu Boden. Er wirkte alt und müde und hoffnungslos.

»Komm, Jase. Ich werde diese Demütigung nicht mit ansehen.«

Jase schaute mich zaudernd an. Lerouex setzte zum Sprechen an.

Ich drängte mich durch die Menge nach vorn. Ich wollte nicht mehr dasein, wenn er zu sprechen begann. Ich respektierte Lerouex, und ich wollte nicht Zeuge seines Zusammenbruchs sein.

Nach ein paar Metern blieb ich jedoch verblüfft stehen.

Hinter Victoria und ihrem Vater stand jemand, den ich kannte. Einen Augenblick lang konnte ich das Gesicht noch keinem Namen zuordnen ... dann fiel er mir ein. Das war Elizabeth Khan.

Es war ein Schock für mich, sie wiederzusehen. Viele Meilen waren vergangen, seit sie uns verlassen hatte: zumindest achtzehn Meilen nach der Zeitrechnung der Stadt und sehr viel mehr nach meiner subjektiven Zeitskala. Nach ihrer Abreise hatte ich versucht, sie zu vergessen.

Lerouex begann mit seiner Ansprache. Er redete leise, und ich bezweifle, daß ihn die hintersten Leute noch verstehen konnten.

Ich starrte die ganze Zeit Elizabeth an. Ich wußte, warum sie hier war. Wenn Lerouex aufgehört hatte, sich vor allen Leuten zu demütigen, würde sie eine Rede halten. Ich konnte mir denken, was sie sagen würde.

Ich setzte mich wieder in Bewegung, aber plötzlich packte mich jemand am Arm. Es war Jase.

»Was hast du vor?« fragte er.

»Dieses Mädchen«, sagte ich. »Ich kenne sie. Sie stammt nicht aus der Stadt. Wir dürfen sie nicht sprechen lassen.«

Um uns mahnten Leute zum Schweigen. Ich versuchte, mich von Jase loszureißen, aber er hielt mich fest.

Auf einmal brauste Beifall auf, und ich begriff, daß Lerouex am Ende war.

Ich bat Jase: »Schau ... du mußt mir helfen. Du weißt nicht, wer diese Frau ist!«

Aus dem Augenwinkel sah ich Blayne auf uns zukommen.

»Helward ... hast du gesehen, wer sie ist?«

»Blayne! Um Himmels willen, hilf mir!«

Ich wehrte mich wieder gegen Jases Griff. Blayne trat schnell zu uns und packte mich am anderen Arm. Gemeinsam zerrten die beiden mich aus der Menge, bis an den Rand des Stadtfundaments.

»Hör mal, Helward«, sagte Jase. »Du bleibst jetzt hier und hörst sie an.«

»Ich weiß, was sie sagen wird!«

»Dann laß es auch die anderen erfahren.«

Victoria trat an den Rand den Podiums.

»Bürger der Stadt, hier ist noch jemand, der zu Ihnen sprechen möchte. Diese Frau ist den wenigsten von uns bekannt, denn sie stammt nicht aus der Stadt. Was sie uns zu sagen hat, ist jedoch sehr wichtig, denn nachher werden wir alle wissen, was wir zu tun haben.«

Sie hob die Hand, und Elizabeth trat vor.

Elizabeth sprach leise, aber klar und deutlich, so daß alle Anwesenden sie verstehen konnten.

»Ich bin eine Fremde für Sie«, begann sie, »denn ich wurde nicht in den Mauern Ihrer Stadt geboren. Aber wir sind alle von derselben Art: wir sind Menschen, und wir stammen von einem Planeten, der Erde genannt wird. Ihr habt euch in dieser Stadt fast zweihundert Jahre lang durchgeschlagen, habt überlebt in einer Umgebung der Anarchie, des Zerfalls. Die Menschen, die hier leben, sind unwissend, arm und abgestumpft. Aber nicht alle Völker dieser Welt sind so. Ich komme aus England, wo wir beginnen, wiederum eine Art von Zivilisation aufzubauen. Es gibt noch andere Länder, die größer und einflußreicher sind als England. Eure stabile und organisierte Existenz ist auf dieser Welt also nicht einzigartig.«

Sie machte eine Pause, um die Reaktion der Menge abzuschätzen. Alles schwieg.

»Ich stieß zufällig auf eure Stadt, und eine Zeitlang lebte ich hier als eine Besuchsfrau.« Das rief überraschtes Gemurmel hervor. »Ich sprach mit einigen von euch, ich erfuhr, wie ihr lebt. Dann verließ ich die Stadt und kehrte nach England zurück. Ich blieb fast sechs Monate dort und bemühte mich, der Geschichte und dem Ursprung eurer Stadt auf die Spur zu kommen. Ich weiß jetzt viel mehr als bei meinem ersten Besuch.«

Wieder schwieg sie kurz.

Jemand rief aus der Menge. »England liegt doch auf dem Planeten Erde!«

Elizabeth ging nicht darauf ein. Sie sagte statt dessen: »Ich möchte eine Frage stellen. Ist jemand hier anwesend, der sich mit den Maschinen der Stadt auskennt?«

Ein kurzes Schweigen trat ein, dann meldete sich Jase: »Ich bin ein Mitglied der Schleppergilde.«

Köpfe drehten sich nach uns um.

»Dann können Sie uns sagen, woher die Antriebsenergie für die Maschinen stammt.«

»Von einem Atomreaktor.«

»Beschreiben Sie bitte, wie der Brennstoff in den Reaktor eingeführt wird.«

Jase ließ mich los und trat etwas zur Seite. Ich spürte, daß Blaynes Griff sich lockerte, und ich hätte mich losreißen können. Aber ich war, wie alle anderen Zuhörer, gebannt von diesen seltsamen Fragen.

Jase sagte: »Ich weiß das nicht. Ich habe nie dabei zugesehen.«

»Nun, das müßt ihr herausfinden, bevor ihr die Stadt anhalten könnt.«

Elizabeth trat zurück und sprach leise mit Victoria. Eine Minute später kam sie wieder nach vorne.

»Euer Reaktor ist nichts Derartiges. Ohne es selbst zu wissen, haben die Männer der Schleppergilde euch irregeführt. Der Reaktor arbeitet nicht mehr – seit rund siebentausend Meilen eurer Zeitrechnung.«

Blayne meinte zu Jase gewandt: »Was soll das heißen?«

»Sie redet Unsinn.«

»*Weißt* du, was Brennstoffe sind?«

»Nein«, sagte Jase leise, obwohl viele Leute rund um uns gebannt lauschten. »Unsere Gilde glaubt, der Reaktor läuft ohne Wartung und Brennstoffzufuhr.«

»Euer Reaktor ist nichts Derartiges«, wiederholte Elizabeth.

Ich sagte: »Hört nicht auf sie. Die Tatsache, daß wir elektrischen Strom haben, beweist, daß der Reaktor arbeitet. Woher käme sonst unsere Energie?«

Oben auf dem Podium sagte Elizabeth: »Hört mich an!«

Elizabeth sagte, sie wolle uns von Destaine erzählen. Ich hörte zu, wie alle anderen.

François Destaine war ein Atomphysiker gewesen, der in Großbritannien auf dem Planeten Erde lebte und arbeitete. Er lebte zu einer Zeit, da auf der Erde die elektrische Energie knapp wurde. Elizabeth zählte die Gründe dafür auf. Im wesentlichen ging es darum, daß fossile Brennstoffe verheizt wurden, um Wärme zu gewinnen, die dann in elektrischen Strom umgewandelt wurde. Waren die Brennstoffvorräte des Planeten erschöpft, würde es keine Energie mehr geben.

Destaine hatte, so erzählte Elizabeth, die Behauptung aufgestellt, er hätte einen Prozeß entdeckt, der anscheinend unbegrenzte Mengen Energie lieferte, ohne daß irgendein Brennstoff dafür nötig war. Seine Arbeit war von den meisten Wissenschaftlern als Unsinn abgetan worden. Schließlich ging wie erwartet die aus fossilen Brennstoffen gewonnene Energie aus, und der Planet Erde machte eine lange Krise durch, die heute als ›der Zusammenbruch‹ bezeichnet wird. Das war das Ende aller hochstehenden technologischen Zivilisationen der Erde gewesen.

Sie sagte, daß die Völker der Erde nun mit dem Wiederaufbau begännen und daß Destaines Arbeit viel dazu beitrug. Sein Prozeß, wie er ihn beschrieben hatte, war primitiv und gefährlich, aber eine etwas ausgefeiltere Weiterentwicklung davon war nicht nur brauchbar, sondern geradezu revolutionär.

»Was hat das mit dem Stoppen der Stadt zu tun?« rief jemand ungeduldig dazwischen.

»Hört weiter«, sagte Elizabeth.

Destaine hatte einen Generator erfunden, der ein Energiefeld schuf, welches elektrischen Strom produzierte, wenn es mit einem ähnlichen Feld in Berührung kam. Seine Gegner hatten ihre Kritik auf der Tatsache aufgebaut, daß dieser Effekt nutzlos war, weil die beiden Generatoren mehr Energie verbrauchten, als sie lieferten.

Destaine hatte daraufhin keine finanzielle oder geistige Unterstützung mehr erhalten. Selbst als er behauptete, ein natürliches solches Feld entdeckt zu haben – er sprach von einem

Translations-›Fenster‹ –, ignorierte man ihn, obwohl er nun seinen Effekt ohne einen zweiten Generator herbeiführen konnte.

Er behauptete, daß dieses natürliche Potentialfenster sich langsam über die Erdoberfläche weiterbewegte, auf einer Kurve, die Elizabeth als Großkreis bezeichnete.

Schließlich gelang es Destaine, Geld von privaten Interessenten aufzutreiben. Er ließ eine fahrbare Forschungsanlage bauen und brach mit einem großen Team angeworbener Mitarbeiter nach der Kuantang-Provinz in Südchina auf, wo, wie er behauptete, das natürliche Translationsfenster damals lag.

Elizabeth sagte: »Man hat nie wieder von Destaine und seinen Leuten gehört.«

Elizabeth sagte, wir befänden uns auf dem Planeten Erde, wir hätten die Erde nie verlassen.

Sie sagte, daß diese unsere Welt mit dem Planeten Erde identisch sei, daß nur unsere Wahrnehmungen durch die Wirkung des Translations-Generators verfälscht würden, der sich, solange er lief, selbst mit Energie versorgte und dieses Feld um uns schuf, das immer noch existierte.

Sie sagte, daß Destaine sich nicht um diese Nebenwirkungen gekümmert habe, vor denen ihn die anderen Wissenschaftler gewarnt hatten: daß das Feld möglicherweise eine permanente Auswirkung auf das menschliche Wahrnehmungsvermögen haben könnte, daß es erbliche genetische Veränderungen hervorrufen könnte.

Sie sagte, daß es das Translationsfenster noch immer gäbe und daß man auf der Erde noch weitere entdeckt hätte.

Sie sagte, das Fenster, das Destaine in China entdeckt hatte, sei jenes, das unser Generator noch immer anzapfte, das unsere Stadt seit Jahrzehnten mit Energie versorgte.

Daß es, einem Großkreis folgend, sich durch Asien bis nach Europa bewegt hätte.

Daß wir nun den Rand Europas erreicht hätten und daß vor uns ein Ozean liege, der viele tausend Meilen breit sei.

Sie sagte ... und die Menschen hörten ihr zu ...

Elizabeth hatte geendet. Jase ging langsam durch die Menge auf sie zu.

Ich wandte mich zum Eingang ins Stadtinnere. Ich kam nahe am Podium vorbei, und Elizabeth bemerkte mich.

Sie rief mich an: »Helward!«

Ich beachtete sie nicht, drängte mich durch die Menge, verschwand im Inneren der Stadt. Ich ging eine Treppe hinunter und durch den Tunnel unter der Stadt wieder hinaus ins Freie.

Zwischen Gleisen und Schleppkabeln wanderte ich nach Norden.

4

Eine halbe Stunde später vernahm ich Hufschlag hinter mir und drehte mich um. Elizabeth ritt heran.

»Wohin gehst du?« fragte sie.

»Zurück zur Brücke.«

»Das ist nicht mehr nötig. Die Schleppergilde hat den Generator ausgeschaltet.«

Ich zeigte zur Sonne. »Und das ist jetzt eine Kugel.«

»Ja.«

Ich ging kopfschüttelnd weiter.

Elizabeth wiederholte, was sie vorhin gesagt hatte. Sie redete mir gut zu, doch Vernunft anzunehmen. Sie sagte immer wieder, daß nur meine Wahrnehmung der Welt verzerrt sei.

Ich schwieg.

Sie war nicht unten in der Vergangenheit gewesen. Sie war nie weiter von der Stadt fort gewesen als ein paar Meilen nach Norden oder Süden. Sie war nicht dabeigewesen, als ich die Realität meiner Wahrnehmungen am eigenen Leibe erfahren hatte.

War es nur eine Sinnestäuschung gewesen, die die Proportionen von Lucia, Rosario und Caterina verändert hatte? Unsere

Körper waren in der Umarmung eins gewesen: was ich wahrgenommen hatte, war greifbare Realität gewesen. War es nur eine Sinnestäuschung des Babys gewesen, daß es Rosarios Milch nicht vertragen hatte? War es nur meine Sinnestäuschung gewesen, die die aus der Stadt stammenden Kleider der Mädchen zerreißen ließ, als ihre Körper sich verformten? Niemals! – Oder leben wir auf der anderen Seite dieses ›Fensters‹? In einer Art Komplementärwelt, aus der wir nicht mehr zurückfinden?

»Warum hast du mir das alles nicht erzählt, als du das erste Mal in der Stadt warst?« fragte ich.

»Weil ich es damals nicht wußte. Ich fand es erst in England heraus. Und weißt du was? Niemand in England zeigte Interesse. Ich versuchte, irgend jemanden zu finden, den ich dazu bringen konnte, sich um euch und eure Stadt zu kümmern ... aber niemand wollte sich damit befassen. Es geschieht zur Zeit einiges auf unserer Welt, große und aufregende Veränderungen bahnen sich an. Niemand interessiert sich für die Stadt und ihre Menschen.«

»Aber du bist zurückgekommen.«

»Ich hatte eure Stadt mit eigenen Augen gesehen. Ich wußte, wie du und alle anderen leben mußten. Ich mußte mich über Destaine informieren ... den Translationseffekt ließ ich mir von einem Physiker erklären. Er wird heute überall in der Alltagstechnologie verwendet, aber ich wußte nicht, wie er wirklich funktionierte.«

»Ich verstehe schon«, sagte ich.

»Wie meinst du das?«

»Wenn der Generator, wie du sagst, ausgeschaltet ist, dann gibt es ja keine Probleme mehr. Ich brauche mir nur immer wieder die Sonne ansehen und denken, daß sie eine Kugel ist, wie sie auch aussehen mag.«

»Dein Wahrnehmungsvermögen täuscht dich«, sagte sie.

»Und ich weiß, daß du dich täuschst. Ich weiß, wie meine Welt aussieht.«

»Das weißt du eben nicht.«

Einige Minuten später begegnete uns eine große Gruppe Männer, die nach Süden zur Stadt unterwegs waren. Die meisten trugen die Besitztümer, die sie zur Baustelle mitgenommen hatten. Keiner von ihnen kümmerte sich um uns.

Ich ging schneller, versuchte, Elizabeth hinter mir zu lassen. Sie folgte mir jedoch, ihr Pferd am Zügel führend.

Die Baustelle war verlassen. Ich ging über den weichen gelben Boden zum Flußufer hinunter und wanderte auf den bereits fertigen Brückenteil hinaus. Das Wasser unter mir war klar und ruhig, obwohl immer noch Wellen gegen das Ufer schlugen.

Ich drehte mich um und schaute zurück. Elizabeth stand mit ihrem Pferd am Ufer und beobachtete mich. Ich starrte ein paar Sekunden zurück, dann bückte ich mich und zog die Stiefel aus. Ich ging noch weiter hinaus, bis ans Ende der Brücke.

Ich warf einen Blick zur Sonne hinüber. Sie senkte sich auf den nordöstlichen Horizont herab. Ich fand sie schön, und ihre anmutig geschwungene Form war wohl ästhetisch befriedigender als eine einfache Kugel. Ich bedauerte nur, daß es mir nie richtig gelungen war, sie zu zeichnen.

Ich machte einen Kopfsprung vom Brückenrand ins Wasser. Es war kalt, aber das war nicht unangenehm. Als ich wieder hochkam, warf mich eine Welle gegen den äußersten Brückenpfeiler, und ich stieß mich davon ab. Langsam schwamm ich in Richtung Norden.

Ich war neugierig, ob Elizabeth mich noch immer beobachtete, deshalb drehte ich mich auf den Rücken und ließ mich treiben. Sie hatte die Uferböschung verlassen und ritt jetzt langsam über die Brücke heraus. Als sie den Rand erreichte, machte sie halt.

Sie blieb im Sattel sitzen und sah mir nach.

Ich begann Wasser zu treten, weil ich sehen wollte, ob sie irgendeine Geste machte. Die Sonne übergoß sie mit tiefgoldenem Licht. Der Himmel hinter ihr begann dunkler zu werden.

Ich drehte mich um und blickte nach Norden. Die Sonne ging unter, und schon war die große Mittelscheibe fast verschwunden. Ich wartete, bis auch die obere Lichtzacke am Horizont versunken war. Als die Dunkelheit heraufzog, schwamm ich durch die salzige Brandung zurück zum Strand.